SIGA EM FRENTE, HANA KHAN

ND
UZMA JALALUDDIN

SIGA EM FRENTE, HANA KHAN

Tradução
ALINE UCHIDA

Editora **Melhoramentos**

Dados Internacionais de Catalogação na Publicação (CIP)
(Câmara Brasileira do Livro, SP, Brasil)

Jalaluddin, Uzma
 Siga em frente, Hana Khan / Uzma Jalaluddin; tradução Aline Uchida. – São Paulo, SP: Editora Melhoramentos, 2023.

 Título original: Hana Khan carries on.
 ISBN 978-65-5539-576-1

 1. Ficção canadense I. Título.

23-146730   CDD-C813

Índices para catálogo sistemático:
 1. Ficção: Literatura canadense C813

Tábata Alves da Silva – Bibliotecária – CRB-8/9253-0

Copyright © 2021 by Uzma Jalaluddin
Título original: *Hana Khan Carries On*
Direitos de tradução intermediados por Taryn Fagerness Agency
e Sandra Bruna Agencia Literaria, SL.
Todos os direitos reservados.

Tradução: Aline Uchida
Preparação: Augusto Iriarte
Revisão: Vivian Miwa Matsushita e Elisabete Franczak Branco
Projeto gráfico, diagramação e adaptação de capa: Carla Almeida Freire
Capa: Adaptada do projeto original de Carmen R. Balit
Imagens de capa: Shutterstock/InnaPoka (animal print)
e Shutterstock/Moremar (garota de hijab)

Direitos de publicação:
© 2023 Editora Melhoramentos Ltda.
Todos os direitos reservados.

Toda marca registrada citada no decorrer do livro possui direitos reservados
e protegidos pela lei de Direitos Autorais 9.610/98 e outros direitos.

1ª edição, maio de 2023
ISBN: 978-65-5539-576-1

Atendimento ao consumidor:
Caixa Postal 169 – CEP 01031-970
São Paulo – SP – Brasil
Tel.: (11) 3874-0880
www.editoramelhoramentos.com.br
sac@melhoramentos.com.br

Siga a Editora Melhoramentos nas redes sociais:
 /editoramelhoramentos

Impresso no Brasil

Para meus pais, Mohammed e Azmat Jalaluddin, que me ensinaram a importância da comunidade enquanto ainda construíam uma.

Eis as regras:

Este é um podcast em que só uma pessoa fala.

Não é um programa de variedades.

Não terá entrevistas.

Não é um programa de comédia.

Eu não vou dizer o meu nome ou qualquer detalhe biográfico específico além do seguinte: sou uma mulher muçulmana do sul da Ásia na faixa dos vinte. Nasci e moro na cidade de Toronto. E amo rádio. Amo demais.

Também amo o formato livre dos podcasts. Este, em específico, será um lugar para fazer perguntas, sem nenhuma preocupação com quem possa estar escutando ou julgando.

Estou falando sobre as Grandes Perguntas, meus futuros amigos.

Tipo:

O que você quer da vida?

O que devemos àqueles que amamos?

Como nossas Histórias e histórias influenciam quem nós nos tornamos?

E como você sabe se aquilo que quer é, de fato, aquilo que quer?

É isso, ouvintes: essa é a minha missão. Prometo uma voz clara e sem enrolações. Não prometo nada substancial e nada além da minha verdade. Prometo levar isso a sério, mas o fato é que vou criar as regras enquanto for fazendo.

Onde quer que você esteja ou quem quer que seja, bem-vindo ao Divagações de Ana, uma garota marrom.

COMENTÁRIOS

StanleyP
Isso apareceu no meu podcatcher. Bom primeiro episódio. Sempre interessado nas grandes perguntas.

AnaBGR
Isso é real ou você é um bot de catfishing?

StanleyP
Real. Acabei de me beliscar para ter certeza.

AnaBGR
Uau. Bem, obrigada por escutar.

StanleyP
Imagina. Tenho me perguntado sobre as mesmas coisas, então, obrigado pela companhia.

AnaBGR
Definitivamente é um bot. Você é educado demais. E agora estamos presos em um ciclo de agradecimentos.

StanleyP
Não há como escapar do vórtex de agradecimentos. Esse é o nosso lar agora.

AnaBGR
Exceto que eu sei as palavras de segurança: de nada.

StanleyP
Bots nunca desistem. Até a próxima, Ana-nônima.

CAPÍTULO UM

StanleyP
Feliz quinto mêsversário de podcast!
De acordo com estatísticasfuradas.com, a maioria dos podcasts não passa dos quatro meses, então você realmente venceu as probabilidades! Eu te enviaria flores, mas isso requereria saber seu nome, endereço e flores preferidas, o que faria meus sentidos de bot derreterem.

AnaBGR
Isso soa divertido. OK, meu nome verdadeiro é…

StanleyP
Espera. O quê? É sério?

AnaBGR
Ha! Pegadinha do Malandro!

StanleyP
Que cruel, ainda mais quando eu estava tentando te parabenizar. Alguma notícia sobre a entrevista misteriosa do seu emprego dos sonhos?

AnaBGR
Nenhuma notícia é o mesmo que boa notícia, certo?

StanleyP
Com certeza. Especialmente quando você está atrás de um emprego altamente especializado de... domadora de unicórnios? Exorcista de recém-nascidos? Crocheteira erótica?

AnaBGR
Crocheteira erótica não pode ser algo real.

StanleyP
Você está afirmando que definitivamente NÃO é uma sacerdotisa do origami.

AnaBGR
Isso é tão provável quanto uma pessoa com menos de quarenta anos se chamar Stanley.

StanleyP
Eu já me prontifiquei a revelar a minha identidade verdadeira. Você não está nem um pouco curiosa sobre o incrivelmente lindo, bem-sucedido e musculoso homem por trás de StanleyP?

Se eu estava curiosa em relação a StanleyP? Ele não fazia ideia do quanto.

Eu me achava sentada a uma mesa de canto no Poutine Biryani das Três Irmãs, o restaurante que minha família possuía e administrava no coração de Golden Crescent, na extremidade leste de Toronto. Devia estar limpando antes de os clientes chegarem, mas, em vez disso, estava trocando mensagens com StanleyP, meu primeiro e mais fiel ouvinte.

Nos últimos cinco meses, nossa relação havia mudado de comentarista educado e podcaster para conhecidos amigáveis e depois para amigos genuínos que trocam mensagens todos os dias. Tudo isso sem jamais fornecer uma só informação pessoal. Ainda assim, quando fechava os olhos, eu conseguia imaginar o sorriso dele. Seria tímido, hesitante. Ele seria gentil – um intelectual, um bom ouvinte, com um brilho malicioso no olhar. Eu sabia que ia amar sua risada.

O telefone vibrou na minha mão. Olhei para o aplicativo de mensagem que havíamos começado a usar alguns meses depois que ele passara a comentar no meu podcast.

> **StanleyP**
> Eu acho que você deve ser a pessoa que melhor me conhece no mundo. E eu nem sei o seu verdadeiro nome.

Meus dedos pairavam sobre a tela. Podia contar a ele quem eu realmente era. Eu me imaginei digitando:

> *Meu nome verdadeiro é Hana. Tenho vinte e quatro anos e moro com meus pais no subúrbio mais diverso do mundo – Scarborough, no extremo leste de Toronto. Você já sabe que sou uma muçulmana do sul da Ásia, mas não sabe que uso hijab e tenho dois empregos. Um é no Poutine Biryani das Três Irmãs, o restaurante que minha mãe administra há quinze anos, e outro na Rádio Toronto, uma estação indie na qual sou estagiária. Ainda que "emprego" não seja o termo adequado, já que nenhum dos dois lugares me paga e ambos têm uma expectativa de futuro bem limitada. O restaurante, porque está enfrentando problemas, e a rádio, porque meu estágio está chegando ao fim e eu não faço ideia do que vai acontecer. Estou tentando não entrar em pânico em relação a nenhuma das duas situações.*

Não. StanleyP não precisava saber nada disso. Melhor me ater aos detalhes biográficos mais simples:

> *Eu tenho uma irmã mais velha chamada Fazeela e um cunhado chamado Fahim, e em alguns meses eles vão me transformar em uma khala (isso significa "tia", caso você não fale urdu, StanleyP). Em relação ao meu pai...*

Hesitei.

Em relação ao meu pai...

Havia se passado bastante tempo desde a última vez que tivera que explicar sobre Baba a um estranho. Costumava ser algo rotineiro quando andávamos entre hospitais, médicos, enfermeiros, fisioterapeutas e cuidadores. Conforme a condição de Baba se estabilizou, seu mundo se encolheu, assim como a necessidade de fornecer explicações a estranhos. Dentro do funcionamento surreal típico das amizades on-line, StanleyP ainda era, tecnicamente, um estranho. Um estranho com quem eu conversava todos os dias, que conhecia os meus medos e as minhas esperanças mais profundos, mas não sabia nenhum detalhe da minha existência real, vivida.

AnaBGR
Prefiro manter as coisas como estão. Minha vida está um caos agora e não sei se consigo lidar com mais uma complicação.

Mais uma longa pausa. O imaginário StanleyP estaria com as sobrancelhas franzidas, mas iria entender – e responder. Ele sempre tinha uma resposta.

StanleyP
Essa complicação teria algo a ver com... relacionamentos?

Quase ri alto com a pergunta. Só não fiz porque minha mãe saberia que eu estava à toa no salão e me faria ajudá-la na cozinha do restaurante.

As coisas haviam mudado entre mim e Stanley no último mês. Ele vinha dando indiretas, sendo mais insinuante, mas sem nunca chegar e perguntar diretamente. Bom, até aí, eu também não.

AnaBGR
Seria mais uma complicação do tipo o-que-esperar-do-futuro. Seria mais fácil lidar com um relacionamento do que com questões relacionadas à família ou aos negócios.

StanleyP
Nossas vidas estão correndo em paralelo. Também estou passando por complicações do tipo família-e-negócios. O novo projeto que comentei com você está finalmente acontecendo. Também não tenho nenhum tipo de complicação com relacionamentos.

StanleyP também era solteiro. Um rubor percorreu meu pescoço e subiu até a raiz do meu cabelo, bem puxado para trás sob o *hijab* rosa-claro. Ajeitei-me no assento. Ele provavelmente não havia sido sempre solteiro, diferente de mim, mas ainda assim. Eu sabia perfeitamente o que ele não estava me perguntando – e uma parte de mim preferia não responder. Então recorri ao nosso humor de sempre.

AnaBGR
Por que eu não posso ser a complicada de nós dois?
Você sempre tem que me copiar.

StanleyP
É isso que um bot faz. O Stanbot também está programado para dar excelentes conselhos e contar piadas hilárias, assim como está disponível para revelações de nomes reais ou ainda troca de fotos/números de celular. Você é quem manda. Eu adoraria conhecer você melhor.

Meu estômago estremeceu com essas palavras. Eu também queria mais. Mas não era tão fácil assim para mim. No momento, toda a coragem que eu tinha estava sendo usada para outras coisas. Não estava segura de que a minha energia seria suficiente para dar corda ao que quer que fosse aquilo entre nós.
Eu não sabia nada além do que Stanley me contara. Com base nas alusões que ele havia feito, sabia que morava no Canadá e que, como eu, era um imigrante de segunda geração. Suspeitava que ele fosse do sul da Ásia, talvez até muçulmano, mas não tinha certeza, e não estava pronta para me aventurar fora do conforto da nossa aconchegante relação anônima.

StanleyP
Me manda uma mensagem quando conseguir o emprego.

Fechei o aplicativo. Minha mãe saiu da cozinha logo depois, com a desculpa de trazer meu almoço, mas na realidade ela queria ver o que eu estava fazendo. Esqueci de ficar aborrecida assim que vi a comida que ela segurava: *poutine biryani*, o meu favorito.

— Hana, *beta*, coma rápido. Os clientes podem chegar a qualquer momento, *meri jaan* — disse ela, entregando o prato quente e cheio de comida.

Minha mãe, Ghufran Khan, era uma curiosa combinação de carinho e severidade. Dava ordens afiadas repletas de palavras carinhosas em urdu, como *beta* (criança) e *meri jaan* (minha vida).

Devorei a combinação de arroz aromático, frango marinado, batatas fritas crocantes, molho de carne e queijo coalho. Mamãe torceu o nariz e voltou apressada para a cozinha. O *poutine biryani* é uma comida que a pessoa precisa aprender a gostar. No caso, eu era a única que havia aprendido a gostar do prato que dá nome ao nosso restaurante.

Biryani é um prato popular do norte da Índia, uma receita de uma panela só com arroz *basmati* colocado em camadas sobre carne ou frango marinado em iogurte, sal, coentro fresco, pasta de alho, gengibre e *garam masala*. O prato é coberto com manteiga *ghee* e açafrão e depois assado. *Poutine* é um prato típico canadense que ganhou popularidade primeiro em Quebec. Consiste em batatas fritas douradas recém-cortadas, cobertas com um saboroso molho de carne e queijo coalho fresco. *Biryani* e *poutine* em camadas eram uma combinação estranha, que, até agora, só apetecia a mim. Provavelmente porque sonhei com o prato quando tinha nove anos.

Minha irmã, meu cunhado e até mesmo pessoas aleatórias o achavam nojento. Em algum momento, depois de reclamações de clientes, mamãe o tirou do cardápio, embora ela ainda o preparasse para mim. E acabou mantendo o nome do restaurante, provavelmente porque não queria pagar por um novo letreiro.

Larguei o prato, coloquei os fones de ouvido e, escutando minha playlist favorita, comecei a limpar. Depois de alguns minutos, dei mais uma beliscada no meu almoço, balançando o quadril com o pop contagiante de TSwift e usando a colher como microfone.

Alguém deu um tapinha no meu ombro, e, assustada, deixei o prato cair. Com reflexo mais rápido que a luz, esse alguém – um homem jovem – salvou meu almoço do desastre. Tirei os fones, e as letras energéticas de TSwift ainda estrepitaram por um momento antes de caírem no silêncio e de eu fechar apressadamente o aplicativo.

O homem jovem deu um meio-sorriso.

Bonitinho, pensei.

– Seu... almoço? – perguntou ele, com um tom de profunda dúvida na voz, enquanto me entregava o prato.

Parecia ter a minha idade ou ser um pouco mais velho. Vestia uma camiseta preta e jeans; óculos escuros chamativos, com lentes prateadas, pendiam do colarinho. Seu cabelo era escuro e cacheado, e um sorriso surgiu nos cantos dos lábios. A barba por fazer destacava a mandíbula quadrada e o tom quente de terracota da pele. Grandes olhos castanho-escuros me observaram sob grossas sobrancelhas pretas.

Definitivamente bonitinho, mas não gostei do tom questionador no final da frase. Ou da maneira como o homem mais velho atrás dele torceu o nariz para o meu almoço.

– *O que é isso?* – perguntou o mais velho. Apesar do cabelo grisalho e das profundas linhas de expressão marcadas em suas bochechas, a semelhança entre os dois era clara. Pai e filho, concluí.

– *Poutine biryani* – respondi, ofendida. – Disponível apenas no menu VIP.

O homem mais velho franziu a testa quando olhou para o meu esfregão, que havia caído no chão.

– Você trabalha aqui? Você parece ter uns catorze anos.

Endireitei minha túnica preta amassada e ajustei o *hijab*. O jovem seguiu os movimentos das minhas mãos com os olhos antes de desviar o rosto com um leve sorriso. Será que o sr. Óculos Prateados estava rindo às minhas custas?

Bem-vindo ao Poutine Biryani das Três Irmãs, onde o trabalho infantil é incentivado e o biryani *e o* poutine *são mantidos separados, como Deus planejou,* eu quis dizer. Em vez disso, levei-os para uma mesa.

– Não entendo por que você insistiu em vir aqui – disse o homem mais

velho em voz alta, acomodando-se no assento com um olhar de desgosto.
– Eles provavelmente nem têm copos limpos.

Encantador. Alguns anos atrás, eu teria pedido ao sr. Óculos Prateados para levar seu pai rabugento a outro lugar. Mas eles eram os primeiros clientes do dia, e minha família não podia se dar ao luxo de ser exigente.

O Poutine Biryani das Três Irmãs tinha capacidade para receber cerca de quarenta pessoas nos sofás de plástico e nas mesas quadradas amarelas com cadeiras de madeira. A iluminação fluorescente evidenciava cada mancha e deformidade, e as paredes eram de um verde pouco lisonjeiro. Todos os anos, falávamos de repintar, mas o tempo e o dinheiro nunca permitiam. Havia alguns quadros nas paredes, na maioria gravuras compradas na IKEA ou em bazares de garagem; mamãe gostava de paisagens marítimas e grandes florais. O balcão com a caixa registradora ficava encostado na parede ao fundo, na frente da porta que dava para a cozinha.

– Esses locais escondidos às vezes têm uma comida excelente, se você conseguir ignorar a decoração – disse o jovem ao pai, sem se dar ao trabalho de baixar a voz.

Ele fez sinal para mim quando voltei com talheres e copos, sem saber que eu tinha ouvido tudo – ou indiferente a esse fato. O homem mais velho imediatamente pegou seu copo e começou a inspecioná-lo em busca de manchas.

– Você trabalha aqui há muito tempo? – perguntou o sr. Óculos Prateados.

– Há alguns anos – disse brevemente, entregando-lhes os cardápios laminados.

Eu havia começado a servir oficialmente quando completara dezesseis anos; antes, ajudava lavando louça, varrendo, ou seja, fazendo qualquer trabalho que precisasse ser feito. Não que o sr. Óculos Prateados com suas roupas de grife tivesse alguma noção do que uma empresa familiar em dificuldades exigia.

– Não há outros restaurantes no bairro – comentou ele. – Esta área poderia ter mais opções, você não acha?

– Não, não acho – respondi. – As coisas estão bem do jeito que sempre estiveram.

O sr. Óculos Prateados examinou o salão vazio.

– Espero que você tenha um plano B para quando este lugar fechar. Não vai demorar muito.

Encarei-o em choque. Ele realmente tinha acabado de dizer que o restaurante da minha mãe estava prestes a fechar as portas?

– Traga-nos um pouco de água – disse o jovem, me dispensando. Ele voltou a atenção para o nosso abrangente cardápio, escrito tanto em inglês quanto em urdu. Saí de perto antes que fizesse algo tolo, como esvaziar a jarra de água na cabeça dele.

Quando abrimos, o Três Irmãs era um dos poucos restaurantes que ofereciam carne *halal*, o que atraiu clientes de toda a cidade. À medida que a população muçulmana de Toronto cresceu, mais restaurantes *halal* começaram a aparecer. Ao mesmo tempo, ocorreu uma mudança demográfica: as crianças imigrantes de segunda geração não estavam tão interessadas nas comidas do sul da Ásia que tanto agradava seus pais. O sr. Óculos Prateados tinha razão. O Poutine Biryani das Três Irmãs estava aberto havia quinze anos, mas agora estávamos em apuros.

– Seu cardápio é muito extenso. O que você recomenda? – perguntou o sr. Óculos Prateados quando voltei para anotar o pedido.

O Pai Mal-humorado havia pegado um par de óculos de leitura e estava examinando o garfo.

Mencionei nossas especialidades, e o jovem franziu a testa para todas as sugestões, suas sobrancelhas se unindo a cada palavra. Ele estava considerando ir embora, dava para notar. Eu sabia que o Três Irmãs jamais ganharia prêmios por sua decoração, mas aquele homem e seu pai tampouco seriam reconhecidos publicamente por sua civilidade.

– Por que você não traz o que imagina que nós gostaríamos? – disse ele finalmente. – Vamos querer quatro pratos e um pouco de *lassi* de manga.

– Parece bom! – falei animadamente e recolhi os menus.

Não sabia se me sentia aliviada por eles terem ficado para encher nosso caixa ou desapontada por não terem ido embora e assim me poupado de servir pessoas de quem não gostava. Eles provavelmente eram forasteiros passando por Golden Crescent. Não reconheci nenhum dos dois, e eu conhecia a maioria das pessoas da região. Depois dessa refeição, esperava nunca mais ter que ver o sr. Óculos Prateados e seu pai mal-humorado.

CAPÍTULO DOIS

Entreguei o pedido à mamãe: *biryani* de frango, *malai kofta*, *dal makhani* e *naan*, e fiquei pela cozinha enquanto ela, Fazeela e Fahim trabalhavam.

Minha irmã, Fazeela, era a *sous-chef* durante o dia, e Fahim comandava o *tandoor*, o grande forno de barro que transformava a massa em *naan* tenro e crocante, enquanto mamãe montava o *biryani*. Fazee e Fahim estavam debatendo seu tema favorito: nomes de bebê para o pequeno melãozinho.

– Hussain é uma boa escolha – disse Fahim, sorrindo. Meu cunhado estava sempre sorrindo. Alto com ombros largos, estava vestido da maneira habitual: conjunto de agasalho escuro da Adidas. Um eterno atleta a caminho da academia. – Era o nome do meu avô.

Fazeela balançou a cabeça negativamente.

– Hussain é exagerado, como Hassan. Além do mais, vamos ter uma menina.

– Minha prima deu o nome de Hassan ao filho dela. Era dela que eu estava falando para você, aquela que acabou de comprar uma casa em Saskatoon. Você não vai acreditar na mixaria que eles pagaram. Devíamos marcar uma visita para dar uma olhada.

A família de Fahim morava em Saskatchewan, a quase três mil quilômetros de Toronto. Minha irmã e meu cunhado tinham se conhecido no curso de gastronomia e se casado havia um ano. Desde que Fazeela descobriu que estava grávida, Fahim não parava de falar sobre mudar para o oeste.

Minha irmã não estava tão empolgada com a ideia, e eu já não aguentava mais essa conversa.

Abri o aplicativo para ver se StanleyP tinha enviado outra mensagem, porém a voz provocadora de Fazeela me fez voltar à cozinha.

– Você está falando com seu homem misterioso de novo? – perguntou ela, abrindo um sorriso. – É aquele cara da internet, certo? Aquele do seu podcast.

– Você nem ouve o meu podcast – respondi, guardando o telefone no bolso.

– Marvin, ou Alan, ou Johnny, ou… – recitou Fazeela, me ignorando.

– Stanley – murmurei, mas me arrependendo na mesma hora.

– Stanley! – exclamou Fazeela. – Algum cara branco aleatório sabe-se lá de onde, e por quem você está obcecada!

– Eu não estou obcecada – falei, corando e olhando para minha mãe. – Nós somos apenas amigos. E como você sabe que ele é branco?

Fazeela olhou para mim incrédula.

– Ele ouve podcasts.

Ela me convenceu com essa resposta. #PodcastÉCoisaDeBranco.

– Você manda mais mensagem para ele do que eu para o Fahim, e nós somos casados. Deveríamos nos preocupar, Hanaan?

Minha irmã era a única da família que insistia em me chamar pelo meu nome completo, Hanaan. É "Hana" com um "an" extra. Com vinte e seis, ela é dois anos mais velha do que eu, e seu porte alto e ar impaciente a fazem parecer uma versão mais jovem da nossa mãe. Quando seu corpo atlético, mais acostumado a correr em um campo de futebol do que a ficar às voltas em uma cozinha, começou a ficar redondo devido aos sinais da nova vida, a semelhança entre as duas ficou impressionante.

Ao contrário de Fazeela, eu não herdei a compleição alta e robusta da nossa mãe: sou baixinha, com a pele de um castanho bronzeado e quadril redondo. Meus olhos são cor de avelã quando estou ao sol, ou depois de um ataque de riso, segundo me disseram, mas, do contrário, são castanhos. Minha irmã e eu compartilhamos as sobrancelhas cheias e oblíquas e os lábios grossos da nossa mãe, ainda que os meus estivessem em um rosto pequeno e triangular, em contraste às feições mais angulares de Fazeela.

– Deixe-a em paz, Fazee – disse Fahim, olhando para mim com simpatia. – Lembra como a gente era quando estava se conhecendo?

— Ele é apenas um amigo — murmurei. — Nem sei o nome verdadeiro dele.

— Se o cara on-line não for algo sério, sempre podemos contar com o Yusuf — disse Fahim a Fazeela. — Ele é solteiro, é legal. Ela poderia se casar com ele.

— "Ela" vai decidir por si mesma quando e se vai se casar — falei com firmeza. — E o Yusuf é meu melhor amigo.

— Eles não podem ser todos seus amigos — retrucou Fazeela.

Mamãe, que geralmente ficava fora de nossas discussões sem importância, lançou um olhar perfurante para nós três, que ficamos quietos na hora.

— Hana, *beta*, depois de atender os clientes, preciso que você vá para casa e dê uma olhadinha no Baba antes de ir para a estação de rádio. Ele não está atendendo o telefone — disse mamãe enquanto eu cuidadosamente pegava os pratos que eles haviam preparado.

Minha mãe pensava em tudo e em todos, o tempo todo. Eu me perguntava como ela dava conta. Talvez se eu conseguisse meu emprego dos sonhos, a renda ajudasse a tirar um pouco do peso de seus ombros.

— Não se esqueça do *lassi* de manga — disse mamãe.

⫼⫼

Depois de servir o sr. Óculos Prateados e seu pai mal-humorado, fiquei no salão do restaurante, postergando minha saída. Estava esperando pelo meu momento favorito.

Eu sabia que o Três Irmãs não era chique. Quando o sr. Óculos Prateados e o homem mais velho insultaram o restaurante, não retruquei porque era comum que a primeira reação de clientes novos fosse um certo menosprezo. Até provarem a comida.

Mamãe tinha *haat ki maaza*, uma expressão em urdu que não possui tradução, mas significa algo como "mãos mágicas de cozinhar". Os homens se deliciaram com seu amanteigado *dal makhani*, um cozido de lentilhas com alho e cebola finalizado com *ghee*. Eles se deleitaram com o *malai kofta*, bolinhos feitos de purê de batata e queijo *paneer*, cozidos em molho de tomate e creme de leite com *naan tandoori* fresco. Tomaram goles de *lassi* de manga, um *smoothie* de frutas e iogurte, antes de experimentarem a especialidade da minha mãe: *biryani* de frango. Ela tinha aprendido a receita em Nova Délhi, e eu nunca tinha experimentado aquela delicada combinação de açafrão e especiarias aromáticas em nenhum outro lugar.

À medida que provavam cada prato, suas sobrancelhas se erguiam. Eles deram mais mordidas, incapazes de acreditar em suas papilas gustativas. Um sorriso lento floresceu no rosto do sr. Óculos Prateados, e parecia verdadeiro dessa vez, não a expressão educada que trazia no rosto quando fizera o pedido. Os homens passavam os pratos um para o outro. Fechavam os olhos em êxtase enquanto os complexos sabores dançavam em suas línguas.

OK, posso ter inventado essa última parte. O que eu quero dizer é que a minha mãe é uma ótima cozinheira. Talvez até mesmo um prodígio da cozinha. Foi assim que ela sustentou o restaurante por todos esses anos. Mesmo que ultimamente não houvesse multidões arrombando as portas e clamando por suas delícias indianas, ela ainda tinha *haat ki maaza*.

– Está tudo certo? – perguntei, passando com uma jarra de água.

O homem mais velho continuou comendo. O sr. Óculos Prateados, por outro lado, parou por um instante, uma colher cheia de arroz *biryani* a meio caminho da boca.

– Qual é o problema, muito picante?

O pai abriu um sorriso. A comida da minha mãe era boa nesse nível: o pai mal-humorado sorriu de verdade.

O jovem colocou a colher de arroz na boca e mastigou devagar.

– Tem gosto de... – Ele parecia desorientado. – Onde o chef aprendeu a cozinhar?

– Receita secreta de família – respondi com suavidade. – Minha mãe aprendeu com a mãe dela, que aprendeu com a mãe dela.

– Sua mãe é a dona deste restaurante? – perguntou o sr. Óculos Prateados, surpreso. – Achei que você fosse apenas a garçonete.

Um idiota, definitivamente.

– É um negócio de família – esclareci, e ele pareceu um pouco desconcertado.

Toma.

– Por que tanto interesse? – perguntou o pai mal-humorado. – Fique quieto e coma. A inspeção da propriedade está marcada para daqui a meia hora.

– Vocês estão se mudando para a região? – perguntei, enchendo seus copos com água.

Por favor, diga que não, pensei.

O jovem não respondeu, apenas balançou a cabeça e comeu outra colherada de *biryani*. Seus olhos se fecharam, e ele respirou profundamente.

– Qual é o nome da sua mãe? – perguntou, se virando para mim, e dessa vez identifiquei a emoção em seus olhos. O sr. Óculos Prateados parecia triste.

As sobrancelhas do pai se franziram.

– Qual é o problema?

– Esta comida me lembra... o *biryani* me lembra da... mamãe. – Ele parecia sem graça, como se a palavra *mamãe* não fosse usada com frequência.

O pai mal-humorado deixou cair a colher com um barulho.

– Não fale bobagem. Você não se lembra do sabor da comida dela. Você era uma criança quando ela morreu. – Ele se virou para mim, a sobrancelha arqueada, e eu segurei a jarra d'água com mais força. A conversa parecia muito íntima. – Traga a conta, garota. Aydin vai pagar, já que ele quis tanto dar uma olhada nessa espelunca. – Ele se levantou e saiu do restaurante.

O sr. Óculos Prateados parecia ter encolhido com as palavras do pai. Então ele se desenrolou e tirou uma nota de cem dólares de uma elegante carteira de couro e a colocou cuidadosamente sobre a mesa.

– Diga à sua mãe que a comida estava excelente – falou sem olhar para mim.

Aydin. O nome do sr. Óculos Prateados era Aydin, e ele sentia falta da mãe. Coloquei o dinheiro no bolso e comecei a limpar a mesa.

᛫|᛫|᛫|᛫

Deixei os pratos no balcão da cozinha e comecei a esvaziá-los. Eu odiava esta parte: jogar fora comida pela metade. Às vezes dávamos a um abrigo a comida que não havia sido servida.

Minha mãe olhou para mim, o rosto sem expressão.

– Eles não gostaram? – perguntou.

Hesitei. Não estava certa sobre o que havia acontecido. Então peguei a nota de cem dólares, mais que o dobro do que a comida e a gorjeta custavam.

– Eles gostaram. Simplesmente tiveram que sair para um compromisso.

Fahim encostou-se no balcão.

– Uma única mesa hoje, e eles nem terminaram de comer.

Mamãe pegou o outro prato e o limpou.

– São apenas alguns dias ruins. Nós administramos este lugar há quinze anos. Não há razão para que seus filhos não trabalhem aqui um dia, durante as férias ou depois da escola, como você fez. Vai dar tudo certo. – Ela disse essa última parte quase para si mesma.

Minha irmã e meu cunhado trocaram um rápido olhar.

Eu não estava com disposição para a conversa de sempre, aquela que fugia da verdadeira pergunta: quão grave era a situação? Mamãe permanecia de boca fechada em relação às finanças da família, de modo que para nós só restava imaginar o pior.

– Eu volto para ajudar no jantar – falei.

Eles formavam uma pintura: minha irmã, grávida de quatro meses, com a barriga redonda, olhos baixos e sobrancelhas franzidas, minha mãe mexendo distraidamente uma panela com um saboroso frango *korma curry*, enquanto Fahim enchia a lava-louça, o habitual sorriso substituído pela preocupação.

Essa era a vida deles. A vida que escolhi abandonar quando resolvi cursar Rádio e TV.

Mamãe dá muito valor às escolhas. Ela não me pressionou a me juntar a ela em tempo integral no negócio da família. Baba nunca nos encorajou a estudar contabilidade como ele. Quando minha irmã decidiu ir para a faculdade de Gastronomia, minha mãe a recebeu de braços abertos, mas só porque ela chegou ao restaurante sabendo o que iria enfrentar, preparada para sobreviver de esperanças e orações.

Quinze anos atrás, o Três Irmãs era o único restaurante *halal* da região. Esse não era mais o caso, embora ainda fôssemos o único restaurante em Golden Crescent. Era irônico, então, que nossa história de origem não girasse em torno de comida.

O Poutine Biryani das Três Irmãs surgiu por causa do futebol. Futebol da primeira divisão. O tipo que custa milhares de dólares por ano e que era completamente inacessível para o modesto salário de contador do meu pai, mesmo antes de seu acidente. Mas minha irmã Fazeela adorava futebol e jogava muito, muito bem – era feroz e ambiciosa em campo de uma forma que nunca tinha sido em nenhum outro aspecto. Mamãe apoiou o talento da minha irmã da melhor maneira que pôde: abriu um empresa de serviços de bufê para pagar as aulas. Alguns anos depois, nasceu o Poutine Biryani das Três Irmãs.

Então a FIFA, o órgão oficial que comanda o futebol internacional, decretou um novo código de vestimenta que proibia todos os "acessórios de cabeça". A regra visava claramente as atletas muçulmanas que usavam *hijab*. Fazeela decidiu parar de jogar logo depois.

Eu tinha certeza de que minha irmã estava feliz com sua escolha – ela tinha Fahim e o pequeno melão crescendo em sua barriga. Mas às vezes me perguntava se ela tinha feito essa escolha porque se sentira pressionada. Mamãe havia aberto o restaurante para pagar os sonhos de Fazeela. E, quando esses sonhos morreram, talvez a opção de carreira da minha irmã tenha se apresentado como algo inevitável.

Talvez eu fosse a única que realmente tivesse escolha. E eu tinha escolhido sair.

CAPÍTULO TRÊS

O Poutine Biryani das Três Irmãs ficava em uma zona comercial cercada por uma dezena de vitrines, todas pertencentes a empresários imigrantes de primeira e segunda geração. A Tia Luxmi administrava a padaria Tamil, que ficava bem ao lado do restaurante e vendia pão sírio recém-assado e salgadinhos fritos, como *samosas*, *chaat* e *bhel puri*, além de doces indianos. O Tio Sulaiman era dono do açougue *halal*, algumas portas depois da nossa. Uma floricultura especializada em guirlandas típicas do sul da Ásia, usadas em casamentos e outras celebrações, ficava ao lado de um salão de cabeleireiro e manicure que possuía cortinas nas janelas para receber com privacidade mulheres que usavam *hijab* e estavam em busca de uma escova. Havia uma loja de conveniência que vendia bilhetes de loteria e tubos de hena, e uma lavanderia que sabia tirar manchas de açafrão e de óleo das roupas e ainda tinha uma costureira.

A rua era delimitada, no extremo norte, por um café Tim Hortons, administrado pelo nosso comerciante mais antigo, o sr. Lewis, e no extremo sul por uma loja abandonada que muito tempo atrás tinha sido outro restaurante. Do outro lado da rua do Três Irmãs ficava uma pequena mercearia de propriedade da família síria do meu melhor amigo, Yusuf. Ao lado dela, havia uma loja que fazia manutenção de computadores e eletrônicos e oferecia serviço de remessa de dinheiro para outros lugares do mundo, e uma loja de noivas do sul asiático, especializada em *lenghas* e sáris sob medida. As lojas ficavam na entrada do bairro residencial conhecido como Golden Crescent, em homenagem à sua rua principal. De acordo com a lenda local, o bairro também formava o contorno de uma lua crescente no Google Maps.

Saí para ver Baba antes do meu turno na estação de rádio, contornando as costas do restaurante, passando pelo estacionamento e entrando cada vez mais fundo nas ruas de Golden Crescent. As casas aqui eram coladas umas nas outras, unidades geminadas ou blocos de casas intercalados por casas de dois andares com pequenos jardins na frente. As garagens comportavam dois ou três carros, geralmente minivans e sedãs mais velhos. Famílias numerosas viviam juntas, e era comum ter inquilinos morando no porão.

Virei na minha rua, um beco sem saída que dava para um barranco. Nossa casa tinha dois andares e não dividia parede com nenhuma outra. Subi a meia dúzia de degraus até a porta da frente, os olhos se detendo rapidamente na pintura descascada em volta da grande janela. Se Baba estivesse num bom dia, eu o encontraria vestido e sentado na sala de estar, talvez lendo ou montando um quebra-cabeça. Então ele me cumprimentaria com um sorriso e faria uma piada sobre como nos preocupávamos à toa, e eu poderia mandar uma mensagem tranquilizando mamãe, o que seria suficiente para tirar a tensão do rosto dela.

Mas meu pai não estava sentado em sua cadeira favorita na sala. Uma rápida olhada me mostrou que ele também não estava na cozinha, e não havia nenhuma caneca de *chai* vazia no balcão. Subi os degraus, dois de cada vez, até o quarto que meus pais dividiam, no final do corredor. Bati uma vez e entrei. Ele ainda estava na cama.

– Eu tentei levantar – disse Baba, cumprimentando-me com um sorriso de desculpa. – Estou me sentindo trêmulo hoje, fiquei com medo de cair de novo.

Ijaz Khan era um homem miúdo, e parecia ainda menor sob o edredom. Seu rosto parecia ter sido montado com partes incompatíveis do sr. Cabeça de Batata – uma única linha reta para a sobrancelha, nariz grande e bulboso, lábios carnudos, entradas recuadas, tudo em um rosto amável. Ele usava óculos de leitura enormes que ampliavam seus olhos escuros. Mamãe estava certa em me pedir que viesse; era óbvio que ele estava com dor.

– Quer que eu pegue os seus remédios? – perguntei com gentileza.

Ele assentiu, e fui ao banheiro pegar sua medicação. Eu odiava vê-lo assim.

Dois anos antes, o carro do meu pai havia sido atingido por um SUV. Seu sedã compacto fora empurrado para a pista contrária, e suas pernas ficaram presas nos destroços. Por algumas semanas após o acidente, não sabíamos se ele voltaria a andar. A maior parte do dinheiro do seguro foi usada para pagar o tratamento, os remédios e a ajuda extra após o acidente, e ele não trabalhava regularmente desde então. Antes do acidente, meu pai era responsável pela contabilidade da maioria dos negócios de Golden Crescent. Agora administrava apenas um punhado de lojistas leais a ele. A capacidade de nossa família de pagar as contas antes do vencimento dependia em grande parte do sucesso do Poutine Biryani das Três Irmãs.

Enquanto esperávamos o remédio fazer efeito, liguei o rádio que ele mantinha na mesa de cabeceira, sintonizado na CBC. Ouvimos os últimos dez minutos de um programa de tecnologia até ele se sentir bem o suficiente para segurar as alças do andador que eu havia colocado próximo à cama.

Ajudei Baba a descer os degraus, depois fiz algumas coisas na cozinha; fervi água e esquentei o leite para o *chai*. Baba odiava que eu ficasse em cima dele. Passei manteiga na torrada e depositei sua refeição na mesa de plástico branco.

– Coloque um dos episódios do seu podcast, Hana *beta* – disse ele depois de tomar um gole restaurador de *chai* pelando.

Eu tinha preparado uma caneca do forte *chai* com leite para mim também, e nos sentamos para ouvir. Baba era o único da família que achava meu podcast uma boa ideia. Fui passando os episódios até escolher um que achei que ele gostaria e apertei play.

Bem-vindos ao Divagações de Ana, uma garota marrom, *um podcast anônimo sobre a vida de uma mulher muçulmana de vinte e poucos anos que vive no Canadá.*

Venho de uma longa linhagem de contadores de histórias. Meu pai adorava contar histórias sobre sua família e sua infância na Índia. Minha irmã e eu nunca nos cansamos de ouvi-las. Uma de nossas favoritas era sobre o irmão mais velho dele, que adorava pregar peças nos outros irmãos. Um dia, sua irmã mais nova e as amigas dela estavam encenando um casamento com suas bonecas, e meu tio insistiu em participar. Ele faria o papel do imame, e casaria as bonecas. Vestiu uma longa túnica e um gorro usado em orações e, quando chegou a hora da festa de casamento, minha irmã e suas amigas fizeram alguns lanches: bolos e sherbet *para beber. Naturalmente, no minuto em que o* nikah *acabou, os amigos do meu tio invadiram e roubaram toda a comida, enquanto ele sequestrava as bonecas recém-casadas e as mantinha como reféns em seu esconderijo no telhado. Não as libertou até sua irmã mais nova e as amigas concordarem em entregar o dote da noiva: três garrafas de refrigerante, um carrinho de brinquedo e um punhado de rúpias.*

Baba riu alto ao me escutar recontar as travessuras de muito tempo atrás de seu irmão. Enquanto ele ouvia o resto do podcast, dei uma olhada nos comentários.

COMENTÁRIOS

StanleyP
Eu gostaria de conhecer o seu tio.

AnaBGR
Eu não o vejo há anos, mas ele continua brincalhão, mesmo depois de adulto.

StanleyP
Todos os meus parentes são chatos.

AnaBGR
Bots têm família?

StanleyP
Só os legais, como eu. Isso nos ajuda a parecer mais realistas. Como está o trabalho?

AnaBGR
Muita coisa pra fazer, ocasionalmente sugando minha alma, com alguns momentos incríveis. E o seu?

StanleyP
Tentei apresentar minha ideia da maneira que você sugeriu. Não deu certo.

AnaBGR
Você precisa fazer algo para o seu PPT se destacar. Eu te disse para adicionar uma playlist atrativa.

StanleyP
Você nunca trabalhou em um escritório, né?

AnaBGR
Tudo bem, não dê ouvidos ao meu excelente conselho.

StanleyP
Ninguém deveria, essa é a verdade.

AnaBGR
E ainda assim a contagem de ouvintes do podcast aumentou de novo. Achei que ninguém se interessaria.

StanleyP
Achava, sim. Ou nem teria se dado ao trabalho.

AnaBGR
Como você sabe?

StanleyP
Você me pegou.

 Meu estômago deu um nó quando reli as palavras que StanleyP escrevera alguns meses antes. Esse flerte casual estava começando a parecer perigoso. O que estávamos fazendo?
 Quando o meu eu do podcast se despediu, observei a reação de Baba. Seu grande sorriso espalhou as linhas de expressão profundamente gravadas

ao redor da boca, de modo que ele quase ficou parecendo a pessoa que era antes do acidente. Meu coração se apertou com a visão de sua alegria fugaz.

Baba ficara imensamente feliz quando eu decidi fazer mestrado em Rádio e TV, e igualmente orgulhoso do meu estágio. Ele agora passava tanto tempo em casa ouvindo rádio ou podcasts que estava convencido de que em breve eu teria meu próprio programa. Mas tudo o que eu tinha feito no estágio até agora fora organizar arquivos e pesquisar histórias. Havia me formado em junho do ano passado e ainda estava tentando descobrir qual seria o meu próximo passo.

Coloquei o prato vazio e a caneca na pia.

– Volto mais tarde – falei. – Vou para a estação de rádio, e depois tenho que fechar o restaurante.

Baba assentiu, hesitante.

– Quantos clientes tivemos hoje? – perguntou.

Desviei o olhar ao responder.

– Foi um dia meio parado. Mas não há nada com que se preocupar.

– As coisas vão melhorar – disse ele. – *Inshallah*.

Apertei seu ombro e peguei a bandeja com o quebra-cabeça que ele estava montando: um castelo escocês de cinco mil peças. Coloquei-a na mesa de centro antes de sair pela porta da frente.

Meu telefone vibrou com um novo e-mail assim que pisei na calçada. Era do locutor da rádio pública, o emprego dos sonhos sobre o qual StanleyP havia me perguntado antes. *Por favor, Alá*, orei fervorosamente. Meus dedos se atrapalharam enquanto eu abria o aplicativo. *Por favor, por favor, que seja uma boa notícia.* Li a mensagem rapidamente, passando os olhos pelas palavras e sentindo o coração bater forte.

> Prezada srta. Khan,
>
> Obrigado pelo interesse na posição de produtor júnior. Lamentamos informar que a vaga já foi preenchida. Agradecemos a sua participação em nosso processo seletivo e continuamos a incentivar vozes diversas a se candidatarem e fazerem a diferença no cenário da mídia canadense...

Apaguei a mensagem antes de ler o restante, e meus dedos se moveram automaticamente para o aplicativo de mensagens. "Não consegui o emprego", digitei para StanleyP, mas então meus dedos pararam.

Talvez essa rejeição fosse um sinal de que eu devia me concentrar no que estava acontecendo agora, e não me preocupar com o emprego dos sonhos, ou com relacionamentos futuros, que estavam fora do meu alcance. Apaguei a mensagem e caminhei até o ponto de ônibus. Meus sonhos poderiam esperar um pouco mais.

***

Bem-vindos ao Divagações de Ana, uma garota marrom, *um podcast sobre a vida de uma mulher muçulmana de vinte e poucos anos que vive em Toronto.*

Uma das perguntas que fiz no primeiro episódio foi sobre família. O que devemos às pessoas que nos criaram, aquelas que compunham nosso mundo inteiro num primeiro momento?

É complicado para os filhos de imigrantes. Não estou falando do costumeiro "os meus pais não entendem". Meus pais acreditam no poder da escolha e nunca me pediram que sacrificasse meus sonhos pelos deles. No entanto, ainda sinto que deveria fazer isso. De onde vem esse sentimento? É apenas lealdade e fortes laços familiares? Seria porque, como parte de uma comunidade marginalizada, todos nós tivemos que nos unir para sobreviver, e esse tipo de experiência tende a se tornar um hábito? Talvez seja sobre culpa. Nós somos os filhos que se beneficiaram dos sacrifícios que nossos pais fizeram quando decidiram se mudar para um país mais rico e seguro. Se, após crescer, nos distanciamos, isso faz de nós vilões ingratos?

Meus pais diriam que estou sendo dramática. Talvez esteja. A vantagem de ter um podcast anônimo é justamente que posso ser quão dramática quiser.

Sei que, apesar dos muitos benefícios que há em ser filha de imigrantes, existe a grande desvantagem de ter que estabelecer meu próprio senso de pertencimento. Toda a minha família mora em outro lugar, em um continente diferente, e nós não os visitamos com frequência suficiente para criar laços verdadeiros. Há muita liberdade em ser pioneiro da história de sua família em um novo lugar, é claro. Mas também há muita solidão. Eu tive que encontrar minha própria família, fazer amizades que são como uma.

No entanto, essa falta de história significa que minhas raízes aqui são superficiais, minhas histórias têm poucos anos.

Talvez seja por isso que estou me sentindo tão inquieta hoje, talvez um pouco emperrada. Estou esperando por algo, só que não sei o quê. É nesse momento que imagino um tipo diferente de inquietação – do tipo que meus pais sentiram, do tipo que os levou a pegar um avião décadas atrás e abandonar seu próprio mundo, cheio de estórias e de história, para ir atrás de algo novo.

De várias formas, as escolhas que eles fizeram limitaram as minhas. Sem dúvida, as escolhas que faço terão o mesmo efeito na geração seguinte. Acho que todos nós fazemos as pazes com isso no final.

Obrigada por ouvirem, amigos. Me contem se vocês têm histórias semelhantes e como têm prosseguido em seu próprio caminho.

COMENTÁRIOS

StanleyP
Ótimo segundo episódio!

AnaBGR
O retorno do bot.

StanleyP
Me inscrevi. Acho que isso faz de mim um fã. Minha família não é tão compreensiva quanto a sua, mas eu te entendo em relação à questão da lealdade e da culpa. Mal posso esperar para ouvir os próximos episódios. Você devia fazer disso seu ganha-pão.

AnaBGR
Inshallah.

StanleyP
Se Deus quiser.

AnaBGR
Você também é muçulmano?

StanleyP
Ana-nônima, se eu responder a essa pergunta, você vai responder a alguma das minhas?

AnaBGR
Não. Retiro o que disse.

StanleyP
Até a próxima.

CAPÍTULO QUATRO

A Rádio Toronto era uma estação indie que transmitia de tudo um pouco. Tocávamos artistas locais, bem como hits do Top 40, divulgávamos notícias sérias e também falávamos da cena da cultura de rua de Toronto. Eu havia vencido centenas de outros candidatos para conseguir a vaga de estágio. Agora que tinha perdido o único outro emprego que realmente queria, eu estava determinada a ser contratada permanentemente na estação quando o estágio terminasse. Para isso, precisava me tornar indispensável à diretora da emissora. Marisa Lake era uma mulher branca sofisticada de trinta e tantos anos, alta e esbelta, com um lustroso cabelo castanho-mel preso em um coque e um lenço de seda amarrado no pescoço. Thomas Matthews, meu colega estagiário, achava que ela era sensível em relação a essa parte de seu corpo.

– Você tem sorte, está sempre coberta – disse ele, gesticulando para o meu *hijab*.

Estávamos sentados no pequeno escritório, cercados por caixas de arquivos intocadas havia décadas. Nossa tarefa era classificar e catalogar o conteúdo delas, e, depois de duas horas, estávamos ambos entediados.

A família de Thomas era de cristãos ortodoxos do sul da Índia. Ele acreditava que, como colegas *desis*, compartilhávamos uma conexão especial. Também acreditava que ele deveria ficar com a vaga permanente na Rádio Toronto no fim do estágio. E estava errado em ambas as suposições.

— Meu pescoço está bem, obrigada — falei.

— As mulheres têm essas questões. Se não é o pescoço ou os dedos dos pés, é a sobrancelha.

Olhei dentro de uma caixa e tentei parar de prestar atenção nele.

— Eu sei qual é a sua questão — disse ele com a voz manhosa.

Thomas tinha a pele marrom-escura e grandes olhos escondidos atrás de óculos redondos com armação de metal. Ele preferia cardigãs justos e coletes, que achava que o faziam parecer um hipster. Eu sabia qual era a dele; o Harry Potter *desi* só estava preocupado com os próprios interesses.

Também sabia que ele não pararia até que eu respondesse. Além de inventar teorias estranhas sobre as pessoas do escritório, Thomas adorava me provocar.

— OK, tudo bem. Qual é a minha questão? — perguntei.

Ele encolheu os ombros.

— Seu cabelo. É por isso que você usa essa coisa na cabeça.

— *Hijab*. Repita comigo: *ri-jáb*.

— O fato de você ser tão sensível só prova que estou certo. Diga a verdade. Você é uma daquelas esquisitas que não conseguem parar de mastigar o cabelo?

Joguei uma pasta de arquivos sobre a mesa.

— Estou chocada que você ainda esteja solteiro. O que foi, a mamãe ainda não encontrou uma esposa para você?

— Ninguém mais faz esse negócio de casamento arranjado, Hana — disse ele placidamente, e eu imediatamente me arrependi da minha reação temperamental. — Exceto conservadores malucos. — Seus olhos se fixaram no meu *hijab*. — Além disso, eu tenho uma namorada — disse, puxando outra pasta.

— Namoradas virtuais não contam.

— De amigos virtuais você entende — retrucou, o olhar no celular em minha mão.

Fiquei vermelha e fechei o aplicativo de mensagens. Eu não estava enviando mensagens de texto para StanleyP durante o trabalho, apenas verificando se ele tinha me mandado alguma. Não tinha.

— Do que vocês dois estão falando? — perguntou Marisa, entrando no depósito.

Ela pegou um arquivo qualquer, passou os olhos por ele e o colocou na pilha errada. Estava usando um batom rosa-pastel que combinava com seu lenço rosa-pastel, um tom que não cairia bem em mim. Marisa vestia-se com mais elegância do que seu cargo atual exigia. Thomas dizia que era porque ela era uma mulher em ascensão.

Eu queria ascender também, como Marisa. Até tinha uma coleção de lenços, embora usasse os meus na cabeça, e não no pescoço. Não éramos tão diferentes.

– Estou fazendo um grande progresso com os arquivos, Marisa – disse Thomas. – Tenho muitas ideias para mantê-los organizados a partir de agora. Adoraria compartilhá-las com você mais tarde.

Revirei os olhos, mas Marisa apenas sorriu levemente. Ela não era boba.

– Thomas estava me contando sobre a namorada dele – falei, respondendo à pergunta dela.

– Oh – disse Marisa, com um toque de decepção na voz. – Eu tinha esperança de juntar vocês dois.

Thomas e eu nos entreolhamos espantados, e ela se retirou, nos deixando sozinhos.

Marisa me chamou em seu escritório algumas horas depois.

– Espero que você não tenha ficado ofendida, querida – falou, indicando que eu deveria me sentar. Seu escritório era pequeno e apertado, mas tinha uma janela que dava para o estacionamento. – Sempre achei você e o Thomas fofos juntos.

Sufoquei um suspiro. Marisa tinha boas intenções – as boas intenções de alguém que quer juntar duas pessoas só porque elas têm a mesma cor de pele. Ela não entendia que não era só porque nossas famílias tinham vindo do mesmo país que estávamos destinados a nos apaixonar. Eu gostava de Marisa, por isso meu tom de voz foi gentil quando respondi:

– Não nos vemos dessa forma. Além disso, ele tem namorada.

– E você, tem namorado?

Minha chefe estava tentando ser amigável, mas eu suspeitava que também tivesse um complexo de salvadora, algo que eu poderia usar a meu favor. Pensei rapidamente.

– Acabei de terminar. Estou muito comprometida com meu trabalho aqui na Rádio Toronto. – Tentei parecer séria e merecedora de uma oportunidade.

Marisa tocou o lenço em sua garganta e sorriu levemente.

– Lamento ouvir isso. Embora provavelmente tenha sido para melhor. Imagino que seus pais não aprovariam você namorando antes do casamento.

Eu pisquei. *Quê?*

– Não tenho planos de me casar até me estabelecer na carreira – falei com firmeza.

Marisa pareceu duvidar.

– Eu não sabia que essa era uma opção na sua cultura. Mas, sendo assim, preciso de alguém para me ajudar na produção do *Giro de notícias* esta noite. Você gostaria?

Decidi deixar os comentários dela para lá – a mulher tinha conseguido a minha atenção. O *Giro de notícias* era importante; um programa de notícias e cultura pop, o mais popular da Rádio Toronto, transmitido em nosso horário mais cobiçado, a hora do rush da tarde, e apresentado por nosso locutor mais conhecido, Big J. Até minha mãe ouvia o programa.

Bônus: Thomas iria se engasgar de ciúmes.

– Claro, posso sim – respondi casualmente.

Coproduzir o *Giro de notícias* significava perder o turno da noite no restaurante. Quando liguei, mamãe disse que eles se virariam sem mim, e que eu poderia ajudar a fechar o restaurante depois do programa. Antes de desligar, ela hesitou por um momento.

– Hana, precisamos conversar quando você chegar em casa. As coisas estão acontecendo – disse vacilante.

– Que coisas?

Silêncio.

– Nos falamos hoje à noite.

|ı|ı|ıı|ıı|

Big J não era tão grande pessoalmente, apesar da voz estrondosa. Ele entrou no estúdio uma hora antes do início do programa, às quatro da tarde, sua presença enchendo a sala com uma energia calorosa e agitada. Parecia ter seus vinte e tantos anos, com uma barba rala que cobria as bochechas cheias e sorridentes. Os olhos eram de um azul intenso, e ele vestia calça jeans escura e larga e camiseta branca que enfatizava uma leve protuberância ao redor de sua cintura. O ponto alto do traje era um boné roxo vintage do Toronto Raptors.

Big J cumprimentou Marisa com um abraço rápido e então, com um olhar discreto para meu *hijab*, assentiu com a cabeça em vez de tentar me abraçar também. Respeitoso *e* ciente da prática da minha religião de não tocar despropositadamente um membro do sexo oposto. Amei o cara.

– Hana é uma de nossas estagiárias, Jonathan. Ela vai nos ajudar na produção hoje – explicou Marisa.

– E aí, minha irmã? – disse ele na profunda e melódica voz que um dia sem dúvida o tornaria famoso.

Usamos a hora seguinte para repassar o programa, e, às quatro, Big J lançou seu bordão:

– Eu sei o que você quer, Toronto. Estão prontos para o *Giro de notícias*?

E então ele não parou mais, entretendo o público com fofocas e anedotas locais retiradas dos eventos do dia, contando piadas sobre celebridades e reality shows e logo em seguida fazendo referência a filósofos franceses e à história canadense. Marisa observava atentamente, e eu ajudei ficando de olho nas mensagens e respondendo às perguntas postadas pelos ouvintes no Facebook e no Twitter. Postei imagens do meme viral do dia: Big J tomando café em uma enorme caneca com seu bordão estampado. Sua base de fãs vinha crescendo constantemente ao longo dos anos, e ele já havia atraído a atenção de grandes emissoras nos Estados Unidos e no Canadá.

O programa terminou às oito da noite, e Big J sorriu para mim e fez um sinal de positivo enquanto saía do estúdio. Eu sorria tanto que minhas bochechas doíam, embriagada por ter produzido o meu primeiro programa. Quando perguntei à Marisa se queria que eu ajudasse novamente no dia seguinte, ela deu um sorriso de aprovação.

– Claro, querida. Você leva jeito pra isso.

CAPÍTULO CINCO

No caminho do ponto de ônibus para casa, avistei Yusuf na entrada da mercearia de sua família. Ele acenou e atravessou a rua, as pernas compridas engolindo a distância entre nós.

Yusuf parecia uma versão síria do príncipe Eric de *A pequena sereia* – cabelos escuros, olhos verde-avelã, sorriso caloroso. Ele era ridiculamente lindo, mas, exceto por uma breve paixonite na sexta série, eu era imune aos seus superpoderes de homem deslumbrante. Além disso, seu coração pertencia à nossa outra melhor amiga, Lily. Yusuf também era gentil, sempre se voluntariando na mesquita, sempre arrecadando dinheiro para o projeto da vez. No momento, ele estava terminando uma pós-graduação em Serviço Social, Políticas Públicas e Ações Humanitárias em geral.

– As tias te deixaram em paz hoje? – provoquei quando ele se aproximou.

Yusuf corou, me fazendo rir.

Sendo a mercearia local, a loja de sua família era rotineiramente tomada por pessoas – principalmente mulheres, como eu gostava de apontar – comprando produtos frescos para o jantar. Os clientes de seu pai amavam Yusuf. Todo mundo amava o lindo Yusuf.

– Não tenho mais te visto por aqui – disse ele em vez responder à minha provocação.

– Ocupada. O restaurante, a rádio, meu pai.

Yusuf assentiu com uma expressão terna. O olhar de pena de amigos, vizinhos e estranhos tornou-se difícil de suportar desde o acidente do meu pai. Felizmente, Yusuf sabia a hora de mudar de assunto.

– Faz muito tempo que não saímos todos juntos. A Lily tem trabalhado muito, mas ela toparia se você chamasse.

A futura dra. Lily Moretti, Yusuf e eu – a gangue dos Três Mosqueteiros – éramos amigos desde a infância, embora as coisas tivessem mudado quando os dois começaram a namorar. Além disso, não nos víamos mais todo dia na escola e nossos círculos não se cruzavam com tanta frequência. Ainda assim, Yusuf estava certo, fazia tempo que não saíamos.

Mandei uma mensagem para Lily depois que Yusuf entrou na loja. "Lil, estou pensando em você. Faz tanto tempo que não te vejo que nem lembro da sua cara. Aqui vai uma foto minha, caso você esteja com o mesmo problema." Anexei uma selfie vesga e terminei a mensagem com: "Acho que seu namorado também está com saudade de você. Me fala quando quiser sair. Bjs".

Yusuf e Lily estavam juntos, contando as idas e vindas, havia anos. O fato de eu não saber se atualmente eles estavam namorando ou não mostrava bem quanto tempo fazia que nós três não saíamos.

O restaurante estava prestes a fechar, e, quando entrei no salão do Três Irmãs, restavam apenas alguns clientes que estavam terminando suas refeições. Cumprimentei os rostos familiares sem perder o ritmo e entrei na cozinha, animada para compartilhar as novidades.

– A Marisa disse que eu fui muito bem na coprodução do *Giro de notícias* hoje! – anunciei.

– Isso é ótimo, Hanaan – disse Fazeela. Ela parecia pálida e havia uma mancha preta sob seus olhos que não estava lá naquela manhã. – Nós escutamos o programa. O Big J é tão engraçado. – Fazee estava sentada em um banquinho, afagando um copo de água.

– Encontrei memes de um bebê alpinista para ele – eu disse cheia de orgulho.

Fazeela sorriu levemente e se contraiu na cadeira. Antes que eu pudesse perguntar se ela estava bem, mamãe me mandou atender os clientes restantes no salão. Ela não disse uma palavra sobre minhas novidades. Eu devia ter parado em casa primeiro e contado ao Baba; ele não estaria distraído demais para me parabenizar.

Havia apenas três mesas ocupadas no salão. Imame Abdul Bari e sua esposa estavam acomodados na mesa do canto, como faziam uma vez por semana. Duas outras mesas eram ocupadas por um único cliente cada: uma mulher branca solitária com cabelos frisados e óculos enormes pendurados na ponta do nariz, e o Tio Haneef, que era viciado no *chai* da minha mãe.

Abdul Bari me cumprimentou com seu sorriso habitual.

– Como está o mundo do rádio, Irmã Hana?

Abdul Bari era o imame da mesquita local, a Assembleia Muçulmana de Toronto. Sua presença sorridente era uma melhoria em relação ao imame anterior, a quem eu apelidara de "Górgona", por seu comportamento severo e sermões chatos. Eu não tinha frequentado a mesquita durante o reinado do Górgona, mas o imame Abdul Bari me convenceu a voltar. À sua maneira, ele era tão magnético quanto Big J.

– Eu coproduzi o *Giro de notícias* hoje – falei, radiante.

Não conseguia parar de pensar no elogio de Marisa – "Você leva jeito pra isso". Depois de meses de pesquisas tediosas e trabalho árduo, finalmente estava um passo mais perto de aprender mais sobre produção. Baba queria que eu apresentasse meu próprio programa um dia, mas minhas ambições eram mais modestas. Eu adorava buscar histórias que significassem algo para mim, e então pensar em uma maneira de apresentá-las para que ficassem interessantes para os ouvintes. Para mim, a parte da apresentação era secundária. Acho que era por isso que o formato de podcast me chamava tanta atenção. Ele me dava total controle e liberdade para falar sobre o que eu quisesse.

– *Mabrook!* É importante que os jovens muçulmanos contem suas histórias. Seus pais devem estar tão orgulhosos – disse o imame.

Sua esposa, Nalla, percebeu minha hesitação e apertou minha mão.

– Sua mãe trabalha tanto. Tenho certeza de que ela está orgulhosa à maneira dela.

Nalla parecia cansada, seu rosto estava mais magro. Imame Abdul Bari nunca tinha dito nada, mas todos sabiam que ela não estava bem. Eu a via ficar mais fraca a cada noite em que eles saíam para jantar, observava a tensão em seu rosto quando ela andava, a mastigação lenta, como se até o ato de comer a esgotasse. O imame, sempre carinhoso com a esposa, tornara-se ainda mais solícito recentemente.

O restaurante esvaziou, e eu tranquei a porta da frente e comecei a limpar as mesas, empilhar as cadeiras, a mente em outro lugar. Peguei o celular. Nenhuma mensagem de StanleyP. Fazeela estava certa, eu estava obcecada.

Uma batida na porta me tirou do meu devaneio. O sr. Óculos Prateados – Aydin – estava parado na entrada.

– Estamos fechados – sussurrei, e fiz um movimento com a mão para enxotá-lo.

Ele bateu novamente, uma expressão suplicante no rosto.

Contemplei as minhas opções. Eu conseguia ouvir risadas na cozinha, onde mamãe, Fahim e Fazeela limpavam. Além disso, Aydin parecia inofensivo, e a distração poderia ser bem-vinda. E ele também havia deixado uma gorjeta enorme; talvez tivesse voltado para buscar o troco.

– Nós não devolvemos o dinheiro de refeições não consumidas – falei assim que abri a porta.

Aydin se encostou no batente da porta, as mãos nos bolsos.

– Não quero dinheiro de volta – disse.

Esperei que explicasse por que estava ali, mas ele apenas piscou e não falou nada.

Deixei a porta aberta e voltei a limpar as mesas. Ele me seguiu pelo salão.

– Você trabalha no restaurante todos os dias? – perguntou. – Amanhã tem aula.

Peguei a vassoura.

– Tenho vinte e quatro anos. Tenho dois diplomas universitários e três empregos, se você incluir ter que jogar conversa fora com quem dá boas gorjetas.

Ele deu um meio-sorriso.

– Você parece mais jovem. Deve ser o... – Ele acenou vagamente na direção do meu rosto. – Onde mais você trabalha?

– Rádio Toronto – respondi, e esperei pelo inevitável olhar vago.

Em vez disso, ele me surpreendeu com um grande sorriso. A expressão foi tão inesperada que parei para olhar.

— Eu amo rádio — disse ele. — Em casa, em Vancouver, fui a algumas transmissões ao vivo de programas locais. Você já foi a uma transmissão ao vivo?

— Sim — respondi, atordoada. — Algumas vezes.

O sorriso de Aydin ficou repleto de encantamento.

— Meus amigos dizem que sou um nerd vintage, mas eu não ligo. Existe algo mágico em ouvir alguém falar, o som da voz, compartilhar histórias e sonhos pessoais...

Nossos olhos se encontraram. Aydin desviou o olhar primeiro, envergonhado por seu entusiasmo. Passou a mão pelo cabelo grosso e escuro.

— Tenho vinte e sete anos, mas só consegui um diploma. Administração e Contabilidade, da UBC — disse, encolhendo os ombros. — Era o que meu pai queria.

Eu me contraí ao lembrar da maneira autocrática como o pai de Aydin havia falado com ele. Agora que eu sabia que ele era um colega nerd que gostava de rádio, estava menos intransigente. Mas isso ainda não explicava o que ele estava fazendo ali.

— Você esqueceu alguma coisa? — perguntei.

Ele parou seu andar vagaroso.

— Vim aqui dizer que sinto muito.

Cada vez melhor. Eu gostava de homens capazes de se desculpar.

— Não importa o que aconteça na cozinha, nunca peça desculpas — falei, citando Julia Child.

Aydin piscou rapidamente. Fiquei me perguntando se ele sabia que fazia isso quando estava nervoso.

— Quis dizer que sinto muito por não ter terminado o *biryani*.

Eu não soube como reagir, mas, quando olhei para Aydin novamente, tive certeza de que ele estava tentando ser engraçado. Além disso, fico boba por qualquer um que elogie a comida da minha mãe. Sem maiores explicações, deixei-o sozinho no salão, fui até a cozinha, enchi um prato e voltei.

Quando retornei, encontrei Aydin na mesma mesa que ocupara mais cedo. Entreguei-lhe a comida antes de continuar a rotina de fechamento, às vezes observando furtivamente seu rosto enquanto ele comia o arroz *basmati* e a carne de maneira lenta e cheia de reverência. Algumas vezes o peguei olhando para mim.

– Fica melhor com queijo coalho e molho – falei por cima do ombro.

Ele sorriu, a expressão se desfez tão rápido que não sei se foi só minha imaginação. Continuei minhas tarefas, reabastecendo potes com o famoso picles *achar* de manga da minha mãe, lançando olhares sorrateiros para meu visitante inesperado. Ele realmente tinha voltado para comer o *biryani* da minha mãe ou também queria falar comigo? Fiquei remoendo esse pensamento. Aydin era bonitinho, gostou da nossa comida, tinha o que parecia ser um senso de humor. Talvez não fosse tão arrogante, afinal.

Olhei para ele novamente, e nossos olhares se cruzaram.

– Você não para de me encarar – observei.

Aydin imediatamente desviou o rosto, um fraco rubor passando pela pele macia e aveludada.

– Você me lembra alguém – murmurou.

Eu devia ter cuidado com ele, esse homem estranho que não conheço. Exceto que, depois de uma vida inteira trabalhando no setor de serviços, eu me tornara perita em ler as pessoas, e tinha certeza de que Aydin era inofensivo. Na verdade, havia algo reconfortante em sua esquisitice. Ele parecia mais jovem do que quando nos vimos antes, mais despreocupado. Percebi que seu cabelo estava bagunçado, enrolado ao redor da gola de sua camisa preta; os mesmos óculos de sol prateados pendiam do bolso da frente.

– Qual é o seu nome? – perguntou Aydin depois de alguns minutos mastigando com satisfação.

– Garçonete – brinquei.

– Não, sério.

– Garçonete que fez o pedido do seu almoço.

Ele fez uma careta.

– Garçonete pra quem você deu uma gorjeta grande demais e que não dá troco.

Aydin se levantou e colocou o prato limpo no balcão. Então pegou três potes e começou a enchê-los com *achar*.

– O que você está fazendo?

– Você vai terminar mais rápido se eu ajudar. Meu nome é Aydin, caso esteja se perguntando.

– Eu ouvi seu pai falando.

Sua expressão se fechou quando mencionei seu pai, mas ele respondeu com leveza:

– Você estava prestando atenção.

– Tenho uma audição excepcional.

– Aposto que sim, *Hana*.

Eu parei.

– Como você sabe o meu nome?

Ele acenou para a minha camisa, onde havia um crachá.

– Então você sabe ler – murmurei, e ele riu de leve.

– Por que este restaurante se chama Poutine Biryani das Três Irmãs?

Peguei uns saleiros vazios, mas me detive por um momento. Eles não precisavam ser reabastecidos hoje; não tínhamos tantos clientes assim. Para me distrair desse pensamento, narrei a história da nossa origem e meu papel nela.

– Minha mãe achou que "Três Irmãs" soava melhor do que duas. Eu defendi que "Poutine Biryani" fazia o restaurante parecer interessante, uma fusão da comida canadense com a indiana. Ainda que só servíssemos comida de Hyderabad.

Aydin abriu um grande sorriso.

– Deixe-me ver se entendi: não há uma terceira irmã nem há *poutine* no menu. Não posso acreditar que este lugar tenha se mantido aberto todos esses anos.

– Somos uma instituição local muito amada – protestei.

Olhei para os saleiros cheios. Bem, fomos.

Ele não me ouviu, muito ocupado em observar o restaurante.

– Este lugar não está completamente condenado – refletiu. – Uma mão de tinta, algumas toalhas de mesa e luzes maiores e mais brilhantes já dariam um novo ânimo.

– Nós não precisamos de uma reforma – falei, na defensiva.

A expressão de Aydin estava cheia de pena quando ele me encarou, como um médico prestes a dar más notícias:

– O *biryani* da sua mãe é incrível. Como todas as comidas aqui, mas são os pratos *desi* básicos: arroz e especiarias. O nome do restaurante é confuso tanto para os clientes *desi* quanto para os não *desi*. A primeira vez que entrei, quase saí e fui para outro lugar, pois o interior parecia velho e sujo. Seus clientes se tornaram mais exigentes. Eles podem pagar por algo melhor e têm expectativas mais altas.

Suas palavras foram um tapa na cara. Uma coisa era saber que nosso restaurante tinha visto dias melhores, outra era ouvir críticas da boca de um estranho.

– A única razão pela qual vocês ainda estão abertos é porque não têm concorrência – continuou Aydin. – Vocês são o único restaurante *halal* em Golden Crescent. Esta área está cheia de imigrantes do sul asiático e grande parte deles come apenas carne *halal*. Mas está claro que esta região está prestes a mudar. A única coisa com que vocês podem contar é essa mudança. Vocês deviam se preparar para enfrentá-la em vez de se esconderem atrás do menu e da decoração de sempre.

Seu tom arrogante estava de volta, e meus ombros estavam perto dos meus ouvidos agora.

– Não pedi a sua opinião, Aydin – falei, a voz cheia de tensão. – Você não tem o direito de saborear a nossa comida e depois criticar a maneira como fazemos as coisas. O que você sabe sobre administrar um restaurante? – Ele achava que, porque tinha gastado cem dólares numa comida que custava menos da metade disso, podia me dar um sermão sobre os negócios da minha família? De jeito nenhum.

Aydin ficou surpreso com a minha reação.

– Só estou sendo honesto. Sua família claramente precisa de ajuda.

– Não queremos a sua ajuda.

Pensei na minha mãe, no Fahim e na minha exausta irmã. Eles lutavam todos os dias para sobreviver em um negócio notoriamente difícil. Quem Aydin pensava que era?

Ele observou meu rosto com cuidado, e senti um formigamento na minha nuca sob seu olhar atento.

– Sua família está presa à velha maneira de fazer as coisas, Hana. – O homem amigável de alguns minutos atrás se fora, substituído por essa figura fria que me lembrava desconfortavelmente seu pai. Alguém que acreditava saber mais do que eu. – O Três Irmãs pode estar funcionando há quinze anos, mas vocês estão claramente em apuros agora. Você parece ser uma garota legal. Eu odiaria ver sua família destruída porque vocês se recusam a olhar para além dessa janela.

Garota. Eu era uma *garota legal*, despreparada para encarar a verdade. Por um momento, vi tudo vermelho, e ele deve ter notado a fúria em meu rosto, porque deu um passo para trás.

– Quem é você? – perguntei.

Entendi que a visita de Aydin não tinha sido tão inocente ou casual no fim das contas, e minha raiva era em parte comigo mesma por ser ingênua, por pensar que um garoto bonitinho aleatório voltaria simplesmente para conversar comigo e apreciar a comida da minha mãe. Ele estava lá para pescar informações, e eu havia aberto a minha boca igual a uma caixa de correio.

Aydin balançou a cabeça em negação.

– Não sou ninguém. Obrigado pelo *biryani*. Vejo você por aí.

Fechei a porta assim que ele saiu, embora minha vontade fosse batê-la. Minha mão se deteve na fechadura quando me lembrei das palavras de Aydin. Como ele sabia que o Três Irmãs já existia havia quinze anos?

Quando me virei, minha mãe estava imóvel na entrada da cozinha. Eu não sabia quanto tempo fazia que ela estava ali, ou o que tinha ouvido.

– Hana – ela disse –, precisamos conversar.

CAPÍTULO SEIS

Mamãe não estava surtando por eu estar falando com um garoto. Melhor deixar isso claro, porque algumas pessoas têm umas ideias risíveis sobre mulheres muçulmanas. Deixe-me ilustrar: quando eu tinha onze anos, ela se sentou comigo e lançou a conversa sobre pássaros e abelhas. Só que ela usou termos científicos e falou sobre prazer e responsabilidade, terminando com:

– É assim que os bebês são feitos. Sim, você também foi feita assim.

Funcionou. Fiquei tão desestimulada por suas palavras francas sobre sexo que não pensei em relacionamentos até a metade do Ensino Médio, quando finalmente descobri que era tudo um plano dela. Mas aí já era tarde demais. Eu já era uma nerdzinha marrom de *hijabi* que não namorava – não confundir com a nerdzinha marrom de *hijabi* que namorava. Essa usava óculos.

Minha mãe não se incomodava facilmente com nada, é o que quero dizer. Ghufran Khan era a rainha imperturbável da nossa família. E agora ela queria falar comigo sobre algo sério. Eu me preparei e a segui até a cozinha, agora vazia. Fazeela e Fahim deviam ter saído pelos fundos.

– Sobre o que você quer falar? – perguntei.

Ela parecia distraída, mexendo em uma panela grande deixada de molho na pia.

– Esse foi o garoto que saiu antes de terminar o prato. Por que ele voltou? – perguntou. Ela estava enrolando, o que só me deixou mais nervosa.

Eu ainda estava abalada com o rumo abrupto que minha conversa com Aydin havia tomado, mas não queria alarmar minha mãe.

— Ele quer casar com o seu *biryani* — respondi.

Ela sorriu ligeiramente.

— Ele não pode pagar o dote — falou, e passou a mão pelo rosto. Aquilo em seus olhos era um indício de desespero? Impossível. Estamos falando da Angela Merkel de *hijab* preto.

— Hana, só vou dizer isso para você não se preocupar — começou ela, e fiquei tensa.

Por que as pessoas sempre dizem isso? "Não se preocupe com essa coisa terrível que estou prestes a lhe contar." Muito eficiente mesmo para acalmar todo mundo.

— Você está doente? — perguntei. — É sobre o Baba?

Ela balançou a cabeça negativamente.

— A Fazeela está tendo uma gravidez mais complicada do que prevíamos. Ela tem tido problemas para fazer as coisas. E os negócios estão meio parados ultimamente, então...

Meu coração apertou. Fazeela estava bem? Ela tinha saído mais cedo por causa de algum problema? Ou o restaurante estava em apuros de verdade? As palavras de Aydin flutuaram de volta para mim: "A única coisa com que vocês podem contar é essa mudança". Eu odiava mudança.

Olhei para minha mãe, tão orgulhosa, tão forte.

— O que posso fazer para ajudar? Posso trabalhar aqui em tempo integral se a Fazeela precisar descansar.

Ela negou com a cabeça.

— Você tem seu estágio na rádio para terminar. Eu sei o quanto ele é importante, o quanto você batalhou para conseguir a vaga. Mas não posso me dar ao luxo de contratar ninguém novo.

— Posso pegar mais turnos, aprender a cozinhar os pratos... — Parei por um momento, pensando na oportunidade de coproduzir o *Giro de notícias*, trabalho que iria para Thomas agora.

— Hana, por favor, pare de tirar conclusões precipitadas. O que estou tentando dizer é que o Rashid vai morar conosco por alguns meses. Você se lembra dele, seu primo da Índia. Ele quer estudar no Canadá. Os pais têm medo de que ele arranje problemas se for morar sozinho. Eu disse a Aneesa que cuidaríamos dele.

Levei um minuto para situar Rashid em meu grande catálogo mental de relações. Ele devia estar com dezoito anos agora, filho de Aneesa, prima de primeiro grau da minha mãe. Lembrei-me de um menino tímido que se escondeu atrás do *salwar kameez* da mãe e me venceu solenemente no jogo da velha na última vez que visitamos a Índia.

— Você nem conhece esse garoto — observei. — Ele vai dar conta do restaurante?

Mamãe balançou a cabeça.

— Ele é da família. A Aneesa nunca o deixaria viver sozinho, e nós precisamos de ajuda. É a melhor solução para todos.

Ou você pode pedir a minha ajuda, pensei, e imediatamente me senti tola. Eu estava disposta a sacrificar meu estágio agora, justamente quando estava chegando a algum lugar?

— Você pode preparar o quarto pra ele? O Rashid vai dormir no porão — pediu mamãe.

Prometi trocar a roupa de cama e preparar o espaço para um primo que mal conhecia. Ela também perguntou se eu poderia buscá-lo no aeroporto na sexta-feira depois da *jumah*, e concordei. Era o mínimo que eu podia fazer.

|ı|ıı|ııı|

Passava das dez da noite. Quando chegamos em casa, mamãe imediatamente foi para o quarto e fechou a porta. Baba provavelmente já dormia.

Eu estava exausta, vencida pela excitação do dia. Foi quando descobri que minha mãe havia esquecido de compartilhar um segundo e minúsculo detalhe: Rashid não seria o único a se mudar para nossa casa.

A porta da frente dava para uma sala quadrada que levava a uma cozinha planejada e a uma sala de jantar. Havia três quartos no andar de cima. Meus pais dividiam o maior, que ficava no fim do corredor e tinha um banheiro minúsculo, deixando os dois quartos menores e o banheiro maior para mim e Fazeela.

Fazeela passara a dormir no porão durante o Ensino Médio, alegando que precisava de um espaço tranquilo para estudar, mas eu sabia que era para sair escondida de casa para ficar com os amigos nas noites de semana enquanto nossos pais trabalhavam. Em troca do meu silêncio, ela me deixara ficar com seu guarda-roupa e colocara suas roupas em um cabideiro no porão.

Usei seu quarto vazio para organizar meu guarda-roupa cuidadosamente selecionado para combinar com *hijabs* – cardigãs, suéteres longos, vestidos esvoaçantes, calças *palazzo*, sobretudos e caixas e mais caixas de lenços nas mais variadas estampas, cores, tecidos e estilos. Sim, até estampa de leopardo. *Hijabs* coloridos eram meu vício.

Por isso fiquei surpresa quando, ao entrar no meu quarto, encontrei o conteúdo do meu segundo armário jogado sem nenhuma cerimônia em cima da cama. Nesse momento Fahim entrou, segurando outra braçada de roupas.

– Ei, Hana, o que foi? – disse meu cunhado, jogando a segunda pilha em cima da primeira.

– Ah, ei, Fahim – falei, me apoiando no batente da porta. – Precisando de um lugar para guardar sua coleção de tênis de basquete?

O sorriso de Fahim desapareceu.

– Estou vendo que sua mãe não te contou. A Fazeela vai ficar aqui por um tempo. Seu pai pode fazer companhia para ela enquanto trabalhamos no restaurante. A obstetra que a Lily recomendou disse que ela precisa ficar de repouso. A Fazee anda muito preocupada, e isso não é bom para o bebê...

Ele continuou falando, mas eu tinha parado de prestar atenção em "a Lily recomendou" e "repouso".

– A Fazee está bem? Onde ela está? – Passei correndo pelo meu cunhado e fui para o quarto ao lado. Minha irmã estava enrolada na cama, dormindo, e a observei por um momento. Ela parecia pálida, mas sua respiração estava normal. Tirei a última carga de roupa do armário e fechei a porta suavemente ao sair.

– Ela está bem, Hana – disse Fahim do corredor, e notei as bolsas escuras sob seus olhos. – Ela só precisa pegar leve por umas semanas.

Eu queria confiar em Fahim, mas e se a minha família não estivesse me contando toda a história? Lily saberia o que estava acontecendo.

Peguei o celular em cima da escrivaninha.

– Eu já volto.

CAPÍTULO SETE

Agarrei o celular com força e caminhei na direção da minha antiga escola primária. Era uma noite quente de primavera e o ar refrescava meu rosto, trazendo a promessa de chuva com cheiro de cloro. Um carro passou, e a luz dos faróis me cegou momentaneamente, mas eu conhecia o caminho tão bem que podia percorrê-lo de olhos vendados. Tinha crescido brincando naquelas ruas e andando de bicicleta com meus amigos, como pequenos reis do pedaço. Já passava das dez, mas eu me sentia completamente segura andando sozinha no escuro. Por causa do Três Irmãs, todos sabiam quem eu era: a filha mais nova de Ghufran Khan – não a que jogava futebol, mas a mais baixinha.

Durante o dia, quando o tempo permitia, as ruas ficavam cheias de crianças pulando corda e brincando de amarelinha ou de esconde-esconde – nos quais eu havia sido a maior campeã. Yusuf variava entre o basquete e o críquete, geralmente jogados no maior quintal disponível. Lily e eu preferíamos softball, ou então pedalávamos até a biblioteca local, onde senhores vestidos com *kurtas* engomadas e cardigãs descansavam em sofás gastos, lendo jornais do mundo todo. Mulheres mais velhas cuidavam dos netos enquanto seus filhos trabalhavam. Quando criança, era comum ver *nanis* e *dadis* vestidos em sáris, em *salwar kameez* de algodão ou longas *abayas* correndo atrás de crianças pequenas ao mesmo tempo que mantinham um olhar atento sobre as demais crianças da vizinhança. Ser repreendido pela avó de alguém era uma ocorrência quase diária para mim.

Passei por algumas famílias em suas garagens transformadas em espaços de reunião, bebendo chá e conversando calmamente, um aceno para casas distantes com pátios centrais. Muitos dos meus vizinhos cresceram em famílias extensas ou em pequenas comunidades; eles estavam acostumados a viver no coletivo. Já a minha família geralmente estava muito ocupada para passar o tempo dessa maneira. Às vezes, durante semanas, só nos encontrávamos durante o expediente do Três Irmãs. Senti uma pontada repentina ao ver a intimidade dos meus vizinhos, ainda que fossem rostos familiares aqueles para os quais eu acenava.

Meu passeio noturno terminou em um pequeno bangalô ao lado da minha antiga escola. Enviei uma mensagem na sequência da que havia mandado antes de sair de casa. Alguns minutos depois, uma porta lateral se abriu e uma forma sombria se juntou a mim nos degraus da frente da casa.

– Acabei de perder meu segundo guarda-roupa – falei.

Minha melhor amiga, Lily, se apoiou no meu ombro enquanto esticava uma perna e depois a outra. Ela era torneada e alta, o cabelo enrolado em um coque no topo da cabeça, o rosto emanando boa saúde e uma excelente rotina de cuidados com a pele.

– Eu estava dormindo depois de um turno de vinte horas. Que bom que você me acordou para isso – disse ela, me cutucando gentilmente com o ombro.

– Ouvi dizer que minha família está te pedindo conselhos médicos – falei, a voz trêmula de emoção.

Minha amiga entendeu o que eu estava realmente perguntando.

– A Fazee está exausta. Ela está preocupada com o restaurante e com a nova vida como mãe, e não estava se cuidando. Ela precisa de um pouco de descanso, mas logo vai ficar bem. Prometo – disse Lily, com tanta calma e segurança que me senti tranquila imediatamente.

Lily estava fazendo turnos no hospital SickKids nos últimos meses. Tínhamos frequentado a mesma escola primária, o mesmo colégio e a mesma universidade, e continuamos melhores amigas o tempo todo, embora não tivéssemos nada em comum. Ela era estudiosa e organizada e adorava tudo que envolvia ciência e matemática; eu gostava de cultura pop e rádio e considerava os prazos não mais do que meras sugestões. Desde os seis anos, ela sabia exatamente o que queria fazer da vida. Já eu demorara um pouco mais: foi só no último ano da faculdade que percebi que o meu futuro estava no rádio.

No entanto, Lily e eu sempre fomos um apoio uma para a outra, pelo menos até recentemente. Eu sabia que ela andava ocupada. O programa de residência para o qual ela se candidatara era extremamente difícil, e eu não queria bancar a amiga carente. Mas não entendi por que ela não dissera nada sobre a minha própria irmã.

— Achei que tinha enviado uma mensagem para você na semana passada dizendo para não se preocupar — comentou Lily, antecipando minha pergunta. Ela esticou as mãos elegantes para o céu e bocejou. — Quando Fahim ligou, recomendei uma obstetra que conheço, uma especialista em gestações de risco.

— Minha irmã está em risco? — perguntei, preocupada novamente.

— Ainda não, mas ela está sendo monitorada de perto. — Ela se levantou. — Vamos. Vou dormir se a gente ficar aqui.

Caminhamos até a escola e atravessamos a cerca de metal para o playground. Ela sentou no balanço da esquerda e eu, no da direita, como sempre.

O cabelo encaracolado de Lily se soltou enquanto ela balançava. No ponto mais alto do movimento, ela pulou, pousando levemente na areia à minha frente, o cabelo em um redemoinho escuro sobre seus ombros delicados.

Eu a imitei e me lancei ao ar, aterrissando com tanta força que perdi o equilíbrio e caí de bunda; felizmente, estava bem protegida devido aos muitos *pakoras* de cebola que comi na vida, então não doeu. Lily se deixou cair ao meu lado, rindo, e senti uma repentina onda de carinho por minha amiga, a médica ocupada que tinha saído para brincar comigo.

— Sinto sua falta — falei, e ela me olhou com ternura.

— Como está seu pai? O restaurante? Sua mãe?

Lily se dava bem com meus pais, mas ela tinha um fraco mesmo pela minha mãe. Quando crianças, passávamos horas fazendo o dever de casa no Três Irmãs, devorando qualquer comida que minha mãe fizesse para nós. Lily tinha um sério vício em *palak paneer* — queijo indiano cozido em curry de espinafre — e *naan* fresco.

Encolhi os ombros.

— Ela está convencida de que é apenas uma pedra no caminho, mas não sei por quanto tempo mais vamos aguentar.

Lily se inclinou em minha direção e me abraçou apertado.

– A Tia Ghufran é a mulher mais inteligente e trabalhadora que eu conheço. Mas, se o restaurante tiver que fechar, talvez não seja o pior dos mundos... – Ela parou quando eu balancei a cabeça lentamente, rejeitando suas palavras.

– Não podemos fechar o Três Irmãs.

– Você nem gosta de trabalhar lá – disse ela gentilmente. – Seu futuro está em uma cabine de som.

– Minha mãe morreria. O Baba não tem condições de trabalhar em tempo integral, e eu sou apenas uma estagiária. Perderíamos a casa. E agora com a Fazee de repouso... – Fechei os olhos, desejando não chorar, e Lily me fez companhia no escuro até minha respiração se estabilizar.

Quando os abri, ela me encarou, os olhos azuis fixos em meu rosto.

– Sua família vai ficar bem. *Inshallah* – disse sorrindo.

Ela havia aprendido alguns jargões muçulmanos ao longo dos anos. Quando fazia uma promessa, Lily ainda acrescentava *wallahi* – "Juro por Deus" –, apesar de ser discretamente agnóstica.

Eu precisava mudar de assunto.

– O Yusuf também sente a sua falta. O que está acontecendo com vocês dois? Vocês estão juntos de novo ou não?

Lily deu de ombros e traçou círculos na areia. Estava escuro, mas a lâmpada da rua iluminou o leve rubor que se espalhou pelas maçãs de seu rosto. Não pude deixar de me sentir responsável pelos dois; fora eu quem os apresentara, anos atrás.

Na época, Lily era a nova garota da quarta série, e Yusuf não ficou muito feliz com o acréscimo na nossa duplinha. Ele e eu já éramos melhores amigos por causa da proximidade das lojas de nossos pais e porque frequentávamos a mesma mesquita. Lily não conhecia ninguém, e eu fiquei determinada a adotá-la desde o momento em que a sra. Walker apresentou à nossa classe a garota de aparência séria.

Ela vestia meia-calça branca, uma saia xadrez recatada e uma blusa branca abotoada até o queixo, o cabelo escuro preso em duas tranças grossas. Eu estava vestindo meu uniforme escolar habitual: calça de agasalho preta e um cardigã com um padrão vermelho-vivo, amarelo, roxo e verde, um retorno à moda dos anos dois mil. Meu cabelo preto estava desgrenhado e frisado, a trança desfeita cinco minutos depois que minha mãe a arrumara naquela manhã. Só passei a usar *hijab* anos mais tarde, no Ensino Médio, depois que Fazeela começou a usá-lo.

Naquele dia, no playground, apresentei Lily a Yusuf.

– Nós vamos ser amigos – falei a ele. – Como os Três Mosqueteiros. Ela não conhece ninguém aqui.

Yusuf afundou os tênis na terra, sem fazer contato visual.

– Ela não vai conseguir brincar de saia – disse ele, a voz revoltada.

Lily falou com serenidade:

– Eu consigo brincar de saia, e aposto que faço melhor do que você.

Nós dois a olhamos com espanto. Ela não havia dito uma palavra durante todo o dia, ficara apenas escutando as conversas dos nossos colegas. Eu tinha pensado que era tímida e que precisava de uma mão amiga. Fiquei feliz por estar errada.

– Garotos contra garotas! – gritei, pegando minha nova amiga pela mão e correndo para longe de Yusuf. Ele era lindo mesmo quando criança, mas, quando enrugava a testa, parecia um bebê marrento. Ri da cara dele. – Bebê Yusuf!

Ao meu lado, Lily deu uma risadinha, e algo em Yusuf deu um estalo. Ele correu atrás de nós enquanto fugíamos gritando de alegria. Nunca fui uma grande corredora de longa distância, então desisti rapidamente. Yusuf me pegou e então voltou suas atenções para Lily. Eles correram por todo o playground, Lily sorrindo largamente, Yusuf determinado.

– Vocês dois, parem! – gritei, mas eles me ignoraram. – Vamos brincar de outra coisa!

Só tinham olhos um para o outro. Eu os assisti ziguezagueando por crianças pulando corda e desviando com graciosidade de um intenso jogo de basquete da sexta série. Quando Yusuf finalmente alcançou Lily, ele agarrou suas mãos e a girou. Ela tropeçou e rasgou a imaculada meia-calça branca. Quando os alcancei, eles estavam examinando o joelho ensanguentado de Lily, e Yusuf parecia envergonhado.

– Sinto muito – disse ele. – Você não vai começar a chorar, vai?

Com um olhar desdenhoso, ela se levantou e terminou de rasgar a meia-calça, fazendo uma bola com ela e jogando-a na cara de Yusuf. Então saiu correndo novamente, rindo das nossas caras surpresas.

Tínhamos sido inseparáveis desde aquele dia no playground até o ano passado. Talvez se separar fosse parte do processo de crescer.

O silêncio foi interrompido pela vibração do meu celular. Era uma mensagem de StanleyP.

StanleyP
Verificando sobre o emprego dos sonhos. É hora de disparar os confetes? Tenho novidades para compartilhar também!

Apressei-me em fechar a tela, mas Lily tinha visto.
– Seu amigo misterioso? – perguntou, e foi a minha vez de corar.
– Nada para ver aqui.
– Talvez seja hora de tomar uma atitude sobre essa situação.
– Olha quem fala, a Senhora Indecisa. Você ama o Yusuf ou não?
– Não é tão simples para nós. O pai dele... Minha mãe é...

Lily não precisava preencher as lacunas para mim. O caso deles era um relacionamento inter-religioso desaprovado por ambos os lados. Lily não era religiosa, mas sua família católica italiana não aprovava seus sentimentos em relação a seu melhor amigo de infância, que era um muçulmano praticante e filho de imigrantes sírios. Desaprovação que era compartilhada pelos pais de Yusuf. Como resultado, em suas idas e vindas, meus amigos mantinham as vindas em segredo das famílias, já que as duas claramente desejavam as idas. Eu era a única pessoa em quem os dois podiam confiar. Às vezes eu me perguntava por que eles se sujeitavam a isso, se o sentimento que tinham um pelo outro valia todo o esforço.

– Pelo menos você sabe com quem está lidando. Eu não sei nada sobre o meu amigo... virtual – falei.

– Nossa, se ao menos houvesse uma maneira de resolver isso... – brincou minha amiga. Então estalou os dedos. – Eu tenho uma ideia! E se você perguntasse pra ele?! – Ela riu quando a empurrei. – Mas é! Qual é a pior coisa que poderia acontecer?

Listei mentalmente as razões. *E se começássemos a revelar coisas sobre nós mesmos e ele se tornasse diferente de como o imagino? Eu perderia alguém importante para mim – um confidente, um cúmplice, alguém que quero bem. A única pessoa que gosta do meu podcast desde o início.*

Dei de ombros.

– Nada, acho. Eu devia... Eu vou.

Lily balançou a cabeça, sorrindo levemente.

– Eu sei o que isso significa. Faça o que for certo pra você, Han. E me deixe fazer o mesmo, OK?

Eu a abracei.

– Durma um pouco, doutora Moretti. Tente não esquecer de mim enquanto salva o mundo.

Fizemos planos para nos encontrar na próxima semana, em seu dia de folga. Eu a acompanhei de volta para casa e então parei embaixo de um poste de luz por alguns momentos para mandar uma mensagem para StanleyP.

AnaBGR
Não consegui a vaga. Eles seguiram outro caminho.

StanleyP
QUÊ? Quem são essas pessoas? Eles estão prestes a conhecer um bot furioso.

AnaBGR
Boa tentativa.

StanleyP
Deixe-me pelo menos fazer alguns comentários de baixo nível no Twitter deles. Eles são loucos de não te contratar.

AnaBGR
Você nem sabe qual era o trabalho. Talvez não fosse meu destino ser a soberana da Etsy.

StanleyP
Eu sei que você se candidatou para um emprego na rádio, Ana. Em minha opinião, qualquer um que já ouviu seu podcast e não ficou curioso para saber o que você faria com mais recursos é um idiota.

Fiquei no escuro por um momento, lendo e relendo as palavras de StanleyP. Ele não tinha ideia do quanto elas significavam para mim.

AnaBGR
Obrigada. Você disse que também tem novidades.

StanleyP
Não é nada.

AnaBGR
Amigos não deixam amigos perderem a oportunidade de se gabar.

StanleyP
Colocando nesses termos...

AnaBGR
Eu insisto. Me dê uma boa notícia.

StanleyP
Meu projeto rolou. Assinei o contrato hoje. Meu chefe está convencido de que sei o que estou fazendo, pelo menos o suficiente para me dar o capital inicial. Abrimos no final do mês. Ainda tenho algumas complicações para resolver, mas estou animado.

AnaBGR
Como diz meu povo, *mabrook*! Lembro quando você começou a falar sobre esse seu projeto secreto.

StanleyP
Foi um dos episódios do seu podcast que me inspirou a agir.

AnaBGR
Estou quase tentada a quebrar nosso pacto e pedir detalhes.
Mas não vou fazer isso.

StanleyP
Que tal assim: quando meu projeto tomar forma, vou enviar uma foto para mostrar o que é e você decide o que fazer com essa informação. Fechou?

Parecia uma boa solução para a questão de avançar ou não. Se ele me enviasse uma foto de algo estranho, como uma coleção de cabeças de bonecas decepadas, seria um sinal claro para não levar o relacionamento adiante. Também gostei da ideia de um prazo para tomar uma decisão sobre nós. Fim do próximo mês – dali a quatro semanas. Distante o suficiente para me sentir confortável, e perto o suficiente para permanecer relevante.

AnaBGR
Fechou.

Guardei o celular e caminhei para casa, contemplativa sob a escuridão úmida.

CAPÍTULO OITO

Thomas já estava em nosso escritório compartilhado quando entrei correndo pela porta no dia seguinte, atrasada e nervosa.

— A Marisa está te procurando — disse ele com um sorriso satisfeito.

Merda. Minha chefe era uma entusiasta da pontualidade.

— Ela queria falar com você sobre a coprodução do *Giro de notícias*. Concordamos que, para sermos justos, você e eu deveríamos ter a chance de produzir. Hoje é a minha vez. — O sorriso de Thomas se tornou malicioso. — A Marisa também queria avisar sobre uma grande oportunidade.

Fiquei instantaneamente desconfiada.

— Que oportunidade?

Thomas deu de ombros.

— Eu não sou sua secretária. Pergunte a ela você mesma.

Tirei a jaqueta e fiz o caminho até o escritório de Marisa, batendo uma vez antes de passar a cabeça pelo vão da porta.

— Hana! Graças a Deus você veio trabalhar. — Marisa estava vestida com um blazer azul-marinho e jeans preto, um lenço vermelho e preto amarrado alegremente no pescoço. — Thomas disse que você está passando por algum drama familiar. Você sabe que pode conversar comigo sobre qualquer coisa, certo?

Do que ela estava falando? Resolvi mudar de assunto.

— Você queria me ver?

Marisa recostou-se na cadeira, os olhos brilhando de entusiasmo.

– O Nathan Davis virá ao estúdio daqui a alguns dias e quer ouvir mais sobre suas fantásticas ideias para um programa.

Nathan Davis era o diretor da matriz e tinha todas as estações de rádio da província sob sua jurisdição. Ele estava vários degraus acima até mesmo do chefe de Marisa. Por que ele visitaria a nossa estação, e de que ideia fantástica Marisa estava falando? Ela tinha rejeitado todas as sugestões que eu fizera desde que comecei a trabalhar lá, quase um ano antes. A confusão devia estar estampada em meu rosto.

– O Thomas me contou da parceria de vocês. Estou muito animada para ouvir mais sobre essa iniciativa estratégica de diversidade para atingir mercados-alvo multiculturais!

Embora eu ainda não fizesse ideia do que Marisa estava falando, tinha certeza de que era culpa de Thomas. Cerrei os dentes, agradeci a oportunidade e fui em busca do meu "parceiro".

Um Thomas de aparência arrependida esperava por mim no escritório.

– Não fique brava – começou ele. – Mas isso é culpa sua, por estar sempre atrasada. A Marisa simplesmente entrou falando sobre uma visita do Davis e como seria uma boa oportunidade para apresentar a ele a ideia de um novo programa. Para sua sorte, eu penso rápido sob pressão.

Thomas era péssimo em pensar rápido sob pressão. Pela expressão trêmula em seu rosto, ele sabia que suas próximas palavras poderiam muito bem ser as últimas.

– Eu disse a ela que queríamos apresentar um programa que ensinasse os ouvintes sobre nossas diferentes culturas – falou e se preparou para o que viria.

Eu o encarei chocada. Thomas era traiçoeiro; eu devia desconfiar que ele só queria aproveitar a oportunidade para si mesmo. Contudo, ele sabia ser estratégico quando necessário. Pensei que já sabia a resposta, mas fiz a pergunta de qualquer forma:

– Você não gosta de mim. Por que trabalhar juntos nisso?

– Se houver dois de nós, é mais provável que eles nos deem a chance de fazer o nosso próprio programa. Eu preciso de você para isso, Hana!

Por *nós*, ele queria dizer "duas pessoas marrons". Por *eles*, os superiores, que ultimamente vinham sendo atacados pela falta de programação diversa em uma das cidades mais diversas do mundo. Thomas estava se arriscando e me arrastando com ele.

Não o soquei. No fundo sou uma pacifista. Apenas saí do escritório sem dizer uma única palavra.

⦚⦚⦚

Trabalhar em um programa – qualquer programa – era tudo o que eu sempre quis. Até agora no estágio, Thomas e eu não tínhamos feito nada além de fichar, fotocopiar, arquivar e pesquisar histórias de outras pessoas. A primeira vez que fiz um trabalho que me empolgou foi no dia anterior, quando Marisa me deixou coproduzir o programa de Big J.

Apresentar um programa sobre cultura e religião não era o que eu queria fazer. A pior parte era que Thomas sabia como eu me sentia. Já havíamos conversado sobre isso.

– Quem vai contar as histórias que só nós conhecemos? Somos sul-asiáticos, somos imigrantes de segunda geração, você é muçulmana indiana e eu sou cristão indiano, duas minorias dentro de comunidades minoritárias. Temos coisas a dizer e perspectivas diversas que as pessoas adorariam ouvir – argumentara ele.

– Esse é o seu slogan? "Eu sou marrom, sou interessante, me escute"? No minuto em que começar a escrever histórias sobre a comunidade muçulmana ou *desi*, vão me colocar em uma caixinha e isso vai ser tudo o que farei para o resto da vida, só vão me conhecer por isso. Sou jovem e interessante demais para ser conhecida como a "expert em assuntos de pessoas marrons exóticas" pelos próximos trinta anos – eu argumentara de volta.

– Hana, você pode ser a pessoa que vai mudar a cabeça das outras sobre os muçulmanos!

Esse comentário sempre me fazia rir.

– Os intolerantes nunca vão me dar ouvidos. E todo mundo já gosta de mim porque, como indo-canadense, tenho lugar de fala para defender *samosas* e xarope de bordo. Estou bem.

A verdade era que Thomas tinha menos a perder. Quando um homem fala sobre política e religião ao lado de uma mulher de pele marrom que usa *hijab*, adivinhe qual dos dois atrai os trolls misóginos e as violentas ameaças de morte? Eu me deparo com a minha covardia de forma honesta, através das experiências daqueles que foram mais corajosos do que eu. Não tinha nenhuma vontade de ser uma mártir da justiça social.

Queria seguir meus instintos e meus próprios interesses, e não usar minha fé ou cor de pele para proporcionar aos ouvintes momentos de ensinamentos sob demanda. Thomas sabia como eu me sentia, e mesmo assim apresentara sua ideia estúpida. Ele realmente era o pior.

Peguei o celular e mandei uma mensagem para StanleyP.

AnaBGR
Você é bom com conselhos?

StanleyP respondeu imediatamente.

StanleyP
Sou regularmente consultado por monarcas, regentes, primeiros-
-ministros e ditadores benevolentes. Celebridades têm meu
número na discagem rápida.

AnaBGR
Estou na dúvida se tenho condições
de pagar pela sua consultoria.

StanleyP
Podemos combinar um parcelamento. O que te incomoda?

AnaBGR
Você aceitaria um emprego que fosse bom para
sua carreira se ele significasse trair os motivos
que te levaram a entrar na área?

StanleyP
Estou entendendo que o mundo de Soberana Suprema da Etsy é mais complicado do que você pensava. Ah, a ingenuidade dos inexperientes.

AnaBGR
Estou falando sério. O que você faria se, por exemplo, a única oportunidade que tivesse de conseguir um bom emprego fosse fazer um trabalho que não te interessasse e que pudesse prejudicar pessoas parecidas com você? E não me diga que estou sendo dramática.

StanleyP
Eu gosto de pessoas dramáticas. Elas me fazem sentir sensato.

AnaBGR
Você não está ajudando.

StanleyP
Aqui vai o que eu penso: nos negócios, você sempre tem que pensar em termos de custo e benefício. Quais são os benefícios que você ganharia em relação aos custos iniciais de aproveitar essa oportunidade? Responda a duas perguntas: (1) seu empregador seguirá esse caminho independentemente de você? E (2) existe a chance de a sua participação conduzir o trabalho para uma direção melhor?

AnaBGR
Sim e talvez.

StanleyP
Então, o custo de não participar é abrir mão de influenciar os ganhos que poderia ter permanecendo. E perder a chance de ser ouvida.

Guardei o celular. Esperava que StanleyP me aconselhasse a correr para as montanhas. Em vez disso, ele estava me fazendo reconsiderar, e eu não estava gostando disso.

Meu "parceiro de transmissão" me encontrou nos degraus da entrada da estação. Ele se sentou a poucos metros de distância e ficou encarando seus sapatos pretos brilhantes. Acho que ele havia lido a cartilha da vida de Marisa e estava começando a se vestir para o sucesso também.

– A Marisa acha que é uma forma de manter nossos empregos depois que o estágio acabar. Ela acredita que a ideia tem um potencial real – disse ele calmamente.

Nem o olhei.

– Não é a história que eu quero contar.

Thomas suspirou.

– Você quer ficar presa na função mais júnior em toda e qualquer emissora que trabalhar? Porque você e eu não temos contatos na área. Não temos ninguém a quem pedir ajuda, ninguém que possa nos dar alguma vantagem. Somos pioneiros abrindo caminho para as crianças que virão na sequência, e isso significa que estamos totalmente sozinhos. Você sabe que já estamos nadando contra a corrente da carreira socialmente aceita pela família *desi* por não estudarmos algo tradicional como Medicina, Engenharia, Contabilidade ou Direito. Precisamos usar o que estiver a nosso alcance para nos destacar. Se para isso for preciso utilizar nossa cultura e nossa fé para contar as histórias que conhecemos melhor do que ninguém, vai ser um ganha-ganha. Esse é seu dever, seu *dharma*.

Eu me contraí, tensa, com seu uso do *dharma*, sua referência ao destino, um conceito em que ambos acreditávamos.

– Preciso dar uma volta. Não venha atrás de mim.

Fui até os fundos do prédio, fora do raio de ação do vento que vinha da área das lixeiras, onde os fumantes costumavam se reunir antes de alguém reclamar e eles serem empurrados cem metros mais para os fundos. Uma fachada simples de tijolos vermelhos que dava para outra fachada de tijolos. Eu a chamava de Muralha do Pensamento.

Meu pai acreditava que os grandes programas de rádio nascem da paixão e da autenticidade, que são espaços onde pessoas comuns contam histórias importantes para elas. Eu queria contar histórias diversas que fizessem a diferença, que enquadrassem as narrativas particulares de tal forma que as pessoas pudessem pensar o mundo sob uma luz totalmente nova. Sabia por experiência que essas narrativas precisavam ser contadas por pessoas que olhassem de dentro para fora, porque por muito tempo elas foram contadas por pessoas olhando de fora.

A primeira vez que ouvi alguém de fora explicar o Islã foi no Ensino Médio, quando o professor de História, sr. Nielson, nos passou uma cartilha sobre as religiões do mundo. Ele era um dos professores legais da escola, um jovem branco com cabelos louros desgrenhados, covinhas e óculos grossos de armação preta e quadrada. Sempre usava jeans e uma camisa de botão combinada com uma gravata colorida. Todos adoravam o sr. Nielson; ele não fazia um grande alvoroço se estivéssemos atrasados e não tirava pontos por erros de digitação. Eu sempre ficava ansiosa por suas aulas.

Passamos uma semana estudando as religiões do mundo, o que constituía a parte introdutória de seu curso de Civilizações Antigas. Começamos com o cristianismo, antes de aprender sobre o judaísmo, depois o hinduísmo e, finalmente, foi a vez do meu povo.

– O Islã é uma religião monoteísta, o que significa que os muçulmanos, os seguidores da religião do Islã, adoram apenas um deus.

Sorri para ele. Até agora, tudo bem, sr. N. Então as coisas desandaram de um jeito horrível.

– Todo muçulmano acredita nos cinco pilares do Islã, que são: (1) crer em um deus, (2) orar cinco vezes por dia, (3) fazer caridade, (4) combater a *jihad* e (5) realizar a peregrinação do *hajj*.

Eu pisquei. *Combater a* jihad? Do que ele estava falando? Levantei a mão para corrigi-lo.

– Hum, senhor, a *jihad* não é o quarto pilar do Islã. O quarto pilar é o jejum durante o mês do Ramadã.

O sr. Nielson olhou para mim com condescendência.

– Você pode não se sentir confortável com a verdade, Hana, mas não precisa se sentir envergonhada. Combater a *jihad* é um pilar do Islã.

– Não, não é. – Senti meu rosto arder. Até onde eu sabia, o sr. Nielson era agnóstico. Por que ele não estava me ouvindo, a única muçulmana em sua sala? – O quarto pilar do Islã é o jejum no mês do Ramadã. Definitivamente não é a *jihad*.

– Você pode provar isso? – perguntou o sr. Nielson.

Mesmo anos depois, ainda sentia meu pescoço ficar quente de vergonha ao lembrar dessas palavras. A essa altura, meus colegas estavam rindo, e eu só queria que o confronto terminasse.

– Porque li em um livro que é a *jihad* – continuou Nielson em um tom severo. – Você pode provar que não é?

Se eu podia provar? Não de uma forma que o satisfizesse. A aula continuou sem mais interrupções.

Eu tivera muitos professores e professoras ao longo dos anos que ouviram minhas opiniões e respeitaram minha experiência de vida como uma mulher muçulmana, mas essa memória ainda doía. Se houvesse muçulmanos mais visíveis, mais sul-asiáticos criando arte e contando suas histórias, talvez eu não tivesse me sentido tão sozinha e tão acuada. Eu podia ter apontado para um personagem de TV, filme ou então de um livro lido na escola como forma de "provar". Entretanto, tudo o que tinha era a mim mesma, e não era suficiente.

Thomas estava certo. Tínhamos que começar de algum lugar.

Olhei para o céu ali da Muralha do Pensamento, inclinando a cabeça para admirar aquele azul lindo e descomplicado, o mesmo azul dos olhos de Marisa.

O homem que bateu no carro do meu pai era muçulmano como nós, um jovem atrasado para o trabalho. Ele tinha ficado com Baba, tinha visto os bombeiros usarem tesouras hidráulicas para tirar do veículo o corpo débil do meu pai. O nome do jovem era Javed, e ele pedira desculpas repetidamente a mim, minha irmã e minha mãe quando chegamos ao local. Prometera dar *sadaqah* – dinheiro para caridade – em nome de meu pai como penitência. Quando pensava naquele dia terrível, o que sempre me vinha à mente era o rosto redondo e bem barbeado de Javed e os soluços que sacudiam seu corpo magro em contraste com o silêncio gélido de minha mãe enquanto meu pai era carregado na maca.

Meu pai passou as semanas seguintes ao acidente no hospital, se recuperando de uma cirurgia ou esperando por outra. Como minha mãe tinha que manter o restaurante aberto, minha irmã e eu nos revezávamos para passar o dia com ele. Na minha vez, eu levava fones de ouvido e passávamos o tempo ouvindo *This American Life*, *Code Switch* e *Planet Money*. Gostei de *Welcome to Night Vale*, e Baba fingiu entender o humor. Ouvimos compulsivamente a primeira temporada de *Serial*, e quando acabou ficamos sentados em silêncio por um longo tempo, cada um envolvido nos próprios pensamentos.

Meu pai sempre amou rádio e agora amava podcasts também. Ele chorou quando fui aceita no mestrado em Rádio e TV.

– Agora você poderá contar sua própria história, e as nossas histórias também – dissera. – Você recebeu uma graça, *beta*.

O que ele diria sobre a decisão de agora? Meus pais tinham feito muitos sacrifícios para me ajudar a chegar ao lugar onde eu estava. Ajudaram a pagar as mensalidades da faculdade, e minha mãe decidira chamar ajudantes de cozinha da Índia em vez de me pedir que desistisse do estágio na Rádio Toronto.

Se quisesse mesmo trabalhar em uma empresa, eu precisava me habituar a ficar quieta e aprender. Talvez fosse parte do processo. Talvez eu pudesse ser uma força para o bem, talvez pudesse afastar o programa dos estereótipos prejudiciais, encorajando nuances e variedades.

Inclinei a cabeça para trás novamente quando tomei a decisão. Eu engoliria meu orgulho, ignoraria os meus medos e permaneceria otimista. E meu pai finalmente ouviria minha voz no rádio.

⸻

Thomas lançou um punho ao ar quando eu disse que o ajudaria a apresentar sua ideia estúpida para Nathan Davis.

— Só que vai ser do meu jeito — falei. — Isso significa não falar sobre *samosas*, hena, *murgh makhani* ou terroristas. Vamos falar sobre questões reais, e não estereótipos nem narrativas exageradas. Sem crimes de honra, sem *bindis*, sem Bollywood, sem discussões sobre radicalização.

— O que você quiser, Hana — disse Thomas. — Este é o nosso programa. Estamos juntos nisso.

Aliança Minoritária ativada.

CAPÍTULO NOVE

Na tarde de sexta-feira, mamãe me lembrou da minha promessa de buscar o primo Rashid no aeroporto.

– Leve o Fahim com você – acrescentou ela.

Eu disse que era perfeitamente capaz de buscar sozinha nosso futuro acadêmico canadense e atual burro de carga da cozinha. Além disso, seria mais seguro entrar em um aeroporto internacional sem a companhia de um muçulmano barbudo, marrom, de um e oitenta de altura, cujo rosto alegre imediatamente levantaria suspeitas. Mas minha mãe não se convenceu.

Fahim também não estava nem aí.

– Hora de jogar conversa fora com a minha cunhada favorita – disse ele, sorrindo para mim.

– Você vai precisar de ajuda com a bagagem – falou mamãe, sempre prática. – Ninguém vem da Índia com menos de dez malas.

Eu insisti em dirigir, o que por algum motivo deixou Fahim nervoso. Manobrei nossa velha minivan Toyota para fora do estacionamento e me dirigi para o aeroporto. Fahim se encolheu quando mudei de faixa sem sinalizar, cortando uma caminhonete. O motorista buzinou e brandiu o punho fechado.

– Você está animado com a paternidade iminente? – perguntei a Fahim.

Ele se agarrou no apoio de braço, os dedos brancos.

– Se é que vou viver até lá. – Ele sorriu para mostrar que estava brincando.

– Sou uma excelente motorista. – Pisei no freio, e a cabeça de Fahim foi lançada bruscamente para a frente. – Opa, desculpa. O carro da frente freou.

– Eles costumam fazer isso nos sinais vermelhos.

Seu sorriso oscilou, mas ainda estava lá. Pisei no acelerador quando o sinal mudou de cor e ultrapassei rapidamente a lesma do Porsche azul.

– Talvez você devesse ir um pouco mais devagar – disse Fahim.

– Por que você não está morando lá em casa também, com a Fazee? Ela fica mal-humorada quando você não está por perto.

– Aquele carro está se aproximando bem rápido. Você está vendo, certo? Aquele com as luzes de freio?

Fahim soltou o apoio de braço e ficou em silêncio. Vi seu olhar arregalado fixo na estrada. Avistei o carro bem a tempo e pisei no freio, o carro chiando até parar a centímetros de um conversível BMW branco. O motorista me mostrou o dedo do meio. *Que rude.*

– *Hanaan!* Você está tentando me matar? – Fahim estava respirando com dificuldade. – Não me mudei porque só tem uma cama de solteiro. Além disso, a Fazeela começou a roncar depois do primeiro trimestre e não consigo dormir.

Refleti sobre essas palavras. Era verdade que Fazeela monopolizava a cama. Quando éramos crianças e tínhamos que dormir juntas em viagens, ela roubava todos os cobertores.

– Sua mãe me disse que uns dias atrás um cliente apareceu depois que fechamos. Um cara jovem – disse Fahim uma vez que sua respiração se estabilizou. – Você precisa ter cuidado com quem deixa entrar depois do expediente. E sempre me avise, OK?

Fahim iria surtar se eu lhe contasse sobre minha conversa com Aydin. Eu tinha tentado afastá-la da minha mente, mas não estava tendo muito sucesso. Não havia motivo para preocupar meu cunhado também.

– O Aydin é inofensivo – assegurei. – Ele queria algumas sobras de *biryani*, só isso. Conversamos sobre o bairro, nossos empregos. Ele pareceu legal.

Até o momento em que deixou de ser, pensei.

– Ele é bonitinho, esse Aydin?

Quase soltei um murmúrio irritado.

– Fahim, pare com isso.

Não era à toa que meu cunhado estava tão ansioso para me acompanhar até o aeroporto. Ele havia sido enviado por Fazee numa missão para coletar informações sobre a minha inexistente vida amorosa. Eu não sabia por que ela estava interessada. Mamãe e Baba nunca me perguntavam sobre planos de casamento; eles entendiam que eu era muito ocupada e que a situação era bastante precária para que eu sequer pensasse em um envolvimento romântico.

Eu nunca tinha namorado, mas nunca sentira falta de ter um romance. Estava ocupada com o restaurante, meus estudos, meu estágio. Na minha família e na comunidade, era normal pular a parte do longo namoro e casar rapidamente depois de encontrar o cara certo. Fazeela e Fahim souberam que seu destino era um *nikah* poucos meses depois de se conhecerem.

Minha mente vagou para StanleyP e suas mensagens cada vez mais íntimas e sedutoras. Tínhamos estabelecido um prazo, ou tipo isso. Em quatro semanas, chegaríamos a algum tipo de entendimento – o que quer que isso significasse.

– E você e o Yusuf? Eu posso falar com ele se você estiver com vergonha – disse Fahim.

Quase pisei com tudo no freio novamente.

– O quê? Não!

– O Yusuf é praticamente da família, e consigo enxergar vocês dois juntos. Posso ser o cupido.

Thomas riria muito se ouvisse essa conversa. E eu pensei nas sobrancelhas de Marisa se erguendo com a ideia de meu cunhado "falando com" Yusuf em meu nome. "Mas por que você mesma não fala com ele?", ela perguntaria intrigada. "No Canadá, as mulheres são livres para ir atrás de seus próprios amores, querida."

Só de pensar em tentar explicar para Marisa o processo de *rishta*, eu estremeci. Em famílias tradicionais do sul da Ásia como a minha, às vezes as apresentações românticas são feitas pela própria família, uma versão adulta de "Você gosta do meu amigo? Marque aqui para sim ou aqui para não".

– Você sabe bem que o Yusuf e a Lily sempre tiveram algo. Por que o súbito interesse em me apresentar para alguém? – perguntei, desconfiada.

O fato de o meu cunhado estar se oferecendo para bancar o casamenteiro era digno de riso. Ele e Fazeela tinham agido por conta própria antes de informar às respectivas famílias suas intenções de se casarem.

– As coisas estão tão incertas no restaurante e tudo mais – disse Fahim lentamente. – A Fazee e eu queremos que você encontre alguém que fique do seu lado, que possa ajudá-la a superar as dificuldades.

Refleti sobre suas palavras; elas traziam uma verdade. Às vezes era meio solitário não ter alguém exclusivamente ao meu lado. Mas isso não significava que eu queria que Fahim e Fazeela interferissem na minha vida amorosa.

– Por favor, não fale com o Yusuf nem com nenhum outro cara em meu nome, *bhai* – falei, usando a palavra urdu para "irmão mais velho".

Nunca o tinha chamado de *bhai*, então ele compreendeu que eu estava falando sério.

Fahim ficou em silêncio por um momento.

– Claro, Hana. Apenas me prometa que terá cuidado com o seu coração, OK? Você merece alguém que te coloque em primeiro lugar.

⫶⫶⫶

O saguão de desembarque do terminal 1 do Aeroporto Internacional Pearson estava lotado. Estávamos cercados por tias em sáris e *salwar kameez* acompanhadas de adolescentes mal-humorados em jeans rasgados e tops curtos; jovens brancos, marrons e negros com longas barbas ou cavanhaques ou sem barba; senhores vestidos com ternos ou *lungis*; homens de turbante, mulheres de *hijab*; mulheres de vestidos longos, saias curtas, calças justas, calças de academia; bebês em carrinhos, crianças correndo atrás umas das outras entre as fileiras de bancos – todos os belos tons da minha cidade. Todos nós indo a lugares e cumprindo compromissos e levando lembrancinhas entre uma coisa e outra.

Fahim encontrou alguém que conhecia, é claro. Fahim conhecia todo mundo. Fazia amigos com a mesma facilidade com que os correios coletam encomendas – constantemente e nos locais mais estranhos.

– Khalid! – ele gritou no saguão de desembarque, acenando com entusiasmo para um homem barbudo com uma longa túnica branca.

Khalid estava de mãos dadas com uma bonita e sorridente mulher usando um *hijab* roxo.

Fui até o display com os horários dos voos para verificar se o avião do meu primo havia chegado no horário. Se estivesse seguindo a pontualidade indiana, a resposta seria não.

Havia um jovem do outro lado do painel eletrônico, a cabeça inclinada sobre o celular. Meu olhar seguiu a linha de barba por fazer na mandíbula bem definida, o cabelo preto ondulado na altura do colarinho. Óculos de sol prateados pendiam do bolso da camisa. Ele ergueu os olhos escuros para os meus, e nós dois congelamos.

– O que você está fazendo aqui? – perguntei.

Aydin piscou rapidamente, surpreso.

– Ouvi dizer que um dos restaurantes do aeroporto está vendendo dois *poutine biryani* pelo preço de um. Você sabe, para afugentar os americanos.

Eu ri, mas rapidamente parei.

– Quem você veio buscar?

Aydin deu de ombros num movimento despreocupado.

– Qualquer um que me queira.

Lancei a ele um olhar severo, e ele sorriu, a expressão transformando momentaneamente seu belo rosto.

– Vim buscar uma amiga.

Fiquei confusa com sua falta de cerimônia após nossa última e acalorada conversa. Procurando alguma distração, examinei o monitor com os desembarques. O voo de Rashid estava no horário, então segui até o portão, onde uma pequena multidão esperava os passageiros além dos vidros opacos. Aydin começou a caminhar ao meu lado enquanto eu desenrolava a placa que havia rabiscado no estacionamento depois de perceber que não tinha ideia de como era a cara do meu primo de dezoito anos. Na última vez que nos encontramos, ele tinha seis.

Aydin leu a placa, as sobrancelhas levantadas.

– O noivo por correspondência chega hoje? – perguntou, os lábios se contraindo.

– Você devia levar seu show para outras cidades também.

– Infelizmente, só sou engraçado assim perto de você.

– Você não foi muito divertido da última vez que nos encontramos.

Uma expressão estranha passou por seu rosto, rápida demais para eu entender. Arrependimento? Surpresa? Irritação? Ou Aydin era o homem mais de lua que eu já tinha conhecido ou havia algo a mais nesse comportamento oito ou oitenta.

– Meu conselho sobre o restaurante foi bem-intencionado. Você exagerou.

Definitivamente de lua. Como alguém tão atraente podia ser tão burro? Balancei a cabeça negativamente.

– Não. Tente de novo.

Ele passou a mão pelo cabelo.

– Seu sorriso e o excelente *biryani* da sua mãe me deixaram confuso, eu não sabia o que estava dizendo?

Um brilho de flerte reluziu em seus olhos e arrancou um sorriso dos meus lábios, o qual imediatamente suprimi.

– Melhor, mas ainda não está bom o suficiente. Me avise quando descobrir o restante da sua história – falei.

Sorrimos um para o outro, e, por um momento, a atmosfera se encheu de minúsculas faíscas elétricas.

Uma senhora alta vestida com uma elegante calça cigarrete e um esvoaçante *salwar* preto de seda se deteve e observou cuidadosamente meu cartaz. Seus olhos escuros observavam friamente, os lábios finos pintados de vermelho franzidos em desaprovação. Um xale *dupatta* branco estava enrolado em seu cabelo, fazendo-a parecer uma estrela de cinema dos anos vinte.

– Você não pode ser filha de Ghufran Khan – falou a senhora com um sotaque indiano que demonstrava que havia sido bem educada.

Pisquei e Aydin aproveitou a oportunidade para desaparecer na multidão.

– Hana Apa! – Um movimento rápido e fui abraçada por um adolescente magricela.

Primo Rashid, presumi. Seu enorme sorriso marcava um rosto triangular semelhante ao meu. Sua pele era de um tom de mogno profundo e o cabelo, preto e cortado rente; ele usava camisa vermelha e calça preta. Com os pulsos finos, fazia grande esforço para carregar duas bolsas e uma mala de mão.

Atrás dele, um carrinho de bagagem rangia com meia dúzia de malas. Agradeci a mamãe por ter me obrigado a trazer Fahim, o Carregador de Bagagens.

Rashid pegou seu celular e se inclinou perto de mim.

– Sorria, Hana Apa! – falou, usando a palavra urdu para "irmã mais velha", e tirou uma selfie. – Prometi a mamãe e papai que enviaria fotos e vídeos das minhas experiências no Canadá.

Ele me mostrou a foto. Eu parecia constipada, mas, antes que pudesse pedir a ele que apagasse, Rashid já a havia enviado para a família. Ele se endireitou e começou a filmar o saguão de desembarque. Virei-me e deparei com a senhora mais velha ainda me examinando.

– Tia, eu não sei como você sabe o nome da minha mãe, mas eu não sei o seu – falei num tom firme, porém educado.

Rashid apontou a câmera em nossa direção e começou a rir.

– Esta é a Kawkab Khala!

O que não me ajudou em nada. *Khala* significa "irmã da mãe" de acordo com os princípios urdus de relações familiares. Mas minha mãe só tinha uma irmã, Ghazala, e ela morava na Índia.

– Eu sou a terceira irmã, *beta*. – Kawkab Khala sorriu para mim, revelando dentes irregulares. – A prima favorita da sua mãe. Vim visitar minha família há muito perdida no Canadá. Surpresa! – Ela passou por mim, e Rashid a seguiu como um cachorrinho bem treinado, me deixando com as duas bolsas, a bagagem de mão e o carrinho envergado.

O que tinha acabado de acontecer? Procurei Fahim, que ainda conversava com seu amigo.

Meus olhos buscaram o sr. Óculos Prateados. Ele estava no meio do salão, ao lado de uma beldade de cabelos negros em um vestido vermelho esvoaçante que ia até os tornozelos e formava vincos em sua cintura fina. Eles conversavam com urgência. A jovem balançou a cabeça e, com um gesto impaciente, disparou em seus saltos-agulha. Aydin endireitou os ombros e marchou atrás da garota de vestido vermelho.

Qualquer um que o quisesse, de fato.

Peguei as malas de Rashid. Eu não conseguia parar de pensar em Aydin e sua... namorada? Linda desconhecida aleatória? Rolo de aeroporto? Precisava me manter focada em uma reviravolta de cada vez. Como Kawkab Khala, minha suposta tia.

Ela precisaria de um quarto, e as regras de hospitalidade do sul da Ásia eram claras. Não havia como a "irmã" mais velha da minha mãe dormir no sofá sendo que havia um quarto na casa. Como membro mais jovem, eu seria obrigada a ficar no sofá enquanto Kawkab Khala nos agraciasse com sua presença inesperada. Olhei para seu *salwar* de seda imaculadamente passado, a pesada corrente de ouro em volta do pescoço e os discretos *jhumka*, brincos de ouro com formato de sino. Ela provavelmente tomaria conta da minha cômoda e do restante do guarda-roupa.

Fui em direção a Fahim com meu primo e Kawkab Khala em meu encalço e os apresentei. Meu cunhado passou nervosamente os dedos pelo cabelo enquanto olhava de Kawkab Khala para Rashid e depois de volta para mim, sem saber o que fazer.

A garota de vestido vermelho passou por nós a caminho da saída. Era alta e curvilínea e tinha a pele impecável. O cabelo, que parecia ter recebido uma escova profissional no avião, caía em ondas suaves nas costas. Ela parecia uma atriz famosa de Bollywood. Rashid ficou boquiaberto, e até mesmo o cavalheiresco Fahim estava tendo dificuldade em manter o olhar modestamente baixo.

O olhar de Aydin cruzou com o meu.

– Quem quer que te queira? – sussurrei.

A atriz de Bollywood virou-se para nós, arrastando uma pequena mala Louis Vuitton vermelha que provavelmente estava cheia de vestidos feitos sob medida, todos tamanho P.

– Hana, esta é Zulfa. Ela veio de Vancouver para uma visita rápida – disse Aydin, e limpou a garganta.

– Mandou bem, irmão – disse Rashid por cima do meu ombro esquerdo. Ele estendeu a mão para um toca-aqui. – Talvez você possa me dar umas dicas mais tarde. Ou me apresentar a sua irmã?

Empurrei meu primo, enrubescida diante de seu comportamento adolescente.

Zulfa apenas sorriu para Rashid. Ela devia estar acostumada com pessoas agindo que nem bobas em sua presença.

— Sempre gosto de conhecer os amigos do meu noivo — disse ela.

Demorei um momento para absorver suas palavras. *Noivo?*

— Nós não somos noivos — disse Aydin com firmeza. — Ela é minha relações-públicas.

Eis uma coisa que eu nunca tinha ouvido.

Zulfa segurou a mão dele.

— Estaremos juntos em breve, querido. Mal posso esperar pela inauguração.

Que jeito mais estranho de chamar uma cerimônia de noivado.

Aydin estremeceu com essas palavras.

— Você não precisa fazer isso na frente deles — disse num tom áspero. Ele nem olhou para mim. — Eles não são importantes. Temos de ir. Agora. — Um leve tom rosa tingia as orelhas dele conforme os dois se afastavam.

Kawkab Khala percebeu a grosseria dos dois, e eu cerrei os dentes. Aydin havia flertado comigo poucos minutos antes. Agora mal conseguiu me olhar, envergonhado por eu tê-lo flagrado com a noiva — ou melhor, a "relações-públicas" — no aeroporto. Foi a segunda vez que ele desdenhou de mim depois de ter agido com simpatia. A segunda e a última.

Além disso, o que quer que estivesse acontecendo ali não era da minha conta. Já tinha meu próprio drama, estrelado por Parentes Instantâneos — basta adicionar um aeroporto e a ausência de aviso prévio!

Fahim havia encontrado um segundo carrinho de bagagem.

— Ainda bem que viemos de van — disse sorrindo. — Quem era aquele cara?

— Fique na sua, cupido — falei. — Aquele pertence à Miss Paquistão. — Olhei para o monte de bagagens. — Por que temos tacos de beisebol?

— Ghufran Khala não te contou? Me candidatei a uma bolsa de estudos para atletas. — Rashid pegou um taco e bateu em uma bola imaginária.

— Eu não sabia que beisebol era popular na Índia — comentei, imediatamente pegando o taco de suas mãos antes que ele acertasse alguém.

— Não há nada mais indiano do que beisebol — falou Rashid.

Saímos do aeroporto. A Melancólica, o Sorridente, a Desdenhosa e o Atleta: essa era a minha família. Que Deus tenha misericórdia de todos nós.

CAPÍTULO DEZ

Fahim insistiu em dirigir na volta para casa. Falou algo sobre querer viver o suficiente para conhecer o filho. Kawkab Khala foi mais rápida e sentou no banco da frente, e eu fui espremida atrás com Rashid e as malas de mão abarrotadas. Eu me perguntei quanto tempo meu primo e minha suposta tia pretendiam ficar. Ao que parecia, poderia ser para sempre.

— Como está a, hum, família? — perguntei. Não lembrava os nomes dos pais de Rashid nem se ele tinha irmãos.

— Eles ficaram tristes por eu ir embora, mas felizes por estar acompanhado de Kawkab Khala. Nunca tinha saído da Índia. — O olhar de Rashid estava fixo no celular, que ele apontava para a janela enquanto gravava um vídeo do caminho para casa. — Todo mundo é tão educado aqui!

Um homem em um caminhão de reboque mostrou o dedo do meio para Fahim, que, em um esforço para restaurar o equilíbrio do Universo, dirigia dez quilômetros abaixo do limite de velocidade.

Enfiei a cabeça entre os bancos da frente.

— Tem certeza de que sabe onde fica o acelerador, Fahim? É o pedal da direita. Aquele em que você não está pisando.

Ele me ignorou.

Eu me acomodei no banco e tentei achar uma posição confortável com as rodinhas das malas cutucando minhas costelas.

— Me conte sobre a sua família, Rashid.

– Meus pais são contadores e me mandaram para cá para aprender sobre contabilidade. – Sorrindo, ele acrescentou: – Eles não sabem sobre a bolsa de estudos.

– E você, Kawkab Khala, por que decidiu visitar o Canadá? Ouviu falar sobre os parques de tirar o fôlego? As cataratas do Niágara? O *poutine*?

Kawkab Khala não respondeu. Talvez eu devesse deixar minha suposta tia dormir no sofá, no fim das contas.

Fahim estacionou na garagem e, com a ajuda de Rashid, tirou as bagagens. Minha tia caminhou até a porta com uma ligeira curva nos lábios e uma única observação:

– É aqui que vocês *vivem*?

Eu a conduzi para dentro e, depois de ver meu pai e atualizar rapidamente Fazee, saí para voltar ao restaurante. Tinha algumas perguntas a fazer à minha mãe, especificamente sobre minha suposta tia e onde ela iria dormir.

Rashid atravessou correndo a porta da frente e se juntou a mim.

– Você não quer descansar do longo voo? – perguntei esperançosa.

Ele negou com a cabeça, o corpo vibrando com a energia juvenil.

– Quero cumprimentar a sua mãe. Além disso, devo conhecer o restaurante e me familiarizar com as operações. Não quero parecer bobo quando começar em meu posto amanhã. – Seus olhos vívidos captavam cada detalhe da rua. – Pensei que o restaurante de vocês fosse o único na vizinhança.

– E é – respondi.

Estávamos nos aproximando da fronteira sul de Golden Crescent, passando pela solitária vitrine vazia antes de entrar na rua propriamente dita.

– Então o que é isso?

Rashid parou em frente ao edifício abandonado. Exceto que não era mais um espaço vazio. Vários veículos estavam estacionados na frente, e uma equipe de construção circulava no entorno. Uma grande placa havia sido colocada na frente. EM BREVE! WHOLISTIC BURGERS & GRILL. COMIDA HALAL GOURMET FEITA DO JEITO CERTO. EXPERIMENTE ALGO DIFERENTE!

Meu mundo saiu do eixo por um instante.

Rashid ainda estava falando, mas tudo o que eu ouvia eram as palavras de Aydin de algumas noites atrás – "A única razão pela qual vocês ainda estão abertos é porque não têm concorrência. Vocês são o único restaurante *halal* em Golden Crescent. Mas está claro que esta região está prestes a mudar" – seguidas das palavras de Zulfa no aeroporto – "Mal posso esperar pela inauguração" – e da reação abrupta de Aydin.

Aquele espião sorrateiro. Ele tinha ido ao Três Irmãs para avaliar a concorrência. Estava procurando algum podre e ainda falou mal do nosso restaurante na minha cara depois que descobriu que eu era a filha da dona.

Acelerei o passo em direção ao Três Irmãs, Rashid atrás de mim.

– *Assalamu alaikum*, Hana! – gritou Yusuf do outro lado da rua.

Lembrei que o pai de Yusuf, o Irmão Musa, era o presidente da Associação dos Empresários local. Gesticulei para ele se aproximar.

– De quem é esse restaurante? – perguntei.

Uma expressão assustada perpassou pelo rosto de Yusuf antes de se transformar em simpatia. Ele sabia de tudo, percebi, e não tinha avisado a mim ou à minha mãe.

Meu amigo deu de ombros como se a situação não fosse grande coisa. Pensei se ele teria a mesma reação se um Whole Foods abrisse ao lado da mercearia de seu pai.

– Papai disse que é de alguém de fora do bairro. Os novos proprietários estarão na reunião da associação amanhã à noite. – Yusuf olhou de mim para Rashid, esperando algum gesto. – Você não vai me apresentar?

O problema de viver em uma comunidade unida é que todo mundo sabe tudo ou então quer saber.

– Estamos recebendo familiares da Índia. Este é meu primo Rashid.

Rashid estendeu a mão. Em vez de apertá-la, Yusuf deu um passo para mais perto e gritou:

– *ASSALAMU ALAIKUM*! Meu. Nome. É. Yusuf. Qual. É. O. Seu. Nome?

– Ra-shid – disse meu primo, ecoando a pronúncia lenta de Yusuf.

Yusuf assentiu e colocou um braço em volta do meu primo.

BEM-VINDO AO CANADÁ! VOCÊ ESTÁ LIVRE AQUI!

Rashid olhou para mim e franziu o cenho. Fiz sinal para meu primo entrar no Três Irmãs e puxei meu lindo e idiota amigo para a calçada.

– Qual é seu problema? – sussurrei para Yusuf, furiosa. – Ele é da Índia, não um viajante do tempo dos anos 1700.

Yusuf se mexeu desconfortavelmente.

– Só pensei que talvez ele fosse muito pobre inclusive para ter coisas que para nós são normais. Você não imagina as situações sobre as quais li nos estudos de caso na faculdade.

Revirei os olhos. Meu lindo amigo era um liberal de esquerda.

– Rashid vai ficar aqui por um tempo. Talvez você possa apresentar a ele alguns desses valores canadenses que para nós são corriqueiros.

Yusuf ficou empolgado com a ideia, o verde de seus olhos brilhando na luz da tarde.

– Leve-o à reunião da associação, para ele ver a democracia em ação.

Eu tinha ouvido da minha irmã e da minha mãe histórias sobre as bizarrices da Associação dos Empresários. Só emiti um grunhido evasivo e lembrei a ele que a Índia já é democrática.

– Você sabe o que eu quero dizer. Ei, teve notícias da Lily?

– Ela está muito ocupada com a residência – falei, desconfortável. Não queria ser arrastada para o que quer que estivesse acontecendo entre eles.

– Você e eu poderíamos sair sem a Lily? Eu realmente preciso falar com alguém, e seria bom ouvir seu conselho. Café em algum momento desta semana? – perguntou ele.

Olhei para a loja da família de Yusuf, do outro lado da rua, e distingui a silhueta de seu pai. Então meu olhar se desviou para a futura localização do Wholistic Burgers & Grill, e meus olhos se esgueiraram. Seria bom ouvir os conselhos de Yusuf também, talvez para obter mais informações sobre os donos não tão misteriosos assim do novo restaurante e saber por que não ocorrera a meu melhor amigo me avisar. Fizemos planos para nos encontrar no dia seguinte.

Dentro do restaurante, Rashid conversava com minha mãe. Quando entrei, alguns momentos depois, ele já havia começado a varrer o salão.

– Seu amigo Yusuf é engraçado – disse ele.

– Espero que você não tenha se ofendido. Ele te chamou para a reunião da Associação dos Empresários, para te apresentar para o pessoal.

Rashid me deu um sorriso malicioso.

– Eu ficaria honrado em participar. Tenho o traje perfeito: um terno *sherwani*, sapatos com bico curvado, um turbante e um colar de pérolas. Seu amigo dirá a todos que sou um príncipe mugal.

Os mugais formavam uma dinastia muçulmana que governou o Sudeste Asiático por mais de trezentos anos. Seu império se dissolveu em 1857. Não sabia o que pensar da minha suposta tia, mas eu definitivamente estava me afeiçoando a Rashid.

CAPÍTULO ONZE

Mamãe sabia sobre o restaurante. Aparentemente, o Irmão Musa a tinha avisado e ela não se importou. Nem com a aparição repentina de Kawkab Khala, nem com nosso novo concorrente, nem com nada.

– Você não falou nada da Kawkab Khala – observei.

Mamãe deu de ombros.

– Sim, falei, só nunca a chamei de Kawkab. Ela começou a usar seu nome de batismo depois que o marido morreu. Nós a conhecemos por outro nome. – Mamãe parecia desconfortável. – É um nome carinhoso, mas acho que ela não gosta dele. Costumávamos chamá-la de Billi Apa.

Billi Apa! Billi Apa era uma lenda. Ela costumava andar a cavalo pelo bairro em uma época na Índia em que as moças não deviam realizar esforços físicos impróprios para damas recatadas. Ela jogava pôquer no clube masculino. Fumava cigarros enrolados à mão que comprava de seus empregados. Era uma prima mais velha que a família de mamãe visitava durante o verão, e as histórias que minha mãe contava das aventuras delas eram épicas. Como quando Billi Apa se vestiu como o imame local e fez um sermão sobre a importância de comprar presentes caros semanalmente para a esposa. Ela sabia como manejar uma arma e só usava calças. Era tão rebelde que seus pais a enviaram para um internato na Inglaterra, onde ela aprendeu a xingar em francês, inglês e alemão.

Seus pais eram ricos proprietários de terras e ela era filha única. Billi

Apa tinha sido minha heroína de infância, e eu sonhava em conhecê-la um dia. Só que para isso eu teria que viajar para Nova Délhi porque, segundo minha mãe, ela nunca saía de sua enorme propriedade. Até agora.

— Você sabia que ela vinha? — perguntei a mamãe.

— Ela é sempre bem-vinda. — Uma maneira educada de dizer não.

— E a inauguração do novo restaurante? O que nós vamos fazer?

Dessa vez mamãe parou de picar o coentro e a pimenta e enxugou a testa com as costas da mão. Mechas de cabelo grisalho se desprenderam de seu *hijab* preto.

— Não temos que fazer nada. Tem oportunidade para todos aqui. Eles vão atrair a atenção no início, mas depois as coisas vão voltar ao normal. Você vai ver, Hana *jaan*. Tudo vai dar certo.

Seu olhar percorreu a cozinha como se ela estivesse tentando se tranquilizar. Estávamos todos contando com ela — Baba, Fazeela, Fahim, eu e o melãozinho. Lembrei de Lily dizendo que mamãe era a pessoa mais inteligente e batalhadora que ela conhecia. Nós sobreviveríamos. *Inshallah*.

— Tenho certeza de que você está certa — falei, e então perguntei se Rashid e eu poderíamos ir à reunião da associação.

Ela assentiu.

— Fazeela costuma ir, mas você pode ir no lugar dela. Será bom para o Rashid ver como fazemos as coisas aqui. Anote tudo sobre o festival. Quero saber o que eles estão planejando este ano.

Todos os verões, a Associação dos Empresários de Golden Crescent organizava um festival de rua. Era uma coisa bem discreta. Todos os negócios locais participavam de uma vaquinha para alugar um castelo inflável para as crianças e montavam barraquinhas para vender comidas e outros produtos. O sr. Lewis distribuía café e donuts de graça, a Tia Luxmi servia uma grande variedade de petiscos caseiros e o Três Irmãs vendia comida. Era um evento divertido e íntimo, da comunidade para a comunidade. Prometi anotar tudo para reportar depois.

Como esperado, minha suposta tia/recém-revelada heroína de infância tomou meu quarto com a mesma facilidade com que havia reivindicado seu lugar no banco da frente do carro na volta do aeroporto. O sofá era ainda mais desconfortável do que eu imaginava.

Acordei para a *fajr*, a oração da alvorada, às quatro e meia da manhã sem precisar do despertador, graças às almofadas encaroçadas do sofá. Baba já estava sentado à mesa de jantar, com a luz baixa. Nas noites em que tinha dificuldade para dormir, ele ficava lendo o jornal, montando seus quebra-cabeças ou ouvindo rádio. Dei-lhe um abraço de lado quando passei para fazer a ablução, o ritual de purificação antes da oração, e ele olhou para cima, surpreso, tirando os fones de ouvido.

– O que você está fazendo acordada a esta hora, Hana? – perguntou ele.

– Há uma intrusa no meu quarto – sussurrei.

Seus olhos se arregalaram, mas então relaxaram quando lhe lancei um sorriso travesso.

– Sua mãe e eu éramos muito próximos de Kawkab Apa quando morávamos em Délhi, logo depois do casamento. Ela nos ajudou a nos estabelecermos em Toronto. É uma mulher rica. Sua mãe pegou dinheiro emprestado com ela para abrir o restaurante.

Eu não sabia disso. *Talvez ela esteja aqui para ajudar novamente*, pensei esperançosa.

– Ela não sai de Délhi há anos. O que quer que a tenha trazido até o Canadá deve ser muito importante. – Baba olhou para mim e sorriu. – Estou feliz que você tenha a chance de conhecê-la. Vocês são tão parecidas. Temos sorte de ela ter concordado em ficar por um tempo.

Sofri internamente. *Um tempo* podia significar semanas, talvez meses.

– Você está sendo uma boa anfitriã e estou feliz por ter companhia – disse meu pai. – A casa não tinha tanta vida assim fazia muito tempo.

Com minha tia, Rashid e Fazeela, ele estava certo; estávamos cheios a ponto de estourar. Talvez a companhia fosse uma distração bem-vinda durante os dias em que meu pai se sentia isolado.

Depois da ablução, fiz a oração da alvorada na sala de estar. O sofá parecia mais confortável quando deitei novamente – alguém havia acrescentado almofadas extras. A cabeça de Baba pairava sobre a seção de notícias locais.

— Obrigada, Baba — falei sonolenta. Queria lhe dar alguma boa notícia. — O Thomas deu uma ideia de programa para a Marisa e ela gostou. Ele quer que eu participe.

O sorriso no rosto de Baba apagou minhas dúvidas.

— *Alhamdulillah!* Sobre o que será o programa?

— Ainda estamos decidindo. Mas será sobre fé, cultura e identidade e o papel que essas coisas têm na cidade.

Meu pai assentiu, pensativo.

— Se os seus superiores gostarem, talvez você consiga um emprego em tempo integral. Estabilidade é importante, Hana. Não desconsidere um emprego com salário fixo, seguro de saúde; você pode começar a planejar seu futuro. E mais oportunidades virão, especialmente se você for agradável e cooperativa. Sei que seu talento vai te levar longe.

— Espero que esteja certo — falei, me acomodando mais profundamente nas almofadas.

— Quantos clientes no restaurante ontem? — perguntou ele.

— Várias pessoas — falei, os olhos firmemente fechados. — Estava lotado.

— Bom — disse ele baixinho, e voltou ao jornal.

Virei de frente para o encosto do sofá, mas demorei muito para adormecer novamente.

ıl ıŲı ıll

Preparem-se, amigos ouvintes, porque estou prestes a chorar as pitangas em Divagações de Ana, uma garota marrom. *O que é bastante difícil de fazer sem entrar em detalhes específicos, mas vou tentar o meu melhor.*

Eu disse no primeiro episódio que este podcast seria sobre a minha verdade, e apenas sobre ela. Hoje quero falar a respeito do gêmeo do mal da verdade: o engano. Mentiras. Inverdades.

A quem magoamos quando mentimos para nós mesmos e para nossa família? A mentira tem uma função inerentemente egoísta. Mentimos porque não queremos lidar com a verdade, porque a verdade é desconfortável, ou talvez porque seja mais conveniente inventar alguma coisa. Mas o que acontece quando você mente para poupar os sentimentos de alguém? Pior ainda, quando esse alguém sabe que você está mentindo mas entra no jogo? Essa pessoa está poupando os seus sentimentos assim como você está poupando os dela?

Existem algumas mentiras que tornam a vida mais confortável. Mentiras como "Sim, estou bem", quando na verdade queremos dizer "Não quero falar com você sobre isso". Ou "Sim, esta é a melhor decisão para mim", quando queremos dizer "Não sei o que fazer, mas isso seria mais fácil", ou talvez "Esta é a melhor decisão que posso tomar com as informações que tenho agora", quando na verdade você está sendo controlado pelo desespero e pela inércia.

Quando minto para a família e os amigos com a ideia de tranquilizá-los, quem se beneficia? Ninguém, na verdade. Quando digo a mim mesma que vou seguir um projeto que nunca desejei porque assim talvez consiga fazer algo positivo para alguém ou porque talvez leve a algo melhor, seria essa a verdade?

Aconteceram algumas coisas na minha vida recentemente que me deixaram com medo. Receio que, somadas, elas sinalizem que algo pior está por vir. Entendem o que quero dizer? Quando aquela coisa para a qual você sempre se preparou em silêncio começa a sair do trilho? Talvez eu tenha pagado antecipadamente por um cinismo que ainda não passou pelo crivo de provações reais e agora esteja prestes a ver o que acontece quando as coisas começam a dar errado de verdade.

Porque as coisas estão começando a dar errado.

Eu vivi uma vida calma, sem grandes sustos. Não estou dizendo que esbanjei, vocês entenderam. Houve algumas dificuldades, mas no geral foi uma vida boa. Como resultado, tendo a confiar nas pessoas. Quando elas me iludem ou me decepcionam, me sinto tola, embora sempre esteja mais ou menos esperando que o desastre aconteça. Por outro lado, talvez a tolice seja o preço que você paga pelas lições aprendidas.

Como muçulmana, tenho fé que as coisas vão acontecer como devem. Mas também sei que serei testada nesta vida e me preocupo com esses testes. Passo muito tempo imaginando o que vai acontecer se eu falhar também. Acho que estamos todos cambaleando no escuro, esperando que as histórias – e mentiras ocasionais – que contamos a nós mesmos nos aproximem da nossa luz.

StanleyP
Acabei de ouvir seu último podcast. Acho que você decidiu participar daquele projeto no fim das contas.

AnaBGR
Vou ver para onde ele me leva. Obrigada pelo conselho.

StanleyP
Não sei se foi o conselho certo. Você parece triste.

AnaBGR
Acabei de receber notícias inesperadas sobre os negócios da minha família.

StanleyP
Que tipo de notícia?

AnaBGR
Do tipo que eu devia ter previsto. Nós não dominamos o mercado como eu pensava.

StanleyP
A competição não é uma coisa ruim. É uma maneira de repensar os velhos hábitos e tentar algo novo. Essa é a parte divertida, certo?

AnaBGR
Acho que temos visões muito diferentes sobre o que é diversão.

CAPÍTULO DOZE

A reunião da associação aconteceu no porão da mercearia da família de Yusuf, um espaço acanhado e ameaçador que cheirava vagamente a alvejante e alimentos maduros demais. O Irmão Musa, pai de Yusuf, tentara torná-lo mais acolhedor colocando uma travessa de frutas em uma mesa dobrável ao lado da escada estreita. A sala estava organizada com duas dúzias de cadeiras dobráveis e uma mesa também dobrável na frente, para o Irmão Musa e o sr. Lewis, o dono do café Tim Hortons – presidente e vice-presidente da associação, respectivamente.

Eu sabia que Yusuf nem sempre se dava bem com o pai. Um homem austero de sessenta e poucos anos com um impressionante bigode grisalho e olhos azuis intensos, o Irmão Musa tinha grandes expectativas para todos em sua vida, especialmente o filho mais velho. Quando éramos mais jovens, ele pressionava Yusuf a estudar mais, a praticar mais esportes. Nunca aprovou que o filho saísse comigo e Lily, e sua desaprovação ficou ainda maior quando ele percebeu que Yusuf estava apaixonado por nossa amiga. As coisas sempre foram tensas entre os dois, embora Yusuf fosse leal à família e trabalhasse na loja sem reclamar. Ele também se envolvia alegremente nos eventos da associação e em quaisquer outras questões da vizinhança.

Foi a primeira reunião de que participei, mas reconheci muitos dos empresários locais. Cumprimentei os rostos familiares e apresentei Rashid ao Irmão Musa antes de nos sentarmos ao lado de Yusuf na primeira fila. Rashid havia decidido trocar os trajes mugais por uma camiseta simples e calça jeans. Meu primo adolescente estava se mostrando totalmente diferente do que eu imaginava.

– Onde estão os donos do novo restaurante? – sussurrei para Yusuf.

Ele franziu a testa.

– Ainda não chegaram. Papai odeia quando as pessoas se atrasam.

O Irmão Musa chamou a atenção de todos. Ele tinha um leve sotaque sírio, atenuado por trinta anos de vida na América do Norte.

– Temos alguns itens na pauta. Primeiro: o festival anual de verão. Precisamos de um voluntário para assumir o comando, já que a Fazeela não poderá participar este ano. Algum voluntário?

Abri meu caderno e comecei a fazer as anotações que mamãe havia pedido.

Rashid se inquietou ao meu lado enquanto a reunião prosseguia com os detalhes do festival de rua e depois com uma discussão sobre os novos regulamentos de estacionamento e sobre a segurança no bairro. Depois de registrar os itens da pauta, virei a página e escrevi "Novo restaurante *halal*?".

Rashid se inclinou.

– Você disse que seria divertido. Se eu quisesse ficar numa sala cheia de velhos falando de negócios, teria ido às festas de contabilidade dos meus pais.

Eu me perguntei como seria uma festa de contabilidade.

– Não se preocupe. Está chegando a melhor parte – sussurrei.

Rashid inclinou a cabeça.

– Qual é a melhor parte?

– O drama.

Fazeela me contara que todas as reuniões da Associação dos Empresários de Golden Crescent terminavam com alguém perdendo a paciência e discutindo aos gritos com outra pessoa. Certa vez, houve uma briga por causa do cronograma da coleta de lixo. Fazeela descreveu a associação como o reality show *No limite*, só que com mais pessoas marrons. Acho que era por isso que mamãe geralmente mandava minha irmã; ela era alérgica ao drama, ao passo que Fazeela poderia tranquilamente trabalhar na Casa Branca. Intriga era o ar que ela respirava.

Ouvi a porta do porão se abrir e passos pesados na escada. Aydin estava prestes a fazer sua grande entrada, com um atraso de trinta minutos.

– Agora, o último item da nossa agenda – disse o Irmão Musa, irritado. – Apesar da chegada tardia, vamos dar as boas-vindas a Junaid Shah e seu filho Aydin Shah, proprietários do novo restaurante de Golden Crescent, o Wholistic Burgers & Grill.

Aplausos educados se fizeram ouvir enquanto os doze membros da associação se viravam para o fundo da sala, onde Aydin e o pai estavam. Alguns olhares inquietos também foram lançados em minha direção, e meu rosto queimou.

Percebi que uma parte de mim esperava que eu estivesse errada, que Aydin não estivesse espionando, que ele e seu pai não estivessem abrindo um restaurante *halal* rival em Golden Crescent, em competição direta com o Três Irmãs. Seu pai me tratara como lixo quando eles visitaram nosso restaurante, e eu dera à concorrência um prato grátis de *biryani*. Fechei os olhos, revivendo a humilhação dos comentários de Aydin sobre nossa decoração desbotada e o fechamento iminente.

Aydin e Tio Junaid abriram caminho silenciosamente pela multidão e se sentaram na fileira atrás de nós. Aydin se inclinou para a frente e murmurou "*salaam*" baixinho em meu ouvido. Tão educado quando as pessoas estavam presentes para testemunhar suas ações. Eu não estava tão preparada para ser civilizada.

Eu me virei para encará-lo.

– Que cara de pau, hein – sibilei.

Aydin piscou, surpreso.

– Como disse?

– Você aparece com seu pai, comenta sobre nossa comida, a iluminação, os pisos – falei em um sussurro acalorado. – *A única coisa com que vocês podem contar é essa mudança* – imitei, e Aydin corou.

Bom. Era para ele ficar envergonhado mesmo.

Na minha raiva, não percebi que tinha levantado a voz. Os membros da associação se inclinaram para captar cada palavra.

– Você nos espionou – continuei sem rodeios. *Que eles escutem. Todos devem saber como nossos novos membros agem.*

O olhar de Rashid passou do meu rosto irritado para o rosto assustado de Aydin. Ele se levantou, olhando para o pai e o filho.

– É! Como você ousa espionar minha prima? – anunciou em voz alta. E então arruinou o efeito ao se inclinar para a frente e sussurrar em voz alta: – É parte do drama, certo?

Tio Junaid se manifestou, o rosto contorcido de raiva:

– *Espionando* você? Por que perderíamos nosso tempo espionando aquele negócio sujo e insignificante?

O silêncio chocado que recebeu sua grosseria me fez readquirir o controle. Estávamos fazendo uma cena; minha mãe não ficaria nada satisfeita.

O rosto de Aydin estava pálido.

– Pai, acalme-se. Você disse que me deixaria lidar com isso.

Tio Junaid virou-se para o filho e, do lugar em que estava, vi Aydin se contrair.

– Como sempre, você não está lidando com nada – disse o pai, lançando um olhar imperioso para a sala ao redor. – Não sei por que você insistiu em vir. Eu me recuso a ser intimidado pelos tabaréus locais.

Da frente da sala, Musa perguntou ao filho em voz alta:

– O que é *tabaréus*? Aquele homem está nos chamando de tamborins?

Tio Junaid ignorou todos os demais, os olhos fixos no meu rosto.

– Este bairro não passa de uma favela étnica – anunciou.

Foi a gota d'água. *Drama, considere-se abraçado.* Levantei-me lentamente, punhos cerrados ao lado do corpo.

– Caso não tenha notado, você é marrom!

Aydin virou-se para o pai e, em um último esforço de paz, disse em um urdu perfeito:

– Este não é o momento nem o lugar. Viemos aqui para conhecer a comunidade, não para fazer inimigos.

Rashid deu um passo em direção a Aydin e, por um momento, pensei que meu primo fosse socá-lo. Em vez disso, ele apertou o braço de Aydin.

– *Bhai*, seu urdu é muito bom. Você cresceu no Paquistão?

– Não, mas fiz aulas – disse Aydin, sorrindo para ele.

Junaid interrompeu-os antes que eles trocassem números de telefone ou começassem a se seguir no Twitter.

– Não faz sentido criar laços com pessoas que em breve vamos tirar do mercado. – Ele olhou para o restante dos membros da associação. – Seu bairro se tornará gentrificado em breve. Os sinais já estão aí. Os aluguéis vão subir além de suas margens de lucro, e cada um de vocês vai falir dentro de cinco anos.

Aydin fechou os olhos.

– Pai – falou.

– Você me dá nojo – disparei para Tio Junaid, os olhos cheios de lágrimas por causa da raiva.

Saí rapidamente da sala, as mãos tremendo enquanto subia a escada. Eu não ia chorar na frente deles.

Era fim de tarde. Lá fora, respirei fundo várias vezes. Meus olhos foram atraídos para Golden Crescent, para o trecho comercial onde minha mãe tão orgulhosamente desenvolvera seu próprio negócio, para o bairro onde criamos raízes e construímos uma vida. Percebi como parecia pobre sob as lâmpadas da rua, a sujeira e o mau estado de conservação. E eu odiava Aydin, mas odiava seu pai ainda mais.

⑴⑴⑴

Não fiquei só por muito tempo.

– Não era assim que eu queria que nossa primeira reunião da associação tivesse sido. Meu pai pode ser uma pessoa… difícil – disse Aydin de um jeito duro.

Difícil. Ele achava que o que Junaid Shah havia dito lá dentro era "difícil", que eu estava chateada porque seu desagradável pai lançara uma porção de insultos a alguns estranhos. Ele realmente não tinha noção.

Respirei fundo.

– Você pagou com aquela nota de cem dólares na primeira vez que foi ao nosso restaurante porque sentiu pena da concorrência?

– Você não é minha concorrente.

– Otário.

Nós nos encaramos. Ele desviou o olhar primeiro, e senti vontade de dar um soco no ar, como se tivesse vencido alguma coisa.

Entretanto, quando ele voltou a falar, percebi que não tinha recuado em nada. Sua voz era gélida:

– O restaurante da sua mãe está com problemas, e nem o melhor *biryani* do mundo vai ajudá-la. O que quer que aconteça entre nossas lojas, são apenas negócios, nada mais. Se vocês quiserem me acompanhar, vou adorar a competição. Se não quiserem e seu restaurante fechar como consequência, terá sido por escolha da sua família.

Ele quis dizer culpa da minha família.

– Seu pai disse que todos sumiremos em cinco anos. Você está planejando ajudar nesse processo?

Aydin deu de ombros.

– Há um potencial de crescimento incrível para um restaurante *halal* bem administrado. Até meu pai reconhece isso.

Um restaurante halal *bem administrado*. Ele claramente não incluiu o Três Irmãs nessa descrição. Meu punho se cerrou com mais força ainda. Aydin não respondera à minha pergunta, notei.

– Você e seu pai planejam fechar todos os negócios em Golden Crescent, ou apenas o meu?

Aydin novamente evitou a pergunta.

– Você já ouviu falar das Indústrias Shah?

O nome me lembrava algo distante. Então, ele era um mauricinho mimado vindo de uma família rica. Eu já sabia disso.

– Papai quer que eu siga seus passos. Fusões e aquisições, desenvolvimento de propriedades em mercados-alvo, basicamente um Banco Imobiliário para adultos.

Banco Imobiliário para adultos. Mercados-alvo. Ele parecia a Marisa falando sobre explorar um novo grupo demográfico.

– Isso é um jogo para você? Está brincando com o sustento da minha família. Não temos outro negócio nem reserva financeira caso sejamos forçados a fechar as portas. Você é um terno com bolsos fundos. Nós somos uma atração local em uma *favela étnica*. – A raiva deve ter ficado clara no meu rosto, porque ele olhou para baixo. – Por que você está aqui? – exigi, me aproximando.

– Eu gosto de comida – disse ele simplesmente, e suas palavras, por fim, pareceram honestas. – Gosto da ideia de construir um negócio, uma marca duradoura. Algo que trará a comida *halal* para o mainstream. O *biryani* da sua mãe realmente me lembrou o da minha. Ela morreu quando eu tinha cinco anos.

Lembrei-me de como ele parecera vulnerável na primeira vez que fora ao Três Irmãs, a surpresa em seu rosto enquanto comia o *biryani* de mamãe e falava sobre a sua. Eu não sentiria pena. Muitas pessoas têm mães mortas e pais idiotas. Isso não dava a ele o direito de ser arrogante e dissimulado.

A voz de Aydin soou suave na escuridão que caía:

– As Indústrias Shah compram e vendem empresas, mas não as mantemos por muito tempo. Não construímos nada real. Eu queria algo real.

Ele estava tão perto que senti o cheiro de sua loção pós-barba, uma colônia sutil com toque de sândalo – e de dinheiro. Inalei profundamente. Então era esse o cheiro da decepção.

Ouvi o som de passos, e então o belo Yusuf aproximou seu longo corpo do meu e olhou para Aydin.

– Você e seu pai não são mais bem-vindos na Associação dos Empresários de Golden Crescent. Vou fazer uma petição à Câmara Municipal para revogar sua licença para vender alimentos. Não precisamos de grandes empresas passando por cima do caráter e das tradições do nosso bairro. – Ele colocou o braço em volta de mim e apertou meu ombro.

Aydin olhou para o braço de Yusuf e depois para mim.

– Eu não sou o vilão aqui, Hana – disse, ignorando Yusuf. – Trabalhei muito e sacrifiquei coisas demais para desistir agora.

Afastei o braço de Yusuf.

– Você não sabe nada sobre sacrifício – falei.

– Você supõe as coisas sem saber – Aydin retrucou, um traço de raiva surgindo em sua voz. – Se está determinada a se colocar no papel de vítima, não há muito que eu possa fazer. Meu restaurante não vai a lugar algum, e você vai ter que conviver com isso.

Olhei para a rua, para as vitrines que guardavam havia mais de uma geração a entrada de Golden Crescent, e depois para o Wholistic Burgers & Grill, ainda coberto com as lonas da obra. Algo muito parecido com medo fez meu peito apertar.

– Conviver com isso até você e seu pai tirarem a minha família do mercado, é o que você quer dizer?

Tio Junaid passou por nosso pequeno grupo e parou a alguns metros de distância, de costas para nós. Ao ver seu pai, a expressão de Aydin se fechou ainda mais.

– Se não fosse o Wholistic, seria outro restaurante *halal*. Considere isso como uma motivação para trabalhar em suas habilidades competitivas. – Seu rosto estava sem expressão. – Supondo que você tenha alguma.

Rashid, que havia seguido Yusuf, estava a alguns metros de distância. Ele acenou para Aydin.

– Se você estiver livre amanhã, vamos jogar beisebol no parque – falou em urdu. Então notou minha expressão e ficou tímido. – Vou acabar com você! – gritou em inglês.

Com essa inesperada reviravolta, o sr. Óculos Prateados sorriu levemente e se juntou ao pai. Os dois então caminharam pela rua escura em direção ao novo restaurante.

CAPÍTULO TREZE

Eu sabia que minha família ficaria sabendo do que se passara na reunião da Associação dos Empresários antes de eu chegar em casa. O segundo passatempo favorito da associação, além de formar alianças no estilo *No limite*, era fofocar. A história da filha mais nova, mal-humorada e criadora de cenas dramáticas de Ghufran seria rapidamente levada até minha família, e eu nem tinha um quarto para me esconder.

Entrei discretamente pelo quintal, tropeçando nas ervas daninhas já na altura dos tornozelos. Cortar a grama costumava ser meu trabalho, mas, com o estágio, eu pedira demissão dos deveres de cuidadora do jardim. O restante da família estava sempre trabalhando, então a vaga ainda não havia sido preenchida.

Arrastei uma das cadeiras de jardim enferrujadas até perto da cerca dos fundos. Agora parecia um pouco a minha Muralha do Pensamento na Rádio Toronto.

Nosso quintal beirava um pequeno barranco, e deixei o silêncio me envolver apoiada na cerca, erguendo a cabeça em direção à escuridão. O ar aveludado roçava meu *hijab* frouxo, e o zumbido monótono de insetos noturnos me fazia companhia. *Talvez eu devesse dormir aqui até todo mundo sair.*

Ouvi o clique de um isqueiro e vi o rosto de Kawkab Khala iluminado ao lado da porta que dava para o quintal. Tentei me encolher contra a cerca, mas ela me viu. Kawkab Khala se posicionou a trinta centímetros de distância de mim e soprou fumaça na noite.

— Ghufran e Ijaz estão preocupados com você — comentou. — Rashid disse que você tinha ido dar uma volta. — Nenhum julgamento em sua voz, apenas interesse. — Eu costumava fazer caminhadas noturnas também, em Délhi. Esperava minha família adormecer e então saía de fininho. Ninguém me incomodava, porque todos sabiam quem eu era: a filha louca do *nawab* local — disse ela, usando a palavra urdu para um rico proprietário de terras. — A noite é a melhor hora para pensar.

— Sobre o que você pensava? — perguntei, intrigada apesar do desejo de ser deixada em paz.

— Amor, casamento, meu futuro. — Ela sorriu. — Lamento desapontá-la com meus pensamentos comuns. Mas os jovens muitas vezes são bem previsíveis.

— Você estava apaixonada?

Ela deu outra tragada profunda em seu cigarro.

— Só pela minha solidão. O amor veio depois. Surpreendeu a mim e a todos os demais. Casei aos quarenta, mas nunca tivemos filhos.

Eu não sabia o que dizer sobre isso. Tinha ouvido falar a respeito da juventude selvagem de Billi Apa, mas não sobre o que fizera depois de adulta. Fiquei feliz em saber que ela encontrara amor e felicidade, ainda que não soubesse o que pensar da pessoa diante de mim. Até agora, ela sempre fora a personagem de uma história.

— Você não devia ter atacado aquele jovem e o pai dele hoje na reunião. Não é assim que uma garota deve se comportar.

Certo. Lá estava ela, a ácida Kawkab Khala.

— Na América do Norte, as mulheres são encorajadas a falar o que pensam — respondi.

O brilho do cigarro iluminou a expressão entretida de Kawkab.

— Eu só quis dizer que uma jovem inteligente, e suponho que você seja inteligente, não mostraria todas as cartas de uma vez. Reúna informações, considere suas opções e, em seguida, aja de acordo.

— O que você teria feito? — Apesar do meu aborrecimento, eu queria saber.

Ela jogou a ponta do cigarro na grama e esmagou-a com o pé.

– Ainda estou coletando informações sobre a situação.

Que situação? Nosso restaurante, o novo restaurante ou algo mais? Talvez minha tia fosse a verdadeira espiã.

Como se estivesse lendo meus pensamentos, Kawkab Khala disse:

– Você perguntou a alguém sobre mim?

– Eu cresci ouvindo sobre as suas aventuras.

Os olhos castanhos de Kawkab brilharam na noite escura, os dedos longos não passavam de sombras azuis.

– Você sabe por que eles me chamavam de Billi?

– Deduzi que era seu nome do meio, abreviação de Bilqis. – Era um nome muçulmano comum.

– *Billi* é urdu para gato. E o que os gatos fazem de melhor?

Esperei a resposta, agora completamente confusa com a conversa.

– Os gatos escalam quando estão em perigo – disse ela, caminhando de volta para casa. – Vou dizer a Ghufran que você está aqui fora.

O que foi aquilo? Suspirei, peguei o celular e mandei uma mensagem para StanleyP.

AnaBGR
Preciso de mais alguns conselhos, mestre. Você conseguiu dar andamento ao seu projeto dos sonhos, já eu não consigo fazer nada direito nos últimos tempos.

Apertei enviar e esperei a resposta. Depois de alguns momentos, escrevi novamente.

AnaBGR
Gostaria de contratar sua consultoria sobre como parar de ter medo e aprender a amar competir. Você estaria me fazendo um grande favor. Como pagamento, posso oferecer um meme hilário sobre um dos seguintes tópicos: filmes clássicos dos anos noventa, papelaria vintage ou ícones de Hollywood. Responda agora, esta oferta é por tempo limitado!

Nada de StanleyP. Vagamente desapontada, enviei a ele um meme de Tom Hanks de suéter e entrei em casa.

Felizmente a minha família já tinha ido dormir, então eu podia adiar as conversas embaraçosas sobre a associação até o dia seguinte. Eu estava me acomodando no sofá para dormir quando meu celular vibrou.

StanleyP
Isso vai soar estranho, mas... em que tipo de negócio sua família trabalha? Sei que combinamos de não dar detalhes pessoais, e você pode ser vaga, mas tenho tido alguns dias estranhos. Esse é o meu preço.

AnaBGR
Isso está me parecendo extorsão.

StanleyP
Mobiliário? Automóveis? Fábrica? Tecnologia? Dominação mundial? Eu tenho que saber.

AnaBGR
Dominação mundial por meio do excitante mundo da tecnologia.

StanleyP
Graças a Deus.

AnaBGR
O que está acontecendo?

StanleyP
Nada. Estou perdendo a cabeça, só isso. Mas deixa isso pra lá. Quanto à sua pergunta: tenho sugestões, tenho planos de batalha, tenho uma milícia de bots sedentos à espera. Vou enviá-los para você em breve. As coisas se complicaram com meu projeto dos sonhos, então estou trabalhando nisso primeiro.

Desejei boa sorte a ele e desconectei. Não sabia bem por que tinha mentido sobre o negócio da minha família. Talvez eu não quisesse que ninguém, nem mesmo meu fiel ouvinte e amigo, soubesse a verdade sobre mim e o Três Irmãs. Não estava pronta para me sentir tão vulnerável, não por uma situação que tinha apenas começado a parecer terrível em minha própria mente.

Quando adormeci, me senti melhor sabendo que StanleyP estava ali para me proteger. Mesmo que fossem ridículas, suas sugestões me faziam rir. Ele estava lentamente se tornando uma parte necessária da minha vida. Eu podia admitir isso pelo menos para mim.

CAPÍTULO CATORZE

Planejei encurralar meu primo no café da manhã e fazê-lo contar tudo o que sabia sobre Kawkab Khala e o que ela realmente estava fazendo na cidade. Estava confiante de que Rashid ia dar com a língua nos dentes – o garoto não tinha malícia nenhuma.

Só que, quando saí do banho, Rashid havia desaparecido. Resolvi que iria atrás dele no Três Irmãs, mas antes tinha que preparar o café da manhã para o meu pai e a Fazee.

Minha irmã estava acordada quando bati na porta do seu quarto. Ela não vinha tendo muito apetite ultimamente, mas a obriguei a comer as torradas e as frutas mesmo assim. A pequena televisão estava ligada, e seus olhos permaneceram fixos no noticiário da manhã enquanto ela respondia distraidamente às minhas perguntas. Sim, ela se sentia bem. Sim, tinha dormido bem. Não, não estava com vontade de *chai*.

Eu estava preocupada com ela. Mas também estava preocupada com um monte de coisas. E ainda precisava falar com Rashid. Saí para o restaurante.

Absorta em meus pensamentos, não notei Yusuf atrás de mim na calçada até que ele me deu um tapinha no ombro.

– Pronta para aquele café? – perguntou ele.

Eu queria muito falar com Rashid, mas conversar com Yusuf sobre o novo restaurante também era importante. Caminhamos até o Tim Hortons.

O café era menor que o Três Irmãs, mas estava cheio de gente da vizinhança em busca de um pouco de cafeína ou um lanche antes do trabalho, de jovens mães procurando um doce para os filhos e de idosos socializando com amigos. Fiz o pedido enquanto Yusuf pegava uma mesa nos fundos, longe do quarteto de tios aposentados envolvidos em um jogo mortal de baralho.

O sr. Lewis estava no balcão e sorriu para mim ao me ver entrar na fila. Meu sorriso em resposta se desvaneceu quando reconheci o homem ao lado dele: Tio Junaid. O pai de Aydin me ignorou, falou algumas palavras em voz baixa para o sr. Lewis e foi embora.

— O que ele queria? — perguntei ao sr. Lewis na minha vez de fazer o pedido.

O sr. Lewis, um homem branco e alegre com quase cinquenta anos, careca e um pouco acima do peso, estava vestido com suas habituais polo branca e calça escura. Ele deu de ombros à minha pergunta.

— Veio saber se eu queria vender a loja. Falei que não, obrigado, e lhe ofereci uma bebida de cortesia, que ele recusou. Não é o cara mais amigável, aquele Junaid – disse, enchendo dois copos com café fresco e me entregando um biscoito, meu pedido habitual. – Ele estava disposto a pagar acima do valor de mercado, mas eu disse que esta é a minha casa e pretendo ficar. Ouvi dizer que ele está batendo em todas as lojas, buscando informações para saber quem ele pode tirar da jogada. O Patel, da loja de conveniência, talvez venda; ele está pensando em se aposentar.

A falação do sr. Lewis encobriu o martelar do meu coração. Lembrei das palavras do Tio Junaid na reunião da associação na noite anterior: "cada um de vocês vai falir dentro de cinco anos". Se os Shahs começassem a jogar dinheiro em Golden Crescent, quanto tempo as pessoas aguentariam antes de desistir?

Perturbada, voltei para onde estava Yusuf.

— Me conte o que você sabe sobre os Shahs e Wholistic Grill – ordenei abruptamente, colocando seu café à sua frente.

Yusuf não sabia muito, apenas que o restaurante abriria em breve, que era uma lanchonete gourmet e que o menu ofereceria coisas como hambúrgueres *halal* sofisticados, batatas fritas e shakes. Também contou que o Irmão Musa não ficara surpreso com o comportamento de Aydin e

Junaid na reunião. Eu tinha certeza de que ele tampouco havia apreciado a minha contribuição.

– A rua inteira está do lado da sua família, Hana. A última coisa que queremos é um grande negócio gentrificando Golden Crescent. Vou organizar um protesto durante a inauguração e tentar chamar a atenção da mídia local para essa história.

Claramente, Yusuf e seu pai não tinham ouvido falar das tentativas de Tio Junaid de comprar as outras empresas de Golden Crescent. Contei a ele, que prometeu contar ao pai. Eu não estava confiante de que o Irmão Musa pudesse fazer algo. Tentar comprar negócios não era ilegal.

Tomei outro gole de café e quebrei o biscoito ao meio, oferecendo a Yusuf o pedaço maior. Estava muito triste para desfrutar do doce.

Meu amigo não tinha esse problema; comeu o pedaço em duas mordidas e depois se inclinou para trás, suspirando.

– Faz tanto tempo que não sentamos e conversamos. Eu costumava te ver quase todos os dias no caminho para a escola. Agora é um oi rápido quando nos cruzamos na rua – falou.

Senti certa aflição em suas palavras e completei a imagem com a pessoa que Yusuf teve o cuidado de não nomear. Lily estaria conosco no ônibus até o centro da cidade, nos passeios, nos almoços. A recente conversa tarde da noite tinha sido a minha primeira conversa com ela em meses.

– Acho que faz parte do processo de crescer. Não há tempo para amigos quando se precisa ganhar dinheiro – falei com suavidade.

Olhamos um para o outro e rimos – rapidamente voltamos a ser duas crianças rindo de uma piada interna.

– Estou pensando em fazer algo grande – disse Yusuf depois de um momento. Ele enfiou a mão no bolso e tirou uma pequena caixa de joias, o que me fez endireitar a postura, os olhos fixos em seu rosto. – Você é a única pessoa com quem posso falar sobre isso. Você acha que a Lily e eu temos chance?

– Não era melhor ter descoberto isso antes de comprar uma aliança? – Estendi a mão e abri a caixa. Um pequeno anel de diamante piscou para mim.

– Quero que ela saiba que estou falando sério, que eu quero ficar com ela para sempre. Você acha que ela vai dizer sim?

Suspirei.

– Acho que vocês dois estão em lugares diferentes agora.

– Porque ela vai ser médica e eu faço Serviço Social? Não me importo com isso.

– Não. Porque seus pais não aprovam, nem os dela. Não aprovam agora e talvez nunca aprovem. Você está tranquilo com isso?

Yusuf deu de ombros.

– Eles vão aprender a gostar quando souberem que queremos nos casar.

– Você não sabe se é isso o quê ela quer! Você tem que falar com ela. Seja honesto, fale que as coisas serão muito difíceis. Vocês podem ter que deixar Golden Crescent, começar do zero em um lugar novo.

– Mas você acha que vai dar certo? – insistiu Yusuf. Ele sempre foi assim, sempre precisou de repetidas garantias antes de tomar uma atitude.

– Se não der, o Fahim acha que você deveria se casar comigo – respondi com uma cara séria.

Nos olhamos e começamos a rir.

– Sua mãe me ama, e seu pai não me odeia – apontei.

– Definitivamente faz sentido. Vamos fazer isso. Hana, você quer se casar comigo? – Yusuf se ajoelhou e piscou repetidas vezes para mim.

Eu ri e olhei ao redor do restaurante, esperando que ninguém tivesse notado a brincadeira. Aydin estava na porta, as mãos congeladas ao lado do corpo. Seus olhos se moveram de Yusuf de joelhos para o meu rosto. Ele saiu rapidamente do café, e eu fiz sinal para Yusuf se levantar.

– Não podemos nos casar. Você é muito bonito pra mim – falei. Esperava que meu amigo não tivesse notado a audiência inesperada do empresário rival, ou eu iria escutar sobre isso para o resto da vida.

– Se não for eu, tenho certeza de que haverá muitas outras ofertas. Talvez um estranho com um passado obscuro ou algo assim – disse Yusuf, fingindo inocência.

Saímos do café e seguimos para nossas respectivas lojas. Era hora de encurralar Rashid.

Meu primo ia de mesa em mesa, anotava os pedidos e conversava com nossos poucos clientes como se tivesse trabalhado em restaurante a vida inteira. Só consegui falar com ele a sós quando saiu para jogar o lixo.

— Tenho que falar com você — avisei.

Rashid imediatamente pareceu culpado.

— Você precisa ouvir meu lado antes de tirar conclusões precipitadas.

— Apenas me diga a verdade. Você me deve isso.

Rashid fechou os olhos com força.

— Tudo bem, eu admito. Joguei beisebol com o inimigo esta manhã... e gostei! Por favor, não fique com raiva. Pelo menos não até eu fazer outros amigos. Não lido bem com a solidão.

Eu pisquei.

— Você jogou beisebol com o Aydin?

— Sim. Ele é terrível. Ficava deixando a bola cair e perguntando se você e o Yusuf têm algo. Eu disse a ele que você é esperta demais para se apaixonar por esse *ullu*.

Ullu era hindi para "coruja", mas também uma espécie de insulto na Índia, como chamar alguém de idiota. Eu teria que trabalhar muito para melhorar a visão que meu primo tinha do Yusuf.

— Ele não é tão ruim — falei, mas Rashid não entendeu de quem eu estava falando.

— Estou tão feliz que você se sinta assim. Acho que o Aydin tem uma quedinha por você, e, como objeto de muitas paixões não correspondidas, sei que o importante é ser gentil na hora de desapontar os admiradores.

Meu primo achava que Aydin tinha uma queda por mim? Não era possível, não depois do jeito como gritei com ele. Eu me concentrei no motivo de ter procurado Rashid.

— Quero falar com você sobre Kawkab Khala. Na noite passada, ela mencionou algo sobre o apelido que recebeu quando era jovem. Acho que esqueceram de me contar uma parte da história da família.

O rosto de Rashid se fechou na hora. Ele colocou o saco de lixo na lixeira e esfregou as mãos.

— Preciso voltar. O imame estava prestes a me contar uma piada engraçada sobre a oração de sexta-feira e a dificuldade de manter a ablução depois de comer peixe.

– E Kawkab Khala?

– Kawkab Khala está aqui para visitar a família. Isso é tudo.

Rashid voltou para dentro do restaurante.

Meu primo estava escondendo algo. Bem, ele quem quis visitar o Canadá, e por aqui nós acreditamos em uma coisinha chamada bisbilhotar.

Segui Rashid até o salão e o vi rindo das piadas do imame Abdul Bari. Nalla estava usando uma linda *abaya* verde com bordados brancos na frente e nos punhos. O imame acenou para mim, e eu me aproximei e abracei sua esposa. Seus ombros pareciam pontudos sob o vestido. Eu queria abraçá-la ainda mais forte, mas fiquei com medo de machucá-la. Anos atrás, Nalla tinha sido minha professora na escola dominical. Ela contava as melhores histórias sobre os profetas, encenando todas as partes e até trazendo adereços.

Depois de alguns momentos de conversa com o imame e Nalla, peguei um jarro de água e enchi os copos, sorrindo e conversando com nossos clientes mais frequentes. No canto mais distante, uma mulher mais velha vestindo um *salwar kameez* de algodão amarelo-claro encarava um prato intocado de *biryani*.

– Está gostando da comida? – perguntei enquanto enchia seu copo.

Ela estremeceu, os grandes olhos castanhos se movendo para o meu rosto, os dedos agarrando as dobras de seu xale *dupatta* de algodão.

– Desculpe, tia, não queria assustá-la. Deseja mais alguma coisa?

A mulher desviou o olhar. Ela parecia ter a idade da minha mãe, talvez um pouco mais velha, mas a infelicidade estava gravada em seus ombros caídos. Sua voz era tão baixa que tive que me aproximar para ouvir.

– Estou esperando Kawkab – disse ela em urdu.

– Minha tia? – perguntei, surpresa.

Novamente ela pressionou os dedos contra sua *dupatta*.

– Por favor, pode me trazer um pouco mais de água? – perguntou.

Seu copo estava cheio.

– Como você conhece Kawkab Khala?

– *Meri dost* – respondeu. Minha amiga. – Por favor, traga Kawkab.

Minha tia estava na cozinha, conversando com mamãe. Ela se levantou instantaneamente quando comentei sobre a Tia Triste.

No salão, Kawkab envolveu a amiga em um abraço que durou muito tempo. Elas conversaram entre si, as vozes muito baixas para que qualquer pessoa interessada pudesse ouvir. Minha curiosidade só aumentou.

Meu celular vibrou. StanleyP estava de volta, pronto para oferecer conselhos sobre como acabar com o Wholistic Grill.

StanleyP
Como não tenho detalhes mais específicos sobre o seu negócio, aqui vão alguns conselhos gerais para derrubar sua concorrência. Eu venho de uma família de empreendedores astutos, então preste atenção às minhas palavras. Passo 1: conheça seu inimigo. Descubra contra quem você está lutando. Observe-o em seu hábitat natural, se relacionando amigos, familiares, estranhos e inimigos. Passo 2: acerte-o onde dói mais. Ele tem medo da humilhação pública? De perder dinheiro? Se preocupa com a família? Depois de descobrir isso, você pode decidir a melhor forma de fazê-lo sofrer. Passo 3: aja com graciosidade na vitória. Sempre ofereça um meio-termo, mas certifique-se de ficar com a vantagem.

AnaBGR
Estou com medo agora.

StanleyP
Estou ao seu serviço, milady. Vá em frente, conquiste.

AnaBGR
Você conseguiu resolver aquela complicação?

StanleyP
Acho que estou mais no controle da situação. Planejo implementar meu próprio plano de ataque em breve. Fique atenta. Prevejo sucesso.

CAPÍTULO QUINZE

No trajeto até a Rádio Toronto, fiquei planejando maneiras de sabotar sutil e anonimamente o Wholistic Grill, conforme o plano de três etapas de StanleyP.

Depois de pensar em algumas opções, concentrei a atenção nas ideias para o programa que Thomas e eu apresentaríamos para Nathan Davis. Já havíamos elaborado um plano, mas eu queria ter algumas ideias extras na manga. Talvez um episódio sobre escolas públicas *versus* escolas particulares e como alunos de origens marginalizadas navegavam entre os dois mundos. Ou um programa sobre como os dados do censo do governo eram usados para definir políticas que impactavam o cotidiano das populações marrons, negras e indígenas.

Uma pequena chama de empolgação se acendeu em meu peito. Talvez nosso programa realmente pudesse provocar mudanças ou conversas importantes. E qualquer uma dessas histórias ajudaria a garantir meu lugar como uma jornalista respeitada, e não mais uma voz étnica repetindo narrativas antigas e ultrapassadas.

Quando cheguei ao escritório, Thomas estava em sua mesa, girando um lápis. Ele se endireitou quando me viu.

– Davis chegou cedo – disse. – Daqui a uns quinze minutos vamos conseguir falar com ele. Se você tivesse chegado mais tarde, eu ia começar sem você.

– Por que não me mandou uma mensagem? – perguntei, lutando para organizar minhas notas.

– As coisas andam rápido no mundo das notícias, Hana. Não faz sentido deixar que seu atraso costumeiro arruíne nossas chances. Temos uma oportunidade real aqui. Você sabe como isso é raro.

As estações de rádio – a mídia em geral – vinham enfrentando críticas por sua falta de diversidade. Como Thomas havia dito em sua proposta inicial, uma dupla de roteiristas e produtores com a nossa cara teria uma chance maior de atrair atenção e financiamento. Então, por que ele estava evitando me encarar?

Tomei cuidado para que minha voz soasse calma.

– Ótimo timing. Tive algumas outras ideias para episódios que acho que vão fortalecer nossos argumentos.

Uma batida na porta, e Marisa se juntou a nós no escritório. Ela estava vestindo uma blusa branca e tinha feito uma escova para a ocasião. Um cachecol Hermès vermelho-cereja cobria seu pescoço e um dos ombros. Ela apertou meu braço.

– Estou com um bom pressentimento! O esboço que o Thomas fez é estelar.

Suas palavras me fizeram pausar por um momento, mas decidi compartilhar minhas próprias histórias antes de perguntar o que Thomas considerava "estelar" – e por que ele não me incluíra quando preparou o documento.

Marisa e Thomas ouviram minhas ideias, as sobrancelhas identicamente franzidas.

– Querida, acho ótimo que você queira fazer um jornalismo investigativo sério, mas estou preocupada que não tenha experiência ou o reconhecimento para tratar dessas questões – disse ela quando terminei. – Quando vai a uma reunião com um executivo sênior, você precisa ter uma ideia realmente excepcional.

– Que ideias excepcionais o Thomas tem? – perguntei.

Meu coestagiário continuava sem olhar para mim. Em um canto distante da minha mente, um alarme soou.

Marisa colocou a mão na maçaneta.

– Parecidas com o que vocês dois discutiram, mas com um apelo popular mais amplo. Temos que ir. Eles estão esperando.

Seus saltos faziam barulho no corredor enquanto ela andava, Thomas ia logo atrás. Eu o segui, tentando ignorar a sensação de enjoo que sentia.

｜｜｜｜｜｜

A sala de reunião era grande e abafada e parecia um bunker. Armários de metal cercavam uma grande mesa oval com uma dúzia de executivos em cadeiras giratórias de couro preto. Nathan Davis ouvia atentamente a um homem em frente à projeção de uma planilha de Excel, e aproveitei a oportunidade para estudá-lo.

Davis estava na casa dos cinquenta e vestia um terno escuro, camisa listrada e gravata discreta. Parecia um executivo de carreira, um homem que passara a maior parte da vida profissional organizando cuidadosamente as ambições de outras pessoas para atender às expectativas dos acionistas. Sua perspicácia nos negócios era lendária; ele era responsável por um portfólio de lucrativas estações de rádio regionais e indie em toda a província.

Quando olhou para mim, percebi que estava me encarando.

– Marisa, ouvi dizer que seus estagiários têm uma proposta para nós – disse, a voz grave.

Thomas se levantou imediatamente, segurava um tablet nas mãos, que tremiam levemente. Pensei que íamos apresentar a ideia juntos, e tive um momento súbito de compreensão. Um rápido olhar para Marisa confirmou minhas suspeitas. Ela olhava para Thomas como um pai olha para o filho em uma peça da escola, praticamente materializando seu sucesso pela força do querer. Thomas e Marisa não queriam que eu falasse.

– Prezados membros do grupo executivo, obrigado por esta emocionante oportunidade de apresentar nossas ideias empolgantes. Meu nome é Thomas Matthews e sou estagiário aqui na Rádio Toronto. Minha parceira, Hana Khan, e eu temos uma proposta para um novo programa que explorará raça, religião e identidade na região metropolitana de Toronto. Somos ambos sul-asiáticos e temos origens únicas que nos permitirão aprofundar esses tópicos. Estou ansioso para falar sobre comida indiana, filmes de Bollywood e tradições culturais. Além disso, como mulher muçulmana, as histórias de Hana permitirão aos ouvintes "espreitar por trás do véu" e aprender sobre questões islâmicas importantes, como radicalização *versus* assimilação e por que as mulheres muçulmanas usam o *hijab*.

Sem palavras, olhei para Thomas. Seu discurso trazia tudo o que eu dissera que não queria para o programa. Estava tão empenhada em compartilhar minhas ideias que não percebi a estratégia de Thomas – uma que não me incluía senão como uma mera figurante muda.

Marisa se inclinou para a frente.

– Nathan, a Hana e o Thomas têm uma perspectiva única que reflete as mudanças demográficas da nossa cidade. Eles trarão novos ouvintes e novas histórias.

Os olhos de Davis começaram a brilhar. As empresas adoravam a ideia de mercados inexplorados.

Eu tinha que me manifestar. Eu me levantei e forcei uma risada. Pareceu mais uma tosse tensa, mas conseguiu capturar a atenção de todos. Notei que Thomas e eu éramos as únicas pessoas não brancas na sala.

– Thomas estava brincando. Nosso programa pretende ser diferente, e não reprisar as velhas histórias sobre comunidades diversas. Estou certa de que não precisamos das mesmas narrativas de sempre sobre sul-asiáticos e outros grupos... – Minha voz sumiu quando Marisa fez movimentos furiosos de "corta isso" com a mão. Respirei fundo e a ignorei. – Tenho algumas propostas de histórias que interessariam a uma ampla gama de pessoas em vez de um único público-alvo – falei, e passei a esboçar minhas ideias.

– Já temos pessoas contando essas histórias – disse Davis. – O que nós não temos é uma visão privilegiada sobre por que as comunidades de imigrantes têm resistido em adotar os valores canadenses tradicionais. Também seria ótimo ter uma ou outra crítica de algum filme de Bollywood. E acho que todos gostariam de saber onde encontrar a melhor comida étnica.

Os homens e as mulheres ao redor da mesa riram, e até Marisa sorriu debilmente. As palavras de Davis descongelaram Thomas, que começou a assentir vigorosamente.

– Por que vocês não produzem dois episódios e vemos o que acontece? A Marisa pode me enviar suas propostas formalizadas – disse Davis, nos dando as costas. Havíamos sido dispensados.

– Você vai adorar as coisas que o Thomas e a Hana inventam – disse Marisa. – Sem falar no aumento de publicidade. Vamos ganhar em todas as frentes, Nate.

O conselho de StanleyP me atingiu de repente, e por um momento louco me perguntei se Thomas não seria o meu amigo anônimo. Seu comportamento espelhava perfeitamente as palavras de StanleyP: "Conheça seu inimigo. Acerte-o onde dói mais. Faça-o sofrer". Thomas sabia o que eu mais queria evitar em um programa de rádio sobre raça e cultura e foi direto na jugular.

Pelo menos agora eu sabia que o conselho de StanleyP realmente funcionava.

᛫᛫᛫

Segui direto para a Muralha do Pensamento, porém alguém havia chegado primeiro.

– Hana, certo? – disse Big J. – Achei que eu era o único que conhecia este lugar.

– Não existem segredos – falei. – Não existe lealdade.

Big J riu, os olhos fechados e a cabeça apoiada no tijolo aquecido pelo sol.

– Bem-vinda ao mundo implacável do rádio. É o *Game of Thrones* com microfones. – Como não respondi, ele continuou: – A Marisa me contou que você e seu amigo estavam planejando apresentar a ideia de um programa para o Nathan.

– Ele não é meu amigo.

Uma expressão ilegível perpassou por seu rosto.

– Entendi.

– Amigos não usam a identidade de seus amigos para traí-los.

Big J estava a um metro e meio de distância, mas ainda assim notei a simpatia em sua expressão.

– Você é muçulmano? – perguntei de repente.

Ele sorriu, e percebi que era meio bonitinho. Ele estava usando um boné de beisebol do Blue Jays enterrado sobre o rosto largo. Os cílios eram tão escuros que os olhos azuis pareciam ter sido delineados com lápis *kohl*.

– Meus pais são do Iêmen, mas somos judeus. Meu nome completo é Jonathan Sharabi.

Sorri para ele. Ele pertencia ao meu povo, afinal de contas.

– No início da minha carreira, trabalhei em uma pequena emissora universitária em Manitoba. Minha produtora se chamava Luanne. Ela era ótima, tinha a mente aberta e queria incluir todas as vozes na estação. Ela queria que eu falasse sobre como era ser árabe e judeu, como se fosse estranho ser os dois. – Sua voz era magnética, calorosa e cativante. – Foi o que eu fiz, porque era novo e queria deixá-la feliz. Entrevistei meus pais e algumas outras pessoas na sinagoga. Foi OK.

– Mas... – instiguei.

Ele encolheu um ombro.

– Depois que a história foi publicada, eles me pediram que fizesse outra parecida. Acho que era sobre comida *kosher* ou algo assim. Eu disse não. A vida é muito curta, sabe?

Limpei os olhos e olhei para o céu. Big J se inclinou contra a parede e fechou os olhos novamente. Depois de um momento, fiz o mesmo.

Gostei do fato de ele não ter perguntado o que havia de errado ou por que eu estava chorando. Ele não tentou me persuadir a olhar as coisas pelo lado bom ou a ser grata por qualquer oportunidade recebida. Ele simplesmente me entendeu.

– Me conte sobre o que você realmente quer falar em um programa – disse Big J calmamente.

Falei da ideia sobre escolas, pequenos negócios, dados do censo, mas ele espalmou uma mão.

– Estou falando da história em seu coração. Aquela que te colocou neste negócio. Aquela que está doida para sair. Depois que deixei meu primeiro emprego no rádio, foi essa história que me fez continuar.

Fiz uma pausa, incerta. Como ele sabia que minhas outras ideias eram tentativas de tornar o programa sobre raça e cultura significativo para mim? Abri a boca para dizer que eu não sabia, mas em vez disso soltei:

– Quero falar sobre família. Não a minha família. Apenas... família. Como as diferentes famílias trabalham, a dinâmica por trás dos relacionamentos, o fato de que a família pode ajudar ou então ferrar você. Quero falar sobre histórias familiares secretas, as histórias que mantemos em segredo das pessoas mais próximas, ainda que elas detenham a chave de tudo.

E era verdade, percebi. Era sobre isso que eu queria falar, pesquisar, ficar obcecada e encontrar histórias perfeitas. Família é tudo, e todos nós somos marcados por nossos segredos.

Abri os olhos. Big J olhou para mim, impenetrável.

– E quem está te impedindo? – perguntou ele.

Abri a boca para dizer "todo mundo", mas logo a fechei. Voltamos a contemplar o céu.

CAPÍTULO DEZESSEIS

No dia seguinte, tive uma rara folga. Uma mensagem de texto de Lily me tirou do meu sono irregular às nove da manhã.

Sorvete no café da manhã? Por favor, diga sim!

Piscando, encarei a tela. Quem poderia pensar em sorvete a uma hora daquelas?! Eu tinha planejado continuar pesquisando maneiras de fechar o Wholistic Grill, mas tive problemas para dormir, a mente em círculos por causa da traição de Thomas e Marisa. Desliguei a tela sem responder para Lily.

Kawkab Khala desceu as escadas, impecavelmente vestida com um *salwar kameez* de seda rosa e bege. Eu me mexi irritada no sofá, me enfiando embaixo do cobertor. Senti seu olhar contemplando meu sono fingido, mas ela não disse nada.

Dez minutos depois, a fumaça das pimentas verdes me fez tossir. Afastei o cobertor, entrei na cozinha e liguei o exaustor.

Kawkab Khala, muda, me passou uma caneca de chá com leite. Fervente e com um rico sabor de cardamomo, cravo e gengibre, a bebida estava forte e tinha recebido uma grande porção de açúcar. Também estava deliciosa. Tomei outro gole, aproveitando mais dessa vez.

— Feito com folhas de chá indiano de verdade, não aquela água marrom que vocês chamam de *chai* aqui no Canadá — disse ela. — Ao final dessa caneca, você estará viciada.

— Por que você não toma café se quer algo mais forte? — perguntei.

— Em Délhi bebemos *chai*. Além disso, eu sou dona de uma plantação de chá.

Claro. Esfreguei a nuca devido ao nó de uma semana dormindo no sofá e tentei pensar no que diria uma anfitriã graciosa. Mas não fui muito além de "Já te dei meu quarto, ainda tenho que ficar de conversa fiada?".

Kawkab Khala adicionou três ovos à panela com pimentas verdes antes de diminuir o fogo. Depois passou manteiga na torrada e dividiu cuidadosamente os ovos mexidos em dois pratos. Acenou com a cabeça para a pequena mesa da cozinha.

— Eu não costumo tomar café da manhã — falei.

— E eu não costumo cozinhar. Sente-se. Passei um tempo com sua irmã, mas não com você.

Eu devia ter dado uma olhada em Fazeela. Perguntei a mim mesma se ela tinha levantado ou se estava assistindo à TV sem entusiasmo outra vez. Resolvi que a veria mais tarde e dei uma única e cautelosa garfada nos ovos mexidos. Eles estavam cremosos, picantes e aerados.

Kawkab manuseou os talheres com a precisão de um cirurgião.

— Obrigada por ter sido gentil com minha amiga no restaurante ontem — falou.

Percebi que se referia à Tia Triste.

— Como você a conhece?

— É uma velha amiga de escola. Foi coincidência planejarmos visitar o Canadá na mesma época. Pedi a ela que me ligasse assim que chegasse, para que eu pudesse apresentá-la à minha família. Estamos pensando em trabalhar juntas em um projeto.

Eu não conseguia imaginar minha tia sarcástica trabalhando com uma pessoa tão tímida e retraída.

— É por isso que você veio para Toronto, para trabalhar com a sua amiga? — perguntei, lembrando as palavras que meu pai dissera algumas noites antes.

Minha tia ficou em silêncio enquanto mastigava, os olhos fixos no meu rosto.

— Tão desconfiada, Hana *jaan*. O projeto é apenas um interesse secundário. Não sei por que você não consegue aceitar que estou aqui para visitar a minha família. Você tem os instintos de uma jornalista.

Ela estava mudando de assunto, mas apreciei a bajulação. Além disso, Kawkab estava certa. Eu não tinha nenhuma razão concreta para suspeitar de seus motivos — a não ser o fato de que ela não se dera ao trabalho de avisar meus pais que estava vindo até desembarcar com meia dúzia de malas e planos vagos de ficar indefinidamente.

— Você ouviu alguma novidade sobre Junaid Shah? — perguntou Kawkab Khala, e eu balancei a cabeça negativamente.

Eu não falava com Aydin ou seu pai desde o confronto na reunião da Associação dos Empresários de Golden Crescent.

— Junaid não mudou nada desde que o conheci em Délhi — acrescentou ela casualmente.

Fiquei surpresa.

— Você conhece o Tio Junaid?

— Todo mundo na Índia se conhece — disse ela, olhando para mim.

Estava brincando, mas, ao observar aquela feiticeira de olhar perspicaz através da antiga mesa da IKEA, fiquei na dúvida.

— Não subestime o Junaid — disse ela, tomando um gole do *chai*. — Se alguém deseja se sair melhor do que um homem como ele, deve estar preparado para descer ao mesmo nível. — Ela me lançou um olhar penetrante. — Sua mãe é uma pessoa inteligente, Hana, mas não compreendeu a gravidade da situação. Ela ainda tem esperança. Acho que você está alguns passos à frente de todos em relação a isso.

Sorri fracamente. Afinal, meu pessimismo estava sendo útil.

Minha tia empilhou perfeitamente sua caneca e seu prato agora vazios.

— Nossos círculos sociais são pequenos, lá em casa, em Délhi — disse ela calmamente. — Assim como neste bairro. Há anos existem rumores sobre a família Shah, sobre as práticas de negócios de Junaid desde que ele começou. Ele subornou funcionários do governo em Délhi, depois derrubou um cortiço para obter lucro com a venda do terreno. Ouvi dizer que ele só piorou depois que se mudou para o Canadá. — Ela pegou alguns fiapos da manga imaculada. — Sem dúvida, ele criou o filho à sua imagem.

Minha tia se levantou para tirar os pratos, e me juntei a ela, pensando em seu aviso. Se Kawkab Khala estivesse certa, até onde eu estava disposta a ir para impedir Tio Junaid e Aydin de se envolverem ainda mais com a minha vizinhança?

Agradeci a Kawkab pelo café da manhã e me tranquei no banheiro. StanleyP havia me aconselhado a acertar o inimigo onde mais lhe doía. Ontem, na estação de rádio, Thomas me dera uma demonstração em primeira mão do elemento surpresa. Eu não podia esperar mais. Tinha que agir imediatamente, mostrar a Aydin que o Três Irmãs estava disposto a fazer qualquer coisa para sobreviver. Ou pelo menos eu estava.

Aydin dava muita importância às aparências. Ele tinha feito comentários o bastante sobre o interior miserável do nosso restaurante para me fazer perceber isso. Ele também se preocupava com sua reputação. Por que outro motivo tentaria agradar a associação, apesar da personalidade ranzinza do pai? Para destruir Aydin, primeiro eu teria que manchar sua reputação. E através de Aydin eu chegaria ao Wholistic Grill e a seu pai. Eu manteria minha família segura.

Procurei o número de telefone do Centro Municipal de Saúde e Segurança do Trabalhador. Interagi com um menu de opções antes de falar com uma recepcionista. Expliquei que queria denunciar anonimamente uma violação de segurança no local de trabalho e fui transferida para o departamento certo.

Expliquei à simpática mulher do outro lado da linha que eu era irmã de um dos empreiteiros contratados pelo Wholistic Grill, um novo restaurante no bairro de Golden Crescent. Meu pobre irmão havia sofrido um grave acidente no trabalho no dia anterior e, embora estivesse com muito medo de fazer a reclamação, ele descrevera seu ambiente de trabalho como perigoso. Eu estava preocupada que ele se machucasse ainda mais se voltasse ao trabalho, e também estava preocupada com o restante da equipe. Improvisei sobre a gravidade de seus ferimentos – graves, mas não fatais – e criei uma imagem vívida de um canteiro de obras que desrespeitava flagrantemente os regulamentos municipais.

– Tenho certeza de que a obra está sendo conduzida sem as devidas licenças também – disse, então informei o endereço do Wholistic Grill e soletrei o nome completo de Aydin.

A mulher prometeu examinar minhas queixas. Depois de agradecê-la profusamente, desliguei.

Eu estava fazendo a coisa certa, garanti a mim mesma. Alguém tinha que lutar contra Aydin e sua enorme quantidade de dinheiro. Então, por que me sentia enjoada?

Em seguida, mandei uma mensagem para Lily e aceitei seu convite para tomar sorvete. Conversar com ela me ajudaria a lembrar pelo que eu estava lutando. Enviei outra mensagem, convidando Yusuf para se juntar a nós. Eu precisava dos meus dois melhores amigos ao meu lado, e, se eles conseguissem se acertar um com o outro, seria um bônus – e a prova de que eu também podia fazer bem ao mundo.

⦙⦙⦙

A IScreams era uma loja de doces gourmet que vendia a melhor marca de sorvetes do mundo, Kawartha Dairy. Ficava a uma caminhada de quinze minutos ao norte, em um centro comercial novo, que tinha uma Starbucks, uma mercearia de luxo e a filial de uma loja de artesanatos. Lily já estava lá, tomando um Moose Tracks, seu sabor favorito – baunilha, chocolate e minibiscoitos de manteiga de amendoim. Dei-lhe um abraço de lado e pedi o meu habitual: Death by Chocolate.

– Como está a Fazee? – perguntou Lily quando sentei. – Diga a ela que pode me ligar a qualquer hora. Sei que ficar de cama pode ser solitário.

Assegurei-lhe que minha irmã estava bem, no geral.

Lily estendeu a mão para apertar a minha antes de mudar de assunto.

– Diga-me que você já sabe o nome verdadeiro do garoto misterioso.

Eu não queria falar sobre StanleyP, cujo conselho ainda estava vívido em minha mente. Sentia-me bastante culpada pelo que fizera com Aydin. Em vez de responder, pedi a ela atualizações sobre sua vida.

Lily respirou fundo, como se estivesse tomando uma decisão.

– Fui entrevistada para a residência. Descobri ontem que consegui o emprego – disse ela.

Gritei alto e a envolvi em um abraço, quase esmagando sua casquinha de sorvete.

— Sim, doutora Moretti! Estou tão orgulhosa de você! — Quando a soltei, meus olhos se encheram de lágrimas. Eu sabia o quanto minha amiga trabalhara duro para chegar lá, o quanto ela sofrera com preocupações e aborrecimentos.

Lily permaneceu quieta, brincando com seu sorvete.

— É em Timmins — falou. — Fica na metade do caminho para a Baía de James. Uma viagem de sete horas para o norte, se o clima estiver bom. Eu vou trabalhar para a Autoridade de Saúde da Área de Weeneebayko. Meus pacientes serão da Primeira Nação de Kashechewan e arredores.

Fiquei sem palavras. Lily nunca tinha morado em outro lugar que não nosso bairro com seus pais. Ela não tinha saído dali nem para fazer a faculdade de Medicina. Era a pessoa mais caseira que eu conhecia.

O choque deve ter ficado estampado no meu rosto, porque ela começou a falar rapidamente, olhando atentamente para mim.

— Quero fazer a diferença, Hana, não apenas aqui, mas para populações vulneráveis. Vai ser por dois anos, e eu vou aprender muito.

— Dois anos?

Lily parecia desconfortável.

— Foi por isso que Deus inventou o Skype, certo?

— Você não acredita em Deus — falei, dando outra mordida no Death by Chocolate.

Senti gosto de cinzas. Eu já a via tão pouco. Ela voltaria mudada, com novas experiências e novos amigos. Forcei um sorriso.

— Se você está feliz, eu estou feliz — falei. Então o sorriso se transformou em algo mais genuíno, e a abracei novamente. — Prometa que não vai ficar ocupada demais flertando com os médicos e enfermeiros e que vai me mandar mensagem.

Ela riu. O sino de entrada da porta da IScreams ressoou e Yusuf entrou.

— Minhas pessoas favoritas e meu café da manhã favorito — disse ele, cerrando os olhos. Então olhou para Lily. — Oi, sumida.

Murmurei um pedido de desculpas para Lily enquanto ele foi pedir suas habituais duas bolas de baunilha. Eu percebi que ela estava irritada, mas Lily apenas me disse para não falar nada sobre o novo emprego e a mudança iminente.

Yusuf sentou ao lado dela e comeu sua casquinha em poucas mordidas. Começou a nos entreter com uma história engraçada sobre seu pai e uma confusão com o pedido semanal de frutas vermelhas que logo nos fez rir de sua imitação do Irmão Musa.

Lily até riu quando Yusuf deu uma mordida no Moose Tracks dela.

– Ei! – disse ela, afastando seu cone –, pegue um pra você!

Quando Yusuf se inclinou e deu uma mordida ainda maior, Lily lhe deu um soquinho de brincadeira no ombro. E eu fiquei satisfeita com o fruto do meu trabalho.

Yusuf então se virou para mim.

– Quase esqueci, falei com meu pai sobre Junaid Shah. Vamos levar as ameaças à Câmara Municipal, para ver se podemos comprometê-los pelos comentários sobre gentrificação e desapropriação de comércios locais.

Atualizei Lily sobre os eventos recentes. No final da minha narração, ela ficou horrorizada.

– Junaid Shah parece um monstro! – exclamou.

– O filho dele é ainda pior – disse Yusuf. – Certo, Hana? – Confirmei com a cabeça e ele continuou: – Não suporto esse pessoal corporativo. Tudo o que importa são seus negócios. Não podemos deixá-los despejar dinheiro por aí e tentar sabotar Golden Crescent.

Encolhi ao ouvir a palavra "sabotar". O espírito de justiça social de Yusuf havia sido ativado. Infelizmente suas palavras também reativaram a minha culpa.

– Aydin só está tentando abrir um negócio, se você pensar bem – comecei, odiando a resignação em meu tom.

Por que eu não podia revidar e apenas me sentir bem com isso? Balancei a cabeça negativamente, e tanto Lily quanto Yusuf me encararam.

– Aydin não é só um homem de negócios, Hana – disse Yusuf lentamente, como se estivesse falando com uma criança. – Ele é um colonizador. Ele e o pai estão de olho em nosso bairro, nossa casa. Não sc dcixc cnganar pelo rostinho bonito e as roupas caras. O pai é desagradável, mas o filho é o verdadeiro predador.

Corei com as palavras de Yusuf. Elas se assemelhavam muito à minha forma de pensar, e era estranho ouvi-las sendo ditas em voz alta. Eu estava começando a me arrepender de ter saído para tomar sorvete.

Yusuf voltou sua atenção para Lily e começou a contar a ela sobre sua última paixão, uma clínica médica gratuita para refugiados. Eles estavam em busca de médicos dispostos a se voluntariar. Será que ela teria tempo para uma visita rápida hoje?

Ele me lançou um olhar significativo, e eu entendi.

— Podemos conversar mais tarde, Lil — tranquilizei-a. — Você devia passar um tempo com o Yusuf nessa causa muito nobre.

Combinamos de jantar nas próximas semanas. Meus dois melhores amigos saíram, me deixando com um desconfortável redemoinho de sentimentos. Minha tia estava certa sobre os rumores em torno de Tio Junaid? Aydin era realmente um colonizador, como Yusuf havia dito? Golden Crescent estava fadado a ser sua próxima parada na marcha para o leste de Vancouver? Se sim, por que eu me sentia tão mal por ter feito uma reclamação falsa contra o negócio dele? Era uma guerra, afinal de contas. *Porque você mentiu. Aydin nunca mentiu para você.*

Como se meus pensamentos o tivessem conjurado, o sino ressoou e Aydin entrou na IScreams com sua linda noiva-relações-públicas.

CAPÍTULO DEZESSETE

Correção: Aydin e Zulfa entraram na IScreams acompanhados pelo meu primo. Rashid me viu e lançou um olhar culpado para Aydin. Isso estava acontecendo com muita frequência ultimamente.

– Pare de me seguir! – disse Rashid em voz alta.

Aydin pareceu assustado, então me notou. Sua expressão se petrificou, mas Zulfa sorriu e se aproximou.

– Hana, certo? – disse ela em uma voz doce e melodiosa.

Vestia um macacão verde-esmeralda com a cintura bem marcada que enfatizava suas medidas de Barbie. Seu cabelo balançava na altura dos ombros como se fosse uma cortina muito cara, e ela caminhava confiante em saltos agulha de oito centímetros. Ao seu lado, me senti uma desleixada em meus jeans velhos e moletom preto, o *hijab* de jérsei desbotado jogado descuidadamente sobre a cabeça.

– E você é Zainab, certo? – perguntei, me fazendo de boba.

– Zulfa – disse ela, um sorriso brilhante no rosto.

Engasguei. Ela era linda *e* simpática.

– Zalfu? – falei, os olhos arregalados.

– Você tem tanta sorte de ter um nome fácil de pronunciar – disse Zulfa, suspirando lindamente. – Comecei a simplesmente soletrar meu nome quando me apresento. "Oi, eu sou zê-u-ele-efe-a." Ainda recebo olhares atônitos, mas pelo menos assim eles conseguem visualizar o nome na cabeça primeiro.

Legal, bonita e inteligente. Caramba.

– Meu nome é Hanaan – murmurei. – Ninguém consegue pronunciar também, então digo apenas Hana.

Rashid se sentou ao meu lado.

– Eles me seguiram até aqui, juro.

– Você que nos chamou quando nos encontramos na frente do restaurante da sua tia – disse Zulfa. Um sorriso malicioso dançou em seus lábios. – Sentindo-se sozinho em uma terra estranha, é?

Rashid lançou um olhar na direção dela antes de se virar para mim.

– Foi impossível me livrar deles, Hana Apa. Você entende como é difícil para um indiano ser rude. O gene da educação foi incutido e alimentado em mim de forma bastante intensa.

Revirei os olhos, mas a risada musical de Zulfa fez meu primo abrir um largo sorriso.

– Qual é o seu nome mesmo? – perguntou ela ao meu primo.

– R-A-S-H-I-D – disse ele, sorrindo. – E você é a bela Zulfa, noiva do usurpador silencioso Aydin.

– Estamos aqui por causa do sorvete – disse Zulfa.

– Pensei que era por causa do bife e do purê de batatas – falei, lançando meu olhar para Aydin, atrás de Zulfa.

Seus braços estavam cruzados e ele parecia desconfortável. Uma deliciosa sensação de travessura floresceu em minha mente.

Zulfa riu novamente.

– Aydin disse mesmo que você era engraçada! Espero que esteja tudo bem sentarmos com você. – Sem esperar pela resposta, ela se sentou e então se virou para Aydin. – Aquele Black Raspberry Thunder parece interessante. Pede uma bola para mim?

– Acho que a Hana quer ficar sozinha – disse Aydin brevemente, ainda sem olhar para mim. – Há muitas mesas vazias.

– Não, por favor, fique – falei. O que eu estava fazendo? O gene da educação claramente fora incutido em mim também.

O olhar de Aydin cruzou com o meu.

– Você não precisa fingir que gosta da gente.

– Gosto muito da Zulfa – respondi, e Aydin corou.

Zulfa riu.

— Ah, toma essa. — Ela se virou para mim. — Tinha a sensação de que seríamos amigas.

O sr. Óculos Prateados caminhou até o balcão, acompanhado por Rashid.

Talvez ela realmente fosse apenas a relações-públicas de Aydin. Os olhos de Zulfa eram claros e despretensiosos, o rosto livre de malícia. Suponho que pessoas bonitas não precisem ser dissimuladas. Os outros simplesmente lhes dão o que elas querem, quando querem. Afundei ainda mais no assento e considerei as opções. Não estava com vontade de tomar sorvete com Aydin. Considerei fugir correndo. Se Rashid não estivesse lá, teria feito isso, porém suas palavras me fizeram sentir culpada.

Meu primo estava no Canadá havia mais de uma semana e era o hóspede perfeito. Eu, por outro lado, não tinha sido a anfitriã perfeita. Tentara obter dele informações sobre Kawkab Khala e depois praticamente o ignorara. Ele, no entanto, não tinha reclamado uma única vez, e ainda me defendera na reunião da associação, embora mal nos conhecêssemos. O mínimo que eu podia fazer era ficar e vê-lo tomar sorvete.

Aydin voltou com dois sorvetes: Black Raspberry Thunder para Zulfa e Mint Chip. Ele me entregou o de menta e sentou ao lado de sua noiva. Rashid ainda estava no balcão, segurando três colheres de amostra e apontando para outro sabor.

— Aydin tem trabalhado sem parar no restaurante — disse Zulfa, inclinando-se para perto de mim de forma conspiratória. — Eu mal o vi a semana toda. Você vai na inauguração, certo? Temos anunciado nas mídias sociais, distribuído cupons e panfletos. Por favor, diga que estará lá. Leve Rashid também. Seu primo é divertido.

— Hana não vai estar lá, Zulfa — disse Aydin. — Pare com isso.

Os olhos castanhos de Zulfa estavam perplexos.

— Uma pena ouvir isso. Aydin me disse quanto gostou da comida da sua mãe. Eu pensei que ela poderia ir também.

Olhei para Aydin, depois para o sorvete que ele me entregara, e dei uma mordida cautelosa. Mentolado e gelado, as gotas de chocolate crocantes e doces. Senti seus olhos em mim enquanto dava outra mordida.

— Obrigada pelo sorvete — falei.

— Não é uma oferta de paz. — Ele parecia mal-humorado. — O Mint Chip é minha opção quando estou chateado. Se você não gostar, posso pegar outro sabor.

— Eu não estou chateada — falei. Então, mais calmamente: — Está ótimo esse. É um dos meus favoritos também.

— Não sei como você consegue comer isso — Zulfa disse a Aydin. — Tem gosto de pasta de dente.

A expressão petrificada de Aydin se suavizou.

— Não podemos nos casar se você não gosta de Mint Chip. Diferenças irreconciliáveis.

Zulfa riu de novo, e eu engoli em seco. Casar. Esses dois estavam noivos e Aydin queria falir o negócio da minha mãe. Eu me levantei.

— Preciso ir.

Aydin também se levantou. Ainda sentada, Zulfa acenou de leve para mim.

— Por favor, tente ir à inauguração. Estou sozinha em uma terra estranha também, seria bom ter companhia. — Ela piscou para Rashid, que olhava para nós do balcão. Pelos emojis de coração em seus olhos, estava claro que meu primo era um caso perdido.

Corri para a porta, mas Aydin me alcançou.

— Não precisa fugir. Teríamos te deixado em paz se você quisesse.

— Sua oferta se estende para o bairro também? Você vai embora se eu pedir com jeitinho? — perguntei docemente.

Aydin franziu as sobrancelhas.

— Eu disse que não vou embora de Golden Crescent — falou. — Você pode ficar e lutar, se acha que o Três Irmãs tem chance de sobreviver. Mas tenho bastante certeza de que seu restaurante não tem lucro há meses. Pergunte à sua mãe quantas dívidas ela teve que fazer.

Incomodada por suas palavras ásperas, me inclinei para perto, não querendo fazer outra cena.

— Existem outras maneiras de um restaurante falir — sibilei. — Ninguém pensou que Davi venceria Golias, e veja como isso acabou.

— Você está me ameaçando? — Aydin deu um passo, se aproximando, os olhos fixos em meu rosto. Seu olhar mergulhou mais para baixo, para os meus lábios, antes de se desviar.

— Sim — afirmei, o coração palpitando.

— Você não me quer como seu inimigo.

— Bem, não podemos ser amigos. Então, o que podemos fazer?

Aydin engoliu em seco. O barulho da sorveteria sumiu ao nosso redor, como se estivéssemos dentro de uma bolha íntima. Eu me lembrei da primeira vez que nos encontramos, a forma como as palavras do pai o afetaram, e senti pena dele novamente, e depois culpa pelo que tinha feito para sabotar seu restaurante. Sem pensar, lhe entreguei meu sorvete. Ele deu uma grande mordida, o rosto relaxando enquanto engolia. Nossos olhos se encontraram mais uma vez, e a sorveteria voltou a respirar. Ou talvez tenha sido eu.

Ele tinha uma gota de Mint Chip no canto da boca. Sua pele estava áspera no queixo, por causa da barba por fazer, mas suave perto dos lábios. A vontade de correr meus dedos ao longo de sua mandíbula para sentir a pele lisa e áspera de repente foi avassaladora. Eu tinha que ir.

— Hana — disse ele, a voz baixa, os olhos completamente negros.

Merda.

— Tem um negócio no seu rosto — falei, e saí cambaleando da loja.

Eu tinha imaginado coisas. Aydin era meu inimigo declarado. Aquele choque de eletricidade entre nós não passava do bom e velho ódio ardente. Fácil de confundir com aquela outra emoção que eu definitivamente não estava sentindo.

— Hana Apa, espere! — Rashid correu até mim.

Ele segurava um sundae gigantesco, pelo menos cinco sabores empilhados em uma tigela enorme, com cobertura de granulado, nozes, pedaços de chocolate e calda de caramelo e uma única cereja no topo. Algo que uma criança de cinco anos viciada em açúcar pediria.

— Eu estava conversando com o Irmão Musa sobre o festival de rua — disse ele, dando uma colherada gigante no sundae. — Falei que você e eu seríamos voluntários este ano. Isso pode ajudar o Três Irmãs. Também contei a Aydin sobre o festival — acrescentou.

O quê?

— Por que você faria isso sem me perguntar antes?

Rashid disse inocentemente:

— É um festival de rua para as pessoas de Golden Crescent. O restaurante dele faz parte do bairro. E ele disse que a Zulfa vai estar lá. — Uma expressão sonhadora surgiu no rosto do meu primo. — Ela parece a Sridevi — disse ele, referindo-se à falecida estrela de Bollywood. — Acho que o Aydin e a Zulfa não estão noivos há muito tempo. Eles mal se olham. Você acha que eu tenho alguma chance?

Revirei os olhos e voltamos para casa em silêncio. Agora, além de todo o resto, eu tinha que lidar também com o festival de rua. E Aydin ia fazer questão de ser incluído em qualquer planejamento. Meu estômago se revirou com o pensamento de falar com ele novamente depois daquele estranho momento entre nós na IScreams — e da minha recente tentativa de sabotagem.

De volta ao Três Irmãs, sentei na mesa de sempre para esperar os clientes e fiz o que deveria ter feito muito antes: pesquisei "Wholistic Burgers & Grill" no Google. Um site com visual profissional foi o primeiro a aparecer, e o link para o cardápio do restaurante já havia sido postado no Facebook. Vi que sua página tinha mais de mil seguidores e, quando cliquei em sua conta do Instagram, meus olhos atordoados foram saudados por uma enxurrada de pratos brancos artisticamente montados acompanhados de cestas brilhantes de batatas fritas cortadas à mão, anéis de cebola perfeitamente redondos e crocantes e hambúrgueres gourmet artesanais cobertos com avocado em fatias, brotos de alfafa, ovo frito e bacon crocante de carne *halal*. A carne era orgânica e de corte manual, proveniente de uma fazenda local, afirmava um anúncio. "Do jeito que o *zabiha halal* deve ser!"

Outra foto mostrava um desfile de milk-shakes em tons pastel, cada um coberto com chantili e decorado artisticamente com raspas de chocolate cremosas e deliciosas frutas frescas. O de baunilha francesa vinha com granulados prateados e dourados, e o vibrante shake verde de menta era complementado por uma bengala doce vermelha e branca. Todos oferecidos em versão sem lactose e vegana.

Cada foto tinha sido curtida centenas de vezes, e os comentários eram positivos e repletos de elogios:

Mal posso esperar!
amoooooooo onde é a fila?
halal gourmet em Golden Crescent? Finalmente! TÔ DENTRO, IRMÃO!

Minha boca começou a salivar, apesar de sentir uma onda esmagadora de ciúme misturado com pânico. Fechei os aplicativos. Estávamos ferrados.

A última vez que o Três Irmãs se preocupou em fazer propaganda foi… Nunca. Minhas tentativas de fazer um site não tinham passado de mera intenção até agora. Ninguém na família nem sequer tinha cogitado mobilizar o poder das mídias sociais para postar fotos lindamente selecionadas e bem iluminadas da nossa comida ou distribuir panfletos e cupons. Não tínhamos nem um menu on-line.

Olhei o celular em busca de mensagens de StanleyP. Ele me enviara um meme de um exército de robôs-aranha atacando uma fortaleza.

Era hora da próxima fase do meu plano. Eu não podia deixar Aydin vencer. Minha família tinha muito a perder.

⸻

Naquela noite, entrei no Facebook usando uma conta anônima recém-criada e comecei a escrever comentários pouco lisonjeiros nas fotos profissionais na página do Wholistic Grill. "*Halal* gourmet? Tá mais pra gour-bleh", escrevi, estremecendo. Meus ataques não precisavam ser inteligentes, apenas prejudiciais. "Eu sei onde esse restaurante que se diz *halal* compra sua carne, e ela não é *halal*. Os proprietários também não são muçulmanos. MANTENHAM DISTÂNCIA!"

Na cuidadosamente administrada conta do Instagram do Wholistic Grill, passei meia hora plantando mais sementes de dúvida sobre a autenticidade do restaurante. Os muçulmanos que se preocupam com a procedência *halal* de sua carne levam essa questão muito a sério. Se houvesse alguma suspeita de que os proprietários estavam mentindo sobre a autenticidade do *halal* oferecido, os resultados poderiam ser desastrosos. Nossa comunidade era muito unida, e os rumores se espalhavam rapidamente. Assim eu esperava.

Saí das contas falsas. Meu mal-estar agora havia se transformado em uma náusea real. *Por minha família*, lembrei, mas o pensamento não foi tão reconfortante quanto deveria. Se mamãe ou Baba soubessem o que fiz, ficariam horrorizados. Mas alguém tinha que sujar as mãos.

Mandei uma mensagem para StanleyP. Ele ficaria do meu lado, com certeza.

AnaBGR
Confirmando. Você disse que previa obter sucesso em breve.
Como vai a campanha para derrotar os inimigos?

StanleyP
Não tão bem quanto eu esperava.

AnaBGR
O que aconteceu? Você foi traído? Há um espião?

StanleyP
Quanto mais conheço meus concorrentes,
mais difícil fica fazer algo contra eles.

AnaBGR
São apenas negócios, não é nada pessoal.
Repita comigo: NÃO é pessoal!

StanleyP
Exceto pelo fato de que seria pessoal, para nós dois. Não consigo parar de me perguntar se é isso realmente o que eu quero fazer. Tem que haver um jeito melhor. Qual é o sentido de destruir o inimigo se isso vai te deixar sozinho?

AnaBGR
Não importa o que aconteça na cozinha, nunca peça desculpas.

Uma longa pausa. Então:

StanleyP
De onde você tirou essa frase?

AnaBGR
Julia Child disse isso, obv. Você nunca ouviu?
Significa assumir o controle e defender suas ações.

StanleyP
Já ouvi, sim. Achei que sua família fosse do ramo de tecnologia.

AnaBGR
O pessoal tech também gosta de cozinhar.

StanleyP
Tenho que ir.

CAPÍTULO DEZOITO

"História secreta da família. Matéria-prima familiar. Fandom da família."

Bem desperta depois da *fajr*, decidi levar o laptop para o quintal e ver o nascer do sol. Estava tentando trabalhar na história em meu coração, como Big J havia sugerido. Até agora, não tinha conseguido mais do que digitar possíveis títulos para meu possível podcast. O quintal estava imerso no silêncio pós-amanhecer, o céu clareando lentamente.

O clique de um isqueiro me trouxe de volta ao presente, junto com o cheiro forte de tabaco. Kawkab Khala recostou-se na cerca ao meu lado, soprando fumaça na pálida luz do sol da manhã.

– O fumo passivo é quase tão perigoso para quem está perto quanto o fumo em si é para o fumante – falei.

– Sinta-se livre para sair. Não vou ficar ofendida.

Afastei minha cadeira alguns metros enquanto Kawkab observava com deleite.

– Você pesquisou sobre mim na internet? – perguntou ela, se aproximando.

– Sim – falei irritada. Eu tinha pesquisado sobre minha tia depois de procurar pelo Wholistic Grill na noite anterior, com pouco sucesso. Tentara todas as combinações do nome completo dela, o sobrenome, até mesmo "Billi Apa". Minha busca não dera em nada.

– E perguntou ao Rashid sobre mim? – Havia uma pitada de satisfação em sua voz.

Não respondi.

– Os gatos escalam – disse Kawkab Khala, soprando mais fumaça no ar.

Tossi dramaticamente, agitando uma mão na frente do rosto.

– Como você havia dito.

Em resposta, Kawkab deu uma tragada profunda antes de mudar de assunto.

– Sua irmã se casou tão jovem. Seus pais tentaram casar você também?

Minhas mãos pairaram sobre o teclado.

– A Fazeela e o Fahim se apaixonaram e decidiram casar. Meus pais devem achar que vou seguir um caminho parecido. Tenho apenas vinte e quatro anos, não há motivo para pressa.

– No entanto, você não tem pretendente em vista. A menos que esteja interessada naquele seu amigo insípido mas inegavelmente bonito, o filho do dono da mercearia. Ou talvez você prefira ter uma vida mais confortável e esteja de olho no filho de Junaid.

– Você deu a entender que o Aydin é como o pai dele. Ganancioso e manipulador.

Minha tia sorriu maliciosamente.

– As mulheres jovens gostam dos meninos maus e dos meninos bonitos.

– Não quero nenhum dos dois, obrigada – respondi, e voltei ao laptop.

Pesquisei "podcasts sobre família" no Google e comecei a ler. Minha tia se aproximou, e a senti olhando por cima do meu ombro. Fechei a tampa e suspirei profundamente.

Minha irritação devia ser muito divertida para minha tia, pois ela me olhava com um sorriso mal disfarçado.

– Na minha época, uma mulher de vinte e quatro anos já era uma anciã.

Fiz uma careta, mas então a parte de trás do meu pescoço se arrepiou com uma repentina percepção: com seu jeito excêntrico de ser, minha tia tentava me dizer algo.

– Mas você disse que não se casou até os quarenta anos.

– Durante anos meus pais se esforçaram muito para encontrar um marido para mim, desde meu aniversário de dezessete até o ano em que completei vinte e quatro.

O silêncio reinou enquanto eu absorvia essa informação.

– O que aconteceu quando você fez vinte e quatro?

Kawkab Khala sorriu lentamente, jogando o cigarro pela metade no chão.

– Deixa eu te contar uma história.

⎮⋅⎮⎮⎮

Vinte minutos depois, meu rosto estava congelado em uma expressão de espanto.

– Você... Isso não... O que...?

Minha tia brincava com o botão de sua túnica de seda branca.

– Por que me contou isso? – perguntei depois de balbuciar incoerentemente por alguns segundos.

Ainda estava processando a notável história que Kawkab Khala me contara. Os detalhes fizeram minha cabeça girar, especialmente considerando o contexto da Índia dos anos setenta.

Ela deu de ombros.

– Todo mundo já conhece a história. É um segredo mal guardado em casa. E sei que você é uma contadora de histórias, então achei que gostaria de saber. Você consegue adivinhar a moral dela?

– Sempre carregue uma arma? – perguntei com franqueza.

Kawkab Khala me lançou uma careta.

– Aprenda a subir em árvores?

– Estava pensando em algo mais relevante, como "descubra seus princípios e persiga sua verdade até o fim, não importa o que aconteça".

Olhei para o laptop fechado, a tentativa de encontrar uma história digna de lançar minha abandonada carreira na radiodifusão, e depois me virei para ela. Minha tia era uma mulher à frente de seu tempo, percebi. Ela não tivera medo de tomar decisões ousadas e colocá-las em prática sem se preocupar com as consequências. Eu queria viver assim.

Respirei fundo e sussurrei:

– *Bismillah* – "Em nome de Alá". – Kawkab Khala, o que você acha de falar no rádio?

Thomas estava no escritório de Marisa quando cheguei à estação naquela tarde. Ele enfiou a cabeça no corredor quando ouviu meus passos.

– Eu estava prestes a te mandar uma mensagem. Que bom que se juntou a nós – disse ele em voz alta.

Eu estava atrasada de novo, e ele queria que Marisa soubesse disso. Tentei reunir energia para ficar com raiva dele, mas estava muito animada com a história que Kawkab Khala me contara. Daria um episódio perfeito para o nosso programa de rádio, se eu conseguisse convencer Marisa e Thomas.

Quando me sentei, eles trocaram um olhar.

– Sei que você não está feliz com a forma como as coisas aconteceram com o Nathan Davis – disse Thomas.

Respondi a seu eufemismo com uma careta.

Ele continuou:

– Apesar de ela ter cumprido o objetivo de conseguir financiamento e a atenção da equipe executiva. A Marisa e eu estávamos pensando, talvez você pudesse fazer algo divertido e leve para o primeiro episódio. Que tal uma história sobre arte de hena e como ela mudou ao longo dos anos? Poderíamos falar a respeito de empreendedores e focar em negócios administrados por mulheres. Seria uma representação positiva, algo original e relacionável.

Pisquei para Thomas. A ideia não era terrível, embora estivesse na lista de tópicos estereotipados que eu tinha expressamente dito a ele para evitar. Talvez isso significasse que eles estavam abertos às minhas ideias.

– Na verdade, há outra história que acho que daria muito certo. Eu gostaria de falar sobre as famílias que vivem na Toronto Expandida, a forma como a história familiar nos molda, nos machuca, nos ajuda. O tema seria histórias familiares secretas. Eu entrevistaria pais, avós e filhos sobre uma experiência marcante em sua família.

Thomas e Marisa trocaram outro olhar, mas eu continuei, cheia de ideias e entusiasmo. Se eles aceitassem ouvir a história de Kawkab Khala, certamente entenderiam.

– Gostaria de começar entrevistando a minha tia. Ela veio da Índia para nos visitar e tem a história mais incrível de quando era uma jovem solteira.

Contei resumidamente a história notável que Kawkab havia compartilhado. Quando terminei, esperava uma resposta entusiástica deles. Em vez disso, minha chefe e meu colega estagiário permaneceram quietos.

– Como sabemos que essa história é verdadeira, Hana? – perguntou cuidadosamente Marisa. – Perdoe-me, mas isso não soa como algo que uma jovem que cresce na Índia realmente faria, não é? Tudo soa bastante... progressista para um país tão conservador. Não queremos ser acusados de inventar coisas.

Minha chefe nunca tinha viajado para a Ásia. Marisa estava me acusando, ou a minha tia, de inventar a história? Olhei para Thomas, para ver se ele concordava com a avaliação dela, e ele se mexeu desconfortavelmente.

Marisa continuou:

– Sugiro começar pequeno e formar nosso público. Conte aos ouvintes as histórias que eles querem ouvir, não as que gostaríamos que fossem verdadeiras. Com dois anfitriões jovens e diversos, é importante evitar qualquer coisa que possa ser vista como panfletária.

Minha cabeça se abalou com suas palavras, e novamente me virei para Thomas, de repente desconfiada.

– Em que história você vai trabalhar enquanto eu pesquiso sobre hena? – perguntei.

Thomas limpou a garganta.

– Aquela outra que o Nathan queria. Sobre radicalização.

– Você quer dizer radicalização muçulmana, certo? Não a radicalização de outros grupos, como a ascensão da direita alternativa? Nem o fato de que a palavra "radicalização" foi usada para justificar a guerra e a redução dos direitos civis para populações marginalizadas em todo o mundo?

Thomas deu de ombros, inquieto.

– Ele parecia estar interessado em uma história que fosse mais... focada e oportuna.

Suspirei forte.

– Você nem muçulmano é.

– Você pode checar os fatos, querida – disse Marisa. – Garantir que ele acerte no tom.

– Claro, não queremos que o Thomas erre no *tom*. – Meus olhos se encheram de lágrimas e me levantei.

– Hana, por favor – disse Marisa. Sua voz era tão gentil que tive de morder o lábio para não explodir em soluços. – Uma história sobre algo divertido, como hena, será mais palatável para nossos ouvintes, menos propensa a ofender. Você poderia falar sobre a forma como a arte da hena foi adotada pelos canadenses nativos. Deixe os temas políticos para depois. A chave para o sucesso neste negócio é camuflar a mensagem em pedaços pequenos e facilmente compreensíveis. Você entende, sim?

À sua maneira, Marisa estava ansiosa para fazer as pazes, e senti minha fúria se esvair com suas palavras. Ela não tinha ideia do que havia sugerido, percebi. De que suas palavras minimizavam a mim e as histórias que eu queria contar, aquelas que não se encaixavam em sua rígida compreensão do que seria atrativo para o nosso público. Ela achava que minhas ideias de história precisavam ser camufladas para atrair os ouvintes. No entanto, eu não conseguia esconder quem eu era – algo sempre acabava me denunciando.

Pensei em Baba. Ele me aconselhara a ser agradável e receptiva no trabalho para ter a oportunidade de começar a planejar meu futuro. Eu sabia o quanto a minha estabilidade era importante para meus pais, e para Baba em particular. O acidente o deixara vulnerável, e ele tinha poucas opções de trabalhos futuros. Eu não podia decepcioná-lo também.

– Vou começar a pesquisar a história sobre a hena – falei.

Se Marisa se recusava a ver o potencial da história de Kawkab Khala, me restava trabalhar nela por conta própria. Lembrei das palavras de minha tia na noite anterior: "Descubra seus princípios e persiga sua verdade até o fim, não importa o que aconteça".

———

Bem-vindos a mais um episódio de Divagações de Ana, *uma garota marrom.*

Passamos a vida trabalhando, esperando, planejando e – se você é religioso como eu – orando por oportunidades. Venho de uma família de empresários, pessoas que não têm medo de se arriscar, mas que também pagaram um preço por se jogarem do avião sem paraquedas. Eu amo isso neles e reconheço esse traço em mim. Às vezes, em momentos de raiva, ou se acho que as pessoas que amo foram feridas, sou descuidada e digo coisas que não quero dizer. Acho que isso significa que sou humana.

Não tenho muitos familiares no Canadá. Como muitos imigrantes, meus pais se mudaram para cá e construíram uma vida longe de onde cresceram. Sem primos ou tias e tios para sair durante o Eid. Sem avô para me mimar no meu aniversário ou para dizer aos meus pais para pegarem leve nas broncas. Mas agora tenho uma família à minha volta, de visita. Eles me parecem estranhos, mas estamos ligados de maneiras inesperadas. Vejo traços de minhas próprias feições em seus rostos, ou vejo que eles sorriem como minha mãe. Eles conhecem minhas histórias, e as histórias de meus pais, e dos pais deles. É muito estranho ter me sentido sozinha no mundo por tanto tempo e então descobrir que tenho raízes tão profundas que estão ancoradas em uma rocha, e que levam a um lugar que eu só visitei como turista.

Mas sou feita de mais do que minhas raízes; cresci acima do solo também. Meus galhos se estendem em direções diferentes. Meus galhos encararam vento, neve, gelo e chuva. Minhas folhas se abrem ao sol e se fecham no escuro. Acho que o que estou dizendo é que sou grata por toda nova raiz que descobri ultimamente e por todo novo broto que nasce, apesar de tudo.

Fiquei satisfeita com o episódio, mas, pela primeira vez desde que iniciei o podcast, StanleyP não deixou nenhum comentário. Estranho.

CAPÍTULO DEZENOVE

Quando verifiquei a página do Wholistic Grill no Facebook alguns dias depois, descobri que havia provocado um debate animado. Minha campanha de difamação estava claramente atingindo seu objetivo; o Wholistic Grill até postou uma resposta ao meu ataque anônimo.

> **Gerência do Wholistic Grill**
> Obrigado por seu contínuo interesse em nosso restaurante. Estamos muito animados para servir Golden Crescent e gostaríamos de garantir aos clientes que toda carne servida em nosso restaurante será *halal* e de corte manual. Assim que abrirmos, o certificado oficial do nosso fornecedor *halal* será exibido e estará disponível para inspeção.

Tive a sensação de que Zulfa participara daquela mensagem cuidadosamente elaborada. Ao ler os comentários, reparei que o dano causado por mim era extenso. A fábrica de boatos cumpriu seu papel, e a culpa lutou contra o orgulho dentro de mim.

> **Yusra TK**
> Halal é muito importante para mim e minha família. Prefiro gastar meu dinheiro em um restaurante onde sei que a procedência da carne é boa.

Dawud Kamal
Quem se importa com halal

Zeeshan R
Cara, ela disse que ela se importa, vsf.

Dawud Kamal
Halal, zabiha, não halal, quem se importa. Comer carne é crueldade

Yusra TK
Fórum errado, Dawud Kamal. Pessoalmente, gostaria de mais garantias de que os proprietários são muçulmanos. Esses chamados certificados halal podem ser facilmente falsificados. Quem conhece os donos?

Ahmad Khan
Não são daqui, parece.

Yusra TK
Eles estão apenas tentando ganhar em cima do halal porque está na moda. Grandes corporações querem ganhar dinheiro com a nossa comunidade. Onde estavam essas grandes empresas gananciosas dez anos atrás? Eu não vou comer aí.

Dawud Kamal
Vocês são todos burros.

Ahmad Khan
Você tocou em pontos importantes, YusraTK.

Zeeshan R
Não vou dar meu dinheiro a eles também.

    Com ódio de mim mesma, entrei na minha conta anônima do Facebook e joguei novos comentários na fogueira. Tinha decidido um curso de ação e, embora não gostasse do jeito que isso me fazia sentir, claramente estava causando um impacto. Talvez Aydin pegasse seu pai e seu restaurante e os levasse para outra parte da cidade, longe do Três Irmãs. Comecei a digitar improvisadamente.

InsiderScoop
Ouvi dizer que o Wholistic Grill também está com problemas com o Centro de Saúde e Segurança do Trabalhador. Condições inseguras de trabalho.

Yusra TK
Isso é vergonhoso. Vou divulgar, obrigada por compartilhar. Eu me recuso a apoiar uma empresa que explora seus trabalhadores e nossa comunidade. #CancelemWholisticGrill

Zeeshan R
Concordo. Mantenha-nos informados, @InsiderScoop. #CancelemWholisticGrill

O Instagram estava mais calmo, mas sentimentos semelhantes tinham se espalhado nessa plataforma também, com as pessoas partindo dos meus rumores – OK, difamações – para adicionar o próprio combustível. Meus comentários iniciais foram curtidos centenas de vezes cada, e nenhuma das respostas refutava minhas alegações, exceto a declaração oficial do Wholistic Grill. Muitas pessoas estavam dispostas a acreditar no pior. Claramente, eu havia tocado em um ponto sensível na comunidade: quem deveria se beneficiar e capitalizar em nichos de mercado de alimentos, como carne *halal*. A considerar a comoção on-line, o Wholistic Grill teria um começo difícil.

Não resisti a fazer um comentário final antes de deslogar.

InsiderScoop
Eu sei que a comunidade local não está feliz. Eles estão planejando um protesto para quando – ou devo dizer SE – o Wholistic Grill abrir. Vou postar detalhes aqui. O bairro Golden Crescent merece mais do que isso. #CancelemWholisticGrill

Eu era boa nisso, e não sabia bem o que isso dizia sobre mim. Tinha consciência de que o que estava fazendo era errado. Meus pais me criaram para ser honesta, para aceitar que tudo daria certo se eu tivesse fé. Mas também me ensinaram histórias da vida do profeta Maomé, que a paz esteja com ele. Certa vez, o Profeta testemunhou um beduíno deixando seu camelo solto no deserto. Quando perguntou ao beduíno o motivo, o homem respondeu que confiava em Deus para cuidar de seu animal. O conselho do Profeta? "Confie em Deus, mas amarre seu camelo."

Eu estava simplesmente amarrando meu camelo, equilibrando a balança da justiça em uma situação muito difícil, racionalizei. E quase acreditei.

⏐╷┃╷⏐

Eu estava no sofá de casa trabalhando na história da hena quando Kawkab Khala desceu a escada, vestida com um *salwar kameez* branco engomado com delicados bordados rosa na bainha e nas mangas. Seu cabelo estava penteado para cima e ela tinha uma pesada corrente de ouro em volta do pescoço e brincos de ouro combinando.

– Falando sozinha de novo? – perguntou ela, se referindo ao meu podcast.

Eu corei, mas isso me fez lembrar:

– Gostaria de continuar nossa entrevista sobre sua vida para o programa.

– Eu já contei a história, Hana. Achei que você fosse boa no que faz.

Eu tinha começado a conhecer minha tia nas últimas semanas, então tive certeza de que estava me provocando.

– Preciso de mais alguns detalhes sobre aquele tempo e suas reflexões. Quero ter uma noção melhor do seu mundo para fazer justiça à história na hora de editar.

Minha tia sorriu levemente para mim.

– Justiça não é para esta vida, Hana *jaan*.

Fiquei balançada com suas palavras. Ela tinha descoberto o que eu estava fazendo com Aydin na internet?

Kawkab Khala olhou para mim.

– O que você está aprontando? Não, não me diga. Você é igualzinha à sua mãe. Mentirosas inveteradas, as duas, e eu não tenho tempo para as historinhas mal concebidas que você vai inventar.

– Eu não fiz nada – murmurei.

– Pena. Eu pretendia ser uma má influência pra você. Vamos, vista-se. Minha amiga está vindo, e não posso ter as duas sobrinhas ainda de pijama.

Olhei pesarosa para o meu laptop, mas obedientemente levantei para me trocar. Eu precisava que minha tia estivesse de bom humor quando continuássemos a entrevista.

Fazee estava no quarto, e me dispensou quando perguntei se queria descer. Parecia absorta em um tutorial do YouTube, o que foi um alívio depois dos últimos dias apáticos. Quando voltei para o andar de baixo, a Tia Triste estava sentada em nossa sala.

Kawkab Khala não gostou muito das minhas calças pretas de ioga e da camiseta branca. Ela me olhou de cima a baixo e bufou.

– Todas as crianças canadenses se vestem como se vivessem em uma caverna escura ou é só você, Hana?

Eu a ignorei e cumprimentei sua convidada. Kawkab Khala me apresentou à Tia Triste, cujo nome verdadeiro era Afsana. Nós nos acomodamos diante das canecas cheias do forte *chai* da minha tia, leitoso e adoçado com mão pesada.

Tomei um gole e observei minha tia conversando com sua amiga. Ela era muito mais gentil com Afsana do que comigo. As duas falaram sobre conhecidos de Délhi, onde ambas ainda moravam. Afsana era casada, tinha duas filhas adolescentes; devia ter se casado com trinta e tantos anos – o que não era comum para uma mulher de sua geração. E tinha feito essa primeira viagem ao Canadá sozinha, o que me pareceu estranho. Talvez minha tia gostasse de se cercar de mulheres não convencionais como ela.

– Que coincidência vocês duas terem decidido visitar o Canadá ao mesmo tempo. Viagem de garotas? – interrompi para perguntar.

Kawkab Khala e Tia Afsana trocaram um olhar.

– Naturalmente – minha tia falou lentamente. – E, no que depender de mim, vai ser uma viagem de compras para você.

Ela estava mudando de assunto. Voltei a atenção para Tia Afsana.

— Você tem família em Toronto? — perguntei.

Afsana olhou para Kawkab em busca de ajuda.

— Sim — respondeu ela, a voz quase um sussurro. Então, com mais firmeza: — Não.

Curioso, curioso.

— Enquanto estiver na cidade, você deveria visitar alguns dos pontos turísticos famosos, talvez ir a um musical — falei, tentando puxar conversa.

Tia Afsana pareceu confusa.

— Eu venho da terra dos musicais. Você gosta das músicas *filmī*? — perguntou ela, referindo-se à música popular dos filmes de Bollywood.

— Eu costumava assistir a filmes de Bollywood com minha irmã quando éramos mais novas. Amo as danças — respondi, e Tia Triste me lançou um sorriso dissimulado.

— Em Délhi, sua *khala* e eu entrávamos escondidas no cinema nas sessões noturnas. Ela era apaixonada pelo Rishi Kapoor — contou, citando o famoso ator com carinha de bebê dos anos setenta e oitenta.

Comecei a rir, e os olhos de Tia Afsana brilharam com a revelação da paixão de longa data da minha amarga tia. Eu estava começando a entender de onde vinha a amizade daquelas duas.

— Isso foi em outra vida — disse Kawkab Khala, sorrindo com indulgência.

Tia Afsana assentiu e brincou com sua caneca vazia. Quando ergueu a cabeça, reparei que a Tia Triste estava de volta.

— Obrigada pela sugestão, Hana — disse ela finalmente. — Mas não estou aqui como turista.

— Então por que você veio para Toronto? — perguntei, incapaz de me segurar, sabendo que estava sendo rude.

— Porque não conseguia esquecer — disse ela, a voz convicta.

As palavras de Afsana devem ter significado algo para minha tia, pois Kawkab Khala sorriu sombriamente.

— Traga-nos alguns dos biscoitos do armário, Hana *jaan*, e então pode ir. Você certamente tem coisas muito mais interessantes para fazer do que passar a tarde com duas velhinhas — disse ela. — Talvez possa treinar sua cara de blefe. Sugiro que pratique mentir para os homens da sua vida. Eles tendem a ser os mais crédulos.

– Não sou uma mentirosa – resmunguei enquanto colocava a lata de biscoitos entre as duas.

Kawkab Khala ergueu uma sobrancelha para mim.

– Boa decisão, *beta*. Duvido que você tenha o que é necessário para enganar.

Eu estava começando a perceber que, nessas disputas de sagacidade com minha suposta tia, ela sempre teria a última palavra. Peguei meu *hijab* e meu celular e saí de casa.

CAPÍTULO VINTE

Adentrando as ruas de Golden Crescent à procura do homem para quem eu iria mentir, notei que o Wholistic Grill não estava cercado pelo habitual bando de caminhões, empreiteiros e equipamentos de construção. Um homem com aparência de autoridade com uma prancheta estava com Aydin e seu pai na entrada. Tio Junaid me notou e se virou para dizer algo ao filho. Quando Aydin olhou para mim, dei-lhe um pequeno aceno. Ele não acenou de volta.

O que eu estava fazendo? Afastei a culpa de mim. Talvez o homem com a prancheta fosse o arquiteto. Talvez eles estivessem tendo uma reunião perfeitamente normal em seu local de trabalho extremamente vazio logo antes da inauguração. Certeza.

Era hora do almoço, mas nosso restaurante não tinha nenhum cliente. Mamãe conversava com Fahim na cozinha quando enfiei a cabeça no vão da porta para cumprimentá-los. Rashid encostou-se em uma parede perto da pia, parecendo sério pela primeira vez.

– O que está acontecendo? – perguntei a mamãe.

Ela olhou para Fahim, que assentiu com a cabeça.

– Está na hora de você saber, Hana *jaan*. Você está ciente de que as coisas têm sido difíceis ultimamente. A menos que haja uma mudança, seremos forçados a considerar nossas opções até o fim do verão – disse ela.

Eu puxei o ar bruscamente.

– Você quer dizer fechar o restaurante? – perguntei, e mamãe assentiu em resposta. – Por que você não me disse que as coisas estavam tão ruins?

Um desfile de emoções cruzou o rosto de minha mãe: tristeza, medo e depois resignação. Ela sabia disso havia meses, percebi. Estava preparada para isso, embora tivesse permanecido positiva para o restante da família.

– Não estamos ganhando dinheiro suficiente para cobrir as despesas básicas, e temo que, quando o outro restaurante abrir... – Ela se calou. – Seu pai e eu conversamos ontem à noite, depois de analisar as contas. Eu esperava que estivéssemos bem, mas não estamos.

Rashid disparou:

– Hana Apa e eu nos oferecemos para organizar o festival de verão deste ano e tenho certeza de que vai ser um sucesso. Nos deixe fazer algo a respeito de publicidade e anúncios, o aumento da atenção do público vai mudar as coisas. Vamos enfrentar o desafio como o Chicago Cubs na World Series. – Ele bateu no nariz. – Devemos pensar como em *O homem que mudou o jogo*.

Nós três olhamos para ele, confusos.

Rashid se concentrou em minha mãe.

– Por favor, não tome nenhuma decisão até o fim do festival. Vamos divulgar mais, anunciar nos jornal e nas redes sociais. Não podemos esquecer as lições de *Campo dos sonhos*.

Olhamos para ele sem expressão, e ele ergueu as mãos.

– Vocês nunca assistiram a *nenhum* filme sobre beisebol?

– Somos mais do futebol – disse Fahim. – A Fazee adora *Driblando o destino*.

Rashid o ignorou.

– Precisamos deixar todo mundo animado e aproveitar a animosidade generalizada contra Junaid Shah. Ninguém gosta dele, e as pessoas vão apoiar umas às outras. Quem sabe quem será o novo vilão daqui a uma semana?

Ele estendeu a mão atrás do balcão e tirou duas grandes pilhas de panfletos impressos em papel dourado brilhante: anúncios para o festival de rua. Rashid sorriu ao ver minha expressão de surpresa.

– Você não tem ideia de como o negócio de contabilidade pode ser perverso em Délhi. Meus pais me treinaram para atacar primeiro e pensar depois.

Fiz uma anotação mental para indagar a Kawkab Khala sobre os pais de Rashid. Eu me perguntei em que tipo de negócio de "contabilidade" eles estavam realmente envolvidos.

Rashid exibiu sua obra, e todos nós admiramos os panfletos.

— Hana Apa e eu já fizemos muito progresso no planejamento — mentiu descaradamente para minha mãe. — Temos outra reunião esta noite no Tim Hortons, para organizar os detalhes.

Meu primo olhou para mim e eu não tive escolha. Precisei assentir.

E me permiti ter a esperança de que o homem com a prancheta na frente do Wholistic Grill tivesse sido enviado para uma inspeção surpresa, afinal. Talvez isso atrasasse Aydin e nos desse tempo para nos reorganizar. Ele era a razão pela qual isso estava acontecendo com a minha família.

O lampejo de esperança nos olhos de minha mãe e Fahim valia qualquer preço. Resolvi guardar a culpa e dobrar meus esforços.

⊶

Na mesa do Tim Hortons à noite, Rashid comeu meia dúzia de donuts variados.

— Quando voltar para a Índia, sentirei muita falta dos donuts. Prometa que vai enviar uma dúzia a cada duas semanas, Hana Apa. Não peço nenhum outro pagamento pelos conselhos e pela orientação que dei.

Sorri e tentei não pensar na volta de Rashid. No curto período desde sua chegada, meu primo havia conquistado sorrateiramente a minha afeição. Não queria que ele voltasse para a Índia em um ano, ou quatro. Eu sentiria muita falta de suas travessuras e de seu senso de humor. Sua lealdade era inabalável, e me acostumei a ter um aliado na rua.

— Você sente muita falta da sua família? — perguntei.

Rashid limpou o rosto e assentiu.

— Sinto falta dos *parathas* da minha *ammi*. E meu *abba* e eu costumávamos beber *chai* juntos todas as manhãs antes de ele ir para o escritório. Sempre havia pessoas entrando e saindo de nossa casa; não nos preocupávamos em trancar a porta da frente.

Tanta união familiar me pareceu maravilhosa e sufocante. Como se estivesse lendo minha mente, meu primo sorriu para mim.

— É um se metendo na vida do outro o tempo todo. Eu mal podia falar com uma garota e todos já me perguntavam quando seria o casamento.

— Isso deve ter sido difícil para você — falei friamente.

Rashid assentiu solenemente.

— Mas não se preocupe com a bela Zulfa. Uma vez comprometido, sou um parceiro leal.

Sufoquei uma risada.

— Desejo boa sorte a vocês dois, assim que você tirar o Aydin do caminho, é claro.

Rashid apenas acenou com a mão como se estivesse esmagando um mosquito.

Peguei meu caderno e virei em uma nova página. Já havíamos discutido algumas ideias, e as escrevi enquanto Rashid terminava os donuts.

— Não podemos iniciar a reunião ainda — disse ele, a boca cheia de glacê. — Estamos esperando o restante do comitê de planejamento.

Eu o encarei firmemente.

— O que você aprontou, Rashid?

— Eu disse que convidei o Aydin para o festival, Hana Apa. E ele me disse que a bela Zulfa ajudaria.

Então tudo não passava de uma manobra para Rashid flertar com Zulfa. Eu precisava ter uma conversa séria com ele sobre prioridades e lealdade familiar.

Aydin e Zulfa escolheram esse exato momento para entrar na cafeteria. Os dois se sentaram, Aydin à minha frente e Zulfa à frente de Rashid. Com uma postura profissional, ela imediatamente tirou um pequeno tablet de sua bolsa de grife.

— Estou tão feliz que o Rashid me procurou. Adoro festivais de rua, e isso vai ajudar muito o Wholistic Grill — disse Zulfa.

— Vocês tiveram algum problema recentemente? — perguntei como quem não quer nada.

Eu sei, eu sei.

Aydin e Zulfa trocaram um olhar.

— Tudo está dentro do previsto — disse Aydin de maneira breve.

Zulfa cutucou seu ombro.

— Estamos entre amigos, bobo. — Ela se inclinou para a frente. — Há rumores circulando na internet de que o restaurante não é realmente *halal* e de que o canteiro de obras não é seguro, mas estamos lidando com isso. Você sabe que as pessoas adoram falar. É o agito da novidade, só isso.

Rashid emitiu grunhidos de empatia enquanto eu fiz força para não sorrir.

— Deve ser muito difícil — falei. — Rumores como esses podem devastar um novo negócio.

Foi divertido ver o rosto de Aydin se transformar em pedra. Seus olhos perfuraram os meus.

— Nada que eu não possa resolver — disse ele, apertando a mandíbula.

— Você é um gestor de restaurantes experiente. Tenho certeza de que vai tirar de letra. — Resisti ao desejo de debochar. Percebi que estava me divertindo com aquilo. Provocar Aydin de Pedra estava se tornando o ponto alto do meu dia. — Se precisar de algum conselho, sinta-se à vontade para falar com a minha mãe. Ela administra o Três Irmãs sozinha há quinze anos.

— Sua mãe é uma inspiração para empreendedores de todos os lugares — falou Zulfa efusivamente.

— Achei que íamos planejar o festival — disse Aydin com firmeza.

Zulfa se endireitou, usando o tom profissional mais uma vez.

— Você tem razão. Não temos muito tempo e há muito o que fazer. Além da comida e das mercadorias, o que torna o festival de Golden Crescent diferente de outros festivais de rua da cidade? — perguntou ela a mim e a Rashid.

Olhei para Rashid, impressionada com o discernimento de Zulfa.

— Somos um evento local, destinado aos moradores de Golden Crescent. Esperamos atrair um público maior este ano, considerando a terrível situação que ambos os nossos restaurantes estão enfrentando. — Assenti para Aydin.

— O Wholistic Grill está indo muito bem — disse ele.

— Não há vergonha nenhuma em ter dificuldade — declarei. — Administrar um restaurante é um processo realmente complicado, com muitas armadilhas inesperadas.

Aydin me encarou de volta e sustentou o olhar.

— Essa armadilha não foi inesperada — disse com tranquilidade.

A ameaça contida em sua voz provocou um arrepio de satisfação em minha espinha. Ele suspeitava que eu tivesse algo a ver com os rumores on-line, mas não tinha provas. Aposto que isso o estava deixando louco.

Rashid olhou para mim e depois para Aydin.

— Quando meus pais tiveram problemas com seu principal concorrente, o Contabilidade Coletiva Patel, eles resolveram a questão concordando que cada um se manteria em seu próprio território. Menos lucro para ambos, mas também menos carnificina. — Ele fez uma pausa. — Carnificina metafórica, claro. Contadores sempre querem ficar fora do vermelho.

Aydin e eu olhamos para o meu primo. Zulfa trouxe a conversa de volta ao tema em questão e perguntou se tínhamos confirmado a participação dos demais negócios da rua. Rashid disse que já havia falado com eles, demonstrando excelente iniciativa.

Zulfa assentiu e fez uma anotação em seu iPad antes de se voltar para mim.

— Vi os folhetos do festival e a página do evento no Facebook que o Rashid criou. Ótimo trabalho, mas vocês precisam de mais. Já pensaram em fazer um anúncio de página inteira no jornal da comunidade? Que tal falar com o templo hindu e com a igreja ortodoxa e ver se eles podem divulgar? Ou entradas nas rádios locais? Você acha que conseguiria um desconto no seu trabalho, Hana?

Assenti lentamente com a cabeça.

— Posso perguntar — falei, impressionada.

Zulfa sabia o que estava fazendo. Não era de admirar que o Wholistic Grill estivesse florescendo sob sua orientação como relações-públicas.

— As pessoas tendem a apoiar eventos locais. Se vinculássemos o festival a uma campanha de arrecadação de fundos, por exemplo, seria ainda melhor. A ideia é capacitar os participantes e fornecedores, fazê-los sentir que estão construindo uma comunidade e contribuindo para uma causa importante.

— Meu amigo Yusuf é voluntário em uma instituição de caridade local que ajuda jovens sem-teto e refugiados — falei. — Ele também ajuda a administrar uma clínica médica para esse público, e eles sempre precisam de dinheiro.

— Yusuf é um santo — disse Aydin, olhando para o teto. — Que tipão.

– *Ullu* – murmurou Rashid.

Eu os ignorei.

– Se o objetivo for deixar nossa marca, podemos transformar a coisa em um festival de comida *halal* – sugeriu Zulfa, pensativa. – Nos Estados Unidos, a comida *halal* é um negócio de vinte bilhões de dólares e no mundo todo vale setecentos bilhões.

– Acho que não devemos rotular como um festival de comida *halal* – falei depois de pensar na ideia. – Temos negócios em Golden Crescent que atendem a uma variedade de pessoas, não apenas àquelas que comem carne *halal*.

Zulfa fez uma anotação no tablet.

– E quanto a parcerias ou patrocínio? – perguntou. – A maioria dos meus contatos é de Vancouver, mas vou atrás de recursos locais.

Aydin interrompeu:

– A maioria dos festivais tem atrações ao vivo. Meu amigo Abas estará na cidade. Ele faz parte de um grupo de dança *bhangra* chamado Desi Beat. Poderíamos contratá-los.

Pisquei, surpresa. Era uma boa sugestão, e eu pensando que ele tinha aparecido só para me intimidar.

Zulfa olhou para meu primo, que tinha uma expressão sonhadora no rosto, a mão segurando o queixo enquanto a observava.

– Quer acrescentar alguma coisa, Rashid? – perguntou ela.

– Com seu cérebro e minha aparência, nossos filhos serão gênios lindos. Você consentiria em ser minha esposa? – disse ele.

Zulfa riu, balançando a cabeça.

– Não. Mas você pode me mostrar o campo de beisebol? Quero ver se é grande o bastante para acomodar outros tipos de apresentação. Atrações ao vivo são sempre um grande atrativo. – Ela me lançou um sorriso rápido enquanto saía, e Rashid foi atrás dela como um cachorrinho apaixonado.

Aydin e eu ficamos sozinhos. Um silêncio constrangedor se formou.

– Zulfa é muito boa no que faz, muito competente – observei.

– Não fuja do assunto, Hana. Eu sei o que você tem feito na internet – disse ele abruptamente.

Arregalei os olhos.

– Você também é fã de jogos de RPG? Nós temos muito em comum! Deixe-me adivinhar: seu avatar é um troll feio e estúpido.

Aydin desviou o olhar, os lábios se distendendo. Senti uma emoção correr por mim, como se tivesse ganhado pontos por fazê-lo rir. Desconcertada com a minha própria reação, levantei para ir embora, mas não resisti e soltei:

– Lamento muito saber que a sua empresa está passando por problemas. Como você sabe, o Três Irmãs vem enfrentando sua própria crise ultimamente, então eu sei como é ser atacado por valentões.

Aydin se levantou rapidamente, e percebi que eu tinha ido longe demais.

– Pare de espalhar rumores sobre o meu negócio na internet – rosnou ele.

– Eu não sei do que você está falando.

Dei alguns passos para trás. Meu rosto estava quente e corado. Por que Aydin ficava ainda mais atraente quando estava com raiva? Havia algo de errado comigo.

Ele acompanhou meus passos.

– Estou falando sério. Não fiz nada além de abrir um restaurante na mesma rua do Três Irmãs. O que você está fazendo é sabotagem. Eu poderia te processar por calúnia e difamação. Apague os posts.

– Muitas pessoas estão falando sobre seu restaurante nas redes. Você vai ameaçar todas elas com um processo?

– Se for necessário, sim. Apague os posts, Hana.

Ergui uma mão, e ele parou instantaneamente, embora continuasse me encarando.

– Primeiro, eu não admito nada – falei, levantando um dedo após o outro. – Segundo – fixei nele minha expressão mais severa, canalizando Kawkab Khala e as demais mulheres duronas da família –, você honestamente achou que eu não iria revidar?

Dessa vez sua expressão continha um rancor relutante.

– Acho que não.

– Agora você sabe. – Peguei minha bolsa na mesa e caminhei para a porta.

Ele me acompanhou, lançando olhares rápidos para mim conforme andávamos até a saída. Acenei para o sr. Lewis enquanto Aydin segurava a porta aberta.

Nós nos encaramos na calçada.

– Se tivesse tentado me conhecer primeiro, quero dizer, conhecer o Três Irmãs e o resto do bairro, talvez você não tivesse se metido nessa confusão – falei.

– Me meti nessa confusão por causa das mentiras que você espalhou sobre o meu negócio.

– Então você não devia ter mexido comigo.

Aydin se inclinou para a frente.

– Talvez eu goste de mexer com você.

A colônia de sândalo e os intensos olhos escuros me deixaram tonta. Nossa conversa estava saindo dos trilhos. Eu não gostava de Aydin, lembrei a mim mesma. Queria que ele fosse embora, que seu restaurante não fosse nada além de uma pilha de escombros. Então, por que eu ainda estava falando com ele?

Ele deve ter sentido o mesmo, porque se afastou e colocou as mãos nos bolsos.

– Yusuf escolheu um lugar nada romântico para propor – disse Aydin casualmente.

Olhei surpresa para ele.

– O quê?

Ele corou e passou a mão pelo cabelo.

– Nada. Não é da minha conta.

– Yusuf e eu somos amigos. Como você e Zulfa.

– Mas não como você e eu.

Nós nos encaramos novamente, e meus dedos formigaram com aquela sensação – aquela que aparecia sempre que eu falava com esse cara. Tentei me livrar das faíscas, mas elas seguiram pelos meus braços até o pescoço, aquecendo meu rosto enquanto o olhar de Aydin descansava mais uma vez em meus lábios.

– Você e eu somos inimigos para sempre – falei, a voz rouca.

– Até o amargo fim – concordou Aydin.

Continuamos parados ali, ambos relutantes em ir embora.

– Você ainda ouve rádio? – perguntei por impulso. – Quando nos conhecemos, você comentou que ouvia.

– O tempo todo – disse ele, surpreso. E então: – Você já pensou em fazer um podcast?

Intrigada com a mudança abrupta de assunto, menti instintivamente.

– Sou fiel ao rádio. Não sei nada sobre podcasts. Por quê? – A resposta saiu tão naturalmente que minha tia teria ficado orgulhosa.

Aydin deu de ombros e falou:

– Não consigo te entender.

– Igualmente.

O suspiro que se seguiu foi resignado.

– Apague os posts. Por favor, Hana.

Algo na maneira como ele disse meu nome me fez sentir...

– Não.

Obriguei minhas pernas a se moverem para longe dele. Talvez Aydin tenha ficado me observando, mas não olhei para trás. Ainda que quisesse – desesperadamente.

CAPÍTULO VINTE E UM

StanleyP
Tenho uma pergunta pra você.

AnaBGR
Sim, sou sua amiga mais inteligente e atraente.

StanleyP
Isso eu já sabia. No seu negócio, pelo que você está lutando?
Só pela sobrevivência ou tem algo a mais?

Era uma pergunta muito séria vinda de alguém que geralmente era tão brincalhão, mas também era interessante. Eu estava no intervalo, sentada em um banco na rua, aproveitando o dia ensolarado. Digitei a resposta.

AnaBGR
Acho que não quero ser um dano colateral
da conquista de outra pessoa.

StanleyP
Sim, mas por quê? É sobre dinheiro?

AnaBGR
Considerando que tudo é sobre dinheiro, sim. Mas é mais do que isso. Imagine que alguém bate na porta da sua casa e exige que você saia. Você iria abandonar tudo sem lutar?

StanleyP
Mas e se a sua casa fosse velha e caindo aos pedaços? Talvez seja hora de se adaptar ou então morrer.

AnaBGR
Só alguém que julga a minha casa de fora diria isso. Eu sei que o que existe dentro dela vale a luta. Dito isso, sou time StanleyP! Esmagar a concorrência e fazê-la implorar por misericórdia.

StanleyP
Acho que minha concorrência não é do tipo que implora.

AnaBGR
Bem, a minha campanha está indo bem. Eles sentiram o golpe.

StanleyP
Estou orgulhoso de você. Não faça nada de que vá se arrepender depois.

AnaBGR
Não me arrependo de nada.

StanleyP
Escute este bot velho de guerra: os maiores arrependimentos demoram para se manifestar, mas eles sempre aparecem.

Imaginei o rosto de Aydin na noite anterior, antes de eu me afastar. Será que StanleyP estava certo? Eu não queria mais falar sobre isso. Já era ruim o bastante não conseguir pensar em praticamente mais nada.

AnaBGR
O que mais está acontecendo na sua vida?
Me conte algo interessante.

StanleyP
Nada. Você é a única fonte de luz no enfadonho
terreno baldio que é a minha vida.

AnaBGR
Exatamente como deveria ser. Agora me diga
o que realmente está acontecendo.

StanleyP
Nada...

AnaBGR
Uh-oh. Você está me traindo com outro podcast? Canalha.

StanleyP
Jamais. Mas talvez eu tenha conhecido alguém na vida real.

Eu me endireitei e reli as palavras de StanleyP. Ele tinha conhecido alguém na vida real? Não sabia o que pensar. "E eu?", quis escrever. "Nós nos encontramos primeiro." Mas meu amigo virtual não havia me feito nenhuma promessa, e eu o desencorajara fortemente. Pensando agora, a frequência das nossas mensagens de texto tinha diminuído recentemente. Parecíamos ter nos estabelecido em uma dinâmica de menos flerte e mais amizade. Ainda assim, sua confissão me doeu. Perguntei a mim mesma se eu tinha enxergado mais coisas do que ele no relacionamento, e meu rosto ficou quente de vergonha. Sua próxima mensagem me tranquilizou.

StanleyP
Isso é estranho, certo?

AnaBGR
Um pouco.

StanleyP
Esqueça o que eu disse.

AnaBGR
Deve ser algo importante, já que você escolheu dizer isso entre todas as coisas.

StanleyP
Você já sentiu uma faísca por alguém contra a sua própria vontade?

Imaginei o rosto de Aydin. Não, eu não fazia ideia do que ele estava falando.

AnaBGR
Parece sério.

StanleyP
É mais frustrante. Vai passar. Conte-me mais sobre seus planos para derrotar o inimigo. Haverá canhões de confete quando você vencer?

Um bom amigo não deixaria isso quieto. Um bom amigo diria algo. E éramos isso agora, não? Bons amigos. Eu odiava ser adulta.

AnaBGR
Eu poderia ter ignorado a sua primeira mensagem, mas decidi responder e isso aqui acabou sendo superincrível.

StanleyP
É verdade que eu sou super e incrível.

AnaBGR
Estou falando sério. Você é minha pessoa virtual favorita.

StanleyP
Igualmente.

AnaBGR
E não sou amiga de covardes.

StanleyP
Ai. OK, vou pensar sobre isso. Obrigado.

Levantei a cabeça e vi Zulfa saindo da floricultura, um bracelete de jasmins enrolado no pulso fino. Depois do nosso encontro na noite anterior, eu me sentia muito mais confortável perto dela. Ela era genuinamente legal, ao contrário de seu amigo mal-humorado e irritante.

– Lindas flores – falei, e ela veio até mim.

– A florista me deu de presente. Todo mundo aqui na rua é tão gentil. Acabei de fazer um grande pedido para a inauguração. Aydin me falou para fazer as compras no bairro sempre que possível.

Isso foi surpreendente. Eu achava que nossos recursos locais não eram bons o bastante para o sr. Óculos Prateados.

– Bacana da parte dele – falei com cautela.

– Ele está planejando comprar a carne do açougueiro *halal* de Golden Crescent e os legumes e as frutas do Irmão Musa.

Essas não eram as ações de um homem com o objetivo de acabar com todos os negócios da região. Embora talvez isso fosse mais uma hipérbole de Tio Junaid do que o plano de fato de Aydin. Fiz um som evasivo e então redirecionei a conversa:

– Quanto tempo você vai ficar na cidade?

– Algumas semanas. Vim principalmente para ajudar na inauguração. Aydin e eu estamos ajudando um ao outro. – Um leve rubor tomou suas bochechas, deixando-a ainda mais delicadamente bonita.

– Não consigo imaginar Aydin ajudando ninguém além de si mesmo – falei, porém logo desejei que tivesse ficado de boca fechada. Quaisquer que fossem meus sentimentos pessoais, ele era amigo da Zulfa.

Mas ela apenas riu.

– Não deixe a cara séria te enganar. Aydin é uma das pessoas mais generosas que eu conheço. Ele me ajudou muito, recentemente, mas tem seus demônios, como todo mundo. – Zulfa hesitou. – Aydin geralmente fica mais calado perto de pessoas que não conhece. Mas ele não parece ter esse problema com você.

– Parece que trazemos à tona o pior um do outro. O que faz sentido, já que não nos suportamos.

Zulfa balançou a cabeça.

– Não posso falar dos seus sentimentos, é claro, mas Aydin não te odeia. Você sabe que ele é filho único, certo? A mãe morreu quando ele era muito pequeno e o pai nunca se casou novamente. Ele sempre tentou viver de acordo com as expectativas do pai, essa coisa do empresário sério, que só tem olhos para o lucro. Acho que ele é mais parecido com a mãe. Meus pais dizem que ela era criativa e gentil. É triste quando as pessoas se distorcem para agir como alguém que não são de verdade, não é?

– Ele tem sorte de ter uma noiva tão compreensiva quanto você. Quando é o grande dia? – perguntei, me odiando. Eu não me importava. *Eu não me importava.*

– Ainda estamos acertando os detalhes. – Ela piscou para mim. – Eu gosto que você chame a atenção dele quando ele faz coisas erradas, Hana. Talvez vocês dois precisem de alguém que devolva na mesma moeda.

Ela me deixou no Três Irmãs antes de continuar sua andança pelos negócios de Golden Crescent. Tentei imaginar como teria sido crescer com Tio Junaid sem outro genitor mais tranquilo para equilibrar as coisas. Em todas as ocasiões em que Aydin ficara nervoso, me dei conta, seu pai estava por perto, ou pelo menos presente em seus pensamentos. E fora Tio Junaid que lançara ameaças contra o bairro e tentara comprar os outros negócios, e não Aydin. O filho tentara conversar com o pai. Tentara me acalmar também, reconheci com pesar. Eu estava errada sobre Aydin esse tempo todo?

De volta ao Três Irmãs, os poucos clientes terminaram suas refeições, e eu ajudei na limpeza antes de arrumar as mesas. Durante o intervalo antes do jantar, Rashid insistiu que aproveitássemos a ausência de clientes para espalhar mais panfletos do festival pelo bairro. Juntos, ziguezagueamos pelas ruas, colando panfletos em vitrines e postes, na mesquita, na igreja e no templo, e no quadro de avisos do centro comunitário. Deixamos uma pilha de panfletos com o sr. Lewis e outra no açougue *halal*.

Quando nos aproximamos do Wholistic Grill, diminuí a velocidade. Aydin estava falando ao telefone do lado de fora do restaurante. Meu rosto ficou quente.

– Por que você está ficando vermelha? – perguntou Rashid, olhando para mim.

– Está muito quente hoje.

Agitei as mãos na frente do meu rosto culpado e corado e procurei um lugar para me esconder. Não havia lojas por perto, então me escondi atrás de uma árvore.

– Por que você está ficando ainda mais vermelha? – indagou Rashid, me seguindo. Ele teve um pensamento repentino. – Os canadenses têm insolação quando faz mais de vinte e um graus? Ou você está tentando evitar Aydin?

– Não estou evitando ninguém – falei, contorcendo meu corpo para que Aydin não me visse.

Tarde demais. Ele estava caminhando em nossa direção.

– Como meus pais contadores sempre dizem, é melhor lidar com os problemas em vez de sonegá-los. Seja a lâmina na mão, e não a cobra na grama – disse Rashid.

Eu estava começando a me perguntar se "contador" era um eufemismo de Nova Délhi para "máfia".

– Tivemos uma conversa estranha ontem – expliquei, desesperada. – Você pode, por favor, lidar com ele? – Fiz uma pausa, temendo que ele entendesse errado o sentido de "lidar", dadas as minhas mais novas suspeitas.

– Notei a tensão entre vocês durante a reunião. Não sabia se você queria que Zulfa e eu saíssemos ou se você queria a adaga que levo escondida.

Eu realmente precisava falar com Rashid sobre suas piadas.

– Apenas veja o que ele quer – falei.

Rashid deu de ombros e se afastou para interceptar Aydin. Eles conversaram por um longo tempo, as cabeças próximas. Meu primo voltou com um grande sorriso.

— Olha o que Aydin me deu! — Ele agitou dois bilhetes embaixo do meu nariz. — Dois ingressos para um jogo do Toronto Blue Jays amanhã! Você tem que ir comigo como minha convidada!

— Esses ingressos são caros.

— Ele sabe que sou fã de beisebol e disse que ia acabar perdendo os ingressos se não me desse.

Rashid estava tão animado. Percebi que ainda não tinha passado tempo com meu primo, nem mesmo lhe mostrado a cidade como eu havia planejado. Mamãe me pedira que cuidasse de Rashid, mas até agora era ele quem estava cuidando de nós.

— A minha agenda está completamente livre amanhã — falei impulsivamente. — Por que não tiramos o dia para passear? Posso te apresentar Toronto.

Rashid sorriu como um garotinho que acabou de ter permissão para comer outro pedaço de *rasmalai*.

— Aydin vai ficar muito contente de saber que você pode ir! — disse ele, e meu estômago afundou com suas palavras. — Lá em casa, quando dois chefões da contabilidade estão descontentes um com o outro, é sempre melhor que eles se encontrem e conversem para resolver as coisas. Dessa maneira, a pilha de cadáveres é menor. — Rashid olhou para mim. — Cadáveres metafóricos, claro.

De onde vinha essa sensação de ter sido enganada pelo filho de um chefe da máfia de Nova Délhi?

— Aydin vai ao jogo com a gente, é isso?

Rashid deu de ombros.

— Seria estranho se ele não fosse. São ingressos caros, afinal. — Seus dedos se moveram rapidamente pelo celular conforme ele enviava mensagens de texto. — Ele disse que tem tempo para passear pela cidade também. Que sorte!

CAPÍTULO VINTE E DOIS

Quando seguimos para o ponto de ônibus na manhã seguinte, Rashid tinha uma lista de coisas que queria visitar em Toronto.

– A CN Tower, o Kensington Market, a Graffiti Alley. Ah, e o imame Abdul Bari disse que preciso visitar o aquário para refletir sobre a grandiosidade da criação em frente ao tanque de águas-vivas.

Eram nove da manhã, e Yusuf estava montando um mostruário de laranjas na loja de seu pai. Ele nos viu e se aproximou.

– Oh, ótimo, o *ullu* – murmurou Rashid.

Dei um cutucão nas costelas do meu primo.

– Para onde vocês estão indo? – perguntou Yusuf, sorrindo para Rashid, que lhe deu um pequeno sorriso e se virou, os dedos se mexendo rapidamente no celular.

– Vou levar Rashid para conhecer a cidade.

Yusuf franziu a testa.

– Só vocês dois?

– Nós andar também com Aydin Bhai – disse Rashid, usando seu falso sotaque indiano, e lancei um olhar de advertência ao meu primo.

– Por que aquele cara vai com vocês? – perguntou Yusuf, arqueando as sobrancelhas.

– Eu discutir negócio grande – disse Rashid.

– Pare com isso – reclamei com meu primo. – Ele não fala assim – expliquei a Yusuf.

— Falar como? — Rashid piscou para mim. — Eu então agora falar engraçado?

— Não, não, claro que não, Rashid — interveio Yusuf. — Entendo tudo o que você diz. SEU INGLÊS É MUITO BOM! — disse alto, sorrindo largamente para meu primo.

Fiz uma expressão de "pare de tirar com a minha cara" para Rashid e me virei para Yusuf.

— Eu queria mostrar a cidade para Rashid, e Aydin tinha ingressos para o jogo do Blue Jays, então... — Parei ao ver a expressão infeliz de Yusuf.

— Você deve ter cuidado com ele, Hana — disse Yusuf, cruzando os braços. — Não confio nesse cara. Fique de olho para ele não tentar nada com você.

Hesitei. *Tentar algo comigo?*

— Ele já está querendo fechar o restaurante da minha mãe. Acho que está sem tempo para tentar qualquer outra coisa. E Rashid gosta dele.

Yusuf olhou por cima do meu ombro para o meu primo, ainda ocupado enviando mensagens de texto.

— Se eu não tivesse que trabalhar, iria com vocês.

Ouvimos um som de ânsia atrás de nós, rapidamente mascarado por uma tosse. A cabeça de Rashid continuava inclinada sobre o celular.

Irritada, me aproximei do meu primo depois que Yusuf voltou para a loja.

— Qual é o seu problema? Yusuf é um dos meus amigos mais antigos.

— Ele que começou. *Ullu.*

— Que amigo? — Aydin caminhava em nossa direção, vestido mais formalmente hoje, com uma camisa azul, calça preta justa e tênis Gucci branco. Seus olhos estavam escondidos atrás dos óculos prateados.

— Estávamos falando do Yusuf — respondi.

Aydin franziu levemente a testa.

— Você tem uma queda por caras bonitinhos — disse ele, tirando os óculos.

— Eles que têm uma queda por mim.

Seus olhos se turvaram, e ele se aproximou.

— Oh, veja, uma árvore. Você não quer se esconder atrás dela?

Corei e caminhei rapidamente até o banco do ponto do ônibus. Um minuto depois, um par de tênis Gucci brancos apareceu no meu campo de visão. Não ergui o olhar.

– Sinto muito – disse Aydin. – Estava tentando ser engraçado. Não sou tão bom em provocar como você. Talvez pudéssemos fazer uma trégua. Só por hoje?

Eu me levantei e me aproximei dele. Ele cheirava levemente a sabonete e àquela colônia de sândalo de que eu gostava, o que me deixou tão irritada que me inclinei e cuidadosamente pisei em seu pé direito, pressionando o macio couro branco.

Quando levantei o pé, havia uma leve marca preta em seu tênis anteriormente imaculado.

– Trégua – falei docemente.

⸻

Rashid não ficou nem um pouco impressionado com o ônibus.

– Não é divertido sem as pessoas penduradas do lado de fora – reclamou. – Cadê o perigo? Cadê a aventura?

Eu tinha quase certeza de que ele estava brincando.

O metrô também o decepcionou.

– Não é à toa que os canadenses são tão chatos. Ninguém conversa. Nada de garotos dando em cima das garotas e sendo atingidos com *chappals*. Onde está a diversão?

– Não é divertido para as garotas serem assediadas, acredite em mim – respondi.

Aydin e eu trocamos um olhar, então rapidamente desviamos o rosto. Não conversamos muito durante o passeio. Depois que ele limpara furiosamente o tênis, ficamos fora do caminho um do outro.

Rashid se animou quando chegamos à Union Station, esticando a cabeça para admirar o imponente prédio de tijolos bege com sua distinta arquitetura *beaux-arts*. Ele saltou à frente quando saímos da estação.

– Aí, sim! – disse, sorrindo para uma bela morena em um vestido floral.

Caminhamos em silêncio até a CN Tower, Rashid gravando vídeos e narrando suas impressões para compartilhar com familiares e amigos em Délhi. Na bilheteria, Aydin fez menção de pagar para todos nós, mas eu já havia comprado os ingressos on-line, então pulamos o tradicional jogo *desi* de "Por favor, me deixe pagar, pois minha honra depende dessa demonstração de generosidade". Já vi homens adultos quase saírem na mão por terem negada a alegria de pagar para todo mundo. Aydin guardou o cartão de crédito sem dizer uma palavra, e meu respeito por ele aumentou – um pouquinho.

Havia uma fila para o elevador que levava à plataforma de observação. Rashid continuou tirando fotos, enquanto Aydin, com seus óculos escuros, me ignorava. Eu devia ter pisado nos dois tênis dele quando tivera a oportunidade.

Na frente da fila, uma alegre guia de turismo com um batom vermelho brilhante nos cumprimentou.

– Bem-vindos à CN Tower! – disse ela, sorrindo para a pequena multidão aglomerada na frente do elevador. – A torre foi construída em 1976 e deteve o recorde de estrutura mais alta do mundo por trinta e dois anos. Tem 553,3 metros de altura e também é usada como torre de rádio. Da plataforma de observação superior, vocês podem ver a bela cidade de Toronto inteira e muito mais! – Ela conduziu nosso grupo para dentro do elevador.

Meus olhos flutuaram até Aydin, ao meu lado no fundo do elevador. Percebi que ele estava pálido nível homem branco pálido. Estava com a cabeça abaixada, os braços cruzados firmemente sobre o peito. Preocupada, me aproximei e notei um fio de suor que ia de sua testa até o queixo. Seus olhos estavam bem fechados sob os óculos e sua respiração, entrecortada.

– Aydin – falei suavemente. – Você está bem? – Toquei seu braço.

Ele não respondeu. Mas era uma pergunta estúpida. Aydin claramente não estava bem.

O elevador sobrecarregado começou sua subida até o mirante, a trezentos e quarenta e seis metros do solo. Enquanto os demais passageiros exclamavam sobre a velocidade e espiavam através do vidro que formava parte do piso do elevador, eu mantive os olhos em Aydin, que parecia se encolher cada vez mais à medida que subíamos. Ele balançou um pouco, e coloquei minha mão firmemente em seu braço ao perceber sua respiração ficando áspera.

Depois do que pareceu uma hora, mas provavelmente não passou de sessenta segundos, chegamos ao andar do mirante. Rashid, que estava bem na frente, acenou enquanto a multidão o empurrava para fora. Troquei um olhar com a alegre ascensorista. Sem dizer uma palavra, ela fechou a porta e começamos a rápida descida ao térreo.

Lá embaixo, Aydin conseguiu sair do elevador sem ajuda, indo direto para o parapeito de concreto na entrada após atravessar a porta principal. Sentei ao seu lado e lhe entreguei calmamente uma garrafa de água. Ele tirou os óculos escuros e tomou um grande gole.

– Tenho pavor de gatos – falei depois que sua respiração se acalmou um pouco.

Aydin resmungou e disse:

– Não faça isso. Não preciso da sua pena.

Eu o ignorei.

– Yusuf tinha uma gata quando éramos crianças. Sempre que eu ia na casa dele, ela ficava me esperando no alto da escada. E então pulava em mim, voando como um anjo vingador malhado.

Aydin sorriu de leve. Seu rosto estava um pouco menos verde.

– Yusuf dizia que a gata me amava, mas eu sabia que ela gostava mesmo era de me ouvir gritar.

Ficamos em silêncio por mais alguns minutos. Rashid me enviou uma selfie sorridente do deque de observação.

– Você pagou pelo ingresso. Devia voltar lá pra cima – disse Aydin.

– Você está brincando? Eu pagaria para não entrar nunca mais naquele elevador. Toda vez que vem alguém de fora, a gente traz a pessoa aqui. Eu já vim duzentas vezes. Devia te agradecer, isso sim.

Eu estava falando pelos cotovelos. A reação de Aydin me pegara completamente de surpresa. Seu arrogante autocontrole era uma das coisas mais consistentes – e irritantes – nele.

– Eu não venho aqui desde os meus cinco anos – disse Aydin, quebrando meu silêncio nervoso. – Vim com minha mãe e meu pai. Eu estava tão animado. Mas durante a subida mamãe teve um ataque de pânico. Acho que ela também tinha medo de altura.

Olhei para Aydin. Sua cor tinha voltado ao habitual marrom quente, mas ainda havia certo entorpecimento em sua expressão. Eu me afastei um pouco. Ele falava olhando para o próprio colo, os punhos cerrados. Eu senti vontade de estender a mão e afrouxar esse aperto.

— Eu não entendi o que estava acontecendo — continuou Aydin. — Ela começou a ficar sem ar assim que entramos no elevador. Acho que nunca vou esquecer a expressão em seu rosto. Meu pai ficou muito envergonhado.

Meus olhos estavam fixos nos dele, mas Aydin não estava enxergando a mim nem mais ninguém. Seu olhar estava fixo no passado.

— Isso é horrível.

Eu não soube o que dizer além disso.

— Ela tentou aproveitar o passeio por minha causa. Eu estava obcecado com a torre. Meu pai continuou a repreendê-la. Até que comecei a chorar e fomos embora. Aconteceu há muito tempo, mas no minuto em que entramos no elevador, tudo voltou.

Dessa vez me aproximei e apertei suavemente sua mão. Ficamos em silêncio, sem olhar um para o outro. Rashid me enviou outra foto dele sobre o piso de vidro, o rosto brilhando de empolgação. Mostrei a foto a Aydin, que respirou fundo.

— Sinto muito por ter estragado seu passeio — disse ele em voz baixa.

Imaginei o Aydin de cinco anos, preso entre a mãe aterrorizada e o pai severo. Desejei que Tio Junaid estivesse ali para que eu desse um tapa em seu rosto desdenhoso.

— Não. Por favor, não se desculpe. — Caímos no silêncio mais uma vez. Olhei para Aydin e reparei que suas orelhas estavam levemente rosadas de vergonha. — Desculpe ter pisado no seu tênis.

Ele sorriu, aliviado.

— Desculpe por ter criticado o Três Irmãs quando nos conhecemos.

— Tudo bem. — Olhei para a calçada quase vazia. — Rashid e eu estamos tramando um plano para acabar com você.

Aydin riu alto, assustando um pombo que estava empoleirado perto de nós.

— Aí está a Hana que eu conheço. Você estava sendo tão legal que comecei a ficar preocupado.

— Eu tenho uma reputação a zelar.

Sua respiração era morna, e havia vincos nas laterais de seus olhos castanho-escuros.

— Eu gosto quando você é má comigo — disse ele.

Levantei abruptamente.

– Acho que Rashid vai demorar um pouco. Quer tomar um sorvete?

Aydin piscou, então assentiu.

– Claro, mas eu pago. Não discuta.

⎯⎯|⋅|⋅|⎯⎯

Era uma caminhada de oito minutos até o Dairy Queen. Dado seu passo fácil e rápido, ninguém diria que o homem alto de óculos de sol prateados ao meu lado tinha acabado de sofrer um ataque de pânico.

Aydin olhou para mim enquanto caminhávamos, e eu vi versões gêmeas de Hana devolvendo meu olhar. Eu era muito mais baixa do que seu um metro e oitenta, os reflexos distorcidos. Ajeitei o *hijab* azul-brilhante e a túnica branca. Algo havia mudado entre nós na descida da torre, e passei a me sentir exposta e um pouco tímida.

Paramos em frente ao Dairy Queen. Nós dois começamos a falar ao mesmo tempo, e eu ri e gesticulei para ele continuar.

Aydin se mexeu desconfortavelmente e enfiou uma mão no bolso.

– Comprei uma coisa para você – disse, me entregando uma pequena bolsinha de veludo.

Curiosa, abri o cordão, e um pesado objeto de metal caiu na palma da minha mão. Enquanto eu examinava o pequeno cubo, ele tossiu de vergonha.

– É um chaveiro-rádio. Quando o vi na loja de conveniência de Golden Crescent, pensei em você. O sr. Patel diz que funciona de verdade.

O rádio em miniatura tinha botões antigos e era pintado em um tom delicado de dourado e branco. Parecia caro, como algo comprado em uma loja chique, não na conveniência. Girei os pequenos botões na lateral e encarei Aydin. Suas orelhas ficaram rosadas outra vez, e ele teve dificuldade de me olhar nos olhos.

– É lindo – falei gravemente. Seu rosto se iluminou com o primeiro sorriso genuíno que eu via desde que lhe dera o prato de *biryani* grátis. – Obrigada. – Guardei o chaveiro com cuidado.

– Considere isso uma reparação parcial pelo meu comportamento passado – disse ele, e meu coração deu um pulo.

– Minha mãe disse que não vamos durar até o fim do verão – soltei, desesperada para mudar a vibração estranha entre nós e voltar aos nossos habituais e hostis papéis. Aydin se manteve imóvel e eu continuei: – Você estava certo. Ela tem dívidas. Não estamos ganhando o suficiente para permanecer abertos.

As lentes prateadas refletiram a luz do sol e me cegaram. Eu precisava ver o rosto dele. Estendi a mão e removi os óculos escuros, meus dedos tocando levemente seu cabelo.

Seus olhos castanhos estavam aflitos.

– Eu não queria estar certo – disse ele. – Não queria que isso acontecesse.

Eu sabia que Aydin não estava abrindo seu restaurante *halal* chique simplesmente para tirar minha mãe dos negócios, mas o resultado continuava sendo o mesmo. Ele estava de um lado e eu, do outro. Não havia dúvida quanto à minha lealdade, mas eu já não podia dizer o mesmo em relação a meus sentimentos.

Eu gostava dele. Ele era inteligente, engraçado, trabalhador e focado. Quando olhou para mim ali, me senti acolhida pelo afeto genuíno em sua expressão. Mas não fazia a mínima diferença.

– Somos muçulmanos, Aydin – falei. – Acreditamos que tudo isso é exatamente o que deveria acontecer. Mesmo que não tenha sido por nossa vontade.

No Dairy Queen, permiti que ele me pagasse um sundae de chocolate. Estava geladinho e doce, e eu não agradeci. Na caminhada de volta, ele estendeu a mão para pegar os óculos de sol, mas eu os enfiei na minha bolsa. Talvez uma parte de mim quisesse algo que pertencesse a ele.

Caminhamos em silêncio até a base da torre. Lá encontramos Rashid, e nós três fomos para o aquário.

CAPÍTULO VINTE E TRÊS

O tanque das águas-vivas era etéreo – um amplo tubo de vidro que se estendia até o teto, iluminado por uma assombrosa luz azul contra a qual as águas-vivas gigantes flutuavam como alienígenas com tentáculos fantasmagóricos. O imame estava certo. Era glorioso.

– Legal – disse Rashid depois de trinta segundos, tirando uma foto para sua página no Facebook antes de sair em busca do tanque de cavalos--marinhos.

Aydin permaneceu ao meu lado. A luz brilhante do tanque refletia em seu rosto, de modo que ele também brilhava.

– Aquários me deixam triste. Os animais capturados e mantidos em cativeiro, vivendo suas vidas em gaiolas só para nossa diversão... É uma metáfora da vida.

O casal de águas-vivas à minha frente tinha os tentáculos entrelaçados enquanto dançava em movimentos lentos e ensaiados. Eu me perguntei quanto tempo fazia que eles estavam presos naquele tanque juntos. E se eles odiavam isso e se desejavam a liberdade. Eles ao menos sabiam que estavam presos?

– Às vezes eu gostaria que não fôssemos inimigos – disse Aydin, o olhar fixo na água-viva. – Fico imaginando como estaríamos se as coisas fossem diferentes. Você acha que poderíamos ter sido amigos? – Seus olhos focaram os meus no reflexo.

– Talvez – respondi, embora soubesse que a resposta era "sim".

Seria fácil ser amiga de Aydin. Nós simplesmente pararíamos de lutar contra tudo e simplesmente... seríamos. Se a situação fosse diferente, seria a coisa mais fácil do mundo.

⦀⦀⦀

Tínhamos uma hora até os portões do estádio abrirem. Senti uma fome repentina, e decidimos comer pizza. Perguntava a mim mesma o que Aydin estava pensando, se tinha se arrependido do que dissera.

Rashid caminhava na frente, alheio a nós dois. Continuava gravando vídeos – da CN Tower, da parte de fora do aquário, da vida nas ruas de Toronto.

Um musculoso homem branco com uma camiseta escura se posicionou na frente de Rashid. Meu primo olhou para cima e sorriu.

– Olá, irmão – falou.

– Ei, terrorista – disse o homem, a voz retumbante.

O homem estava acompanhado de outros dois também enormes. Um tinha a cabeça raspada, e o outro usava uma camiseta com a estampa de um punho branco erguido em um fundo preto.

Meu coração começou a bater forte.

– Do que você o chamou? – indaguei, e minha voz estremeceu.

O homem olhou para mim com desdém.

– Não estou falando com você, vadia. Estou falando com seu amiguinho marrom aqui. Por que você está gravando vídeos da torre? De onde você é? Você tem passaporte, cara? O homem deu um passo para mais perto de Rashid.

Aydin se aproximou, me movendo sutilmente para trás.

– Acalme-se – disse ele, espalmando as mãos em um gesto de calma. – Estamos apenas andando, curtindo nossa cidade.

– Curtindo a *minha* cidade. Não é a sua cidade, idiota!   O rosto do homem adquiriu um tom horrível de vermelho, e saliva voou de sua boca.

– Fiquem no seu país de merda!

Uma pequena multidão se reuniu ao nosso redor, apenas observando em silêncio o drama se desenrolar. Algumas pessoas filmavam com o celular.

— O *meu* país é este aqui — disse Aydin calmamente. — É o país dela também — falou, apontando para mim. — E este homem é nosso convidado. Talvez você devesse ficar na sua.

O sangue pulsava em minhas veias. O que tínhamos feito para atrair esse tipo de atenção? Estendi a mão e toquei meu *hijab* de chiffon azul-brilhante e bege que combinava com o jeans azul.

O homem de cabeça raspada apontou para Rashid, que continuava filmando.

— Desliga isso agora mesmo! Você está planejando atacar Toronto, é por isso que está gravando? — O homem se aproximou de Rashid e tentou tomar seu celular.

— Não falar inglês — disse Rashid em seu culto sotaque indo-britânico. — Desculpar eu, mas não entender o que você falar. — Ele deu alguns passos para trás.

Os três homens o seguiram.

— Você não pertence a este lugar! — gritou o primeiro homem. — Passa esse celular!

Rashid se inclinou para trás e jogou seu telefone em uma parábola perfeita para Aydin, que o pegou com uma mão.

— Que celular? — perguntou Rashid inocentemente.

Os acontecimentos passaram a se desenrolar em câmera lenta.

— VAI SE FODER! — rugiu o primeiro homem e atacou Aydin.

Assustada, agarrei o ombro de Aydin e o puxei para longe do punho do homem, mas o impulso me fez perder o equilíbrio e caí com força no chão, perdendo o fôlego ao bater as costas.

— Hana! — gritou Aydin, agachando-se ao meu lado.

Apesar da dor aguda no quadril, notei a investida do segundo homem. No último segundo, Rashid deu um passo para o lado e o empurrou, e o homem caiu de cara no concreto, a poucos metros de distância.

Enquanto nosso quase-agressor estava sendo ajudado pelos amigos, Rashid fez um sinal para mim.

– Vamos. – A voz do meu primo era calma e inabalável. Como ele podia estar tão tranquilo?

Minhas mãos tremiam. Travei o olhar com uma jovem na pequena multidão que nos cercava, e ela desviou os olhos. A expressão de Aydin espelhava minha própria mistura de emoções: choque e medo.

Ele me ajudou a levantar, as mãos em meus cotovelos. Eu estava atordoada, o sangue pulsando em uma batida de tambor em minhas veias, as costas e a perna esquerda já doloridas enquanto eu processava o que tinha acabado de acontecer. Tínhamos sido atacados nas ruas do centro de Toronto. Aqueles homens tentaram atacar Aydin e Rashid, mas de alguma forma fui eu quem acabou no chão.

Viramos correndo a esquina, qualquer pensamento sobre almoçar esquecido. Olhei para trás, mas os homens não pareciam interessados em uma perseguição. Ou talvez estivessem esperando reforços. E se eles viessem armados atrás de nós?

Toquei o *hijab* novamente e desejei ter escolhido um mais discreto. O pensamento me fez querer rir e chorar, e percebi que devia estar em choque.

Aydin ainda segurava o celular de Rashid.

– Vou chamar a polícia – disse ele.

– Pra quê? – meu primo perguntou.

Aydin e eu o encaramos.

– Aqueles homens nos atacaram! – falei.

Rashid começou a rir.

– Eles provavelmente estavam bêbados. Se eu chamasse a polícia toda vez que alguém me xingasse ou tentasse roubar meu celular, eu viveria em função disso. Vamos, podemos comprar o almoço no estádio. Ouvi dizer que eles vendem cachorro-quente *halal*.

Aydin e eu trocamos um olhar preocupado, mas o seguimos.

– Ainda acho que devíamos chamar a polícia – me disse Aydin numa voz baixa e tensa. – Eles estavam atrás de confusão. Podem fazer algo pior com outra pessoa. E devíamos te levar ao hospital. Tem certeza de que consegue andar?

– Ninguém fez nada – comentei, a voz embargada. – As pessoas ao redor, ninguém se manifestou.

Rashid caminhava à nossa frente, ansioso para entrar no colossal Rogers Centre, com seus cinquenta mil assentos e teto retrátil, conhecido pelos habitantes mais antigos como SkyDome.

– Vamos comprar um pouco de pipoca também – falou Rashid por cima do ombro.

Aydin e eu trocamos outro olhar e o seguimos para dentro.

CAPÍTULO VINTE E QUATRO

O arremessador falou com o apanhador. O rebatedor girou o braço uma única vez antes de cuspir no chão. O primeira-base apoiou-se em uma perna e fez um movimento complicado com a mão para o interbases. O jogo foi pausado enquanto o treinador da primeira base e o rebatedor faziam uma conferência entre si.

Mais três horas disso. Eu estava vibrando de tanta adrenalina que não conseguia ficar quieta, embora minhas costas, meu quadril e minha perna esquerda latejassem. Eu me mexi com desconforto, e Aydin percebeu o movimento, a preocupação estampada em seu rosto. Ele se levantou abruptamente e saiu.

– Como você sabia que eles não viriam atrás de nós? – perguntei a Rashid, procurando uma distração da dor.

Meu primo estava enfiando um punhado de pipoca na boca, os olhos cravados no campo como se assistisse a um blockbuster hollywoodiano de suspense, e não a um sonolento jogo de beisebol no meio da semana.

– Os amigos dele ficaram para trás depois que ele caiu. Se eles realmente quisessem começar algo, teriam atacado de novo. Quando viram você cair e a multidão se formar, eles recuaram. Além disso, eu não parecia assustado o bastante para fazer valer a pena para eles. O que esses homens gostam mesmo é de ver o medo no rosto das pessoas.

Arqueei as sobrancelhas, impressionada com sua análise.

— Em quantas brigas você já se meteu?

Meu primo deu uma mordida em seu segundo cachorro-quente *halal*.

— Só brigo quando sei que vou ganhar. É assim que os contadores agem.

Seus pais definitivamente faziam parte da máfia de Nova Délhi.

Eu me acomodei no lugar. Era confortável e tínhamos uma excelente visão do jogo. As arquibancadas estavam apenas parcialmente cheias, ocupadas principalmente por alunos em excursão da escola, aposentados e turistas. Eu me mexi novamente, e a dor disparou pela minha coxa, me fazendo sufocar um grito.

— Aqui, coloque isso.

Aydin apareceu com duas bolsas de gelo. Colocou uma cuidadosamente nas minhas costas e ia pressionar a outra contra meu quadril, mas mudou de ideia e me entregou. Ele estava agindo com muita atenção desde o ataque, primeiro insistindo para que fôssemos ao hospital e depois, diante da minha recusa, trazendo água da lanchonete e discutindo com alguém sobre a possibilidade de conseguir uma bolsa térmica. Ele também me deu ibuprofeno, que aceitei com gratidão. Aydin se sentou no lugar vazio ao meu lado, os olhos castanhos cheios de preocupação.

— Estou bem — repeti. Eu não estava bem.

— Você caiu por minha causa — disse Aydin, piscando e então desviando o olhar, o músculo em sua mandíbula se contraindo.

— Eu caí porque aquele racista maluco tentou te dar um soco e eu te tirei do caminho. Acho que podemos dizer que eu te salvei.

— Você devia tê-lo deixado me bater. Assim eu poderia chamar a polícia e prestar queixa. — Seus punhos estavam fechados no colo, os nós dos dedos brancos.

— E arruinar nosso passeio perfeito? — falei, mantendo a voz leve. — Rashid nunca nos perdoaria se perdêssemos o jogo por causa de algo tão insignificante.

Ao nosso lado, meu primo fez uma careta para algo que o árbitro fez, os olhos fixos na ação.

— Eu não me importo com os sentimentos do Rashid! — explodiu Aydin. — Não acredito que isso aconteceu em plena luz do dia, no centro de Toronto, e ninguém fez nada.

Rashid olhou.

– Eles não queriam se envolver. Eu também não teria feito nada no lugar deles.

Fiquei pensando se ele estava certo. Se eu visse alguém sendo abusado ou assediado, eu interviria e me ofereceria para ajudar? Ou ignoraria, me convencendo de que a pessoa ficaria bem e que aquilo não era da minha conta?

– O que podemos fazer para acabar com esse ódio? – perguntei em voz alta.

Eu não sabia se havia uma resposta.

Rashid sorriu para mim, e mais uma vez fiquei impressionada com sua calma. Enquanto eu fazia cara de corajosa e Aydin claramente tentava conter a raiva, meu primo parecia completamente imperturbável. Pela primeira vez, me perguntei como seria sua vida em Délhi. Eu achava que ele era um garoto rico e protegido que viera ao Canadá para ter uma aventura. E agora suas reações me faziam querer conhecer a terra de onde ele vinha.

– Meu pai diz que tentar parar o ódio é como tentar parar as marés – disse Rashid. – A melhor coisa que você pode fazer é tirar proveito. Não tente deter a maré. Em vez disso, construa uma hidrelétrica e produza eletricidade suficiente para abastecer dez mil casas. É assim que você para o ódio.

Eu não entendi bem o que o pai de Rashid quis dizer. Como tirar vantagem do ódio sem causar mais ódio?

Aydin se levantou.

– Vou pegar nachos.

Eu também me levantei, estremecendo com a pontada de dor no quadril.

– Vou com você – falei, desconsiderando seus protestos.

Ele reduziu seus passos para caminhar no ritmo dos meus, os dedos pairando sob meu cotovelo.

Na fila, Aydin ficou inquieto, colocando e tirando as mãos dos bolsos, mexendo na carteira.

– Eu sinto muito. Eu devia ter defendido você...

– Você defendeu – lembrei.

– Quando vi você caída, eu... – Aydin fechou os olhos. – Eu quis matar aquele homem. – O medo e o instinto de proteção lutavam contra a culpa em seu rosto.

– E então você teria sido preso e isso resolveria todos os problemas da minha família.

– Como você pode fazer piada com isso? – disse ele, acariciando o próprio cabelo, e então olhou para mim.

Eu sorri.

– O que há para fazer além de rir? Você viu como Rashid se moveu rápido? E a cara daquele homem batendo contra o concreto quando ele caiu? – Eu ri, mas minha voz estava trêmula.

Lembrei também do ódio cego no rosto do homem ao atacar Aydin, sua alegria quando me viu tropeçar e cair, a satisfação ao me ver ferida.

– Espero que ele tenha quebrado o nariz – disse Aydin, soando menos homicida do que pôde parecer. – Seu primo é um pouco... – Ele ficou quieto.

– Louco?

– Eu ia dizer excêntrico.

– Não consigo entendê-lo. Num instante ele está citando filmes com temática de beisebol e fazendo uma imitação realmente deplorável do Apu, e no próximo está enfrentando fanáticos e me ajudando a salvar nosso restaurante de você e do seu pai. – Percebi o que tinha dito e coloquei a mão na boca.

Aydin suspirou.

– Não podemos ser amigos porque você acha que eu estou tentando destruir o negócio da sua família, e não podemos brigar porque eu acho que o seu primo pode ser o Maquiavel reencarnado. Como ficamos?

Dei de ombros.

– Por que nós temos que ficar em algum lugar? Eu mal te conheço.

Só que isso não era inteiramente verdade. Eu sabia que ele sentia falta da mãe e que temia o pai. Sabia que ele queria construir algo próprio, e que escolhera construir algo longe de onde cresceu, o que me fazia cogitar do que estava fugindo. Sabia que ele se importava comigo, mesmo que mal me conhecesse. E que me parecia alguém familiar e confortável mesmo antes de eu saber essas outras coisas.

– Por que você veio hoje? – perguntei depois que Aydin pagou pelos nachos.

Ele parou de andar, e dessa vez parecia envergonhado.

– Porque Rashid disse que você queria que eu viesse.

Eu ia dar um tapa tão forte no meu primo...

Ele continuou parado com o prato de nachos.

– Queria? – perguntou. Ele limpou a garganta. – Você queria que eu viesse?

Sim. Por que eu não consegui dizer? Era a verdade. Mas também era uma confissão, algo que eu ainda não estava pronta para fazer.

Voltamos para nossos lugares.

CAPÍTULO VINTE E CINCO

No fim, a cura para se recuperar de um ataque islamofóbico foi comer porcarias e ver beisebol. Eu me sentia quase normal quando saímos do Rogers Centre às seis da tarde, embora tenha ficado de olhos atentos a três enfurecidos homens brancos usando camisetas escuras. Rashid permaneceu completamente absorto em conversas sobre o *home run* no final do terceiro tempo e a espetacular recepção que deu a vitória ao Blue Jays no início do nono, como se não tivéssemos nada a temer. Invejei sua calma; eu mal podia esperar para voltar a Golden Crescent, onde tudo era familiar e seguro.

– Chamei um táxi – informou Aydin quando me virei em direção ao metrô.

Um carro amarelo parou em frente ao estádio. Ele abriu a porta e fez sinal para eu entrar e depois se sentou ao meu lado. Rashid sentou-se ao lado do motorista, um homem amigável da Romênia. Eles conversaram sobre beisebol enquanto Aydin ajustava uma nova bolsa de gelo em minhas costas. Ele gentilmente puxou minha manga e nossos olhos se encontraram no interior escuro.

– Tudo bem? – perguntou conforme o táxi entrava nas ruas sempre congestionadas de Toronto.

Notei uma pequena cicatriz em sua mandíbula, quase escondida pela barba escura. Afirmei com a cabeça, e ele se inclinou para trás e fechou os olhos.

Rashid suspirou de felicidade.

— Que dia perfeito! — disse, e se virou para nos encarar. — Hana Apa, você falou com Aydin sobre nosso problema mútuo?

O que meu primo estava fazendo?

— Eu não sei do que você está falando — respondi com um tom de advertência, o qual Rashid ignorou.

— Por que você acha que convidei Aydin para o nosso passeio? Devemos unir forças para lutar contra o inimigo comum.

Aydin e eu nos entreolhamos.

— Nós não temos um inimigo comum — disse ele.

— Sim, nós temos. Junaid Shah.

Aydin congelou.

— Meu pai não é meu inimigo.

Rashid deu de ombros.

— Qualquer tolo vê que seu pai está tentando te sabotar. Ele deixou bem claro na reunião da associação, mesmo você pedindo que ele parasse. Seu pai fez inimizade com os vizinhos, os ameaçou. Por alguma razão, ele não quer que você ou o restaurante tenha sucesso. Sua única opção é unir forças conosco. O inimigo do seu inimigo é seu amigo.

Aydin e eu trocamos olhares.

— Maquiavel — murmurou ele.

— Na verdade, prefiro Cautília, o professor do século IV que foi pioneiro na ciência política indiana. Seus ensinamentos me ajudaram com minha estratégia de beisebol — disse Rashid serenamente.

Cruzei os braços.

— Eu não confio nele — falei, virando a cabeça para Aydin. — Ele é um oportunista.

— Eu estou bem aqui — disse Aydin.

Rashid o ignorou.

— É por isso que ele será o melhor aliado. Assim que o festival de verão terminar e a nossa sorte melhorar, retornaremos aos mesmos postos de batalha de antes.

Refleti sobre suas palavras. Rashid não era mais apenas um primo de dezoito anos vindo da Índia, percebi. Ele se impusera diante do ódio e discorrera sobre construir hidrelétricas. Seus pais eram "contadores" que sabiam lutar pelo território. Rashid não era o que parecia.

Mas, até aí, Aydin também não era. O homem frio e arrogante que eu conhecera não combinava com a pessoa vulnerável e protetora com quem passei o dia. Talvez fosse hora de derrubar minhas defesas, ou pelo menos baixá-las um pouco. Dei de ombros.

– Tudo bem, podemos trabalhar juntos até o fim do festival de rua. Eu disse a Yusuf que ajudaria com o protesto mesmo – falei.

Aydin piscou.

– Que protesto?

Rashid bateu palmas.

– Eu sabia que vocês entenderiam. Vai dar tudo certo, Hana Apa. Você vai ver.

Aydin me acordou com delicadeza; eu tinha adormecido em seu ombro durante a corrida de táxi. Ele me ajudou a sair do carro e depois nos acompanhou até a porta da minha casa.

Um cheiro delicioso vinha de lá de dentro.

– O que você está fazendo? – sussurrei quando ele fez menção de entrar conosco.

– Te levando para casa. – Suas orelhas foram novamente tingidas de rosa. – Eu gostaria de dizer *salaam* para os seus pais. E, hum, me desculpar pelo que aconteceu hoje.

Eu o puxei para o lado.

– Nós não vamos contar pra eles – falei com firmeza, os braços cruzados.

Aydin pareceu confuso.

– Eles vão ver que você está machucada.

– Eu tropecei e caí no metrô, mas estou bem. – Encarei-o. – Eles já têm preocupações demais, e eu nunca mais quero pensar no que aconteceu. OK?

Ele assentiu. Quando ele me seguiu para dentro de casa, levantei uma sobrancelha.

— Seria falta de educação não dar nem um oi. Prometo que vou me comportar.

Fomos recebidos pelo aroma de *kebab chapli* picante — bolinhos de carne moída temperados com sementes de coentro inteiras — e frango *tandoori* fresco servido com *naan* caseiro e muito *chutney* de iogurte com menta fresca. Eu me perguntei se a chance de comer a comida da minha mãe talvez fosse a verdadeira razão pela qual Aydin estava ávido por entrar em casa.

Fiquei feliz de encontrar Fazeela vestida e sentada no sofá, os pés no colo de Fahim. Ela parecia cansada. Seu *hijab* preto estava enrolado casualmente em torno da cabeça, e sua barriga se projetava sob uma camisa enorme do Toronto FC.

— Tiveram um dia divertido? — perguntou ela, sorrindo para mim. Seus olhos se estreitaram quando viu Aydin espreitando às minhas costas.

— *Assalamu alaikum* — disse ele. — Hana me convidou.

Lancei-lhe um olhar sombrio.

— Ele insistiu em entrar. — Sentei no sofá e entreguei a ela um pequeno macacão do Toronto Blue Jays. — Para o melãozinho.

— O melãozinho vai jogar futebol, e não beisebol — disse Fazeela, mas seus olhos se suavizaram ao erguer a roupinha minúscula.

— Com os seus genes e os de Fahim, o melãozinho vai jogar tudo. Onde está Kawkab Khala? — perguntei, sabendo que minha tia ia se divertir com a presença de Aydin.

Kawkab tinha saído com sua amiga Afsana, Fazeela me contou enquanto Aydin dava um passo cauteloso para dentro da sala de estar. Tentei não me sentir melindrada pelos móveis fora de moda, pelas gravuras emolduradas de versos do Alcorão e pelos pratos de porcelana barata na pequena mesa da cozinha. A presença de Aydin me fez instantaneamente reavaliar tudo através de seus olhos.

Como se adivinhasse o que eu estava pensando, ele disse:

— Gosto da sua casa. É calorosa e acolhedora. — Estendeu a mão para Fahim, e eles fizeram o típico ritual masculino de flexionar os bíceps e conversar sobre o Toronto Raptors.

Fazeela revirou os olhos para mim.

— Meus pais estão lá fora — falei. A situação inteira era estranha. — Você queria dizer *salaam* — acrescentei enfaticamente.

Aydin entendeu a indireta e saiu para os fundos, mas não sem espiar dentro da cozinha. Torci para que estivesse tudo limpo, sem louça suja na pia. Ele deixou a porta do quintal aberta.

Fiquei grata por Fazeela e Fahim não darem muita importância à presença de Aydin. Assim que ele saiu, Fahim sentou novamente e puxou os pés da minha irmã, massageando-os suavemente. Ela se inclinou para trás, deixando o minúsculo macacão em cima da barriga arredondada.

— O que é isso que ouvi sobre você e o Rashid organizando o festival de rua? — perguntou Fazeela com a voz sonolenta. — Você nunca organizou nada assim antes. É por causa do que o Junaid Shah disse na reunião da associação? A mamãe diz que ele é do tipo que ladra mas não morde.

— O Três Irmãs é o seu futuro. Eu quero te ajudar a lutar por ele.

Fazeela se endireitou e recolheu os pés.

— Talvez eu não queira que ele seja o meu futuro.

Fahim congelou.

— O que você quer dizer, querida?

Fazeela suspirou, as olheiras ainda mais escuras. Percebi as linhas finas que começavam a se espalhar ao redor de seus olhos e boca.

— Talvez eu queira fazer outra coisa. Nas últimas semanas, sozinha no quarto, tive bastante tempo para pensar — falou minha irmã. — Talvez fosse o que devia acontecer mesmo. Talvez seja um sinal de Alá de que é hora de considerar outras opções, todas as opções.

Fahim olhou para a esposa e eles tiveram uma daquelas conversas mentais que casais costumam ter.

— Eu vou ajudá-la a consertar essa bagunça — falei, interrompendo o diálogo subliminar. — É hora de subir em uma árvore com uma arma em mãos, e não de se render.

Fazeela sorriu para mim.

— Você tem conversado com a Kawkab Khala.

— Devemos pelo menos deixar Hana e Rashid tentarem ajudar — disse Fahim, puxando os pés da esposa de volta para seu colo. — Eles já espalharam panfletos e sondaram os vizinhos. Nós vamos ficar bem, mas e a sua mãe? É o trabalho da vida dela. – Ele se ocupou dos dedos dos pés de Fazeela enquanto falava, e ela estremeceu quando ele pressionou demais.

– Desculpa – falou Fahim, soltando os pés dela.

Fazeela alcançou a mão dele, e senti uma pontada repentina ao observar a afeição tranquila dos dois. Imaginei como seria ter alguém para massagear meus pés doloridos e conversar sobre as grandes decisões quando eu estivesse confusa. Para me dizer que eu era destemida, porém estar ao meu lado quando eu sentisse medo. E, depois de ter olhado nos olhos daqueles homens mais cedo, eu estava *sim* com medo, independentemente de qualquer besteira que houvesse dito a Aydin sobre rir do sofrimento.

Deixei minha irmã e Fahim e fui até o quintal. Aydin estava perto da churrasqueira, curvado sobre a silhueta diminuta do meu pai. Baba estava tendo um bom dia; sua mão descansava levemente na bengala de quatro pontas, o rosto animado com a conversa. Eu não sabia se ele tinha se dado conta de quem era Aydin, mas mamãe parecia relaxada virando o frango na churrasqueira.

Aydin me notou na porta e sorriu timidamente. Por um momento, fui atingida por um *déjà-vu*, sua expressão hesitante me pareceu profundamente familiar. Vasculhei minhas memórias para tentar descobrir de onde vinha isso, mas não consegui.

– Seu pai e eu estávamos classificando os programas de rádio da NPR, da CBC e da BBC por estilo e técnica – disse Aydin.

– Minha Hana é uma contadora de histórias talentosa – disse Baba. – Você sabia que em breve ela terá o próprio programa de rádio?

Aydin ergueu uma sobrancelha para mim.

– Eu com certeza vou ouvir – murmurou antes de se voltar para o meu pai. – Ela tem sorte de ter o seu apoio. Nem todos os pais ficam felizes quando os filhos querem seguir uma carreira não tradicional, especialmente nas artes.

Baba balançou a cabeça negativamente.

– Os pais ficam felizes quando os filhos estão felizes. Minha Hana deve contar histórias. É quem ela é.

– Aydin não quer ouvir sobre isso, Baba – falei, mortificada.

Meu pai não entendia o que estava dizendo; ele não conhecia Tio Junaid, não tinha noção da rispidez contida em seus comentários.

Percebi algo nos olhos castanhos de Aydin, algo que não era exatamente ciúme, nem tristeza. Uma peça do quebra-cabeça se encaixou e percebi quem ele me lembrava — a Tia Triste na primeira vez que a vi, sentada no Três Irmãs à espera de Kawkab Khala, parecendo carregar a tristeza inteira do mundo em seus ombros diminutos.

Aydin logo assumiu um sorriso neutro, e a semelhança desapareceu tão rapidamente que me perguntei se não a havia imaginado.

Jantamos juntos, e Aydin se comportou perfeitamente, como prometido. Até o ouvi pedindo conselhos de negócios à minha mãe. Depois do jantar, eu o acompanhei até o portão do quintal. Ele ficou uns instantes parado, olhando para o meu pai.

— Acidente de carro, dois anos atrás — contei. — Ele adora conversar com as pessoas, mas é difícil para ele se locomover hoje em dia.

Os olhos de Aydin me avaliavam.

— Você não se parece com seu pai, mas tem a mesma energia. Sua mãe é muito mais... calma. — Ele sorriu para minha careta, então ficou sério. — Deve ter sido difícil para a sua família, depois do acidente.

— Muitas coisas têm sido difíceis ultimamente.

— Tipo eu? — perguntou. Havia uma hesitação em sua voz que me fez querer pegar em sua mão.

— Sim — falei, e percebi desapontamento em sua expressão. — E não. Não consigo imaginar o que teria feito sem você hoje.

Aydin gostou de ouvir isso, mas tentou manter a modéstia.

— Rashid tinha a situação sob controle.

— Não se meta com o meu primo.

Sorrimos um para o outro. Com um aceno final, Aydin abriu o portão e saiu para a noite.

༺ 🎙 ༻

Quando quero me tranquilizar, penso no espaço. Tipo, o espaço sideral. Você sabia que o Universo tem noventa e três bilhões de anos-luz de diâmetro? Esse número é difícil de visualizar. Um ano-luz — a distância que a luz percorre em um ano — é algo como

9,4 trilhões de quilômetros. Deixe-me tentar colocar isso em perspectiva: a Voyager 1, a sonda espacial que a Nasa lançou em 1977, vai alcançar nossa estrela vizinha em cerca de quarenta mil anos!

No entanto, ao mesmo tempo, nosso pequeno sistema solar, a coleção de planetas, asteroides e luas que chamamos de lar, está bem escondido. Depois do gigante gasoso Netuno, há um enorme campo de asteroides chamado Cinturão de Kuiper, que mantém nosso pequeno bairro agradável e confortável. Além dele – muito, muito mais longe –, está a nuvem de Oort. Ninguém a viu ainda, porque a Voyager 1, viajando a uma velocidade de dezessete quilômetros por segundo, levaria cerca de trezentos anos para alcançá-la, e talvez trinta mil anos para atravessá-la!

E mesmo a nuvem de Oort é uma pequena parte da nossa galáxia, que por sua vez faz parte de um grupo local muito maior de galáxias, que por sua vez é parte de um superaglomerado local, que por sua vez faz parte de outro aglomerado... No fim, existem cem bilhões de galáxias no Universo que conhecemos, e quem sabe o que há além?

Gosto de pensar em nossa minúscula partícula de poeira envolta em seu pequeno Cinturão de Kuiper, encasulada em algum lugar dentro da enorme nuvem de Oort, completamente indetectável dentro de um universo tão grande que não há termo de comparação possível. E aqui estamos, vivendo e morrendo, completamente inconscientes de tudo o que existe além. É aterrorizador, mas também reconfortante, especialmente quando acontecem coisas difíceis de entender.

O primeiro capítulo do Alcorão é chamado "Surah Al-Fatiha", ou "A abertura", e os muçulmanos o recitam em todas as orações. Um dos versos se traduz em "Louvado seja Deus, senhor de todos os mundos".

Mundos, no plural. Tem uma metáfora aí. Alguns conselhos genuínos também.

O mundo é vasto, mas não tão vasto quanto você pensa. Os mundos são abundantes, mas você está preso neste, com poucas chances de escapar.

Depois de alguns eventos recentes, estou ainda mais determinada a fazer valer meu tempo neste globo, a lutar mais pelo que eu quero e contra qualquer obstáculo que possa me impedir.

CAPÍTULO VINTE E SEIS

Durante meu turno na Rádio Toronto no dia seguinte, continuei pesquisando artistas de hena. Associei a hena a ocasiões felizes; era aplicada em casamentos ou na noite anterior ao Eid e outras celebrações. Mas era difícil me concentrar na alegria; meus pensamentos não paravam de girar em torno do medo, da raiva e da tristeza.

Eu dissera a Aydin que não queria pensar no ataque nunca mais, mas não conseguia pensar em outra coisa que não o dia que passamos juntos. Aydin me mostrara um outro lado seu, uma bondade e uma vulnerabilidade que eu só tinha visto muito pouco antes. E eu não sabia como reagir a isso. O que eu poderia dizer sendo que ainda estava espalhando rumores on-line para destruir o seu negócio? O que poderia dizer sendo que o minúsculo chaveiro de rádio que ele me dera estava no meu bolso como um talismã? As coisas estavam turvas e complicadas – e era mais tranquilo de lidar quando eu acreditava que as coisas estavam assim apenas para mim. Era muito pior agora que eu sabia que ele estava igualmente confuso com a situação entre nós.

Marisa me deu um tapinha no ombro e eu pulei de susto.

– Tudo bem, querida? – perguntou. Ela usava um lenço verde brilhante amarrado no pescoço.

Pensei no meu começo na Rádio Toronto, no quanto eu queria ser como ela.

Fiz que sim com a cabeça, mas meu corpo me traiu e as lágrimas ameaçaram sair. Alarmada, Marisa perguntou o que havia de errado, e então a história do ataque veio à tona em uma gigantesca onda emocional.

Depois, Marisa se empoleirou na beirada da minha mesa, a preocupação e a simpatia estampadas em seu rosto.

– Eu simplesmente não posso acreditar que isso aconteceu em Toronto! A gente recebe pessoas de todos os lugares. Talvez aqueles homens fossem dos Estados Unidos.

– Eles fizeram questão de dizer ao meu primo que a cidade que ele estava gravando era *deles*.

– É a sua cidade também, Hana. Você mora aqui há anos.

– Eu nasci aqui.

Marisa piscou.

– Claro, foi o que eu quis dizer. – Ela se levantou, pensativa. – Imagine quantas vezes esse tipo de assédio acontece e não é noticiado. Acho que devemos dedicar um episódio do seu programa para discutir o que aconteceu com você. Podemos iniciar uma conversa que pode ajudar os outros. O que você acha?

Eu não sabia o que dizer. Nem imaginava que Marisa poderia querer tirar algo do incidente.

– Não sei se me sentiria confortável fazendo isso – falei.

Thomas se juntou a nós no pequeno escritório e me olhou com cuidado, avaliando a minha reação.

– Considere isso sua responsabilidade como jornalista – disse Marisa. – Apenas conte sobre o seu dia, sobre o que você estava fazendo. Fale que estava mostrando a cidade ao seu primo, como o ataque foi assustador. Talvez você possa postar uma foto sua, para contextualizar os ouvintes – disse ela, animada com o tema.

Senti o coração afundar com suas palavras. Imaginei o *hijab* azul que estava usando, um dos meus favoritos. Uma péssima escolha de camuflagem. Eu devia ter usado um *hijab* vermelho e branco com estampa de folha de bordo.

Marisa estendeu a mão e apertou meu ombro, tomando meu silêncio como reticência em vez de desconforto.

— As pessoas vão se interessar em ouvir o seu lado. Elas querem a sua perspectiva. Elas serão solidárias, Hana. Essa será uma *boa* história sobre a sua comunidade.

— Porque dessa vez os muçulmanos foram as vítimas?

— Exatamente! — Marisa deu um grande sorriso para mim. Atrás dela, o rosto de Thomas permaneceu neutro, mas eu percebi seu desconforto. — Por favor, apenas pense sobre isso. OK?

Olhei para os meus sapatos. Estava de tênis hoje — ótimo para correr.

— Vou pensar na história — falei.

Hemingway supostamente disse que não há qualquer dificuldade em escrever. "É sentar diante da máquina de escrever e sangrar." Ser uma muçulmana era um pouco assim às vezes. Dessa vez, com certeza.

||·||·||||·||

Na Muralha do Pensamento, Thomas se acomodou ao meu lado, as mãos às costas, apoiando a lombar contra o tijolo.

— Marisa estava tentando ser gentil — disse ele. — As intenções dela são boas.

— As intenções dela estão sempre acima de qualquer crítica. Aí sobra para os outros lidarem com o impacto dessas boas intenções.

Thomas olhou para os próprios pés, e a brisa despenteou seu cabelo escuro e encaracolado.

— Eu não nasci aqui — falou. — Imigrei com meus pais e minha irmã quando tinha onze anos, de Chennai. Tive que fazer aulas de inglês por anos porque não falava nada. Ainda não entendo as regras de ortografia, essa obsessão com o gê mudo. — Ele sorriu. — Eu costumava assistir TV sem parar, para imitar a maneira dos americanos de falar.

— É por isso que você é tão vendido?

— Sim. — Ele olhou para mim e nós rimos. — Você não precisa contar essa história. Não se for doloroso pra você.

— Mas a minha dor contribui para a narrativa, certo? Torna mais fácil a identificação.

Thomas desviou o olhar. Nossa risada foi espontânea, um reconhecimento sutil de tudo o que compartilhávamos, a despeito das perspectivas diferentes. Gostei do fato de que podíamos rir juntos. Ainda que não soubesse se estávamos rindo da mesma coisa.

CAPÍTULO VINTE E SETE

Rashid me convenceu a acompanhar ele e Fahim ao campo de beisebol na sexta-feira de manhã, dois dias depois do ataque no centro da cidade. O restaurante abriria mais tarde naquele dia, depois da oração *jumah*, e o tempo estava bom.

Enquanto Fahim e Rashid praticavam rebatidas e arremessos, sentei nas arquibancadas de madeira vazias e trabalhei na edição do meu podcast *Um segredo de família*. Finalmente encurralara Kawkab Khala e a convencera a terminar nossa entrevista. Enquanto ouvia novamente a nossa conversa, me permiti um lampejo de empolgação. O restante do mundo estava pegando fogo, era verdade, mas esse podcast estava ficando excelente. Talvez eu o mostrasse para Marisa e Thomas para ilustrar como seria um programa introspectivo que falasse sobre as experiências cotidianas das pessoas não brancas sem transformar tudo em uma lição dolorosa.

Trabalhar nesse projeto secreto também me permitia pensar em outra coisa que não Aydin e meus planos de sabotar o Wholistic Grill. Eu vinha deliberadamente evitando checar o progresso da propagação de boatos – estava ocupada demais, dizia a mim mesma. Talvez também houvesse algo de estranho nisso agora, depois do que acontecera no centro da cidade.

Peguei o celular e mandei uma mensagem para StanleyP. Fazia algum tempo que não nos falávamos; ele nem sequer tinha comentado nos últimos episódios do meu podcast. A contagem de ouvintes aumentava consistentemente, porém eu sentia falta do meu amigo.

AnaBGR
Demorei um pouco para me convencer,
mas acho que você estava certo.

Ele respondeu imediatamente, como se estivesse esperando uma mensagem minha.

StanleyP
Eu geralmente estou. Sobre o que estou certo desta vez?

AnaBGR
Me sinto mal por algo que fiz: a concorrência.

StanleyP
Bem-vinda à Arrependimentolândia. O aluguel é alto e as condições são lamentáveis, mas pelo menos você pode ficar se remoendo em boa companhia.

AnaBGR
Eu culpo a minha culpa muçulmana.

StanleyP
A culpa é o que a manterá honesta. Na verdade, estou apresentando o meu pedido oficial de demissão da função de consultor de vingança. Nós dois estamos navegando em águas desconhecidas agora.

AnaBGR
Achei que vingança era o que
fazia o mundo girar.

StanleyP
Estou certo de que é o *chai* que faz isso.

AnaBGR
Você não disse "chá *chai*". Agora sei que é um dos meus.

StanleyP
E você é uma das minhas. Obrigado pelo conselho no outro dia.

Ana BGR
Funcionou? Você está apaixonaaado?

StanleyP
Por favor, pare. E não. Apenas… investindo.

A palavra doeu. *Investindo.* Meu amigo, que antes me assegurara que seus sentimentos iriam passar, começou a sentir que estava investindo. Meu bot era um amigo, um aliado, um encorajador. Ele havia insinuado que talvez existisse algo a mais, e eu me sentira atraída por ele também. Como esses sentimentos foram tão facilmente substituídos? Ou ele estava brincando com essa garota misteriosa e comigo? Digitei rapidamente:

AnaBGR
É bom investir. Desde que nesse caso você não tenha uma carteira variada, se é que você me entende.

StanleyP
Não, sou do tipo que investe todas as fichas num ativo só.

Quem quer que fosse a garota, torci para que soubesse como era sortuda de ter chamado a atenção de alguém tão gentil e ético. Lembrei de Aydin, de como ele não hesitara em me defender. Ele tinha comprado sorvete para me animar, embora nem gostasse de mim. Pensei em seus olhos escuros cravados nos meus e reavaliei essa afirmação. Ele não queria gostar de mim — mas gostava mesmo assim. Tínhamos pelo menos isso em comum.

StanleyP
E você? Algum novo investimento?

AnaBGR
Não sei se gosto tanto assim dessa metáfora, na verdade.

StanleyP
Não mude de assunto.

AnaBGR
Sem novos investimentos. Mas...

StanleyP
Eu sabia!

Ana BGR
...talvez alguns lucros potenciais de uma fonte inesperada.

StanleyP
Não tenho ideia do que isso quer dizer, mas fiquei intrigado.
Mantenha-me informado.

Eu também não tinha ideia do que queria dizer. Meus olhos foram do celular para meu primo e meu cunhado. Fahim estava arremessando, jogando todo o peso do corpo em cada lance, enquanto meu primo rebatia metodicamente cada bola para longe. Não era de admirar que Rashid estivesse se candidatando a uma bolsa de estudos para atletas. Ele era muito bom.

Chamei a atenção do meu primo e indiquei meu pulso com o dedo. Era hora da *jumah*, e eu não queria me atrasar. Tínhamos que parar em casa para pegar Baba; participar das orações congregacionais semanais na mesquita era o ponto alto da semana dele. Eu também estava ansiosa pelo sermão reconfortante do imame Abdul Bari.

｜·｜｜·｜｜·｜

A mesquita era próxima de casa, mas fomos de carro para deixar Baba mais confortável. Yusuf foi ao meu encontro no estacionamento enquanto Rashid ajudava Baba a sair do carro. Meu melhor amigo apertou a mão de todos antes de me puxar para um canto.

– Você já ouviu os rumores sobre o Wholistic Grill? – Yusuf sorriu, incapaz de conter a alegria.

– Do que você está falando? – perguntei.

Minha família estava me esperando.

– Aparentemente, um dos pedreiros se machucou durante a obra e está ameaçando processá-los. Ouvi dizer também que eles estão com problemas com roedores e foram reprovados na inspeção sanitária. E acontece que a carne deles não é realmente *halal*.

– Não acredite em tudo o que você lê on-line – murmurei, pensando rapidamente.

Eu tinha inventado um desses rumores e encorajado os outros dois, mas eles pareciam estar ganhando vida própria. O que eu tinha feito?

– Achei que você ficaria feliz – disse Yusuf, intrigado. – É uma ótima notícia para o Três Irmãs. Muitas pessoas têm entrado em contato para saber sobre o protesto. Elas vão querer saber o que você acha, sendo filha dos donos de uma instituição do bairro. Você poderia dizer algumas palavras? Isso vai fazer uma grande diferença, Hana.

– Não – falei brevemente. – Não vai fazer a menor diferença. – Me afastei de Yusuf e fui na direção da minha família, mas ele me seguiu.

– O que você quer dizer?

Pensamentos zumbiam em minha mente.

– Essas pessoas que estão compartilhando informações *confiáveis* sobre o Wholistic Grill, elas têm comido no Três Irmãs por acaso? – perguntei lentamente. Os rumores já circulavam havia quase duas semanas, e nosso restaurante não ganhara nem um centavo a mais com isso. Na verdade, os negócios tinham até piorado. – Essas pessoas, tão preocupadas com a autenticidade da carne *halal* ou com a preservação do legado dos negócios de Golden Crescent, não vi nenhuma delas no restaurante. A indignação delas não encheu nossa caixa registradora. Mamãe está considerando fechar o restaurante.

Os olhos de Yusuf se arregalaram com minhas palavras.

– Eu não sabia que as coisas estavam tão ruins.

– Mas estão, e atacar os negócios de Aydin não tem ajudad... não vai ajudar – emendei.

Eu pensava que estava sendo muito sagaz. Que estava seguindo à risca o conselho de StanleyP. Tinha extrapolado suas palavras e investido tudo para destruir o Wholistic Grill, mesmo depois de Aydin ter implorado para eu apagar os ataques na internet. Eu esperava que a multidão virtual comprasse a causa e passasse a frequentar o Três Irmãs em vez do Wholistic Grill, que talvez afundasse o negócio de Aydin antes mesmo da inauguração.

Eu me sentia tola agora. Por que não pensei em tomar medidas que realmente ajudassem o Três Irmãs? Meu tempo teria sido melhor gasto trabalhando no site do restaurante ou incentivando minha mãe a reformular o cardápio ou investir em uma reforma modesta, ou até mesmo usando as mídias sociais para fazer publicidade direcionada. Em vez disso, eu me contentara em trollar Aydin para ter uma sensação de poder. Somente eu tinha ganhado com isso; em nada havia ajudado o Três Irmãs.

Tomada por uma sensação crescente de horror, entendi que tinha projetado minha raiva e meu ódio em alguém que não era a fonte da minha frustração nem o responsável por nosso fracasso, exatamente como os agressores no centro da cidade fizeram conosco. A raiva era um sentimento mais fácil; me sentir legitimada em minhas táticas era mais satisfatório. Tentar transformar o meu mundo era o caminho mais difícil e menos garantido. Meu rosto queimava de vergonha.

– Vou fazer de tudo para que o protesto seja um sucesso – jurou Yusuf, confundindo meu silêncio com desespero. – Mil... Não, cinco mil pessoas. Você vai ver, Hana. O Wholistic Grill não vai nem saber de onde veio o golpe.

Meu amigo tinha boas intenções, mas eu sabia que seus esforços não ajudariam. Suspirei e agradeci mesmo assim. Rashid estava certo – Yusuf realmente era um *ullu*. Já eu não precisava ser um.

⫶⫶⫶

Zulfa distribuía panfletos no portão da Assembleia Muçulmana de Toronto. Estava linda com um vestido floral de mangas compridas que tocava o chão, o cabelo preto coberto por um *hijab* bege. Ela parou a distribuição apenas para me dar um abraço.

– Você está melhor? – perguntou, amigável.

– Estou – respondi automaticamente, sem saber ao que ela se referia.

– Se você quiser conversar ou precisar de conselhos para lidar com toda a atenção, me avise.

Do que ela estava falando? Era eu quem devia estar preocupada com ela, depois do trabalho extra que os meus rumores criaram para a sua máquina de relações públicas.

Ela estampou o sorriso alegre de volta no rosto e colocou um cupom na minha mão.

– Milk-shake gourmet grátis na compra de um hambúrguer orgânico artesanal, por tempo limitado! – falou, mudando rapidamente de assunto. – Estamos tentando animar as pessoas para a inauguração. Todo mundo adora ganhar coisas de graça, certo? Espero que você consiga ir, Hana. Aydin adoraria ver você lá. – Ela abriu um sorriso simpático quando foi na direção da pessoa atrás de mim: Rashid.

Claro que ele estaria à espreita.

Meu primo cumprimentou Zulfa com um sorriso bobo e pegou um dos panfletos.

– Estarei na inauguração – falou. – Você me permite comprar um milk-shake para você?

Ela riu e bateu de leve nele com a pilha de panfletos.

– Eles são gratuitos na compra de um hambúrguer. Vai dar uma de pão-duro pra cima de mim?

Rashid negou com veemência com a cabeça.

— Por você, eu compraria uma dúzia de hambúrgueres. Ou talvez possamos nos encontrar mais tarde para um *chai*?

Mandei meu primo embora.

— Você tem dezoito anos — lembrei-o. — A sua mãe pediu que a gente cuidasse de você, e não que o mandasse de volta com uma esposa.

Seus olhos continuavam fixos em Zulfa.

— Gosto da companhia de mulheres mais velhas. Minha *ammi* ficaria aliviada por eu finalmente sossegar com alguém.

Empurrei-o para o salão de orações e então conferi o panfleto. Mais closes de pratos de dar água na boca em louças brancas simples, claramente registrados por um fotógrafo profissional. O próprio anúncio era impresso em papel-cartão grosso, o que passava uma ideia de luxo. O cuidado que Aydin e Zulfa tinham investido no projeto se expressava em cada *poutine* perfeitamente fotografado, e me senti ainda pior por tentar destruí-los.

Rashid e Fahim ajudaram Baba a encontrar uma cadeira na sala de orações. Diferentemente de outras mesquitas, não havia separação formal entre homens e mulheres na Assembleia Muçulmana de Toronto.

Após o *azan*, o chamado para a oração, os congregados se sentaram para ouvir as palavras do imame Abdul Bari. Seus sermões geralmente eram joviais e cheios de piadinhas; hoje ele falou sobre a importância da unidade. O imame vestia uma túnica azul; me perguntei se ele usava uma camisa havaiana por baixo.

Ao meu redor, mulheres com *hijabs* e vestidos coloridos, jeans ou saia estavam sentadas no chão, de pernas cruzadas ou com os joelhos para cima, e escutavam atentamente. Algumas das mais jovens próximas a mim me olharam e cutucaram as amigas. Fiz contato visual e sorri, presumindo que fossem clientes com quem eu interagira no passado, mas elas desviaram o olhar. Estranho.

— O profeta Maomé ofereceu bondade e amor, até mesmo para os inimigos — disse o imame.

Fechei os olhos com suas palavras. *Até tu, Abdul Bari?*

— Ele ficou calado diante das provocações e com paciência limpou o lixo que nele atiravam. Maomé se manteve firme diante da hostilidade, determinado em seu objetivo: mudar a sociedade. Embora demonstrasse compaixão com os inimigos, nunca deixava de ser justo, pois tinha o hábito de verificar constantemente sua *niyyah*, sua intenção. Irmãos e Irmãs, exorto-os a refletir sobre as famosas palavras de nosso amado Profeta: "As ações são julgadas pelas intenções, para que cada um receba o que intencionou".

Após o sermão, a multidão orou junto nos movimentos rituais de uma dança bem orquestrada, cada passo familiar e reconfortante. Curvar-se, depois se endireitar. Curvar-se em prostração. Sentar-se ereto, depois prostrar-se mais uma vez.

Uma paz envolvente tomou conta de mim enquanto o imame Abdul Bari recitava versos árabes do Alcorão em sua voz profunda e melódica.

– *Assalamu alaikum wa rahmatullah. Assalamu alaikum wa rahmatullah.*

A oração terminou com a saudação simbólica dos anjos que os muçulmanos acreditam nos fazer companhia ao longo de nossas vidas.

Ao meu redor, outras jovens continuavam a lançar olhares em minha direção. Limpei a boca e arrumei o *hijab*, mas os olhares continuavam. O que estava acontecendo?

A sala de oração se esvaziou lentamente, e vi Aydin saindo pela porta lateral. Nossos olhares se encontraram e ele assentiu brevemente antes de desaparecer. Caminhei até o corredor para localizar meus sapatos e vi meu primo ao lado da entrada principal.

– Hana Apa, veja! – Havia uma agitação mal disfarçada na voz de Rashid quando ele me passou seu celular. Ele deu play em um vídeo salvo.

A imagem era trêmula no início, mas, conforme ficava mais nítida, ouvi um homem gritar em uma voz metálica:

– Você está planejando atacar Toronto?

Eu recuei à lembrança daquelas palavras.

– O que é isso? – perguntei a Rashid.

– Eu estava olhando minhas fotos e vídeos para enviar para casa e descobri que a câmera continuou gravando quando os homens tentaram nos atacar. Carreguei o vídeo no YouTube e no Facebook ontem à noite e já tem trinta mil visualizações!

Meu coração estremeceu. O que ele tinha feito?

Alheio, Rashid rolava os comentários, lendo alguns em voz alta.

— As pessoas estão revoltadas com o vídeo. Recebi muitas mensagens de apoio de desconhecidos.

Por cima do ombro dele, li alguns dos comentários, que pareciam se dividir igualmente entre indignação com o ataque e intolerância da pior espécie.

— Você não tem ideia do que começou — falei.

Olhei para o vídeo novamente, uma imagem minha de perfil em meu *hijab* azul, outra de Aydin se colocando à minha frente. Agora qualquer um podia ver, comentar e compartilhar o ataque. Enterrei o rosto nas mãos.

— Isso é uma coisa boa, Hana Apa — disse Rashid, as sobrancelhas franzidas diante da minha reação. — Aqueles homens achavam que ficariam impunes, mas eu os expus para a multidão. Vamos ver se eles gostam dos holofotes.

— Mas as pessoas virão atrás de nós também — falei calmamente.

Rashid podia ser filho do chefe da máfia de Nova Délhi, mas eu estava no processo de me tornar locutora e sabia que histórias como essa podiam sair do controle com uma rapidez enorme. O que acontecera conosco no centro da cidade fora péssimo, mas as consequências podiam ser ainda piores.

— Hana! Você está bem? — perguntou Fahim, vindo até nós. — Acabei de saber sobre o ataque. Por que você não nos contou?

— Estou bem — eu disse. — Não foi nada.

A última coisa de que eu precisava era que minha família ficasse preocupada comigo.

Fahim, que pela primeira vez não estava sorrindo, encarou Rashid.

— Você devia ter sido mais cuidadoso — disse. — Mulheres de *hijab* são alvos frequentes em Toronto.

Uma expressão severa perpassou pelo rosto do meu primo, que cruzou os braços.

— Elas são alvos frequentes em todo o mundo — afirmou. — Na Índia também. Por isso postei o vídeo, para mostrar o ódio de perto, para que possamos enfrentá-lo. Eu tinha a situação sob controle. Aqueles homens não eram de nada.

— Eles podiam estar armados. Podiam ter machucado a Hana. — Fahim olhou para mim, o medo evidente em seu rosto. — Você tem que tomar mais cuidado na cidade.

Olhei de Rashid para Fahim e vice-versa.

– O ataque teria acontecido independentemente de eu tomar cuidado – falei. – Não foi porque eu estava usando o *hijab*. Nada disso foi minha culpa.

Nenhum dos dois foi capaz de retrucar as minhas palavras, e eu tinha mais a dizer ao meu primo.

– Você postou o vídeo sem pedir a minha permissão. Você acabou me expondo também – falei para Rashid.

– As pessoas ficarão do nosso lado, Hana Apa – insistiu Rashid. – Estamos formando alianças. As pessoas querem apoiar as comunidades que foram injustiçadas. Você não quer ajudar a sua mãe, a sua irmã, o Fahim? É assim que se constrói uma hidrelétrica e se combate o ódio.

Balancei negativamente a cabeça. Ele não entendia o que tinha feito, mas meu cunhado sim.

Em um silêncio tenso, ajudamos Baba a entrar no carro.

CAPÍTULO VINTE E OITO

Baba percebeu nosso silêncio durante o caminho para casa. Enquanto o ajudávamos a subir a escada, ele perguntou o que havia de errado.

— Nada, Baba. Está tudo bem — respondi, mas ele não se convenceu.

Assim que o acomodamos na cozinha, procurei o post no meu celular. Fahim havia desaparecido no quarto de Fazeela e Rashid fora para o porão. Sentei no sofá e assisti ao vídeo na íntegra, revivendo um momento que desejava esquecer.

A imagem era claríssima, mas observei os acontecimentos como se estivesse de longe. Notei as expressões surpresas e depois assustadas em nossos rostos. A voz calma de Rashid zombando dos agressores. Revivi o impacto da minha queda, o medo de Aydin quando se agachou ao meu lado, o olhar de prazer malévolo no rosto dos agressores com a minha dor.

Larguei o celular, abalada mais uma vez com a gratuidade do ataque. Meus hematomas ainda não haviam sumido, e me dei conta de que tentar ignorar o incidente tampouco havia ajudado. Peguei o celular novamente e olhei para a contagem de visualizações no YouTube. Já estava em torno de quarenta mil.

Passos na escada, e a cabeça de Fahim surgiu na sala.

— Suba. A Fazee quer falar com você e com o Rashid.

Eu não vinha passando muito tempo com a minha irmã. Ela quase não saía do quarto e eu estava ocupada apagando incêndios. Mas, olhando para ela agora, percebi que o melãozinho tinha crescido muito e que Fazeela parecia mais descansada. As bolsas escuras sob seus olhos começavam a desaparecer; o velho fogo tinha retornado ao seu olhar.

Quando meu primo entrou no quarto, ela apontou esse fogo direto para ele.

– O que você fez, Rashid? – perguntou ela em um tom perigosamente ameno.

Uh-oh. Fazia muito tempo que eu não via essa versão da Fazeela. Meu primo estava muito encrencado.

Rashid olhou confuso para ela.

– Eu postei um vídeo da briga que tivemos no centro da cidade. Sua irmã não contou?

Fazeela virou a cabeça para mim. Merda. Agora eu também estava em apuros.

– Não foi tão grave. Eu estava mostrando a cidade para o Rashid e esses caras começaram a nos provocar. Eu tropecei, mas estou bem – balbuciei.

– Hanaan, o que diabos passou na sua cabeça para esconder isso? Você foi vítima de um crime de ódio. Devia ter denunciado à polícia imediatamente. Graças a Deus não aconteceu nada pior.

– Como eu disse ao Fahim Bhai, nós tínhamos as coisas sob controle… – começou Rashid, mas minha irmã o encarou com um olhar tão cheio de raiva protetora que quase fiquei com pena dele.

– O que você fez foi pior. Ao postar o vídeo, você expôs toda a nossa família a um possível ataque. Você transformou o que era um incidente isolado que poderia ter sido tratado da maneira correta em um enorme alvo com a nossa cara. E isso sem pedir o consentimento da minha irmã! Rashid, você não pode postar vídeos sem permissão.

– Eu estava tentando expor esses homens na internet e também chamar a atenção para o Três Irmãs.

– Nem mesmo você é tão ingênuo assim. Venha ver o que você fez – disse minha irmã, a voz nada amistosa.

Ela buscou o vídeo no YouTube e leu alguns dos comentários postados nos últimos cinco minutos. Eles eram vis e ameaçadores.

Quando ela voltou a encará-lo, Rashid empalideceu.

– Sinto muito, Apa – disse ele em voz baixa. – Eu queria contar ao público o que tinha acontecido e usar a atenção para ajudar nos negócios.

Meu coração se amoleceu com a justificativa de Rashid, e me lembrei de que ele tinha dezoito anos, que agira por impulso, mas com boas intenções. Ele se juntara de coração à luta pelo Três Irmãs e se mantivera calmo diante dos agressores. Fazee e Fahim não testemunharam isso, mas eu me lembrava.

Minha irmã ficou menos impressionada com suas palavras.

– Vou contar para o restante da família, incluindo Kawkab Khala, sobre o ataque e sobre este vídeo – disse ameaçadoramente. – Enquanto isso, Rashid, se você voltar a fazer algo parecido, é a mim que vai responder. Vamos torcer para que seja possível gerenciar as consequências desse seu ato. – Ela olhou para mim em seguida. – E chega de segredos, Hana. Não falar abertamente sobre nossos problemas foi o que causou todo esse caos com o Três Irmãs, e estou cansada disso. Agora saiam. Fahim e eu precisamos conversar.

No meio da tarde, o número de visualizações já estava em cinquenta mil, e eu não conseguia parar de ler os comentários. Rashid estava certo – muitos eram positivos. Mas outros muitos eram negativos e assustadores. Pulei de postagem em postagem, do ódio ao apoio, de "banir todos os imigrantes, especialmente muçulmanos" a aliados tomando nosso lado. Continuei lendo até a inquietação em meu estômago me forçar a desligar a tela. Era mesmo hora de ir para o Três Irmãs.

Fazee deve ter avisado, porque mamãe me encurralou no instante em que entrei no restaurante quase vazio:

– O que está acontecendo, Hana? Você foi atacada no centro com o Rashid? Sua irmã me contou sobre o vídeo e as pessoas estão ligando. – Seu rosto estava tomado de preocupação e incômodo.

Respirei fundo e contei o que tinha acontecido, minimizando o encontro com os homens. Quando terminei, ela ficou quieta.

– Não parece ter sido tão ruim assim – disse. – Tem certeza de que está tudo bem?

Fiz que sim com a cabeça, e ela deu de ombros.

– Quando nos mudamos para o Canadá, as pessoas eram rudes o tempo todo. Mais de uma vez, estranhos gritaram comigo, falando obscenidades e palavrões que eu não entendia. Uma vez na mercearia, uma mulher me atropelou com seu carrinho de compras. Achei que ela tivesse feito isso sem querer, até pedi desculpas por estar em seu caminho e me abaixei para ajudar a pegar as maçãs que haviam caído. Ela me disse para voltar para o meu país. – Mamãe sorriu. – Eu era tão nova, tão ignorante, que pensei que ela estava me aconselhando a visitar minha mãe na Índia. Foi na época em que a Nani estava doente.

Ela deu de ombros novamente, e eu a encarei.

– Você nunca me contou nada disso.

Mamãe desviou o olhar.

– Não tinha importância. O que eles falavam, o que qualquer um falava, não doía tanto assim. Porque eu estava aqui, entende? Já tínhamos você e a Fazeela, havíamos começado nossos negócios. Sabíamos que as coisas melhorariam quando nossas raízes fossem um pouco mais profundas, quando tivéssemos nos estabelecido mais firmemente neste país.

Tentei engolir o nó repentino em minha garganta.

– Mas eu estou firmemente estabelecida aqui. Eu nasci aqui. E ainda está acontecendo.

Mamãe apertou minha mão.

– Uma única vez nesses anos todos? Hana, isso não é nada. Eu sei que a sua irmã está preocupada e que Rashid errou ao postar o vídeo na internet, mas as coisas vão se acalmar em breve.

A perspectiva da minha mãe era baseada em suas expectativas como imigrante. Ela entendia que era inevitável suportar algum nível de ódio, que era o preço a pagar por viver como minoria em um país novo e às vezes hostil. Eu compreendia a perspectiva dela, mas não concordava. Mudei de assunto:

– Quem ligou?

– Alguns dos vizinhos. E algumas estações de rádio e a mídia local. Eles querem falar com você.

O telefone tocou e mamãe atendeu. Depois de ouvir por um momento, ela passou para mim.

Uma repórter de um dos grandes jornais da cidade estava na linha. Ela me perguntou sobre o incidente, e eu contei os detalhes da melhor forma possível, confirmando o vídeo e nossos nomes. A próxima chamada foi da delegacia de polícia que atendia o centro da cidade. Um policial educado anotou detalhes do que havia acontecido e prometeu voltar a entrar em contato. Mais alguns jornais ligaram, e uma estação de rádio local pediu uma entrevista ao vivo, que recusei. Sabia que Marisa ficaria chateada se eu aparecesse em outra estação, e eu também não queria falar com ela novamente sobre o incidente. Percebi que a situação era para valer quando um canal de notícias vinte e quatro horas pediu mais informações e avisou que estaríamos no noticiário da noite.

Rashid estava pelo menos parcialmente certo. Os jornalistas se mostraram solidários. Por outro lado, era exaustivo falar repetidamente com estranhos sobre o ataque. Fiquei grata pelo fato de o restaurante estar vazio, pois assim tive tempo para pensar.

Os comentários on-line continuavam polarizados. Quando verifiquei algumas horas depois, a contagem de visualizações estava perto de cem mil, e o vídeo havia sido compartilhado quase dez mil vezes somente da página de Rashid no Facebook.

À tarde, meu celular tocou. Era Marisa; eu estava esperando a ligação dela.

– Por que você não me disse que há um vídeo do seu confronto no centro da cidade? – disse ela em vez de "olá". – Garota esperta, subindo a gravação na internet.

– Isso foi obra do meu primo, e não minha – falei.

– Ah, o que jogou o celular nas mãos daquele jovem lindo? – Como eu não soube como reagir a isso, Marisa continuou: – Estou ligando para que você saiba que podemos te escutar na rádio hoje à tarde. Uma entrevista completa, na qual você poderá relatar a sua versão da história, seguida por perguntas dos ouvintes pelo telefone. Não é demais?

– Obrigada por ligar para saber como eu estava – falei entre dentes. – Como eu disse antes, não me sinto confortável falando sobre isso no ar.

– Não me diga que só vai falar com os tubarões do canal de notícias. Você trabalha para nós, não esqueça. Lealdade acima de tudo, Hana.

Eu assisti ao noticiário da noite no pequeno aparelho de TV que tínhamos na cozinha. O âncora, um homem branco, manteve-se inflexível enquanto as imagens tremidas de Rashid eram reproduzidas. O vídeo capturou a minha expressão chocada e a expressão determinada no rosto de Aydin quando se colocou na minha frente. A reportagem terminou com uma breve menção ao aumento de grupos de ódio em Ontário.

Conferi novamente a seção de comentários abaixo do vídeo e imediatamente desejei não tê-lo feito. Os comentários estavam começando a ficar mais pessoais, questionando o que estávamos fazendo andando pelo centro de Toronto, se éramos realmente cidadãos canadenses, enquanto outros perguntavam por que Rashid estava filmando para começo de conversa.

O comentário mais curtido fora postado por alguém com o nome de usuário CavaleiroAlt_Right, o que fez meu coração apertar. Alguém compartilhou nos comentários o panfleto que Rashid tinha postado no Facebook, e CavaleiroAlt_Right estava sugerindo que a "irmandade" visitasse o bairro, quem sabe participasse da "festividade-*halal*-terrorista" e realizasse um contrafestival próprio, servindo bacon, presunto e linguiça de porco.

Alguns comentários na sequência, alguém chamado AnarquiaAgora! tinha descoberto quem éramos.

AnarquiaAgora!
Hana Khan, Aydin Shah, Rashid Khan. Aydin Shah é filho de Junaid Shah, CEO da Indústrias Shah, o homem que dizimou o cenário imobiliário da Costa Oeste comprando propriedades em bairros da classe trabalhadora, aumentando os aluguéis e gentrificando. Aposto que estão na cidade para fazer a mesma coisa no extremo leste de Toronto.

"Imigrantes ricos inúteis", acrescentava outro usuário, e balancei a cabeça negativamente. Ou nos criticavam por não nos encaixar e por nos apegar às crenças tradicionais ou então por perseguir dinheiro.

Fechei todos os navegadores, pedi à minha mãe que anotasse os recados caso a imprensa voltasse a ligar para o restaurante procurando por mim e saí. O dia tinha sido difícil, avassalador. Eu estava tão consumida pela possível reprovação da minha família que esquecera completamente a terceira vítima do ataque. Se a imprensa tinha chegado até mim, era provável que também estivesse ligando para Aydin.

Eu precisava encontrá-lo, e também Rashid. Tínhamos de discutir o que estava acontecendo on-line e o possível impacto disso em Golden Crescent. As coisas estavam saindo do controle muito rapidamente, e minha cabeça doía. Eu precisava de reforços. Era hora de nos unir, antes que algo pior acontecesse.

CAPÍTULO VINTE E NOVE

Aydin não estava em seu restaurante. Também não estava no campo de beisebol nem no Tim Hortons, e não atendeu o telefone quando Rashid ligou. Finalmente o encontramos na mesquita, falando baixinho com o imame Abdul Bari.

Meu primo não parou de me lançar olhares nervosos enquanto esperávamos.

— Eu estraguei tudo, Hana Apa? — perguntou por fim.

— Todo mundo comete erros — falei brevemente.

— Me sinto péssimo pela posição em que te coloquei.

— Você expôs Aydin também — retruquei, e meu primo calou a boca.

Imame Abdul Bari sorriu conforme se aproximava, Aydin logo atrás.

— Por favor, me avise se você ou sua família precisar de alguma coisa, Irmã Hana — disse o imame antes de seguir para seu escritório, deixando nós três olhando um para a cara do outro.

Rashid quebrou o silêncio, surpreendendo Aydin com um abraço:

— Você precisa me perdoar! — lamentou, pendurado nos ombros de Aydin. — Achei que vocês dois iam gostar de eu ter postado o vídeo. Meus amigos lá em casa estão com inveja por eu ter viralizado tão rápido. Eles pensavam que eu levaria pelo menos alguns meses para conseguir.

Aydin e eu trocamos olhares confusos enquanto ele se desvencilhava do abraço de Rashid.

— Eu sei que você não queria essa reação — disse Aydin. — Talvez algo de bom nasça disso.

Informei aos dois as últimas notícias, e Aydin confirmou que também estava sendo procurado pela imprensa.

— Tem sido pesado pra mim — admitiu. — Os rumores sobre o Wholistic Grill, o atraso na obra e agora isso... — Ele divagou, o rosto triste.

Suas roupas, geralmente elegantes, estavam amarrotadas, notei. Eu me perguntei quando tinha sido a última vez que ele dormira.

— Precisamos dividir para conquistar — falei. — Nos próximos dias, encaminhe para mim todos os pedidos de entrevista. Precisamos separar o ataque dos negócios no bairro. Vou ficar de olho nos comentários na internet também. Rashid, você e Aydin vão dar continuidade aos trabalhos, e deixem Zulfa cuidar do lançamento do Wholistic Grill. Essa atenção e essa empatia podem vir a calhar para nossos negócios.

Uma expressão de alívio tomou conta de Aydin.

— Você vai me ajudar? — perguntou ele com dúvida na voz.

— Nós vamos ajudar um ao outro — eu disse com firmeza. — Se tivermos muita sorte, tudo isso vai acabar em breve.

⸻

Por meio de uma mensagem em sua caixa postal, Aydin encaminhava para mim todas as solicitações que a imprensa fazia sobre o "ataque racista na CN Tower", como os jornais passaram a chamar o episódio, de modo que passei os dias seguintes respondendo a perguntas vindas de todos os cantos da província. O policial que registrara os detalhes do ataque entrou em contato novamente um dia depois; a polícia ainda não havia identificado os agressores, mas estava trabalhando nisso.

Marisa finalmente me convenceu a dar um breve relato ao vivo do que havia acontecido conosco no centro da cidade, mas eu avisei que não responderia às perguntas dos ouvintes por telefone. Ler os comentários na internet tinha sido doloroso o bastante; eu não queria ouvir palavras de ódio ou conjecturas mesquinhas ditas em voz alta.

Consegui gravar e postar mais um episódio de *Divagações de Ana, uma garota marrom* e dedicar mais tempo a *Um segredo de família*. Quando, alguns dias depois, conferi a quantidade de visualizações no vídeo de Rashid, ainda estava em torno de cem mil, e os comentários tinham diminuído. Eu estava certa – as coisas finalmente estavam voltando ao normal.

Ainda fiz uma última coisa. Apaguei as minhas contas falsas no Instagram e no Facebook e apaguei da minha linha do tempo todos os rumores relacionados ao Wholistic Grill. Até postei no meu perfil alguns comentários refutando os detratores e seus rumores. "A comida do Wholistic Grill será *halal*", escrevi. "A família do proprietário é muçulmana e seu restaurante é uma adição bem-vinda ao bairro de Golden Crescent." Eu não sabia se isso faria algum bem, mas foi uma tentativa de corrigir meus erros.

||i|💡|i||

Amigos ouvintes, às vezes o mundo é uma lixeira em chamas. Este episódio será sobre sobreviver e prosperar quando as coisas estão pegando fogo. Há coisas acontecendo na vida real que tornaram minha existência mais caótica do que o normal, e o meu compromisso em permanecer uma podcaster marrom anônima torna este episódio particularmente difícil de gravar.

As razões para isso são complicadas. Para começo de conversa, quando você é filha de pais imigrantes do tipo "Engole o choro", aprende rapidamente que todos os seus problemas são insignificantes em comparação com os problemas existenciais que eles enfrentaram quando tinham a sua idade. Triste por um menino? Experimente ficar à deriva em uma terra desconhecida. Preocupada com suas perspectivas de emprego? Isso não é nada comparado a enfrentar uma discriminação sistêmica profundamente enraizada, barreiras linguísticas, falta de experiência profissional e nenhum vínculo familiar para ajudá-la a se manter fora das ruas no novo continente. Vocês entenderam.

Recentemente, contei à minha mãe sobre uma coisa odiosa que aconteceu comigo. Sua resposta foi compartilhar despreocupadamente uma história que eu nunca tinha ouvido. Quando ela era nova no país, foi atropelada em uma mercearia por uma cliente irada, um ataque aleatório motivado por raça. Tradução: o que eu havia enfrentado até então não era nada comparado com a realidade do passado. De acordo com meus pais, eu deveria superar isso porque, olhando para o todo, estou ganhando.

Mas estou mesmo? Em comparação com o que a minha mãe tinha que enfrentar regularmente, sim. Em comparação com o que eu sonho para mim, não.

É essa contabilidade pessoal que sempre me pega, amigos ouvintes. E aqui está a verdade: as coisas estão melhores para pessoas como eu — o marrom, o muçulmano, o outro. Só que, como duas verdades podem existir simultaneamente no universo, as coisas também estão piores para nós. A mudança verdadeira é uma rocha que a gente continua empurrando, mas não pense que ela não empurra de volta. Ela empurra, sim. E às vezes empurra com força.

No tempo dos meus pais, ser considerado por sua própria história e seu valor era suficiente. Para mim, não é. Eu quero ser incluída e celebrada. Quero que histórias cheias de nuances sejam contadas sobre meu povo, e não quero que o sucesso de um de nós seja digno de nota, porque há muitos de nós se destacando, o tempo todo, em todas as áreas.

Quando as coisas (lixeira em chamas) me lembram o quanto ainda precisamos avançar coletivamente, fico para baixo. E na sequência fico irada. Eu quero que as coisas mudem. Mas não sei como fazer isso acontecer.

Aprendi algumas lições, no entanto. Quando te tirarem da segurança do anonimato e te expuserem ao escárnio público, eis o que você deve fazer:

1. Encontre aliados e mantenha-os próximos.
2. Descubra quem são seus verdadeiros inimigos.
3. Planeje o melhor curso de ação para os próximos dias, e depois para as próximas semanas, antes de se preocupar com o amorfo futuro com F maiúsculo.
4. Lembre-se de que é perfeitamente aceitável agir no modo sobrevivência.

Sei que tudo isso é meio triste, mas espero voltar em breve a tempos melhores. Enquanto isso, se você é do tipo que ora, ore por mim ou me envie um pouco dessa boa energia. Estou pensando em todos nós esta noite.

StanleyP me enviou uma mensagem logo que fiz o upload do podcast. Foi bom ter notícia dele depois da nossa última e embaraçosa conversa.

StanleyP
Estou ficando preocupado agora, Ana. Você está bem?

AnaBGR
Na verdade, não. Tem sido uma semana difícil.

StanleyP
Lembra do nosso acordo?

 StanleyP estava se referindo ao nosso acordo de muito tempo atrás segundo o qual ele me enviaria uma foto de seu projeto finalizado, para que eu então decidisse como agir em relação a nós dois. Na loucura das últimas semanas, isso tinha escapado da minha mente.

AnaBGR
Lembro.

StanleyP
Vou enviar a foto em breve. Espero que você saiba que pode compartilhar coisas comigo também. Seu podcast foi intenso.

AnaBGR
Talvez eu te conte um dia.

StanleyP
Eu ficaria feliz. Se cuide, amiga.

CAPÍTULO TRINTA

Na manhã seguinte, me atrasei para o meu turno no Três Irmãs. Fiz *chai* e ovos mexidos para o café do Baba e torradas para a Fazee, depois vesti uma calça preta, uma camisa branca e meu *hijab* verde com flores cor-de-rosa e corri em direção à porta. Comeria algo no restaurante.

O dia estava fresco, mas com a promessa de mais calor no ar. Caminhando por Golden Crescent até o Três Irmãs, vi um dos panfletos do festival que Rashid e eu tínhamos colado em um poste de luz. Só que havia algo errado. Aproximei-me, franzindo a testa.

Alguém havia escrito em caneta preta: PORCOS MUÇULMANOS.

Mas nós nem comemos porco, pensei. Então, me dando conta do que era aquilo, rasguei o papel, amassei-o e o enfiei no bolso.

Passei a caminhar mais rápido. Mais de uma semana antes, Rashid e eu tínhamos colado uma dúzia de panfletos na vitrine da padaria de Luxmi, ao lado do Três Irmãs. Agora vi que alguém pintara com tinta spray em cima deles: TERRORISTAS MUÇULMANOS VOLTEM PARA SEU PAÍS. A tinta preta pingava na calçada. Tentei arrancá-los também, mas as palavras pintadas haviam vazado. Agora se lia: ─RORISTAS M─ VOL── ─ SEU ─ÍS.

Tia Luxmi me viu e saiu correndo.

– Foi de madrugada – disse ela. Seus olhos estavam cheios de preocupação e medo. – Eles fizeram isso em quase todas as lojas da rua, aquelas que exibiam os panfletos. Até o Tim Hortons. Liguei para a polícia e eles disseram que enviariam alguém.

Meu rosto estava dormente, e ela deu um tapinha em meu braço.

— A polícia vai descobrir quem fez isso. Provavelmente alguns adolescentes entediados.

— N-ninguém viu nada? — Meus dentes batiam e de repente senti um frio congelante.

Fechei os olhos e tentei me acalmar, mas minha mente criou uma imagem dos perpetradores. Eram iguais aos homens raivosos de rosto vermelho e camiseta preta que gritaram com Rashid e tentaram machucar a mim e a Aydin.

Tia Luxmi deu outro tapinha em meu braço.

— Sinto muito, Hana — disse ela, e notei o olhar preocupado que lançou ao Três Irmãs.

Meu estômago se contraiu em resposta, o corpo instintivamente se preparando para um soco conforme eu caminhava em direção ao restaurante.

Uma enorme suástica havia sido pintada com spray na janela da frente do Três Irmãs. LEI SHARIA? NÃO NO MEU CANADÁ!, estava escrito abaixo em uma pincelada grosseira de tinta vermelho-sangue.

Minhas pernas pareciam gelatina. Estendi a mão para me apoiar, e ela pousou no símbolo odiento. Eu me afastei, quase caindo enquanto fazia isso.

Mamãe apareceu na janela e correu para fora.

— Você está bem? — perguntou, as mãos como garras em meus braços.

Fiz que sim com a cabeça, e ela me puxou para dentro do restaurante e me sentou em uma cadeira de plástico.

— A polícia está a caminho — assegurou, como se isso significasse algo, como se tudo fosse se resolver agora que as autoridades haviam sido convocadas.

Meus olhos se voltaram para a sombra vermelha que pingava na vitrine e me contraí, desviando o olhar.

Mamãe colocou à minha frente uma grande caneca lascada, derramando um pouco do chá no processo. Ela nunca foi desajeitada. Segurei a caneca com as duas mãos antes de ousar encará-la. Ela estava sorrindo, mas, olhando melhor, percebi que era mais uma careta, congelada em seu rosto e grampeada nos cantos da boca. Ela estava tentando não desmoronar, percebi. Tentando não reagir.

Rashid entrou correndo no restaurante, os olhos arregalados e em pânico. Ele derrapou até parar diante de nós, respirando com dificuldade.

– Vocês estão bem – falou, e não foi uma pergunta. Colocou a mão no joelho e respirou fundo. – *Alhamdulillah*, vocês duas estão bem.

Mamãe se levantou para fazer uma xícara de chá para ele. De onde vem essa obsessão das *desis* com o *chai*? Como se uma xícara quente de folhas infundidas com leite e açúcar fosse capaz de melhorar tudo.

Tomei um gole e senti minhas articulações se destravarem. Tomei outro gole, e meus olhos se desviaram mais uma vez para a janela vandalizada, depois para o nada. O belo Yusuf estava do lado de fora da loja de sua família, recolhendo cuidadosamente os restos de uma mesa de frutas espalhados pela calçada. Palavras de baixo calão tinham sido pintadas com spray na calçada da loja. Seu pai estava na entrada, as mãos no quadril. Eu nunca tinha visto o Irmão Musa tão quieto. Ele estava sempre em movimento, reabastecendo as bancas, gritando ordens, falando alto ao telefone, fechando a cara para o mundo. Agora seu rosto estava pálido de choque.

Conforme eu tomava o chá escaldante, meus pensamentos começaram a desacelerar. Quase todas as noites, mamãe ficava até tarde no restaurante. Às vezes ela voltava caminhando para casa depois da meia-noite, geralmente sozinha. E se ela tivesse esbarrado nas pessoas que desfiguraram nossa rua? O que eles teriam feito com ela?

Baixei a caneca e enfiei a mão no bolso para pegar o panfleto amassado, observando as palavras em letras grossas. PORCOS MUÇULMANOS. A pessoa que atacou a rua na noite anterior, quem quer que fosse, não estava completamente errada. Eu era muçulmana, e agora eles estavam prestes a conhecer um espírito de porco.

– Você usou amarelo-ouro nos panfletos, certo? – perguntei a Rashid, que assentiu.

Avisei a ele que voltaria em uma hora, mais ou menos, talvez menos se corresse. Voltei com mais mil panfletos em um alegre papel amarelo-dourado, que jurei colar em cada superfície da rua, do bairro, de casa.

Como Rashid havia dito: "Construa uma hidrelétrica".

CAPÍTULO TRINTA E UM

Esbarrei em Lily na saída do restaurante.

— Graças a Deus você está bem! — disse ela, jogando os braços em volta de mim. — Yusuf me contou o que aconteceu.

Em seu abraço, comecei a tremer.

— Eu estava atrasada para o meu turno no Três Irmãs — comecei.

A risada de Lily foi um soluço quebrado.

— Você sempre está atrasada, Han.

— Rasguei os panfletos desfigurados nas outras lojas. Você acha que isso vai atrapalhar a investigação quando a polícia chegar? — Eu estava balbuciando, em choque.

Ela me soltou e enfiou a mão nos bolsos para pegar lenços, me entregando um. Dra. Moretti, preparada para qualquer eventualidade.

— Tenho certeza de que os grafites e as ameaças de morte são suficientes para acusar alguém. — Ela enxugou o rosto, o olhar perpassando pela janela do Três Irmãs. — Para onde você estava indo?

— Imprimir mais mil panfletos.

A risada de Lily flutuou na quietude silenciosa da rua, e o som me fez explodir em lágrimas.

— Ei, ei, está tudo bem — disse ela suavemente, levando-me para a lateral do restaurante, para o beco onde depositamos o lixo e onde Lily, Yusuf e eu brincávamos de super-heróis quando crianças. Eu sempre era a

Mulher-Gato, porque Lily insistia em ser a Mulher-Maravilha do Batman de Yusuf. Ela era melhor no laço também.

– Mamãe volta para casa à noite, tarde. Ela podia ter se machucado. Eles poderiam ter... As pessoas estavam postando coisas, mas nunca pensei que chegariam à nossa porta... – falei entre soluços pesados.

Lily massageou meus ombros e me entregou lenços, murmurando palavras reconfortantes em que nenhuma de nós acreditava, mas que me fizeram sentir melhor mesmo assim.

Depois de alguns momentos, me levantei.

– Obrigada.

– Não me agradeça. Diga-me o que posso fazer para ajudar.

Olhei para os dois lados da rua, para as vitrines desfiguradas, o lixo espalhado, e quase comecei a chorar de novo.

– Vou organizar uma limpeza – disse Lily de maneira decidida. – Vá imprimir os panfletos.

Rashid me ligou enquanto eu estava na fila da Staples.

– A polícia está aqui – disse em voz baixa. – Eles querem falar com você e o Aydin sobre o ataque no centro da cidade. Já mostrei a eles os comentários e as ameaças que recebemos na internet... Não consigo acreditar que isso aconteceu.

Eu sabia que meu primo se sentia culpado e arrependido, mas nenhum de nós poderia prever a ofensiva à nossa rua. Eu me sentia parcialmente culpada também. Tinha prometido a Aydin e Rashid que ficaria de olho nos comentários, e não percebi os sinais. Ou talvez eu não quisesse acreditar que as pessoas pudessem ser tão cheias de ódio.

Paguei a impressão dos panfletos e fui para casa. Lily havia convocado as pessoas, incluindo Fahim, para limpar, porém era um trabalho lento. Dei meu depoimento aos dois policiais uniformizados enviados para entrevistar os comerciantes de Golden Crescent, e então Rashid e eu passamos as duas horas seguintes grampeando e colando panfletos, o dobro da vez anterior. Previ que a mídia apareceria em breve para registrar a carnificina.

Era final da manhã quando terminamos, e eu não podia ir para casa. Apenas um donut com cobertura de chocolate e um cappuccino superdoce com baunilha-francesa seriam capazes de me fazer sentir melhor.

O sr. Lewis estava atrás do balcão do Tim Hortons.

– Como estão todos? – perguntou enquanto preparava meu pedido, recusando meu dinheiro com um gesto.

Dei de ombros.

– Eles causaram muito estrago aqui?

O Tim Hortons passara relativamente ileso, me informou o sr. Lewis. Apenas alguns panfletos rasgados e lixo jogado na frente da loja. Ele sorriu enquanto me entregava meu pedido.

– Seu primo deixou uma pilha de panfletos, vou colocá-los bem à mostra para as pessoas pegarem. Também vou distribuí-los com cada xícara de café.

Meus olhos se encheram de lágrimas com sua generosidade.

– E se eles voltarem?

O sr. Lewis caminhou comigo até uma mesa vazia.

– Minha mãe nasceu na Polônia em 1932. Sua família era católica ortodoxa. Ela tinha nove anos quando os nazistas invadiram. Sua família fugiu, salva pela graça de Deus. Mas eles nunca esqueceram o que aconteceu com sua casa, e ela nos contou as histórias para que nunca esquecêssemos também.

– Está tudo uma bagunça. Eu não sei o que fazer.

Ele se inclinou.

– Você sabe que está fazendo a coisa certa quando irrita os caras malvados – disse ele com um terrível sotaque de gângster.

Eu ri, trêmula. O sr. Lewis deu um aperto em meu ombro antes de voltar ao balcão para servir ao bairro em que viveu toda a vida, à comunidade que ele viu crescer e se transformar ao seu redor. E ele estava tranquilo com a transformação.

– Se as pessoas estão mudando, é sinal de que ainda estamos vivos. Só o que é vivo pode mudar – sempre dizia.

Lembrei-me de sua mãe. A sra. Lewis havia morrido no ano anterior. Minha família comparecera ao funeral dela na igreja ortodoxa da rua. Mamãe fizera *kheer* – pudim de arroz com cardamomo – para o velório, e ao fim da noite não sobrou uma única colherada. A sra. Lewis ia ao restaurante com seus amigos da igreja aos domingos, com vestido de estampa floral e sapatos confortáveis, os olhos esbranquiçados por trás dos enormes óculos de armação rosa. Ela sempre abria um sorriso quando nos encontrávamos.

Os sinos sobre a porta soaram e olhei para cima. Aydin.

Será que ele estava preocupado com seu restaurante? Talvez agora finalmente decidisse ir para um bairro menos agitado, com uma comunidade empresarial mais acolhedora e menos visado por nazistas. Se Aydin fizesse as malas e fosse embora imediatamente, como eu sempre quis, nossos problemas estariam resolvidos? Poderíamos voltar à exata normalidade de antes?

Não. O Três Irmãs ainda teria problemas financeiros, e ainda haveria ódio. Mas talvez não chegasse até nós. Talvez fôssemos poupados. Ou talvez sempre tivéssemos sido poupados. Os muçulmanos acreditam que, quando você faz a *du'a*, ou oração sincera, por algo, uma de três coisas acontece: (1) seu pedido é atendido, (2) algo ruim que vinha em sua direção é desviado ou (3) a coisa boa que você pediu está guardada para você no céu.

Observei Aydin conversando com o sr. Lewis, o rosto enrugado em um sorriso cansado. Ele estendeu a mão para passar os dedos pelo cabelo escuro que caía na testa, e me lembrei de que ainda estava com seus óculos de sol na bolsa. Eu os peguei e os experimentei. Camuflagem.

O sr. Lewis disse algo para Aydin, que se virou e me viu.

Tomei um gole do cappuccino, queimando a língua.

– Está arrependido de não ter escolhido outro bairro para o seu restaurante? – perguntei, tentando sorrir, mas Aydin apenas balançou a cabeça e sentou.

– Se eu tivesse aberto em outro lugar, teria perdido tudo isso. – Ele olhou para mim e fez uma careta. – Rir das dificuldades, certo?

Concordei, contente por ele ter lembrado das minhas palavras no jogo de beisebol. Aquele instante de leveza agora parecia muito distante, dado o desastre.

– O que resta senão rir? – repeti. Não, realmente, eu queria saber dele. O que restava?

Ele deve ter entendido, porque respondeu:

– Construir uma hidrelétrica?

Ficamos em silêncio.

– Você vai seguir com os planos de abrir na próxima semana? – perguntei.

Aydin assentiu.

– Providenciei segurança extra. Você estará lá?

– Meu cartaz de protesto já está pronto. – Tirei os óculos e entreguei a ele. – Você está bem? – perguntei calmamente.

– Não. E você?

Balancei a cabeça. Estávamos sendo cuidadosos, cada um tentando demonstrar calma na frente do outro. Eu me levantei.

– Melhor voltar para o Três Irmãs. Minha mãe provavelmente vai precisar de ajuda para limpar a... – E parei.

– Eu acompanho você – disse Aydin abruptamente.

– Está tudo bem. Você está ocupado.

Aydin segurou fortemente os óculos de sol até que seus dedos ficaram brancos.

– Por favor, Hana. Deixe-me acompanhá-la.

Peguei minha bolsa e saímos juntos do Tim Hortons.

CAPÍTULO TRINTA E DOIS

Mamãe não estava fazendo os preparativos do almoço, como era seu costume pela manhã. Encontrei-a em uma das mesas no fundo do salão do Três Irmãs.

– Você está bem? – perguntei, minha voz suave no silêncio do salão.

– Estou apenas fazendo uma pausinha.

Mamãe nunca fazia pausas. As pausas eram para mortais e filhas indolentes com tendências artísticas. Caminhei até a chaleira térmica na cozinha, a primeira coisa que era abastecida no Três Irmãs.

– Está vazia – disse mamãe. Ela observava o restaurante com um olhar distante. – Não lembrei de reabastecê-la depois de hoje de manhã.

Era o mesmo que dizer que ela tinha esquecido como respirar.

Enchi a chaleira com água, joguei alguns cravos, cardamomo esmagado, paus de canela e saquinhos de chá e coloquei a água para ferver. Mamãe nem conferiu se eu estava fazendo certo.

Em seguida, enchi um balde grande com água quente e sabão e peguei um pouco de solvente em um armário, depois arrastei o balde pelo salão em direção à porta principal. Mamãe ainda não havia se mexido.

A pixação na janela era grossa e pegajosa, encrostada em alguns pontos, como se os vândalos tivessem acrescentado novas camadas ao projeto original, e fina em outros. A suástica fora desenhada com descuido, quase como se os supremacistas brancos não se importassem com o produto de seu trabalho. Ninguém tinha critério mais. E o orgulho por um trabalho bem-feito, onde estava?

Comecei a esfregar, alcançando o mais alto que conseguia. Os nazistas que nos atacaram deviam ter dois metros de altura, ou então tinham uma escada. Alcancei o topo de apenas um braço da suástica. A água estava escaldante, e o solvente queimava meus olhos. Depois de dez minutos, eu não tinha conseguido mais do que transformar o braço da suástica em um redemoinho vermelho escuro.

– Hana, deixe aí. A Associação dos Empresários ou a Câmara Municipal vão arcar com isso – disse mamãe. – Mandei Fahim para casa para ficar com a Fazeela. Ela estava tão chateada, e isso não é bom para o bebê. Deixa pra lá, *jaan*.

Mas eu não podia deixar quieto. Esse grafite vermelho era a razão pela qual minha mãe viciada em *chai* e no trabalho estava fitando as paredes de seu restaurante com olhos sem vida. Nem mesmo convidados inesperados ou a ameaça de perder seu sustento haviam tido esse efeito nela. Eu precisava dar um jeito nisso – agora.

Mergulhei o pano na água com sabão. O pigmento vermelho escorria pelas minhas mãos enquanto eu esfregava. A tinta se infiltrou sob minhas unhas, cobrindo meus dedos com um lodo vermelho. Parei por um momento para enxugar a testa e olhei ao redor. Faltava uma hora para o almoço e, do outro lado da rua, a loja de Yusuf estava fechada. A profanação na calçada em frente era evidente. Eles teriam que usar uma lavadora de alta pressão para limpar tudo.

Voltei à minha tarefa. Metade da suástica estava manchada agora, tão borrada que parecia uma letra Y deformada. Embora meus ombros doessem, mergulhei o pano de volta no balde e estendi a mão o mais alto que meus braços chegavam, depois mais alto.

Quando voltei a olhar para o interior do restaurante, não vi mamãe. Eu me perguntei se as pessoas que desenharam o símbolo torto em nossa janela sabiam que a suástica é na verdade um antigo símbolo de boa sorte e que tem origem na Índia. Eu me perguntei se a pessoa que exigia que minha família voltasse para a casa da qual partira décadas atrás sabia que o símbolo de que Hitler se apropriara para o Terceiro Reich era um caractere religioso de positividade. Meus pais compraram nossa casa de uma família hindu e encontraram pequenas "suásticas" no fundo dos armários e embaixo do balcão da cozinha, colocadas ali para abençoar a casa e seus moradores.

Meu pescoço doeu. Massageei meus ombros e balancei os braços antes de mergulhar a mão no balde mais uma vez. A água era de um vermelho opaco e esbranquiçado.

– Aqui, use isso. – Mamãe me entregou um rodo.

Ela segurava uma lâmina de barbear em uma mão e uma escada na outra. Com cuidado, subiu na escada para raspar o topo da janela enquanto eu limpava a mancha vermelha que pingava abaixo. Trabalhamos em silêncio até a maior parte do dano ser eliminada.

Dentro do restaurante, a luz vermelha piscou na chaleira térmica. Servi uma xícara de *chai* para cada uma enquanto mamãe lavava as mãos e depois o rosto. Ela parecia mais desperta agora, menos pálida, e bebemos o chá em silêncio. Mamãe terminou sua xícara rapidamente, embora a bebida estivesse fervendo. Os anos na cozinha lhe deram uma tolerância absurdamente alta ao calor; ela era quase imune a queimaduras.

– Preciso fazer vegetais fritos para o especial do almoço. – Ela se deteve na porta da cozinha. – Obrigada, *beta*. Deixe alguns panfletos para o festival comigo. Vou colocá-los nas embalagens para viagem e entregá-los aos clientes.

CAPÍTULO TRINTA E TRÊS

De acordo com a policial Lukie, a oficial que me ligou naquela noite em casa, a hipótese por ora era que, embora o ataque no centro da cidade pudesse ter inspirado os vândalos que investiram contra Golden Crescent, era improvável que os dois eventos estivessem diretamente relacionados.

– Um crime de ódio pode ter muitos qualificadores, e neste momento não temos como saber com certeza se foi um ataque direcionado – explicou ela, para meu silêncio perplexo.

E a suástica? A referência a porcos muçulmanos, a ordem para voltarmos para casa, os palavrões na calçada do Irmão Musa que faziam menção à sua herança árabe?

– É muito cedo para afirmar as verdadeiras motivações neste caso – explicou pacientemente a policial Lukie, e, embora eu soubesse que ser objetiva era parte do trabalho dela, minha garganta ainda assim apertou. – O vídeo que foi postado provavelmente inspirou esse ato delinquente e o vandalismo. Felizmente, há algumas filmagens de câmeras, que analisaremos nos próximos dias, e também falaremos com quaisquer testemunhas que se apresentarem. Meus mais profundos sentimentos para você e sua família, senhorita Khan. – Ela prometeu entrar em contato assim que tivesse novidades e se despediu com uma advertência: – De acordo com nossa análise dos comentários na internet, havia várias referências a um festival próximo.

Expliquei sobre o festival de verão de Golden Crescent.

Com um suspiro, ela disse:

– À luz dos eventos recentes, vocês talvez devam considerar o cancelamento.

Pensei nos mil panfletos distribuídos e colados nas vitrines naquele dia.

– É um festival local. As crianças do bairro aguardam por ele todos os anos. Pais e avós comparecem. É uma tradição da comunidade. Não podemos... – Minha voz falhou, e a policial Lukie me esperou recuperar o controle. – Nós não vamos cancelar – falei com firmeza.

– Você pode providenciar alguma presença policial, mas precisa me prometer que vai avisar se receber mais ameaças direcionadas. Nossa prioridade agora é encontrar as pessoas responsáveis pelo vandalismo em Golden Crescent e garantir que ninguém se machuque.

Quando desliguei, Baba estava na sala.

– Fazeela me contou sobre o vídeo e o ataque na rua. As pessoas estão ligando o dia todo. Hana, o que está acontecendo? – perguntou ele.

– Nada com que se preocupar – eu disse, a mentira saindo automaticamente de meus lábios. Eu estava tão acostumada a protegê-lo da realidade que se tornara um hábito.

Baba suspirou.

– Pare, *beta*. Eu sei que o restaurante está com problemas. Eu sei que as coisas não estão indo bem. Sua mãe está preocupada, e Fahim não sorri há dias. Esconder as coisas de mim não vai ajudar.

– Eu quero que você melhore. Não quero que se preocupe com nada além disso – falei calmamente.

O parco cabelo de meu pai tinha ficado completamente grisalho nos últimos anos, notei.

Ele se sentou ao meu lado no sofá e colocou a mão sobre a minha.

– É um luxo poder me preocupar com a minha família. Quase morri naquele acidente, e sou grato pelo tempo que me foi concedido. Você precisa parar de tentar me isolar. Também faço parte desta família.

Ele estava certo. Eu não podia mais esconder as coisas dele, nem queria. Entremeada pelas minhas lágrimas e depois pelas dele, lhe contei tudo. Kawkab Khala juntou-se a nós enquanto eu contava sobre o ataque no centro da cidade e dos acontecimentos do dia, acomodando-se na poltrona e ouvindo minha narração sem interromper.

Quando terminei, ambos se mantiveram em silêncio.

— Você é muito corajosa, Hana — disse minha tia finalmente.

Esperei pela habitual estocada, mas ela estava falando sério.

— Minha Hana sempre foi assim — disse meu pai, os olhos avermelhados.

Foi bom contar a verdade a Baba. Seus ombros mais uma vez ficaram fortes o suficiente para lidar com essa preocupação.

— Mostraremos a esses covardes que não nos deixamos intimidar por essas grosseiras táticas de medo — disse Kawkab Khala, e havia algo em sua voz que me fez querer levantar e aplaudir.

Sabendo o que eu sabia sobre sua história pessoal, o voto de confiança da minha tia acendeu um fogo dentro de mim.

A campainha tocou e fui atender, esperando encontrar meu primo ou talvez Fahim. Mas quem estava na porta era a Tia Triste — Afsana, me corrigi —, segurando um prato coberto.

— Para você — falou simplesmente, me oferecendo o vasilhame.

Um delicioso aroma escapou do papel-alumínio.

— É Afsana? — perguntou Kawkab da cozinha, onde preparava chá. — Diga a ela que está atrasada.

Baba tinha desaparecido no andar de cima para descansar depois da agitação do dia. Kawkab Khala levou três canecas fumegantes de *chai* para a mesa da cozinha e, assim como na última visita de Tia Afsana, nós três nos sentamos para beber e conversar. Afsana trouxera *pakoras* de batata fresca — bolinhos temperados com *garam masala*, sal, pimenta vermelha em pó, coentro fresco e pimenta verde, empanados em farinha de grão-de-bico e fritos. O tempero gorduroso das *pakoras* combinado com o *chai* quente foi reconfortante.

— Lamento o que aconteceu na rua hoje — disse Tia Afsana. — Fiquei com muito medo quando soube da notícia. Estão todos... bem? — Sua voz era hesitante, e notei minha tia inquieta, remexendo-se na cadeira com suas palavras.

— Os vândalos atacaram tarde da noite, quando todos estavam em casa — tranquilizei-a.

– Sua mãe disse que haverá uma reunião da Associação dos Empresários para discutir um aumento na segurança – disse Kawkab Khala. – Gostaria de participar dessa reunião.

Ela estava me informando, e não pedindo permissão, e a olhei surpresa. Minha tia demonstrara pouco interesse na operação do Três Irmãs, e eu imediatamente imaginei que ela estava tramando algo. Minha suspeita foi confirmada pelo rápido olhar que ela lançou para Tia Afsana, que agarrou sua caneca com força, esperando minha resposta.

– É só um bando de tios e tias velhas discutindo entre si – falei.

Não queria fazer outra cena na associação, mas, se a minha tia queria ir, eu não podia deixá-la ir sozinha. Quem sabia em que encrencas ela se meteria sem a minha supervisão.

– Farei questão de que continue sendo assim – disse ela, uma promessa afiada nas palavras.

Bebemos o resto do *chai* em silêncio. Tia Afsana saiu logo depois, com seu prato lavado e abastecido com biscoitos de açúcar. Na nossa família, era impensável devolver um prato vazio.

– Você e a Tia Afsana são tão próximas – comentei com minha tia, pegando as canecas vazias e colocando-as na pia.

– Ela é a minha melhor amiga, embora eu seja mais velha. Afsana sempre foi cheia de vida, mas ocasionalmente ela cai em momentos de escuridão. – Minha tia começou a lavar a louça sem olhar para mim. – Sei porque sofri da mesma escuridão, só que eu disfarçava melhor. As pessoas sabiam quem era meu pai, quem era minha família. Ela não teve tanta sorte. Seus pais eram pobres e todos sabiam que ela estava na escola apenas por causa de uma generosa *waqf*, uma doação.

– Você a protegeu – afirmei, entendendo melhor o relacionamento delas.

O instinto de proteção de Kawkab Khala se manifestava com muita evidência quando sua amiga estava presente.

– Nós cuidamos uma da outra. Mas, sim, ela sempre me teve como uma irmã mais velha. Infelizmente, se casou muito jovem e deixou a escola cedo. Mas, quando a encontrei, tentei ajudar.

Eu estava processando a informação.

— Ela conseguiu ajuda para esses... momentos sombrios depois que se casou?

— Seu primeiro marido nunca a entendeu. Alá a abençoou com um homem melhor da segunda vez.

— E duas filhas.

Minha tia organizou os pratos no escorredor.

— São enteadas, mas ela as ama como se fossem suas. Quando decidi visitar Toronto, disse a ela que viesse, que teríamos uma grande aventura juntas. Seu marido é generoso e suas enteadas são quase adultas, então nos planejamos. — Ela pegou a loção para mãos que mantínhamos no balcão e passou o creme espesso na pele fina como papel. — Que país frio sua família escolheu. Eu, no lugar da sua mãe, teria me mudado para a Califórnia.

Sorri fracamente.

— Mamãe gosta de um desafio.

— Uma característica compartilhada por todas as mulheres da família, receio. Boa noite, Hana *jaan*. — Ela me deixou na cozinha.

Meu celular vibrou enquanto eu me preparava para dormir. Para minha surpresa, a mensagem era de Aydin. Ele devia ter conseguido meu número com Rashid.

> Se não for muito incômodo, você poderia ir ao Wholistic Grill amanhã à noite?

Respondi perguntando o que estava acontecendo.

> Queria conversar. Posso oferecer como suborno uma espiada no Império do Mal e um gostinho do nosso cardápio.

Colocando nesses termos... "Te vejo às 18h", digitei. "É bom que valha a pena."

Eu geralmente sou #abençoada. Como muçulmana, fui ensinada a ser grata por minhas muitas graças; sei quão sortuda sou. Amo a minha família, sou jovem, saudável e educada, e nasci no Canadá. Mas ultimamente tenho me sentido oprimida pela tristeza. Uma série de eventos infelizes ocorreu em minha vida e sinto falta dos dias em que eu tinha o luxo de não me preocupar com coisas que não posso controlar.

Fiquei cara a cara com o ódio recentemente. Não vou entrar em detalhes porque este é um podcast anônimo, e o incidente poderia ser facilmente encontrado no Google. Pela primeira vez na vida, fui alvo, e isso me deixou abalada. Foi uma experiência desestabilizadora também, já que por muito tempo me senti invisível. Essa estranha existência dupla – de ser enxergada por uma coisa e rejeitada por essa mesma coisa – é um fato cotidiano na vida desta garota muçulmana marrom que vos fala, e provavelmente na de muitas pessoas por aí. Vivo nesta pele há tanto tempo que é a única maneira de ser que conheço.

No entanto, pela primeira vez, me sinto ao mesmo tempo vista e incompreendida. Não há solução para esse sentimento, eu sei, exceto aprender a ficar confortável com o eu interior, aquele que nem todo mundo tem a chance de ver ou conhecer. É por isso que digo para vocês, amigos ouvintes: se virem alguém em dificuldade, não tenham medo de estender uma mão amiga, de mostrar compaixão, talvez até empatia. Digam a essa pessoa que vocês enxergam quem ela é de verdade, além da dor. Vocês também podem se ver engolidos por nuvens em algum momento. Ninguém sabe quando os dias sombrios virão, mas eles vêm para todos nós.

CAPÍTULO TRINTA E QUATRO

Já passava das seis da tarde quando cheguei ao Wholistic Grill. A fachada do restaurante de Aydin era recuada e parcialmente sombreada por árvores. Imaginei casais passeando por ali nas noites de verão, crianças brincando no pátio, amigos conversando sobre o dia. Ele havia escolhido um bom local para o restaurante. A porta estava destrancada, e eu entrei, tomada de curiosidade. Queria ver o que tinha sido feito com o lugar.

O restaurante era dominado por um branco muito claro e um cinza suave. O corredor central continha uma mesa longa e alta em estilo comunal feita de madeira de demolição, com elegantes banquetas cromadas; lâmpadas pendiam no teto sobre ela. Nos cantos, havia mesas com bancos de couro cinza, vermelho e preto, visíveis sob a proteção de plástico. Elas se intercalavam com mesas menores com capacidade para dois ou quatro, além de algumas grandes mesas circulares para grupos maiores. A cozinha não ficava escondida nos fundos como no Três Irmãs, mas na frente do restaurante, separada por um vidro.

As paredes eram decoradas com papel de parede prateado e branco, e na extremidade de trás do restaurante havia uma enorme televisão de tela plana cercada por confortáveis sofás e mesinhas bistrô. A iluminação era de bom gosto, com cristais pendurados em quebra-luzes pretos. O resultado não parecia pertencer a Golden Crescent, pensei, e depois reconsiderei. Nosso bairro também merecia belos espaços.

Aydin esperava no balcão em frente à cozinha, me observando bisbilhotar descaradamente.

– O que achou? – perguntou depois de alguns minutos.

Só consegui balançar a cabeça. Não sabia explicar o que estava sentindo. Não era exatamente ciúme ou ressentimento. Olhei em volta novamente, notando pequenos detalhes como os saleiros e pimenteiros em forma de estrelas, luas crescentes e corações, e o chão, um travertino branco e cinza. Tudo denotava um olhar apurado para detalhes.

Meu olhar flutuou para seu rosto, que parecia vulnerável à espera da minha resposta.

– É surpreendente, Aydin. Tudo está perfeito – respondi honestamente.

Seus ombros relaxaram e ele me lançou um sorriso arrogante.

– Espere até ver o pátio.

O pátio dos fundos era pequeno, mas isolado, um pedaço de ardósia cinza lustrosa perto do estacionamento, cercado por pinheiros adultos. A mobília era de ferro fundido, e havia pesados guarda-sóis pretos em cada mesa.

Assobiei em apreciação.

– Você sabe que seus clientes andam com os filhos malcriados a tiracolo, certo? Eles vão destruir este lugar! – provoquei.

Ele sorriu brevemente.

– Já incluí isso no preço, o reparo dos danos. Espere aqui, já volto.

Ele voltou e colocou na minha frente um prato fumegante, os talheres envoltos em um guardanapo de linho.

Aydin tinha feito *poutine biryani* para mim. Sem palavras, olhei para seu rosto subitamente tímido e para o prato. O prazer que senti com esse gesto foi quase esmagador, então fiz a melhor coisa que uma pessoa pode fazer para um cozinheiro. Cavei o arroz e o frango cobertos de molho, pegando batatas fritas e queijo coalho, e tentando não pensar demais no significado de sua atitude.

– Está delicioso! – eu disse. – Obrigada.

– Esse prato é mais complicado do que parece.

– Não me diga que está no cardápio.

– Apenas no menu secreto, só para VIPs. – Ele pegou um garfo extra e deu uma pequena bocada. Então fez uma careta. – Eu realmente não entendo como você gosta. É como comer papinha de bebê, com os sabores todos misturados.

— Nem todo mundo entende meu paladar sofisticado.

Aydin sorriu e olhou ao redor do pátio. Ele parecia nervoso, afobado, e me perguntei novamente por que tinha me convidado. Não era para planejar o festival, ou ele teria me dito para vir com Rashid. Ele me explicaria o porquê quando se sentisse pronto, pensei.

Resolvi perguntar sobre algo que estava em meus pensamentos havia algum tempo.

— Por que você decidiu entrar no ramo dos restaurantes? Com os contatos e o dinheiro do seu pai, você poderia ter feito qualquer coisa.

Administrar um negócio nunca é fácil, mas restaurantes são famosos pelas longas jornadas, pelos clientes desordeiros e pelas margens de lucro pequenas.

Observei Aydin traçar círculos na mesa. Não conseguia parar de olhar para seu dedo, longo e arredondado na ponta.

— Por que as pessoas fazem o que quer que seja? Por que você está tão interessada em realizar o festival? — perguntou ele.

— Porque um menino rico se mudou para o meu bairro e decidiu arruinar a minha vida — falei com leveza. Sorri para mostrar que estava brincando. Em parte. — Você não respondeu à minha pergunta.

— Minha mãe adorava cozinhar — começou ele, então parou.

Dei outra garfada enquanto ele procurava as palavras.

— Eu tinha consciência de que meus pais não se davam bem. Não é que eles brigassem. Eles não se falavam. Eles pareciam nunca estar no mesmo lugar ao mesmo tempo, sabe? Meu pai trabalhava o tempo todo, e mamãe ficava muito sozinha. Eu era muito novo quando ela morreu... Não tinha nem seis.

Meu garfo parou. Tentei imaginar o pequeno Aydin, uma criança com cabelos escuros e desalinhados e olhos enormes. Aposto que ele era magricela.

— Não percebi que minha mãe estava doente até ela morrer. Ninguém me disse nada. Mas, quando estava viva, ela adorava cozinhar. Morávamos em uma casa enorme em North Vancouver, e ela estava sempre fazendo experiências na cozinha. Papai costumava ficar muito bravo, porque ela era uma cozinheira desastrada. Derrubava *haldi*, aquele pó amarelo de açafrão, em todos os balcões de mármore branco que ele havia encomendado da Itália.

A cozinha do Três Irmãs era assim. Especiarias indianas mancham seriamente roupas, paredes e balcões.

– Ela fazia as mais deliciosas *pakoras* de batata e biscoitos de chocolate para mim no lanche da tarde, mas eu amava mesmo o *biryani*. Ela dizia que era uma receita secreta, passada apenas para as mulheres da família. Lembro de ficar triste porque eu planejava não me casar, achava as garotas nojentas. O *biryani* que comi no seu restaurante tinha o mesmo sabor do da minha mãe. – Nossos olhos se encontraram, nós dois lembrando as palavras de seu pai naquele dia. O sorriso de Aydin era pesaroso. – Pobre menino rico, certo?

Balancei a cabeça.

– Eu gostaria de ter conhecido a sua mãe. Amo *pakora*.

Ele riu.

– Ela teria adorado cozinhar para você.

– Sou uma péssima cozinheira.

– Você também não é uma ótima garçonete. Que bom que você está seguindo o caminho do rádio. Aliás, você nunca me contou o porquê.

– O rádio salvou a minha vida – falei baixinho. – Quando meu pai estava no hospital e a gente tinha que esperar para saber se ele sobreviveria à noite, e depois para saber se ele sobreviveria à primeira cirurgia, e à segunda, à terceira, então para saber se ele voltaria a andar, o rádio e os podcasts me distraíram. Me mantiveram otimista e me deram algo para pensar além da minha vida. Mais tarde, quando ele se recuperava, Baba e eu maratonamos programas inteiros enquanto ele fazia fisioterapia ou esperava a dor passar. As histórias nos ajudaram a esquecer por um tempo. Foi quando percebi que queria contar histórias para o resto da vida.

Aydin me encarava enquanto eu falava, o olhar se movendo entre meus olhos e meus lábios. Meu rosto ficou quente.

– Você acha isso idiota, né?

Ele balançou a cabeça.

– Não. Estava pensando que nunca imaginei que conheceria alguém como você.

Eu não sabia bem o que ele queria dizer.

– Você passou o ano passado sonhando com uma locutora com opinião sobre tudo? – perguntei. A conversa estava ficando séria demais.

— Sim – disse ele simplesmente. – Você é ambiciosa, independente, leal, inteligente. Eu adoro a sua família. Você me faz rir. Não consigo parar de olhar pra você.

As borboletas em meu estômago estavam me impedindo de terminar o *poutine biryani*. Larguei o garfo.

— Por que você está me dizendo isso?

Aydin balançou a cabeça, e reparei que seus punhos estavam cerrados ao lado do corpo.

— Fazia tempo que eu queria falar isso. Tenho medo de que, quando eu contar o restante, você me odeie.

— Eu tentei te odiar. Mas não deu muito certo.

— Eu também. – Ele respirou fundo e soltou: – Meu pai quer que eu case com a Zulfa.

Meu estômago foi para o chão.

— Entendo.

— Eu a conheço desde sempre. Também sei que ela está apaixonada por outra pessoa, em Vancouver, e que seus pais a pressionam a se casar comigo. Me ofereci para fingir ser seu noivo por alguns meses, para deixar nossos pais felizes. Em troca, ela me ajudaria a inaugurar o restaurante.

— Parece o enredo de uma comédia romântica.

Seu sorriso de resposta foi triste.

— Não é esse tipo de filme. Estou te contando isso porque quero que você entenda o tipo de homem que meu pai é. Ele quer que o mundo funcione de uma maneira específica e espera obediência e lealdade das pessoas em sua vida, especialmente de mim. Ficar noivo de Zulfa foi uma das duas condições que ele estabeleceu para apoiar meu restaurante. Inicialmente concordei porque Zulfa precisava de tempo para que ela e Zain pudessem fazer planos. Mas a outra razão foi porque eu precisava do dinheiro e do apoio do meu pai para começar o Wholistic Grill.

Eu me perguntei para onde ele estava indo com essa história.

— Rashid vai ficar tão desapontado – murmurei.

Aydin riu, balançando a cabeça.

— Você não está tornando isso fácil para mim.

Eu sabia que havia mais coisas, e que não gostaria do que estava por vir.

– Eu deveria facilitar as coisas para você? – perguntei.

Trocamos um olhar profundo.

– Desde que nos conhecemos, você virou meu mundo de cabeça para baixo. Me deixe botar isso pra fora, e depois você decide o que vai fazer.

Concordei com a cabeça, as engrenagens girando em minha mente.

– Você disse que ficar noivo da Zulfa foi a primeira condição para seu pai apoiar o Wholistic Grill. Qual foi a segunda condição dele?

– Meu pai acha que me falta o instinto assassino necessário para ter sucesso nos negócios. Disse que, se eu quisesse o dinheiro dele, teria que provar que o investimento valia a pena.

Relembrei a conversa com Zulfa, sua visão sobre Aydin e seu relacionamento tenso com o pai. Não era difícil acreditar que Tio Junaid visse o filho como um investimento a ser mantido até que o devido retorno fosse alcançado. E eu conseguia imaginar Aydin ansioso para corresponder às expectativas, a despeito de sua própria natureza.

Ele continuou, a entonação fria agora, e meu coração acelerou à breve reaparição do Aydin calculista.

– Eu menti para você. Não foi por coincidência que montei o Wholistic Grill em Golden Crescent.

– O que você quer dizer?

– Para manter o investimento do meu pai, eu precisava abrir o Wholistic Grill ao lado de um restaurante bem estabelecido. E teria seis meses para colocá-lo fora dos negócios. Eu escolhi o Três Irmãs. Eu passaria no teste se vocês fechassem. – Ele recitou os fatos lentamente, como numa confissão.

O que de fato era. Levei um momento para processar suas palavras. Quando consegui, levantei-me lentamente. Meu coração batia tão rápido que temi não conseguir me manter em pé. Agarrei a mesa, e Aydin começou a se mover em minha direção, mas eu ergui uma mão. Ele congelou no lugar, os olhos ansiosos fixos em meu rosto.

– Então eu estava certa o tempo todo – falei, a voz estranhamente calma. Por que eu estava tão calma? – Você tem sido meu inimigo desde o início.

Seus ombros caíram.

– Eu sinto muito.

E de repente já não estava calma. Estava furiosa.

– Pelo que você sente muito, exatamente? Por se dedicar a destruir a minha família desde o primeiro momento em que nos conhecemos?

– Não foi pessoal. Você era uma desconhecida – respondeu Aydin, uma nota de súplica na voz.

– Você se sentiria bem em tirar outra família dos negócios, apenas para obter o dinheiro do seu pai e um voto de confiança? – indaguei, o tom mais alto.

– Sua mãe já estava com problemas antes da nossa chegada. Admito que tive alguma participação, mas você não pode colocar toda a culpa em mim – disse Aydin.

Ele realmente não entendia; ele não entendia o tamanho de seu privilégio e de seu poder. Ele tinha todas as opções à disposição, enquanto a minha família precisava batalhar para não ser engolida.

– Isso não dá o direito de tirar as nossas escolhas! – gritei. – Nós não temos mais nada. A minha família vai se arruinar só porque você não é capaz de enfrentar o seu pai!

– Você sabe como me sinto em relação ao meu pai – disse Aydin, levantando-se para me encarar.

– E VOCÊ AINDA ASSIM PEGOU O DINHEIRO DELE!

Ele se contraiu e recuou, como se eu o tivesse golpeado. Seu rosto foi tingido por um vermelho feio, uma emoção crua rastejando por suas bochechas e mandíbula, como se eu tivesse lhe dado um tapa. O que eu gostaria de ter feito.

– Você não é inocente, Hana – disse Aydin, a voz sombria e grave. – Você espalhou rumores sobre o Wholistic Grill na internet. Você tentou embargar a obra. Pelo menos eu contei a verdade.

– Só agora! Você me contou a verdade só agora! – Chorei. – E pensar que me senti culpada pelo que fiz. Eu apaguei as postagens, até escrevi coisas positivas sobre vocês, e você tentando acabar conosco desde o início. Eu devia ter seguido meus primeiros instintos e acabado com o seu restaurante!

Eu estava fora de controle; a raiva havia tomado conta de mim e me impelia, mesmo notando a mágoa, a vergonha e a culpa em seu rosto. Mas isso não bastou. Depois de tudo o que tinha acontecido conosco – em Golden Crescent, na internet, no centro da cidade. Eu havia confiado nele, eu o havia ajudado, e ele me traiu.

Senti as alfinetadas das lágrimas, mas as segurei.

– Como você pôde fazer isso comigo? – perguntei, odiando quão pequena minha voz soava.

– Eu quis dizer a verdade assim que percebi... – Ele parou. Então, disse mais suavemente: – Eu não esperava que isso acontecesse.

– O que você não esperava que acontecesse? Não esperava sentir pena de mim? Sentir pena da minha família por expulsá-la da nossa *favela étnica*?

– Não!

Eu o desafiei a explicar. Estava tão próxima que sentia seu calor, assim como ele podia ver que eu estava tremendo.

– Então o quê? – gritei de volta.

– EU NÃO ESPERAVA ME APAIXONAR POR VOCÊ! – gritou Aydin.

Suas palavras me empurraram para trás, em choque. Nós dois respirávamos com dificuldade agora, como dois boxeadores exaustos no último round.

Eu passei a balançar a cabeça rapidamente, incrédula, magoada e triste – e muito, muito arrependida.

– Não se iluda pensando que sente algo verdadeiro por mim, Aydin. Isso não é amor – falei deliberadamente. – O amor não engana, não ilude, não extorque. – Parte de mim sabia que essa não era toda a verdade. Eu havia testemunhado seu cuidado; porém não sabia se ele era real. Minhas próximas palavras foram cruéis, um golpe direto. – O que a sua mãe pensaria de você agora?

Imediatamente me arrependi da pergunta. Aydin fechou os olhos e, quando os abriu novamente, eles estavam molhados. Ele murmurou um xingamento e foi embora.

Eu me obriguei a sair, atravessando o portão do pátio, deixando sobre a mesa o *poutine biryani* que ele havia preparado para mim – e o que restava do meu coração.

CAPÍTULO TRINTA E CINCO

Eu continuava furiosa com Aydin no dia seguinte e não sabia o que fazer com sua confissão. Perguntei a mim mesma se deveria contar à minha família. Fazeela e Baba haviam me pedido que começasse a compartilhar os problemas, mas de que adiantaria essa informação? Eu não queria admitir que sabotara Aydin, o que poderia acabar vindo à tona. E não entendia por que Tio Junaid desejava nosso fechamento, para além da prova de que seu filho poderia ser moldado segundo suas vontades. Me parecia uma terrível prática de negócios, mas, por outro lado, eu não vivia no mundo rarefeito da conspiração corporativa. Também podia prever a reação indiferente de minha mãe ao comportamento de Aydin: "Estávamos em apuros antes de ele aparecer. Não vejo qual é o problema".

Eu também não entendia o que Aydin esperava na noite anterior. Algum tipo de perdão espontâneo, talvez? Se sim, então nós dois tínhamos sido surpreendidos pela minha raiva. E eu tinha sido ainda mais surpreendida pela admissão de que ele gostava de mim. "Eu não esperava me apaixonar por você!" Suas palavras ecoaram em minha mente enquanto me preparava para meu turno na Rádio Toronto.

Houve atração entre nós desde o início, mas amor? Éramos praticamente estranhos. "Como você pôde fazer isso comigo?" Lembrar as minhas próprias palavras provocou um rubor de vergonha em minhas bochechas. "O que a sua mãe pensaria de você agora?" Não conseguia parar de pensar no olhar de Aydin quando mencionei sua mãe. Ele merecia minha raiva, mas talvez não aquela crueldade no final.

Não sabia como voltaria a encará-lo. Com espadas desembainhadas e pistolas em punho? Ou ele agitaria uma bandeira branca, me atrairia com mais *poutine biryani* e se recusaria a lutar? O que eu faria nesse caso?

Uma coisa era certa: a verdade estava posta entre nós, os segredos revelados. À luz da manhã, essa honestidade se mostrava estranhamente refrescante. Eu estava cansada de mentir para mim mesma sobre como realmente me sentia em relação a muitas coisas. Estava cansada de abaixar a cabeça para ser aceita e de ignorar o custo que o autoengano me causava. Era hora de abrir as janelas e deixar o sol bater nos cantos escuros. Era hora de pegar a minha história em minhas próprias mãos, e não mais deixá-la nas mãos de quem não respeitava minhas palavras.

Eu me vesti para o trabalho, mentalmente abrindo essas janelas enquanto colocava meu *hijab* mais colorido – rosa, azul e roxo – e o prendia com um alfinete. Passei rímel e batom vermelho vibrante. E pensei nas mulheres da minha família – minha mãe, Kawkab Khala, Fazeela. Cada uma enfrentara grandes desafios, e nenhuma escolheu o caminho mais fácil, menos árduo. Todas lutaram pelo que acreditavam, enquanto tiveram forças.

Desejei que a mesma luz esclarecedora fluísse para a conversa que, agora eu sabia, precisava ter com Marisa e Thomas.

<hr />

Marisa conferiu o relógio quando entrei pela porta da Rádio Toronto – pela primeira vez, tinha chegado na hora.

– É bom ver que você está se esforçando, Hana. Sei que as coisas têm sido difíceis – disse ela.

Senti um formigamento na nuca. Suas palavras foram projetadas para me colocar no meu lugar, mas tiveram o efeito oposto. Marisa sabia do ataque em Golden Crescent; o evento tinha sido noticiado, e mais uma vez eu fora citada e entrevistada como representante do negócio da minha família e da rua, mas não pela Rádio Toronto. Sabia que ela se ressentia da minha recusa em fazer um segmento ao vivo sobre o ataque ao meu bairro. Provavelmente era por isso que ela estava sendo tão seca comigo.

Ela perguntou se havia novidades e o que a polícia dissera. Marisa, que nunca tinha demonstrado interesse por minha família, passou a me encher de perguntas. Sua mãe administra um restaurante há quinze anos? Rashid é novo no país, ele tem visto de estudante? Fazeela jogava futebol semiprofissionalmente e agora está de repouso por causa de uma gravidez complicada? Entretanto, seu interesse durou pouco, especialmente porque não renderia nenhuma reportagem para a estação, então ela se voltou para o monitor na frente de Thomas. Na tela, vi um esboço da matéria sobre radicalização, aquela que eles apresentaram a Nathan Davis, apesar dos meus protestos.

— Vocês vão mesmo fazer essa matéria — falei.

— Claro que sim, querida — disse Marisa, sem se virar.

Thomas me viu e se endireitou.

— O que foi, Hana? — perguntou.

Era agora ou nunca. Canalizando minha Kawkab Khala interior, comecei.

— Ultimamente tenho pensado muito sobre contar histórias de modo responsável — falei com cuidado.

— Sim, Hana? — disse Marisa, clicando no documento de Thomas. Ela ainda não tinha se virado.

Enterrei as unhas nas palmas das mãos.

— Eu não quero que vocês continuem com a história sobre radicalização entre jovens muçulmanos — soltei. — É perigoso. Vai incitar mais ódio contra uma comunidade que já está sob tremendo escrutínio e suspeita.

Finalmente consegui a atenção da minha chefe. Marisa me encarou, enquanto Thomas mudou de posição, levantando as mãos em um movimento sutil. "Acalme-se", os olhos dele suplicavam. "Não diga nada ainda."

Eu o ignorei.

— É uma história importante que vai provocar discussões entre os ouvintes interessados — respondeu Marisa em seu melhor tom "estou lidando com uma criança". — Sei que algumas coisas tristes aconteceram com você e sua família recentemente, mas, como jornalista, você precisa aprender a separar seus preconceitos pessoais dos eventos atuais. Seu trabalho é ser objetiva, querida. — Ela se voltou para a tela.

Como eu nunca tinha notado o tom condescendente antes? Ou talvez eu simplesmente o tivesse ignorado até hoje, porque era mais fácil assim.

– Você não pode – eu disse, e minha voz falhou. Eu estava com medo, percebi.

Marisa se paralisou.

– Não... posso? – repetiu, balançando a cabeça. – Hana, você estava no lugar errado, na hora errada lá no centro, e seu primo irritou um grupo marginal ao postar o vídeo. Ele fez uma escolha, e as consequências recaíram sobre ele. O fato de o vídeo ter se tornado viral demonstra quanto as pessoas estão interessadas na questão, o que é uma ótima notícia para o programa de vocês. Quando escolhi você e Thomas para o estágio, ambos concordaram em trabalhar nos projetos que lhes fossem designados. Esse programa é importante para a estação como um todo. O bom jornalismo exige que você se dedique, que faça sacrifícios.

Eu me mexi no lugar, contemplando as minhas opções. Poderia recuar imediatamente. Ela tinha efetivamente me colocado no meu lugar. Se eu desistisse, talvez ela cedesse à minha próxima ideia ou me oferecesse um cargo remunerado por eu ter me mostrado capaz de ser "objetiva", de ser uma pessoa que joga para a equipe. Só que eu não queria mais fazer parte desse time. Respirei fundo e reconheci a verdade: eu não podia mais continuar com isso.

– Nunca me senti confortável com o tom que você quer dar para um programa sobre pessoas não brancas em Toronto – comecei. No instante em que as palavras saíram da minha boca, da minha cabeça, meus ombros relaxaram de alívio. – Deixei as minhas restrições claras na reunião com o Nathan Davis, e depois também, mas você não me deu ouvidos.

A mandíbula de Marisa se apertou com minhas palavras, e dois pontos brilhantes de rubor apareceram em suas bochechas.

– Você tem alguma ideia do presente que recebeu? – falou. – Trabalhar em um programa próprio, nesta fase da sua carreira, é uma oportunidade incrível. Se você está com dificuldade para tirar o melhor das coisas agora, como espera sobreviver nesta área? Você devia estar me agradecendo, e não causando mais problemas.

Seus verdadeiros sentimentos, finalmente. Eu devia estar agradecendo a ela. Devia me sentir honrada e privilegiada por trabalhar na história – qualquer história – com que ela me presenteasse. O pior de tudo era que ela estava certa num aspecto, e eu sabia. Era *de fato* uma oportunidade. Mas ela estava errada em outros, aqueles que consideravam minha identidade, a história e a responsabilidade que eu carregava – e esses aspectos pesavam muito mais.

Thomas olhou para mim desejando que eu recuasse em minha posição.

Fechei os olhos. *Bismillah*. Hora de apostar tudo.

– Eu entrei no rádio para contar histórias sobre pessoas reais – falei, o olhar fixo no rosto dela. – E não para reforçar as projeções de estranhos. Não posso fazer parte da perpetuação de estereótipos prejudiciais de pessoas marrons e muçulmanas. Promover a velha narrativa do forasteiro perigoso vai causar danos à minha comunidade. Eu sei, porque já acontece.

– Isso é injusto. Queremos ouvir as histórias de todos – disse Marisa.

– Não, não querem – respondi. – Vocês querem me ouvir recontar as histórias que contam a si mesmos sobre pessoas parecidas comigo.

Thomas, que permanecera em silêncio até então, falou:

– Hana, vamos falar sobre isso. Podemos resolver as coisas.

Senti uma profunda tristeza com suas palavras. Era tarde demais, e nós dois sabíamos disso.

– Não, Thomas. Hana deixou claro que não pode trabalhar aqui ou nos projetos passados para ela sem que isso comprometa sua bússola moral – disse Marisa. – Ela é livre para buscar uma situação que se alinhe melhor com suas crenças.

Afinal, não era melhor saber como eu era enxergada e levar esse conhecimento comigo? Não importaria o que eu dissesse, Marisa jamais entenderia as experiências que me moldaram. Por outro lado, a própria Marisa era uma incógnita para mim.

Estendi a mão.

– Obrigada pela oportunidade e pela orientação, Marisa. Espero que nossos caminhos se cruzem novamente algum dia.

Ela segurou minha mão.

– Fique bem, Hana.

Arrumei minhas coisas. Foi só depois que saí da estação que o tremor começou. Tive que apoiar as mãos nos joelhos e respirar fundo até minha visão clarear.

Tinha trabalhado por meses para garantir o estágio. Era para ser um passo em direção a um trabalho melhor e mais seguro no rádio. Tanto trabalho e esforço, tantas horas de arquivamento, tantas ocasiões em que precisei morder a língua ou em que minhas ideias foram desconsideradas, tudo isso para nada. A perspectiva de segurança profissional que meu pai tinha para mim – com a qual eu mesma sonhava – tinha sumido completamente da minha vida. O restaurante fecharia, Aydin venceria e minha carreira no rádio estava acabada.

O que eu tinha acabado de fazer?

॥⁙॥⁙॥

Acordei agitada de um pesadelo sombrio. O cobertor estava jogado de qualquer jeito no chão e eu me achava esparramada no sofá. Sentei e conferi o celular. Era final da manhã. Alguém (provavelmente minha mãe) havia deixado meu café da manhã favorito na mesa de centro: *upma*, um saboroso mingau de *rava* de trigo moído cozido com cebola, semente de mostarda, folha de *curry*, pimenta chili e castanhas-de-caju torradas.

Coloquei o *upma* no micro-ondas enquanto a chaleira fervia água para o *chai*, depois levei os dois de volta para o sofá. A primeira bocada queimou minha língua, e a pimenta chili ardente me despertou completamente. O *chai* escaldante não contribuiu para acalmar minha boca. Cerrei os olhos enquanto minhas papilas gustativas latejavam.

Eu realmente havia pedido as contas do estágio? Acusado Marisa de não ouvir as opiniões diversas da equipe? De onde tinha surgido aquela Hana de gênio forte?

Meus olhos se detiveram no elegante xale preto de caxemira de Kawkab Khala, bordado com flores de laranjeira, pendurado sobre a poltrona à minha frente. Isso tudo era culpa dela, definitivamente. Ela era uma agente do caos, me encorajando a querer mais, a esperar mais de todos na minha vida.

Meu podcast também mudara nas últimas semanas. O *Divagações de Ana, uma garota marrom* tinha começado como um espaço para registrar meus pensamentos aleatórios. Havia evoluído para um diário em forma de áudio e, a julgar pela minha crescente contagem de ouvintes, existia um interesse genuíno pelas histórias que eu contava. O pensamento me aqueceu e abri o software de edição no laptop.

Depois de trabalhar no meu último episódio do podcast, apertei o play no que tinha até agora de *Um segredo de família*. Semanas atrás, Big J perguntara o que me impedia de trabalhar na história que estava em meu coração. Agora, graças às minhas ações impulsivas, eu tinha todo o tempo de que precisava para terminá-la.

A voz da minha tia no microfone era rouca.

– O que você quer saber, Hana? – perguntava ela, impaciente.

Fora divertido entrevistá-la, até porque ela claramente achava que a tarefa era uma completa perda de tempo.

– Essa história que você me contou, Kawkab Khala. Lembra? Quando estávamos no quintal? Eu achava que tinha ouvido todas as histórias de casa, mas essa foi nova para mim.

Minha tia bufou.

– Vocês, norte-americanos. Você ouve algumas histórias de seus pais e acha que sabe tudo sobre pessoas que nunca conheceu. Quando foi a última vez que você visitou a Índia, Hana *jaan*?

Sorri agora lembrando de como me sentira estranha.

– Hum... Quando eu tinha doze anos? Fomos ao casamento de Hamid Mamu.

– Seu Hamid Mamu é um tolo. Eu o avisei para não se casar com aquela garota. Por que os homens são tão idiotas, Hana? Ele é o carneirinho dela agora. Era evidente que ele se arrependeria. A garota tinha olhos mordazes.

– Sobre essa história...

Kawkab Khala suspirou.

– Você já entrevistou alguém antes?

– Sim. Mas não familiares.

– Você devia ter entrevistado a família antes de tudo.

– É o que estou fazendo, Kawkab Khala, mas você fica mudando de assunto.

– Não entendo o que falar neste microfone tem a ver com rádio. Onde está a antena?

No sofá, ri alto e apertei o botão de pausar. Ainda estava cru; precisava de edição, mas havia algo ali. Eu podia sentir isso.

A essa altura, a notícia da minha demissão impetuosa com certeza já havia se espalhado pelo pequeno escritório da estação. Eu me perguntei o que Big J pensaria de mim quando soubesse. E me perguntei se ele ainda aceitaria me ajudar, ou se passaria a me ignorar.

Havia uma única maneira de descobrir. Murmurando uma breve oração, enviei os primeiros cinco minutos da gravação para Big J, com uma observação. Talvez ele gostasse do que eu tinha feito. Ele havia manifestado interesse nas histórias que eu queria contar. Talvez pudesse me ajudar a encontrar outro emprego também. Eu não tinha mais nada a perder.

Ultimamente tenho pensado nas mentiras que contamos a nós mesmos e nos segredos que nos definem. Mencionei no último episódio que recentemente fiquei cara a cara com o ódio. Eu esperava que as coisas melhorassem, mas elas pioraram em quase todos os sentidos possíveis. Tanto pessoal quanto profissionalmente, fui alvo e fui atacada. Pior, as pessoas mais importantes da minha vida também foram alvo, o que foi doloroso de ver. Estamos tentando juntar as peças agora, tentando descobrir o que fazer e como seguir em frente.

Estranhamente, algo de bom saiu de toda essa dor. Percebi que tenho que ser mais honesta sobre o que realmente quero. Também preciso ser corajosa para enfrentar as coisas que têm me impedido – em alguns casos, eu mesma.

O que isso tem a ver com as mentiras que contamos a nós mesmos e os segredos que guardamos? Durante as últimas semanas, percebi que sou culpada por acreditar em mentiras tranquilizadoras, as mentiras que me permitiram transitar pelo meu mundo. Eu me afastei das coisas que perturbavam a minha consciência, que iam contra os meus princípios, e me convenci racionalmente de que o meu comportamento era o preço a pagar para progredir. Quando finalmente enfrentei algumas dessas mentiras, acabei perdendo meu emprego.

Eu não tenho uma grande rede de apoio, então as consequências de confrontar verdades tão duras são reais e aterrorizantes. Ainda assim, me sinto mais leve com isso, melhor comigo mesma e mais forte. Agora sei o que vou e o que não vou tolerar. E sei qual é o meu limite e o que estou disposta a perder para proteger o meu coração.

Embora eu esteja com medo do que o futuro trará, a incerteza tem sido estranhamente revigorante. Sei quem eu sou como nunca soube antes, e o que estou disposta a sacrificar para permanecer fiel a mim. Acho que não há idade ruim para aprender essa lição.

CAPÍTULO TRINTA E SEIS

Meu celular piscou com dezenas de mensagens quando o alarme, abafado pelas almofadas do sofá, tocou no dia seguinte. Deslizei o dedo e meus olhos pousaram em uma mensagem de Yusuf:

> Nalla morreu ontem à noite. *Janazah* hoje depois da oração *zuhr* às 13h30. Diga aos demais.

Passos rápidos na escada.

– Hana! – disse mamãe com urgência. – Acorde, acorde!

Meus dedos estavam dormentes. Coloquei o celular virado para baixo na almofada do assento ao lado.

A esposa do imame Abdul Bari estivera no Três Irmãs na semana anterior; parecia fraca, mas ainda assim radiante no vestido verde, sorrindo com as piadas do marido. Ela não podia estar morta.

Mamãe estava na minha frente com sua camisola de algodão, o rosto pálido.

– Nalla... – começou ela, e eu balancei a cabeça.

Ela desabou no sofá, respirando com dificuldade.

– Ela tinha a minha idade. – Sua voz estava instável. – Era mais nova até. *Inna Lillahi wa inna ilayhi raji'un* – recitou.

"Somos de Deus e a Ele retornaremos", o versículo do Alcorão que os muçulmanos pronunciam quando tomam conhecimento de uma morte, tão imediato quanto o ajoelhar de um católico fervoroso. Repeti suas palavras.

Ela se levantou.

– Vou ao restaurante. Eles vão precisar de comida, mais tarde – disse.

Ela quis dizer depois da *janazah*, a oração fúnebre que faz parte do ritual islâmico de enterro. Os muçulmanos são incitados a realizar os procedimentos funerários o mais rápido possível. Nalla estava doente havia muito tempo; todos sabíamos que esse dia chegaria.

Eu me vesti rapidamente e fui para o restaurante com mamãe. Ela estava certa. Eles precisariam de comida para alimentar as pessoas que viriam prestar homenagem ao imame no velório, que provavelmente seria realizado no ginásio da mesquita.

Mamãe, Fahim e eu trabalhamos rapidamente. As mãos de mamãe voavam conforme ela picava hortelã e coentro, misturava uma marinada para *curry*, cortava legumes em cubos para grelhar. Montei o *biryani*, distribuindo em uma enorme bandeja o arroz *basmati* parcialmente cozido, então o frango marinado com iogurte e especiarias, cobrindo-o com outra camada de arroz. Finalizei o prato com açafrão, *ghee*, coentro fresco e cebolas douradas antes de manobrar cuidadosamente a bandeja coberta no forno do restaurante, onde o arroz e o frango cozinhariam. Por volta da metade da manhã, a comida estava pronta.

Dirigimos até a mesquita, cujo estacionamento já estava cheio. As notícias do falecimento se espalharam rapidamente na comunidade por meio de mensagens de texto e compartilhamentos nas redes sociais. Todos sabiam que, para participar das orações de *janazah*, quaisquer planos anteriores precisariam ser remarcados.

A sala de oração principal estava lotada, havia pessoas espalhadas pelo corredor. Mamãe, Fahim e eu carregamos as bandejas de comida pela multidão, descendo para o refeitório. Passei a bandeja para a Irmã Fátima, amiga do imame. Seu rosto estava fechado e seus lábios tremeram quando ela abraçou a mim e a mamãe.

– Ela ajudou muitas pessoas, principalmente Abdul Bari. Não sei o que ele fará sem ela – disse Fátima.

Subimos a escada até o corredor principal, onde o imame cumprimentava as pessoas. Vestido com uma túnica branca engomada que chegava aos tornozelos, o cabelo bem escovado, ele sorria, porém as lágrimas escorriam constantemente por seu rosto, encharcando sua barba grisalha. Ele abraçou Fahim, então juntou as mãos e inclinou a cabeça para mim e mamãe.

– Imame – falei, meus olhos se enchendo d'água. – Sentirei muita falta dela.

Abdul Bari assentiu com a boca trêmula.

– O coração dela finalmente está em paz. Ela estava com muita dor.

Aydin surgiu de trás de mim e deu um longo abraço no imame. Eu não o havia notado. O *azan*, o chamado para a oração, começou, e a multidão se moveu para o salão. Aydin manteve uma mão firme no ombro do homem mais velho enquanto ambos caminhavam lado a lado.

Depois da *zuhr*, a multidão observou o caixão de pinho ser carregado até a parte da frente, onde o imame aguardava. Estava coberto com um pano de veludo verde bordado, o único adorno nos simples ritos funerários islâmicos. Abdul Bari estendeu a mão e gentilmente a pousou no caixão de Nalla. Ele ficou ali, de olhos fechados, as lágrimas escorrendo livremente, enquanto a sua congregação assistia. Ao meu redor, homens e mulheres choravam abertamente contra lenços de papel.

– Minha mãe escolheu Nalla para ser minha esposa – disse Abdul Bari, a voz fina no microfone. – Nós éramos estranhos um para o outro, mas Alá inseriu amor em nossos corações, e nós o alimentamos por mais de vinte e oito anos com carinho, risadas e respeito. Nunca fomos abençoados com filhos, nosso maior desejo, mas nossa fé nos ajudou. Minha querida Nalla, meu amor, sentirei sua falta todos os dias que me restam nesta Terra. Espere por mim na ponte para a vida após a morte, para que possamos desfrutar da companhia um do outro novamente, minha querida. Para que possamos viver com as crianças que foram antes de você, as que estão fazendo companhia a você agora.

Com o nariz entupido de tanto chorar, fechei os olhos quando o imame começou a *janazah*. Como se fôssemos apenas um, elevamos as mãos até a altura de nossos ombros, com a palma para fora, e a breve oração começou.

Acabou cedo. Havia muitas pessoas. Estava difícil respirar. Quando o imame recitou o último *Assalamu alaikum wa rahmatullah*, saí da sala de orações e rapidamente atravessei as portas de vidro ornamentadas e raramente usadas, descendo a escadas principal, que dava para um movimentado cruzamento. Rompi em choro no último degrau, com as mãos no rosto.

Alguém sentou ao meu lado. Não precisei erguer o olhar para saber que era Aydin. Ele devia ter me visto saindo.

— Também não consegui ficar lá dentro — disse ele.

— Não consigo imaginar perder alguém que você ama tanto — falei, enxugando os olhos. — Abdul Bari nunca esquecerá esse sentimento, ver a esposa morrendo.

As mãos de Aydin estavam entrelaçadas em seu colo.

— Não lembro do funeral da minha mãe. Papai disse que eu estava lá, mas não lembro de nada. Devo ter apagado da minha mente. Talvez o imame também esqueça, depois de um tempo.

Meus olhos estavam fixos no tráfego em frente à mesquita — carros acelerando em direção a destinos variados, pedestres nas calçadas, todos imersos em seu próprio mundo, inconscientes do silêncio e da mágoa cotidiana que se manifestava dentro da mesquita.

— Me pergunto se algum dia amarei alguém como Abdul Bari amou Nalla — falei. Não sabia se para Aydin ou para mim mesma.

Ele estendeu a mão e gentilmente apertou a minha, um toque caloroso. Sua mão era grande e mais calejada do que eu esperava. Foi confortável segurar a mão dele, e então percebi: nós nos encaixávamos, simplesmente. A despeito do luto logo atrás e do futuro sombrio à frente, nós encaixávamos.

᎐᎐᎐|᎐|᎐||᎐||

O carro funerário estava do lado de fora, e o despretensioso caixão de pinho de Nalla foi depositado na parte de trás do veículo pelo imame e alguns outros homens. Tradicionalmente, o enterro era feito o mais rápido possível, de preferência dentro de vinte e quatro horas após a morte.

Fui até a cozinha da mesquita, onde mamãe e algumas outras mulheres guardavam a comida para a recepção pós-funeral naquela noite. Peguei uma bandeja de salada e coloquei na geladeira.

– Você não vai voltar para o Três Irmãs? – perguntei. – Para o almoço?

Mamãe negou com a cabeça, enxugando a testa.

– Vamos ficar fechados por conta do funeral. Precisam de mim aqui.

Eu não me lembrava de nenhuma outra vez que mamãe tivesse fechado o restaurante. Nossas férias em família consistiam em viagens de duas horas ao shopping.

– Vamos para o cemitério. Elas tomam conta do resto.

Mamãe não queria, mas eu insisti. Nalla tinha sido nossa amiga.

Como não havia cemitério de propriedade muçulmana na cidade, nossa mesquita comprara um pequeno pedaço de terra em um cemitério católico no leste da cidade, e lá enterrávamos nossos mortos.

Os ritos funerários muçulmanos são simples. O caixão de pinho não tem ornamentos, o corpo é envolto em uma mortalha de algodão depois de receber a *ghusl* – a purificação ritual – por voluntários da comunidade. As sepulturas não costumam ser marcadas por nada além de um número. Algumas famílias têm placas gravadas com nome e data, mas muitas sepulturas nem isso têm. Os muçulmanos de nossa comunidade que desejavam ser enterrados entre seus irmãos tendiam a ser bastante tradicionais, evitando os símbolos da morte que adornavam a parte católica do cemitério.

Uma frota de carros já se achava no local, e pelo menos uma centena de pessoas circulava do lado de fora. O céu estava nublado, mas o sol a pino brilhava com determinação através das nuvens. Estava quente, e vi o imame limpar uma leve camada de suor na testa antes de enxugar os olhos com o mesmo lenço. Ele havia retirado a longa túnica que costumava usar à vista da congregação, revelando uma alegre camisa havaiana rosa, com dois flamingos em um abraço em forma de coração na frente. Nalla me dissera certa vez que ele usava aquelas camisas para ela, porque sabia que ela as adorava, porque a faziam rir. Uma mensagem tácita de esperança para a esposa. Comecei a me afastar da multidão quando a dor voltou a se abater sobre mim.

Mamãe agarrou meu ombro e me puxou. Eu me permiti ser abraçada por um momento, respirando o leve cheiro de açafrão e de *garam masala* que pareciam impregnados nela, não importava quanto passasse de seu perfume favorito da Clinique ou mantivesse suas melhores roupas longe do restaurante. Era como se as especiarias tivessem se infiltrado em sua pele. A fragrância delas sempre foi sinônimo de mãe e de lar.

Enfrentamos a multidão e nos aproximamos do caixão. Imame Abdul Bari estava com as mãos em *du'a* e ergui as minhas também, juntando-me à oração coletiva enquanto ele recitava lentamente em árabe. Avistei Fahim atrás do imame, o habitual sorriso substituído por uma expressão séria.

– Amém – a congregação murmurou quando a *du'a* terminou.

As pessoas mais à frente pegaram punhados de terra e, uma a uma, os despejaram sobre o caixão, que havia iniciado sua descida na cova.

Quando chegou a nossa vez, mamãe avançou, pegou um pouco de terra e a deixou cair suavemente. Ela então pousou a mão na tampa de pinho e fechou os olhos.

– *Khuda hafiz*, minha amiga – falou.

Eu segui o exemplo.

A multidão retornou lentamente para os carros, uma onda de pessoas, como o retroceder da maré, deixando para trás uma figura solitária de camisa havaiana rosa em seu último adeus.

CAPÍTULO TRINTA E SETE

Nos dias seguintes, enquanto lidava com as perguntas da imprensa sobre o ataque em Golden Crescent, meu coração continuava pesado. A morte de Nalla havia abafado tudo. Ao mesmo tempo, havia em mim um senso de urgência.

A policial Lukie e eu estávamos em contato quase diário, embora, felizmente, as manifestações na internet tivessem cessado quase completamente. O restante do meu tempo livre era gasto na edição de *Um segredo de família*. Big J adorou o pequeno segmento que eu lhe enviara e queria ouvir a versão finalizada.

Apesar de estar ocupada com o podcast, o novo programa e os turnos no Três Irmãs, minha mente sempre vagava para Aydin. A situação entre nós estava tão enrolada que eu não fazia ideia de como começar a desemaranhar os fios. Por isso evitávamos um ao outro. Eu não o vira na rua naquela semana, só mesmo em minha mente.

O trabalho no Wholistic Grill havia se intensificado com a proximidade da inauguração. No dia anterior, balões foram colocados na entrada do restaurante e cartazes anunciando as festividades foram estrategicamente espalhados por Golden Crescent. Se a empolgação de Rashid fosse indicação de algo, o Wholistic Grill podia esperar casa cheia. Os rumores que eu começara na internet foram ofuscados pelos eventos mais recentes, e a comunidade estava ansiosa por um motivo para celebrar.

Kawkab Khala não tinha interesse em participar da grande inauguração, e mamãe e Fahim estavam ocupados no Três Irmãs. Mamãe não aceitou minhas desculpas para não ir:

— Você vai levar Rashid, ou ele não nos dará um instante de paz. — Ela sorriu para o sobrinho, que pulava de emoção, com a ideia de rever Zulfa mais do que com qualquer outra coisa.

Eu não tivera coragem de contar para ele que seus esforços eram em vão, que o coração dela pertencia a um cara com o nome perfeito Zain. *Zainfa* — até o apelido do casal era fofo.

Quando Rashid e eu chegamos ao Wholistic Grill, me dei conta de que eu havia esquecido mais uma coisa: Yusuf e sua promessa de protestar contra a inauguração do restaurante de Aydin. Embora o comparecimento tenha sido inferior aos cinco mil prometidos, meu amigo conseguiu reunir algumas dezenas de manifestantes na calçada. Lily estava presente, e meus amigos seguravam cartazes escritos à mão: APOIEM OS NEGÓCIOS LOCAIS, E NÃO EMPRESÁRIOS TRAIDORES! e NÃO HÁ NADA DE SAGRADO NO WHOLISTIC GRILL! Observei Lily se inclinar perto de Yusuf, o cabelo dela roçando a bochecha dele. Presumi que eles tinham feito as pazes. E me perguntei se Yusuf a tinha pedido em casamento. Provavelmente não; ele teria me contado.

— Hana, nós fizemos uma placa pra você — disse Yusuf ao me ver.

O cartaz em suas mãos dizia O TRÊS IRMÃS PRECISA DA SUA AJUDA! APOIE OS NEGÓCIOS LOCAIS, E NÃO OS NEGÓCIOS PREDADORES! Três bonecos de palito com *hijab* e de braços dados haviam sido desenhados acima da mensagem.

— Nós podemos fazer um para você também, Rashid! — gritou Yusuf quando viu meu primo.

Lily deu um tapa no braço de Yusuf, mas meu primo apenas sorriu e entrou no restaurante.

— Vou examinar o inimigo primeiro — falei, e segui Rashid.

Embora tivéssemos chegado cedo, uma considerável quantidade de pessoas já estava presente, e acenei para as conhecidas. O público era principalmente jovem e muçulmano, mas havia muita diversidade. Três chefs de cozinha vestidos de branco cortavam e preparavam refeições em meio ao zumbido de liquidificadores misturando ingredientes congelados.

O cheiro de hambúrguer e *poutine* me deu água na boca. Zulfa corria de um lado para o outro dando as boas-vindas aos clientes, entregando sacolas de guloseimas para as crianças pequenas, pedindo cadeiras extras e direcionando o excesso de pessoas para o pátio externo.

Percebi que estava procurando por Aydin assim que meus olhos se detiveram em sua forma familiar. Havia algo que eu precisava dizer a ele.

Aydin estava vestido para a ocasião com um terno preto ajustado que ressaltava seus ombros largos. Sua camisa branca engomada destacava a pele morena. Ele estava entre a multidão, conversando com os clientes, brincando com crianças e pais. Parecia feliz. Até que me viu, e sua expressão assumiu uma resignação cautelosa.

– *Assalamu alaikum* – falei. "Que a paz esteja convosco." Minha voz estava estável, e não o chicote raivoso que eu usara para atingi-lo quando brigamos.

Ele assentiu.

– *Walaikum assalam.* – "E sobre ti esteja a paz."

A tensão era perceptível em cada centímetro de seu corpo, como se estivesse se preparando para levar um soco.

– Você está bonito – falei, examinando seu terno mais uma vez. *Ele está apaixonado por mim*, sussurrou minha mente. *Ele quer destruir o Três Irmãs*, outra voz me lembrou. *Eu tentei tirá-lo dos negócios também*, a primeira rebateu. – Parabéns pela inauguração.

Os lábios de Aydin se curvaram.

– Por um breve momento, ameaçou ser um desastre completo.

Uma criança esbarrou em mim, e Aydin sugeriu que fôssemos para seu escritório. Eu o segui pelo espaço lotado até uma pequena sala nos fundos com mesa, cadeira e armários de arquivo. As palavras escaparam de mim assim que ele encostou a porta:

– Eu não devia ter dito aquilo sobre a sua mãe. Se ela estivesse viva, com certeza estaria orgulhosa do homem que você se tornou.

– O covarde que não é capaz de enfrentar o próprio pai, você diz? – Seus lábios se retesaram, e ele olhou para baixo. Percebi que minhas palavras o assombravam, assim como as dele me assombravam. – Tudo o que você disse é verdade, Hana. Eu teria acabado com o negócio da sua família sem pensar duas vezes... se não tivesse te conhecido.

Suas palavras não me fizeram sentir legitimada, e me dei conta de que não estava lá para continuar uma briga. Fitei seu rosto cabisbaixo.

— Festa da autopiedade, mesa para um? — falei, e Aydin sorriu ironicamente. — Então você é uma bela de uma decepção. Então você cometeu erros. Pelo menos é capaz de reconhecer quando está errado. Você não reagiu ao meu ataque.

— Eu mereci — murmurou.

— Sim, mereceu. Agora vamos fazer melhor — rebati.

Seus olhos procuraram os meus.

— Eu estava com medo de ter estragado a única chance que teria com você. Eu falei a verdade. Não a parte sobre não querer me apaixonar por você, mas que já estava apaixonado.

As coisas estavam complicadas entre nós, mas eu não podia negar que suas palavras mexeram comigo. Havia algo nos atraindo um para o outro, algo teimoso, que se recusava a ceder, apesar de todos os obstáculos. Balancei a cabeça para a estranheza da situação como um todo.

— De todos os restaurantes *halal* do mundo, você teve que entrar justamente no meu.

Aydin não riu.

— Você estava certa, Hana. De nada adianta eu atravessar o país para tentar ter as rédeas da minha própria vida se meu pai continua ditando as ordens atrás de mim. — Ele respirou fundo. — Sinto muito pela dor que causei a você. Respeito muito você e a sua família e, a partir de agora, gostaria que fôssemos aliados cordiais nos negócios.

Eu ri de seu palavreado formal.

— Um aliado cordial nos negócios? Isso é tudo o que sou?

Os olhos de Aydin se turvaram.

— Vou começar de onde você quiser. Aceita as minhas desculpas?

— Isso vai depender das ações que acompanharão suas palavras — falei, imitando sua formalidade. Era uma brincadeira com fundo de verdade, mas Aydin assentiu como se estivesse esperando aquela resposta.

— Tenho algumas economias e investimentos do meu tempo nas Indústrias Shah. Vou sacar tudo e depois tentar conseguir um empréstimo com o banco. Quero devolver cada centavo que o meu pai me emprestou, imediatamente. Quero me ver livre e isento do dinheiro e da interferência dele.

Arqueei as sobrancelhas, impressionada com as mudanças que ele estava preparado para fazer. O fogo em seus olhos era inspirador. E também... OK, bem caloroso.

– E depois? – perguntei baixinho, desafiando-o a falar mais.

– Depois você vai me dizer a sua cor favorita para eu poder lhe enviar flores, o seu lugar favorito para eu poder levá-la, o seu livro favorito para eu poder ler e a gente conversar sobre ele. Eu sei que você quer trabalhar no rádio, e pretendo torcer por você em cada etapa do caminho. Posso até ouvir TSwift, se você insistir.

Comecei a rir, mas ele não havia terminado.

– É você quem dá as cartas, Hana. O que acontece a partir de agora depende de você.

– Nós mal nos conhecemos... – comecei, mas ele balançou a cabeça.

– Não sinto isso. Sinto que te conheço há muito mais tempo.

Reconheci a verdade em suas palavras. Essa estranha familiaridade estivera desde o início na raiz de nossa conexão instantânea. E, embora eu não soubesse o que esperar do futuro, podia começar respondendo às suas perguntas.

– Minha cor favorita é *animal print* de leopardo. Meu lugar favorito é o Três Irmãs, meu livro favorito é *Persuasão*, da Jane Austen, e você precisa ouvir *1989* para apreciar a genialidade de Taylor Swift. Além disso, espero que não tenha problemas com mulheres ambiciosas, porque tenho grandes planos.

– Mulheres ambiciosas são meu tipo favorito. – O sorriso que se abriu em seu rosto ia dos lábios até os cantos franzidos dos olhos.

Finalmente abandonei o medo e a desconfiança e decidi me permitir também. Estendi uma mão e gentilmente segurei seu rosto. Ele agarrou meu pulso com força, os olhos cheios de promessa, antes de soltá-lo.

Nós dois estávamos sorrindo quando saímos do escritório, tendo decidido nada e tudo.

Lá fora, o número de pessoas protestando tinha aumentado um pouco, e aplaudiram quando caminhei até eles.

— Aí vem a Hana, ela é filha da diligente dona do Poutine Biryani das Três Irmãs! — rugiu Yusuf pelo megafone. — Hana, por favor, compartilhe sua história com seus apoiadores!

Peguei o megafone.

— Vão para casa — falei para o grupo. — Ou melhor, entrem e apoiem o Wholistic Grill, porque eles têm motivo para comemorar. O Poutine Biryani das Três Irmãs está feliz por finalmente ter a companhia de um restaurante que ofereça refeições *halal* de qualidade para o bairro, especialmente depois do ódio que se desencadeou em Golden Crescent na semana passada. E voltem amanhã para apoiar o restaurante da minha mãe. Ela o administra sozinha há quinze anos, e acho que alguns de vocês têm a ideia errada de que ela é infalível.

Devolvi o megafone a um atordoado Yusuf e me afastei. Lily se recuperou primeiro, caminhando a meu lado.

— Yusuf estava ansioso pelo protesto. Ele queria fazer algo por você.

— Metade dos manifestantes está segurando embalagens para viagem do Wholistic Grill — falei, e sorrimos uma para a outra.

— Você realmente está tranquila com a abertura do Wholistic Grill?

Fiz uma pausa, pensando.

— Não.

— Você quer que ele feche as portas e vá para outro lugar?

— Não — falei imediatamente. Não mais.

Lily sorriu.

— Vou sentir saudades quando estiver em Timmins — disse ela. — De você e dessa sua lógica confusa.

— Você é a garota da ciência e dos fatos. Eu vou continuar apegada aos meus sentimentos. Você contou para o Yusuf que vai embora?

— Tem muitas novidades que preciso te contar. — Lily se virou para o protesto, e eu entendi.

Ela queria estar onde Yusuf estivesse, e, pela expressão no rosto do meu melhor amigo, ele sentia o mesmo.

Eu seria sempre a terceira mosqueteira do nosso trio, e tudo bem. Estava aprendendo a encontrar o meu próprio lugar.

CAPÍTULO TRINTA E OITO

As coisas foram tomando um ritmo desconfortável durante o restante da semana. Mamãe mandava comida para Abdul Bari todos os dias, mas eu suspeitava que o imame não estava com muito apetite. Quando o vi andando pela rua, ele parecia magro e grisalho, mas o imame sorriu para mim e perguntou como estava indo minha carreira no rádio.

Eu não tinha falado com Aydin. As coisas entre nós ainda pareciam cruas e estranhas, mas ele deixara claro que eu deveria dar o próximo passo.

Via a fila do Wholistic Grill da nossa janela da frente, enquanto nosso salão permanecia vazio. Mamãe começou a fazer as palavras cruzadas do jornal enquanto esperávamos pelos clientes, e eu dei continuidade à edição do novo podcast.

– Sobre o que você conversou com a Kawkab Khala de manhã? – perguntei, os dedos batendo no balcão. As duas tinham as cabeças bem juntas quando desci a escada.

– Ela me ofereceu dinheiro. Eu recusei – disse mamãe.

– Achei que ela não fosse mais rica.

Um leve sorriso passou pelo rosto de minha mãe.

– Justamente porque fica dando dinheiro para qualquer familiar que peça. Falei para ela guardar. Assim pode usá-lo para nos visitar novamente em breve.

– Por que você não aceitou o dinheiro? Só até as coisas melhorarem...

Mas mamãe balançou a cabeça negativamente.

– Não vou pedir emprestado um dinheiro que não posso devolver – disse com firmeza.

– Você vai pagar. Em alguns meses, talvez um ano.

Mamãe olhou ao redor do salão.

– Nenhuma outra mulher da família começou um negócio próprio. Todos na Índia achavam que eu estava louca, exceto Kawkab Khala. Seu pai era *nawab* e ela sempre foi rica, mas nasceu rebelde. Ela admirava a minha vontade de nadar contra a corrente. Você é como nós duas nesse sentido, Hana. – Ela sorriu para mim, e fiquei comovida por ela reconhecer meus instintos rebeldes. – Mas já não sei se quero continuar fazendo isso.

– E Fahim? E Fazeela e o melãozinho? – Balancei a cabeça. – Há um grande interesse e uma grande simpatia por nós agora, após o ataque na rua.

Ela apenas sorriu para mim e voltou para as palavras cruzadas.

Olhei ao redor do salão. Eu mesma poderia pedir o dinheiro a Kawkab Khala, comprar algumas cadeiras novas, investir em toalhas de mesa adequadas e talheres novos. Uma mão de tinta, talvez alguns adornos bonitos, luminárias melhores...

– Aguentar com dificuldade – disse mamãe em voz alta, interrompendo meus pensamentos.

– O quê?

– Cinco letras. Aguentar com dificuldade.

– Arcar.

Ela preencheu a palavra e continuou seu passatempo. Mechas de cabelo grisalho escapavam do *hijab* de algodão preto que mamãe sempre usava no trabalho e caíam sobre o jornal. Ela então os prendeu com os dedos ásperos, secos e rachados dos quinze anos passados cortando, mexendo, picando, nutrindo.

Eu tinha crescido no restaurante. Uma parte do meu coração permaneceria ali: agachada atrás das cadeiras no esconde-esconde com Fazeela; vendo minha mãe preparar e cozinhar enquanto eu fazia o dever de casa; anotando pedidos pela primeira vez como garçonete e compartilhando as escassas gorjetas. Quem seria minha mãe longe das panelas de água fervente cujo vapor mantinha seu rosto sem manchas nem rugas, presidindo seu reino como uma rainha poderosa e estoica? O Três Irmãs era um lar.

Eu me endireitei. Nós passaríamos por essa fase, e eu estava disposta a arcar com as dificuldades.

Kawkab Khala se juntou a nós no almoço para me lembrar de que a reunião da Associação dos Empresários seria naquela noite. Como se eu pudesse esquecer. Ainda não sabia por que ela queria tanto participar.

Rashid, que tinha vindo com ela, animou-se.

– O *ullu* vai estar lá? – perguntou.

Dei de ombros.

– O nome dele é Yusuf. Espere aí, por quê?

– Por nada.

Fiquei instantaneamente desconfiada.

– Vocês dois estão tramando alguma coisa.

Minha tia e Rashid se entreolharam.

– Desconfiança na medida certa é o segredo para uma expectativa de vida longa, Hana Apa, mas neste caso seus medos estão equivocados. Eu simplesmente desejo fazer as pazes com o *ullu* – disse Rashid.

– Espero que você não esteja planejando causar uma cena – resmunguei.

Kawkab Khala sorriu sombriamente com minhas palavras.

– Nem tudo é sobre você, Hana *jaan*.

Hunf. Voltei à edição de *Um segredo de família*.

Ouvi nos fones a introdução que havia gravado. Minha voz soou rouca:

– A Índia na década de setenta ainda estava se recuperando dos efeitos da guerra com o vizinho Paquistão, assombrada pelas memórias da Partição. Era nesse mundo que vivia minha tia Kawkab Fazeela Muzamilah Khan, a filha de vinte e quatro anos do *nawab* local, um rico proprietário de terras. E já havia passado da hora de ela se casar.

꜀꜀꜀꜀

A reunião da Associação dos Empresários estava marcada para as nove da noite. Kawkab voltou para o Três Irmãs com Tia Afsana. Eu ergui uma sobrancelha, mas minha tia não deu explicações sobre sua convidada não solicitada.

A surpresa maior foi Rashid. Ele tinha voltado para casa às oito, declaradamente para buscar algo, e, quando retornou com minha tia, estava completamente transformado: vestia um longo casaco *sherwani* creme decorado com pérolas e um grande turbante creme na cabeça. Sapatos *khoosay* de bico fino bordados com fios de ouro envolviam seus pés. Ele estava vestido como um príncipe mugal; embasbacada, apenas balancei a cabeça.

Atravessamos a rua até a mercearia do Irmão Musa e seguimos para o porão, onde a reunião seria realizada.

Os outros comerciantes se misturavam perto dos petiscos ao lado da escada, Yusuf entre eles. Ao ver meu primo, ele caiu na gargalhada.

– Tudo bem, tudo bem, entendi – disse Yusuf depois de se acalmar. – Posso lhe mostrar seu assento, Vossa Majestade?

Rashid assentiu majestosamente.

– Supremo Rajá para você, camponês.

Minha tia e Afsana encontraram assentos nos fundos enquanto eu conversava com Tio Sulaiman, dono do açougue *halal*. Passos na escada, e então Aydin se juntou à reunião. Alguns dos outros comerciantes o cumprimentaram com um aceno de cabeça, mas nenhum se moveu para falar com ele, exceto eu. Ele ainda era um estranho.

– Estou surpresa de vê-lo aqui – provoquei. – Achei que tivéssemos te colocado para correr depois da última reunião.

– Ouvi dizer que a associação é o *point* da vez. – Ele se inclinou para sussurrar: – *Por causa do drama*. – Então se endireitou e lançou um olhar pesaroso pelo local. – Na verdade, o drama já passou. Maquiavel estava certo: meu pai tinha seus próprios planos. Ele estava financiando o restaurante por interesses pessoais. Queria botar medo no bairro para comprar as propriedades por um preço menor e então construir condomínios e gentrificar. – Aydin balançou a cabeça negativamente. – Mas todos recusaram.

– É sério?

Fiquei surpresa. O dinheiro era um grande atrativo, especialmente para os empresários de Golden Crescent. Nenhum deles era rico.

– Apenas um ou outro demonstrou interesse em vender. Os demais ficaram preocupados com o que ele faria com o bairro, porque vivem aqui.

E meus planos o frustraram ainda mais. Ele está acostumado a sempre conseguir o que quer.

Senti vontade de abraçar Aydin, mas resolvi abrir um sorriso simpático. Não havia necessidade de novas fofocas na minha família antes que eu conversasse com eles sobre nós dois.

— Deve ter sido uma conversa difícil — observei.

— Ele está furioso e cortou completamente o dinheiro — disse Aydin alegremente. — Mas nem tudo está perdido. Estou cautelosamente otimista de que Golden Crescent me oferecerá algumas vantagens. — Ele ergueu uma sobrancelha para mim, e eu corei. — Estou falando do fácil acesso ao *biryani* da sua mãe — entoou de modo solene, e eu ri novamente.

Do lugar onde conversavam, Rashid e Yusuf nos viram, e Aydin acenou para os dois. Rashid acenou com entusiasmo e, após um momento, Yusuf assentiu rigidamente. Uma coisa de cada vez.

O Irmão Musa deu início à reunião conforme tomávamos nossos assentos. O sr. Lewis tinha acabado de tomar a frente para discutir os danos materiais causados pelo ataque, quando ouvimos baques agudos vindos do alto. A conversa cessou e todos olharam para a escada, embora eu mesma tivesse uma boa ideia de quem estava prestes a invadir a festa.

E então Tio Junaid surgiu, um feiticeiro malévolo, chateado por não ter sido convidado. O pai de Aydin invadiu o apertado espaço. Os presentes abriam caminho enquanto ele avançava até se colocar na frente do filho.

— Aydin acabou de me informar que se associou a vocês — disse Tio Junaid em voz alta. — Mas eu não vou ficar apenas assistindo enquanto ele é fisgado por um sorriso bonito. — Ele olhou para mim.

Aydin se levantou.

— Pai, nós já discutimos isso. Vou comprar a sua parte... — começou, mas Tio Junaid o ignorou e continuou a se dirigir à sala.

— Eu tenho sido mais do que razoável — anunciou, a voz ecoando nas paredes de concreto do porão. — Vendam seus negócios para mim até o fim da semana, e vocês serão recompensados de forma justa. Senão, nenhum de vocês vai gostar do que acontecerá. Especialmente os pássaros feridos entre vocês. — Tio Junaid olhou outra vez para mim.

Aydin e eu nos entreolhamos confusos, sem saber o que tirar daquela informação. Por que Tio Junaid estava se comportando como o vilão de um drama paquistanês?

Aydin fechou os olhos.

— Pai... — disse, resignado.

Eu tinha visto essa mesma interação na primeira reunião da associação, que terminara com o pai marchando para fora, e o filho a reboque.

Só que desta vez Kawkab Khala estava lá. Vinda dos fundos, minha tia se aproximou de nós.

— *Assalamu alaikum*, Junaid — disse ela, e Tio Junaid congelou.

O queixo da minha tia estava erguido, de modo que ela passava a impressão de estar olhando para todos nós de cima. Ela contemplou o rosto de Aydin, Tio Junaid paralisado ao lado dele.

— Você se parece tanto com a sua mãe — disse ela lentamente, pronunciando cada palavra de modo que cada canto da sala a ouvisse. — Me pergunto como seu pai aguenta olhar para você. Hoje eu trouxe comigo alguém que talvez se pergunte o mesmo.

O sangue se esvaiu do rosto de Tio Junaid, que seguiu o olhar penetrante da minha tia direto para Tia Afsana. A fagulha de uma consciência crescente se formou em minha pele, fazendo meu sangue queimar. Olhei de Aydin para Afsana. Como eu não tinha ligado os pontos antes?

Tio Junaid captou meu lampejo de compreensão. Sua postura se endureceu ainda mais, como se estivesse se perguntando se o melhor era permanecer firme e lutar ou agarrar o filho e fugir.

"Nem tudo é sobre você", minha tia havia me avisado naquela tarde, e eu não tinha entendido. Eu nunca tinha entendido.

Com sua condicionada expressão afável, Aydin respondeu à minha tia:

— A maioria das pessoas diz que pareço com meu pai, mas obrigado por ver em mim a minha mãe.

Senti vontade de chorar com aquela resposta tão típica de Aydin, com sua necessidade instintiva de acalmar a todos depois de seu pai invadir o aposento. Ele também não tinha entendido.

Aydin não se lembrava do funeral da mãe porque nunca houve um. Ela não morreu quando ele tinha cinco anos. Na verdade, eu a encontrara várias vezes. Dividimos *chai* e comemos suas *pakoras* de batata, aquelas que seu filho adorava, e ela evitara minhas perguntas sobre sua visita a Toronto. Tia Afsana estava lá para ver o filho, Aydin, que não tinha a menor ideia de que a mãe ainda estava viva.

A boca de Tio Junaid abriu e fechou. Então, após um último olhar para Kawkab Khala, ele se virou e subiu a escada. Com uma expressão pesarosa para mim, Aydin seguiu o pai e deixou a reunião da associação, seguindo para a noite escura.

Foi Rashid quem quebrou o silêncio. Com grande dignidade, ele limpou as migalhas de biscoito em seu *sherwani* e disse:

– Devemos continuar? Eu tenho uma novidade sobre o festival. Tenho a forte suspeita de que o evento deste ano será o melhor da história.

Todos se acomodaram em seus lugares, e o Irmão Musa declarou reaberta a reunião.

CAPÍTULO TRINTA E NOVE

— Espero que me perdoe por dominar a sua reunião, Hana *jaan*. Era hora de resolver os negócios inacabados da minha amiga. – Kawkab Khala estava empoleirada na beirada da minha cama.

Tínhamos caminhado para casa em silêncio e eu a seguira até o quarto para exigir uma explicação.

Eu tinha muitas perguntas para minha *khala*, mas, acima de tudo, estava ardendo de fúria por mais uma vez ter sido deixada no escuro.

— Por que você simplesmente não contou a verdade para Aydin? – perguntei com firmeza.

— Minha intenção era alertar Junaid de que estamos aqui e vamos contar ao filho se ele não o fizer. Não sou um monstro, Hana. Só quero justiça para a minha amiga.

— Que justiça é essa?

— Eu contei que Afsana e eu somos próximas e que ela se casou muito jovem. Seus pais ficaram satisfeitos com o casamento; Junaid Shah vinha do dinheiro, e era uma grande sorte casar com ele. Depois do *nikah*, eles se mudaram para uma cidade da qual eu nunca tinha ouvido falar… Vancouver.

Minha tia ficou em silêncio por alguns minutos. Lá fora, tinha começado a chover, uma leve borrifada de água na janela do quarto. Sentei na cadeira de madeira ao lado da escrivaninha.

— Ela ficou feliz no começo — continuou minha tia. — É difícil mentir nas cartas... As lágrimas marcam a página. Na internet, é fácil dissimular, mas o papel não mente. A caligrafia trêmula não mente. Ele a tratava bem, ela dizia. Mas ela se sentia sozinha, Junaid estava ocupado aumentando seu império no Canadá. Quando ela engravidou de Aydin, ele a deixou voltar para casa para ter o bebê. Depois de dois meses sendo mimada pela mãe, ela deveria ter ficado feliz, mas, quando a visitei, notei que havia algo errado.

Outro silêncio, mais longo desta vez. Minha tia enxugou os olhos com um lenço.

— O que havia de errado com a sua amiga? — perguntei, a voz gentil agora.

— Vocês chamariam de depressão pós-parto, mas, naquela época, era visto como uma fraqueza da mulher. Eu apenas sabia que ela já não era a mesma, nem durante a gravidez nem depois. Ela não queria segurar o bebê e chorava com frequência. Se não fosse a mãe dela cuidar de tudo, tenho certeza de que ela teria piorado ainda mais. As mulheres da vizinhança diziam que era normal, e, com o passar das semanas, ela pareceu melhorar. Eu a vi amamentar Aydin durante uma visita. Ela tinha uma expressão doce no rosto, e me disse que o amava muito. Depois de dois meses, sua família os mandou de volta para Vancouver.

"As cartas passaram a chegar com menos frequência depois disso. Falei a mim mesma que ela estava se adaptando, que tinha um filho que ocupava seus dias. Após cinco anos do nascimento de Aydin, a mãe de Afsana me disse que ela estava grávida novamente. Não muito tempo depois, Afsana fez uma chamada de longa distância para mim. Ela chorava tanto que eu não conseguia entendê-la, e fiquei assustada. No dia seguinte, falei com Junaid."

Sua voz ardeu em raiva.

— Ele afirmou que a esposa só estava chateada porque ele se recusara a mandá-la para casa para ter o segundo bebê. Uma semana, talvez duas semanas depois, soube que houve um acidente. Ela perdeu a criança.

Tentei imaginar o tamanho do desespero de Tia Afsana, a desesperança em um país desconhecido, isolada da família, com um filho pequeno e um marido frio e ausente.

— Junaid a levou para a Índia alguns meses depois, e então ele era um outro homem. Foi só muito mais tarde que Afsana me confidenciou que ela havia tentado se matar. Suponho que Junaid pensou que o filho estaria melhor sem a mãe em sua vida. Até então, Afsana estava tão mal que realmente acreditava nisso também.

As palavras da minha tia eram afiadas como vidro. Ela estava enojada e eu, horrorizada.

— Ele deu dinheiro à esposa e a fez assinar um papel que ela mal compreendeu. Ela me mostrou uma vez. Era um documento legal que concedia a guarda exclusiva a ele. Aydin tinha cinco anos na época.

— Ele abandonou Afsana quando ela estava mais vulnerável e levou o filho embora? — perguntei.

A voz de minha tia era embebida em veneno:

— Ele a extirpou como um furúnculo infectado. Negou qualquer contato entre eles, e hoje ela é uma estranha para o filho. Ela levou anos para se recuperar. Afsana teve sorte; casou-se novamente, com um viúvo bondoso, e ama as filhas dele. Mas ela nunca esqueceu. Fiz questão de acompanhar os passos de Junaid e Aydin. Ela tinha muito medo de voltar, mas eu finalmente a convenci quando soubemos que Aydin tinha planos de se mudar para Toronto. Quando descobri que ele pretendia abrir um restaurante em Golden Crescent, soube que era um sinal.

Suas palavras me provocaram calafrios. Havia revolta em cada sílaba, mas eu só conseguia pensar em Aydin. Como ele reagiria à notícia de que a mãe estava viva, que ela havia sido banida de sua vida e que seu pai era o responsável? Tio Junaid era um homem rígido, mas eu sabia que Aydin amava o pai. O que isso causaria no relacionamento já complicado dos dois?

E como ele se sentiria em relação à pessoa que lhe dissesse a verdade? Eu não poderia manter esse segredo dele.

— Quem mais sabe sobre isso? — perguntei. Não consegui pensar em mais nada para dizer.

— Todo mundo sabe, lá em casa. Por que você acha que Aydin nunca visitou a Índia? Seu pai não queria que a informação vazasse da boca de algum parente ou vizinho intrometido.

Outro pensamento me ocorreu.

– Essa é a verdadeira razão pela qual você voltou? Não foi pela minha mãe ou pelo restaurante, no final das contas?

Ela não respondeu por um longo tempo.

– Vivemos tão longe, lá na Índia. Você nem sabia o meu nome verdadeiro quando pisei aqui. Diga-me, Hana, quão fortes podem ser os laços de sangue quando se estendem por um oceano inteiro?

CAPÍTULO QUARENTA

Não dormi bem e na manhã seguinte me vesti automaticamente, a atenção dispersa. Precisava encontrar Aydin e contar a ele.

Coloquei apressadamente um *hijab* azul simples e saí de casa, dobrando a esquina num trote e quase colidindo com um homem. Tio Junaid.

À luz da manhã, o vilão do bairro parecia mais velho do que na noite anterior, como se tivesse perdido um pouco da chama malévola que lhe dava vida. Antes de minha tia colocar uma espada metafórica sobre sua cabeça, ele havia mais uma vez ameaçado a todos, incluindo seu filho. Agora que eu sabia o que ele tinha feito a Aydin, mal conseguia olhar em seu rosto.

– Quer alguma coisa? – perguntei rigidamente.

Ele demonstrou hesitação.

– Sua tia te contou – falou, quase para si mesmo.

– É verdade? – indaguei. – A Tia Afsana é realmente mãe de Aydin?

Tio Junaid riu, um som oco.

– Essa é uma versão da verdade, sim. A versão que vai me amaldiçoar... e destruí-lo.

Eu não precisava perguntar a quem ele estava se referindo. Explodi:

– Como você pôde fazer isso com seu único filho? – Eu não queria aceitar que fosse verdade, nem mesmo Tio Junaid seria capaz de tamanha crueldade.

– Não vou explicar as minhas ações pra você – disse ele.

– Planeja explicar para o seu filho?

– Eu fiz o que achei melhor para Aydin.

Entendi que ele havia se convencido de que estava certo. Por todos aqueles anos, ele acreditara em suas mentiras reconfortantes. E agora não estava preparado para lidar com as consequências.

Como uma espécie de confirmação dos meus pensamentos, um brilho calculista surgiu em seus olhos.

– Uma pessoa inteligente tiraria vantagem dessa situação – disse ele.

– O que você está dizendo?

– Não escondi o meu interesse em Golden Crescent. Pagarei o dobro do preço de mercado pelo restaurante da sua mãe... se você garantir o silêncio da sua família. Sei pelas suas palhaçadas na internet que você não é tão inocente quanto finge, Hana. Podemos chegar a um entendimento.

Algumas semanas antes, tinha sido eu a tentar sabotar Aydin espalhando rumores na internet sobre seu negócio, questionando sua fé, fazendo o que estava ao meu alcance para arruinar seu sonho de abrir um restaurante. Assim como Tio Junaid, eu me convencera de que estava certa, e agora voltei a me sentir mal pelo meu jogo duplo. Mas, ao contrário do pai de Aydin, eu havia aprendido com minhas ações equivocadas. Tio Junaid devia estar realmente desesperado se achava que eu concordaria em mentir para seu filho. Seria como fazer um pacto com o diabo.

Compreendendo errado a minha hesitação, ele quis fazer valer sua vantagem.

– Se Aydin ficar, o que vai acontecer com a sua mãe, o seu pai doente, a sua irmã grávida? – perguntou em um tom ameaçador. – Eles vão acabar na rua, e será tudo culpa sua, por preferir um homem que mal conhece em vez de seu próprio sangue. Fale com a sua tia; convença-a a não dizer nada a Aydin. Eu mesmo contarei a ele, quando achar que devo. Que ganho há em ressuscitar fantasmas esquecidos? Nossos segredos não são da sua conta.

Ele se afastou, tão certo da minha resposta que não se deu ao trabalho de esperar por ela.

Fazeela dissera que não falar abertamente sobre as dificuldades era o que tinha causado os problemas de nossa família, e ela tinha razão. Depois do confronto com Tio Junaid, voltei para casa e fui direto para o quarto da minha irmã. Ela estava deitada na cama, assistindo a vídeos no YouTube pelo laptop.

– Preciso de ajuda – falei.

Ela fechou o computador.

– Finalmente. Suas sobrancelhas estão me deixando maluca.

Pisquei.

– Quis dizer que preciso de conselhos.

Fazeela fez sinal para que eu lhe passasse uma cesta de plástico que se achava debaixo da cama, cheia de pincéis, loções e batons.

– Quando você aprendeu a se maquiar? – perguntei, momentaneamente distraída.

Minha irmã nunca dera bola para essas coisas.

– Desde que fiquei presa aqui sem nada para fazer além de assistir a tutoriais na internet. – Fazeela deu de ombros diante da minha expressão surpresa. – Tenho outros interesses além de futebol e comida indiana.

– Não, não tem – falei, cutucando-a suavemente.

Fazeela se moveu para abrir espaço ao seu lado na cama de solteiro. Ela grunhiu levemente enquanto se reposicionava.

– Parece que estou carregando uma bola de boliche.

Fiquei parada enquanto ela cuidadosamente depilava minhas sobrancelhas e depois aplicava o *primer* em minhas pálpebras e rosto com dedos rápidos e gentis. Os movimentos eram tão reconfortantes que relaxei sob seu toque.

– Sobre o que você queria falar? – perguntou ela, lembrando-me do motivo de eu estar ali.

Fazia muito tempo que não ficávamos juntas.

Tomei cuidado com as palavras. Não queria entrar em detalhes específicos sobre a relação entre Afsana e Aydin; ele merecia saber sobre sua mãe antes de outras pessoas.

– Se você soubesse de algo que ajudaria o Três Irmãs, mas que traria sofrimento a outra pessoa, o que você faria?

Fazeela pegou um pequeno pincel esfumador e começou a passar corretivo sob meus olhos, ao redor do nariz e ao longo do queixo, misturando-o com uma esponja.

— Também não estou entusiasmada com o Wholistic Grill, Hanaan, mas não há razão para mandar matar o Aydin.

— Estou falando sério.

Ela aplicou uma leve camada de base, espalhando o líquido sobre minhas manchas com uma mão hábil, antes de pegar um recipiente de blush, concentrada em sua tarefa.

— Fahim e eu estamos pensando em nos mudar para Saskatoon depois que o bebê nascer. — Ela passou uma escova fofa sobre minhas bochechas enquanto eu a encarava, atônita.

— E aquela história de não ter segredos?

Ela sorriu para mim.

— Não é segredo, acabei de contar. Mamãe e Baba mudaram de continente quando tinham a nossa idade. Nós só vamos mudar de província. A mãe dele disse que ajudaria com o bebê e estamos pensando em abrir um restaurante. Talvez um como o Wholistic Grill. — Ela pegou um pó compacto dourado-pêssego e passou nas maçãs do meu rosto, no nariz, no queixo e na testa enquanto eu processava suas palavras.

— Tudo acaba, e talvez este seja o momento certo para fechar o Três Irmãs. Mamãe está ficando cansada; ela merece um descanso. As coisas não estão tão terríveis assim. Sempre podemos vender o espaço ou sacar nossas poupanças e tentar algo novo.

Fazee estava certa. Tínhamos opções para além daquilo que Tio Junaid chamara de oferta. Entretanto, isso me deixou com um dilema ainda maior.

— Estou preocupada com Aydin — falei, quase que para mim mesma.

Fazee sorriu, afastando-se para me encarar.

— Estamos falando de um cara que você conheceu há poucas semanas, alguém de quem não devíamos gostar. Ou o problema é esse? Você gosta deleeeeee? — Ela fez cócegas em minhas costelas enquanto alongava a palavra.

Corei e afastei suas mãos.

Fazeela riu e fez sinal para que eu fechasse os olhos, para aplicar a sombra.

– Até onde eu sei, você só fala do Aydin e do Wholistic Grill. Fahim ficaria feliz em arranjar o *rishta* para vocês.

– Não se atreva – falei, e minha irmã riu novamente.

Ela escovou minhas sobrancelhas com alguma coisa e em seguida fez sinal para eu fechar os olhos enquanto aplicava rímel.

Meu cunhado sorridente e descontraído e minha irmã séria e intensa. Ele era o *ying* para o *yang* dela. Era um motivo de felicidade que eles tivessem se encontrado.

– Como você soube que Fahim era a pessoa certa para você? – perguntei, curiosa. – Casar é a maior decisão que uma pessoa pode tomar.

Meus olhos pousaram na barriga inchada de Fazeela. Ela estava grávida de quase seis meses, o melãozinho mais parecia uma pequena melancia. Ela repousou um frasco de spray finalizador na barriga, uma visão tão adorável que eu quis tirar uma foto.

Ela estalou os dedos para mim.

– Meus olhos estão aqui em cima – disse. – Decidir me casar com Fahim foi fácil. Ele é gentil e inteligente e nós nos amamos e nos apoiamos. Não foi uma decisão difícil. Não, a maior decisão que tomei foi parar de jogar futebol depois que a proibição do *hijab* entrou em vigor. Eu poderia ter me tornado profissional, mas de jeito nenhum tiraria meu lenço. Então larguei. Sinto falta do futebol todos os dias.

– Você poderia ter continuado a jogar nas ligas regionais ou por diversão.

A proibição de acessórios de cabeça pela FIFA acabou sendo suspensa, mas então era tarde demais para minha irmã realizar o sonho de se tornar profissional.

Fazeela, os movimentos agora erráticos, me lançou um olhar penetrante, e percebi que o assunto ainda era doloroso para ela, tão doloroso que raramente falava sobre ele.

– Se o futebol não pudesse me aceitar por inteira, então não teria nada de mim. – Seus ombros se encolheram. – Eu estava me punindo também, porque eu amava muito jogar. Me afastar do futebol me transformou. Casei e comecei a trabalhar no restaurante com Fahim. E desde que essa bola de boliche apareceu, não consigo parar de pensar no tipo de mundo em que minha filha vai nascer.

– Você pode ter um menino.

– É uma menina. Confie em mim.

Nós duas ficamos em silêncio, e meus olhos viajaram de volta para sua barriga, onde uma nova e frágil vida brotara poucos meses atrás. Dali a mais alguns meses, uma pessoa minúscula se juntaria à nossa família. Eu ainda não havia compreendido a dimensão desse fato. Não era à toa que minha irmã estava se perguntando quem ela era e quem ela queria ser depois dessa adição na família. Aydin estava certo; ele não fora a causa da crise de identidade de nossa família. Mas também não ajudara.

– Você se arrepende de não ter aceitado tirar o *hijab* e ter parado de jogar futebol?

Fazeela e eu nunca tínhamos conversado sobre isso. Ela nunca quis.

– Sim – falou simplesmente. – E eu odeio quem me obrigou a fazer essa escolha. Odeio ser um peão em algum jogo político estúpido. Eu só queria jogar.

Fazeela colocou um pequeno espelho na minha mão. Uma versão mais polida de mim me encarou. Admirei seu trabalho: meus olhos pareciam maiores, o efeito esfumaçado conferia algo dramático em contraste com os lábios nus. Ela de alguma forma desenterrara minhas maçãs do rosto, destacando-as com um sutil rubor brilhante.

Ela juntou suas ferramentas, colocando-as ordenadamente de volta na cesta.

– O reinado do Três Irmãs está chegando ao fim, e é hora de pensar no que você quer fazer. Não há problema em ser egoísta às vezes, Hanaan. – Fazeela sorriu para mim. – E seria realmente incrível ter um cunhado podre de rico disposto a investir em um novo e agitado restaurante no oeste do Canadá.

Sentindo-me leve pela primeira vez desde que descobrira o segredo de Afsana, saí para o meu turno no restaurante. No caminho, mandei uma mensagem para Aydin perguntando se ele estava ocupado e se poderíamos nos encontrar naquela noite. Eu precisava de algum tempo para descobrir como contar a ele sobre sua mãe, a melhor forma de revelar um segredo que havia sido escondido dele por décadas. Sabia que, não importava quão cuidadosamente eu contasse, a descoberta viraria seu mundo de cabeça para baixo.

No entanto, Aydin não respondeu à minha mensagem, nem na próxima hora nem à noite. Foi de outra pessoa que vieram notícias inesperadas.

Soufi's, amanhã às 9h. Soube o que aconteceu com a Marisa.
Vamos falar sobre os próximos passos. Traga o podcast.

Big J estava pronto para conversar.

CAPÍTULO QUARENTA E UM

O Soufi's era um pequeno e peculiar café familiar sírio localizado perto da estação de rádio. Eu estava tão nervosa em encontrar Big J que cheguei quinze minutos adiantada.

Ele provavelmente ouvira sobre a maneira nada cerimoniosa como eu deixara a Rádio Toronto. E se tivesse me descartado por me considerar esquisita e não confiável? Mas por que ia querer me encontrar se fosse isso? Talvez quisesse me lembrar que sair batendo o pé não ajuda na carreira de ninguém, especialmente considerando que eu era uma estagiária sem dinheiro nem contatos úteis.

Eu ainda não havia contado aos meus pais que largara o estágio; tinha medo de desapontá-los, especialmente Baba. Kawkab Khala, por outro lado, provavelmente perguntaria por que demorei tanto para criar coragem. Mas ela era a filha de um rico *nawab*. O acesso ao dinheiro fácil tende a suavizar o caminho da dissidência.

O Soufi's estava quase vazio quando cheguei. Peguei uma mesa na frente, perto da janela, depois de pedir um latte de flor de laranjeira e *knafeh*, queijo branco coberto com massa folhada embebida em uma calda doce com sabor de rosas.

Pelo vidro, vi Big J caminhando em direção ao café. Ele não estava sozinho. Thomas estava com ele, as mãos enfiadas nos bolsos do paletó, os passos largos. Meu ex-colega me viu pela janela e desviou o olhar.

Eles compartilharam o fone de ouvido para escutar o podcast que eu terminara de editar na madrugada anterior. Um breve sorriso deslizou pelo rosto de Big J algumas vezes, e seus cílios grossos vibravam alegremente com as repreensões da minha tia. Ele continuava tentando cultivar a barba, que era um emaranhado de tufos. Pensei se ele era do tipo que usava condicionador e óleo para barba.

Meus olhos se moveram para Thomas. Big J não havia explicado por que ele estava lá, apenas soltara um "Você não se importa, né?" antes de caminhar até o balcão para pedir pelos dois. Thomas puxara uma conversa educada típica de garoto marrom, perguntando sobre o restaurante e meus pais, até que Big J voltou com duas xícaras fumegantes de café com generosas porções de creme.

Eu não queria ficar olhando enquanto eles escutavam, então fui ao banheiro jogar água fria no rosto. Quando voltei, Thomas e Big J haviam tirado os fones. Um sorriu para mim; o outro não.

— Você fez este episódio sozinha? — perguntou Thomas. Rude.

— Você tem um estilo único. Trabalho impressionante — disse Big J.

— Esse é o tipo de coisa que eu quero produzir, histórias notáveis e cheias de nuances, experiências diversas. Toda vez que tentei sugerir algo assim, não recebi apoio. — Olhei para Thomas. Ele tinha sido enviado por Marisa para espionar? Eu me remexi, desconfortável, e me dirigi a Big J: — Eu adoraria uma ajuda para tentar emplacar meu trabalho em outro lugar.

Big J se inclinou para trás, as mãos correndo pelos bigodes.

— Marisa foi em frente com aquele programa. O primeiro episódio, sobre radicalização na comunidade muçulmana, foi lançado há uns dias.

Fiquei tensa, encarei Thomas. Ele tinha vindo para se vangloriar?

— Parabéns. Como foi? — perguntei categoricamente.

— Marisa e Nathan tinham muitas… sugestões. O episódio não foi exatamente o que eu imaginava — disse Thomas, mexendo no celular. — Depois que foi ao ar, teve bastante repercussão na imprensa e na internet. A Rádio Toronto geralmente não recebe esse tipo de atenção. Uma das emissoras de TV locais até nos convidou para um programa noturno, para falarmos mais sobre islamização.

– Um assunto sobre o qual você sabe tanto... – falei.

– Pensei que você estava louca quando se demitiu, Hana – disse Thomas, ignorando minha cutucada. Ele não conseguia me encarar. – Achei que iríamos abrir um diálogo, fazer a diferença. Marisa disse que o programa recebeu tanta atenção que aprovaram mais cinco episódios. – Ele finalmente olhou para mim, mas não havia sorriso de exultação em seu rosto, e sim um profundo remorso. – Não eram eles que liam os e-mails, tweets e postagens dos ouvintes. As coisas que as pessoas diziam eram... Eu nunca tive que... – Ele se conteve. – Falei que era preciso fazer mudanças, e eles se recusaram. Eu me demiti ontem. Você estava certa, Hana. O programa fez mais mal do que bem.

Fiquei surpresa. Imaginava que Thomas passaria por cima de qualquer um para crescer. Talvez nossas muitas conversas tivessem provocado algum efeito nele, afinal. Ainda assim, ele precisava entender que seu privilégio era diferente do meu, que suas experiências não o isentavam de reconhecer que havia me machucado – e machucado outros que ele talvez nunca viesse a conhecer.

– Tivemos uma chance concreta de mudar a cabeça da Marisa, de trazer uma nova perspectiva para a rádio – falei. – Em vez de me apoiar, você escolheu me apunhalar pelas costas e me isolar.

Ele abaixou o olhar.

– Desculpe, Hana. Eu estava errado. Cometi um erro.

Escolhas. Escolhas eram um tema caro para minha mãe. Eu podia escolher guardar rancor; Thomas merecia a minha raiva. Ou eu poderia escolher dar a ele outra chance. Fiz que sim com a cabeça, aceitando suas palavras.

Aliança da Minoria (tremulamente) reativada. No entanto, eu não o perdoaria de verdade se ele não demonstrasse mais do que um desejo superficial de mudar seu comportamento.

– Seu podcast é ótimo, mas você precisa de um engenheiro de som e talvez um coapresentador – sugeriu Big J gentilmente. – Talvez você e Thomas sejam feitos para trabalhar juntos, afinal.

– Vou pensar a respeito – falei. Depois de fazer Thomas sofrer um pouco.

Pedi outro latte enquanto eles escutavam o podcast novamente.

CAPÍTULO QUARENTA E DOIS

No fim, a decisão de trabalhar com Thomas em *Um segredo de família* foi fácil. Com a ajuda dele, teríamos o piloto pronto até o fim da semana, e Big J prometeu acionar seus contatos.

Quando voltei ao restaurante naquela noite, mamãe estava no balcão enquanto alguns clientes terminavam suas refeições. Ela parecia mais cansada do que o normal. Vinha trabalhando constantemente havia semanas, e sua única folga tinha sido no funeral de Nalla. Eu disse a ela para sair um pouco mais cedo.

– Vai ser bom jantar com seu *baba* – concordou ela, me dando um abraço. – Mal nos falamos nos últimos dias.

Desde o ataque, ela vinha fazendo isto com mais frequência: abraçando as filhas, dando-se conta do tempo que passava longe da família. Quase como se algo tivesse dado um clique dentro dela, uma mudança em sua contabilidade pessoal.

O sino na porta soou enquanto mamãe pegava suas coisas, e imame Abdul Bari entrou.

– *Assalamu alaikum*, Irmã Hana, Irmã Ghufran – cumprimentou o imame ao chegar ao balcão, a voz suave. A dor havia roubado seu timbre habitual de tenor.

Estendi a mão para pegar o pedido do imame: frango na manteiga, arroz *basmati* e uma porção especial de sua sobremesa favorita, cenoura *halwa*, que mamãe havia feito para ele. Rejeitei seu dinheiro e lhe entreguei a sacola.

Rashid saiu da cozinha, onde estava guardando os suprimentos, e o imame ficou conversando com ele. Devia estar se sentindo muito solitário sem sua Nalla em casa.

– Todo mundo está ansioso para o festival. Espero que o último acontecimento não tenha perturbado vocês – disse Abdul Bari.

Meu primo e eu trocamos um rápido olhar. Pedi ao imame uma explicação, e ele pegou o celular. Um panfleto simples, branco com uma borda preta, foi exibido em seu navegador: PROTESTO CONTRA A LEI SHARIA EM TORONTO! FESTIVAL DE COMIDA HALAL = A PERVERSA LEI SHARIA! JUNTE-SE À COALIZÃO DOS CIDADÃOS DE BEM PARA UM PROTESTO ANTI-HALAL. GRÁTIS: BACON CANADENSE, PRESUNTO E ENROLADINHOS DE SALSICHA!. Havia o desenho de um homem com uma longa barba vestido com uma túnica branca e brandindo uma cimitarra de aparência perversa. Ele apontava um dedo em riste, estilo Tio Sam, para o leitor. A data e a hora estavam listadas abaixo. Sem surpresa, o protesto estava marcado para a mesma data, horário e local do nosso festival de rua.

Respirei fundo, tentando manter a calma. Não funcionou.

– Não é um festival de comida *halal*! – explodi.

– Talvez devêssemos cancelar – disse Rashid.

Ele com certeza estava lembrando do vídeo que postara de maneira triunfal e que resultou em pixações e vandalismo.

E se realizássemos o festival e as coisas saíssem do controle? Golden Crescent já tinha passado por muita coisa.

– Não vamos cancelar. – Mamãe estava atrás de nós, os olhos brilhando, sem qualquer sinal de exaustão. – Nós moramos aqui. Nossos amigos moram aqui. Não vou ser ameaçada por estranhos. – Ela se virou para mim. – Vou falar com o Irmão Musa. Conte para os outros comerciantes se quiser, mas o Três Irmãs vai participar, mesmo que sejamos a única barraca na rua.

Mamãe conduziu o imame até a saída. Eles discutiam com quem falariam no bairro para incentivar a participação e angariar o apoio da comunidade. Eu rapidamente mandei uma mensagem para Aydin para informá-lo do que tinha acontecido. Ele certamente responderia, ainda que tivesse ignorado as três anteriores. Estava começando a ficar preocupada com ele.

Rashid pegou a jaqueta e a carteira.

– Vou à delegacia agora mesmo para informar a policial Lukie sobre o protesto que estão planejando. – Ele fez uma pausa. – Você vai ficar bem voltando para casa sozinha depois de fechar?

Eu o dispensei, tentando não pensar no caminho escuro da volta e no odioso panfleto. Esta era a minha casa. Eu estava segura. Além disso, um grito e cinco pessoas viriam correndo.

O último cliente saiu depois das dez. Limpei os balcões, liguei a lava-louça e guardei talheres, pratos e outros suprimentos antes de apagar as luzes. Já passava das onze horas quando liguei o alarme de segurança e acionei a trava.

Conferi o celular. Ainda nada de Aydin, mas havia uma mensagem de Lily.

> Onde você está?

"Voltando para casa", digitei em resposta.

> Te encontro na esquina.

Lily esperava nos limites de Golden Crescent, onde começava a parte residencial do bairro. Ela vestia um moletom branco sobre uma legging, o cabelo preso em uma trança. Seu rosto parecia pálido sob a luz da rua, e eu a abracei, feliz por ela ter me mandado mensagem. Fiquei aliviada por ter companhia no silêncio escuro do bairro, e também estava ansiosa para atualizá-la sobre Aydin e o restaurante e pedir conselhos.

Abri a boca para falar, mas hesitei. Lily tinha passado os braços ao redor de si e enfiado a cabeça no calor do capuz do moletom. Ela não estava lá para conversar ou saber das minhas fofocas, percebi. Lily queria me dizer algo, e estava tentando criar coragem. O silêncio prolongou-se entre nós como um elástico tenso, prestes a arrebentar.

– Yusuf e eu... – começou, antes de parar e tentar novamente. – Ele vai comigo para Timmins. Ele quer se envolver na defesa das Primeiras Nações, quer tentar criar uma cooperativa muçulmana das Primeiras Nações.

Sorri para ela na escuridão. Uma notícia boa, finalmente.

– Gostou do anel? – perguntei.

Lily assentiu, e eu sabia que havia mais.

– Nós fugimos na semana passada – disse ela baixinho. – Yusuf e eu estamos casados.

CAPÍTULO QUARENTA E TRÊS

No café da manhã seguinte, Rashid me contou de sua conversa com a policial Lukie, mas eu não prestei atenção. Minha mente estava presa em um único pensamento: *Casados. Yusuf e Lily estão CASADOS! E eles não me contaram!*

Eu tinha falado com Yusuf recentemente e ele não dissera nada. Lily e eu tínhamos conversado durante o protesto na inauguração do restaurante de Aydin, e ela não dera a entender que eles estavam juntos novamente, muito menos unidos por um vínculo mais permanente. Meus dois melhores amigos deram aquele grande passo sem me contar, eu, a guardiã de suas confidências.

Mais do que os outros segredos que todos haviam guardado de mim até então, este era uma traição. As coisas estavam se transformando ao meu redor: os planos de Fazeela e Fahim de se mudar para o outro lado do país para começarem do zero; a ideia de que minha mãe poderia fechar o restaurante; a minha saída autoimposta da Rádio Toronto; e agora os meus dois melhores amigos me deixando para trás. Rashid acabaria voltando para a Índia, e a partida de Kawkab Khala ocorreria ainda antes disso. Só me restavam Golden Crescent em seu processo de metamorfose, meus sentimentos confusos por Aydin e minha vida no olho de um furacão, independentemente de eu abraçar a mudança ou não.

Lembrei do conselho de Fazeela algumas noites antes, enquanto suas mãos cuidadosas alisavam e moldavam meu rosto. "É hora de pensar no que você quer fazer. Não há problema em ser egoísta." Eu enchera meu coração e minhas mãos com o fardo dos outros, tomara suas preocupações como se fossem minhas, supondo que eles estivessem fazendo o mesmo por mim, mas não estavam. O pensamento me fez sentir solitária, e meus olhos se encheram de lágrimas.

Rashid instantaneamente parou de falar, chocado com a minha reação.

– Não queria te deixar preocupada. Sei que as coisas têm sido difíceis ultimamente, mas elas vão ficar boas a partir de agora, você vai ver.

Eu funguei, enxugando os olhos.

– Melhores, você quer dizer?

Rashid pareceu intrigado.

– O melhor não pertence a este mundo, Hana Apa. Podemos esperar que elas fiquem boas, e isso é tudo.

Ele estava certo. Não importava o que fosse acontecer – com Aydin, com o Três Irmãs, com a minha família e a minha carreira no rádio –, me restava continuar trabalhando e esperar que as coisas ficassem boas. No caso de Aydin, eu também podia confrontar seu silêncio dentro das regras de seu jogo.

O chef e gerente do Wholistic Grill, Gary, estava anotando pedidos no caixa quando entrei no movimentado restaurante. Perguntei se Aydin estava por lá e se estava livre para conversar.

Uma carranca perpassou pelo rosto de Gary.

– Ele teve que voltar correndo para Vancouver.

Aydin tinha ido embora?

– Ele disse por quê?

Gary deu de ombros.

– O pai dele teve algum tipo de emergência. Aydin me avisou que eu estava no comando e que ele voltaria. – Ele sorriu para a próxima pessoa na fila.

Eu me senti mais confusa do que nunca. Fiquei contente por Aydin estar bem, mas por que ele não estava respondendo às várias mensagens que eu enviara nos últimos dois dias? Eu estava sendo ignorada?

⫼⫼

O Irmão Musa convocou uma reunião de emergência da associação depois de saber da última ameaça a Golden Crescent. Dessa vez, minha mãe – um membro popular, mas quase ausente – estava presente. Todos estavam curiosos para ouvir o que ela tinha a dizer e não ficaram desapontados. Ela até preparou um discurso, escrito à mão.

– Nós vivemos aqui e criamos nossas famílias neste bairro há décadas – disse, segurando o papel pautado, a voz firme. – Conheço a maioria de vocês há mais de quinze anos e, embora venhamos de diferentes partes do mundo, sabemos o que o ódio pode provocar. Muitos de nós testemunhamos em primeira mão os efeitos da raiva, a violência e o derramamento de sangue em casa. Não podemos permitir esse mesmo ódio aqui em nossa rua. Devemos lutar contra aqueles que querem que sintamos medo em nossas próprias casas. Somos parte deste bairro, desta cidade, deste país tanto quanto qualquer outra pessoa. É hora de nos fazermos presentes.

Ao final do encontro, uma dezena de negócios havia confirmado a participação no festival. Alguns ficaram com um pé atrás, principalmente os mais recentes, mas a resposta foi melhor do que eu esperava.

Eu a abracei depois.

– Você é incrível – falei.

Mamãe deu de ombros.

– Melhor aproveitar nosso tempo aqui e terminar em grande estilo.

Meu coração afundou. Eu sabia o que ela estava insinuando, e me perguntei que novos segredos estariam prestes a ser revelados.

Enviei outra mensagem a Aydin, contando sobre o desafio à frente. Não sabia se ele receberia ou responderia, mas queria que soubesse mesmo assim.

⫼⫼

Mandei uma mensagem a StanleyP – sentia falta dele e queria saber sua opinião.

AnaBGR
Como saber se uma pessoa está fazendo ghosting com você?

StanleyP
Uh-oh. O sr. Fonte Inesperada desapareceu misteriosamente? Ou talvez… ELE NUNCA EXISTIU DE VERDADE?

AnaBGR
Estou tão feliz que somos amigos.

StanleyP
Você tem sorte de ter a mim. Agora de volta ao seu peguete imaginário…

AnaBGR
Ele não é meu peguete, ou meu namorado, ou qualquer coisa do tipo.

StanleyP
Isso está parecendo cada vez mais uma situação do tipo stalker/vítima. Você tem certeza de que ele não entrou com uma medida protetiva?

AnaBGR
Deslogando.

StanleyP
Não, vou falar sério. Você está sendo vítima de ghosting se o cara sumir do planeta sem dizer uma palavra e não responder mensagens de texto ou telefonemas, não importa quão urgentes sejam. Se um cara está fazendo isso com você, preciso do nome

dele. Ele vai receber um e-mail com um palavreado pesado. Também alguns malwares, para aprender. Mexa com a melhor amiga de um bot, e você pega vírus.

AnaBGR
Obrigada, sr. P. Eu também gosto de você.

StanleyP
Pare com isso, você está fazendo o bot corar.

AnaBGR
Você está de bom humor.

StanleyP
O mundo é só unicórnios e arco-íris. Você já ouviu falar de uma escritora chamada Jane Austen?

Ana BGR
Me diz que está brincando.

StanleyP
Não se sinta envergonhada se não conhecer. Minha garota é culta.

AnaBGR
Talvez ele não esteja fazendo ghosting comigo.
Talvez ele esteja morto.

StanleyP
Aí está a minha Ana-nônima positiva, sempre olhando para o lado bom das coisas. De volta a *Persuasão*. Esse Capitão Wentworth precisa superar as coisas.

 StanleyP deslogou antes que eu pudesse responder. Olhei para a tela, intrigada com a nossa conversa. *Persuasão?*

CAPÍTULO QUARENTA E QUATRO

Na manhã seguinte, a cozinha estava vazia, exceto pela presença do meu primo, que tomava seu *chai* matinal e rolava sem parar a tela do celular.

– Os trolls ainda estão ameaçando aparecer e causar problemas, mas agora terão companhia.

Rashid me mostrou o telefone, o navegador aberto na página do Facebook que ele havia criado. Alguém estava convocando um protesto contra os manifestantes anti-*halal*.

– Vai haver um protesto "Não à comida *halal*" e um protesto "Apoie a comida *halal*", os dois em um festival que não é de comida *halal*? – perguntei com ceticismo.

Rashid sorriu amplamente.

– Agora você está entendendo! Em Hyderabad, há um enorme festival anual chamado Numaish. Minha família o frequenta todos os anos. Ele atrai milhões de pessoas, todos vão: tias e tios, *nanas* e *nanis*, bandidos, batedores de carteira e vigaristas, jovens casais, velhos casais, adolescentes que fingem não estar namorando, crianças malcomportadas, qualquer um é bem-vindo. A mesma coisa vai acontecer no nosso festival. As pessoas vão brigar e depois vão ficar com fome e comprar nossa deliciosa comida. Tudo vai dar certo. Acredite em mim.

Eu devo ter continuado com cara de dúvida, porque meu primo me deu um tapinha no braço.

— Vai ficar tudo bem. E, se não ficar, em breve tudo vai acabar. O que foi que disse aquele homem famoso? "O que é passado é prólogo"?

— Shakespeare.

Rashid franziu a testa.

— Pensei que tinha sido o Shah Rukh Khan.

— Talvez SRK tenha dito melhor, mas não foi o primeiro. O que resta para fazer antes do festival?

Rashid deu de ombros.

— Continuar anunciando. E, claro, rezar.

ıl₁ı|ılıı

Pensei em Nalla quando entrei na mesquita. Eu me perguntei se o imame havia retomado suas funções ou se ainda estava de luto.

Eu poderia orar com a mesma facilidade em casa, mas, por algum motivo, sentar dentro da Assembleia Muçulmana de Toronto me fazia sentir mais perto de Deus, ou pelo menos do Deus que eu lembrava da minha infância – um ser caloroso e indistinto que, se eu orasse bastante, me concederia um novo par de tênis de corrida ou mais prazo para terminar uma redação. Quando adulta, as minhas orações se tornaram mais complicadas e os desejos, mais vagos, mas nunca deixei de pedir ajuda.

A seção feminina estava vazia, exceto por uma mulher mais velha: Tia Afsana. A mãe de Aydin se achava sentada de pernas cruzadas no tapete listrado em bege e verde-oliva, a cabeça baixa. Segurava o *tasbih*, as contas de oração, no qual mexia rapidamente, com os olhos bem fechados. Ao vê-la, quase me virei para ir embora, mas eu havia ido até lá em busca de paz e de espaço para pensar. Não podia negar a Tia Afsana a mesma coisa.

Rezei rapidamente a *zuhr*, depois duas *nafil* extras. Sentei de pernas cruzadas no chão a poucos metros de Afsana e levantei as mãos em *du'a*. Orei por meus pais, por Fazee, Fahim e a bola de boliche, pelo Três Irmãs, Kawkab Khala e Rashid e, finalmente, por Aydin e sua mãe.

Quando abri os olhos, Tia Afsana me observava, e a encarei de volta. Aydin se parecia tanto com ela; tinha os mesmos olhos castanho-claros e a boca carnuda. Kawkab Khala tinha razão: também me perguntei como o Tio Junaid conseguia olhar para o filho e não pensar em Afsana e no trauma que desencadeou em sua família.

— *Assalamu alaikum*, tia. Espero que você esteja bem — falei, e ela sorriu timidamente.

Ela parecia mais em paz do que em qualquer outra ocasião em que nos encontramos. Fiquei desconcertada; eu sabia dos segredos íntimos dessa mulher, porém éramos estranhas uma à outra. Senti como se devesse mencionar isso, ou então pedir desculpa por saber informações que eu gostaria de não ter.

Abri a boca para dizer algo, mas ela estendeu a mão e segurou a minha, apertando-a com força.

— Sua *khala* é minha boa amiga — disse em seu inglês com forte sotaque. — Estou feliz que meu... que Aydin tenha você como amiga dele. — Ela pronunciou o nome do filho lentamente, sílaba por sílaba; claramente era uma palavra que ela não dizia em voz alta com muita frequência.

Lembrei que Aydin dissera "mãe" dessa mesma forma hesitante quando nos conhecemos. Na ocasião, eu me perguntara como uma palavra única podia conter tamanha perda. Ele merecia saber a verdade. Eu tinha que dar um jeito de falar com ele.

⼁⼁⼁⼁⼁

Big J me mandou uma mensagem quando eu estava a caminho do Três Irmãs.

Big J
Já sei onde podemos disponibilizar *Um segredo de família*.
Sintonize no *Giro de notícias* amanhã.

Eu respondi imediatamente.

HanaK
A Marisa vai te demitir. Você não pode sair do roteiro.

Big J
Acabei de conseguir um emprego com um dos grandes do ramo. Ela pode considerar como meu aviso prévio.

Fiquei emocionada pela generosidade de Big J. Levar ao ar o primeiro episódio de *Um segredo de família* dentro do *Giro de notícias* significava uma audiência enorme, mais do que eu jamais havia sonhado para o meu primeiro empreendimento solo.

HanaK
Obrigada. Por isso e por tudo.

Big J
Faça a sua família escutar. Vai ser demais. Continue atrás da história em seu coração, Hana, e você vai chegar longe.

CAPÍTULO QUARENTA E CINCO

– Baba, tenho uma surpresa para você! – anunciei na tarde seguinte.

Eu estava vibrando de empolgação, e Fazeela, sentada no sofá, tirou os olhos de seu livro.

Meu pai estava tendo um de seus dias bons. Ele tivera um pouco de dificuldade para se levantar naquela manhã, mas a cor tinha voltado ao seu rosto depois do almoço.

– O que está acontecendo? – perguntou Fazeela, levantando. Sua barriga estava baixa, e ela colocou a mão nas costas e as esfregou.

Inclinei-me e liguei o rádio, aumentando o volume.

– Meu trabalho será apresentado no *Giro de notícias* hoje! – anunciei.

Baba sorriu amplamente e aplaudiu.

– *Alhamdulillah*! Que notícia maravilhosa, *beta*. Fazee, avise sua mãe, Fahim e Rashid. Fale para eles ouvirem. Como podemos gravar? Onde está Kawkab Apa? Ela não vai querer perder isso!

Minha irmã mandou uma mensagem para Fahim enquanto eu gritava para minha tia descer e se juntar à nossa improvisada festa da escuta. Kawkab Khala se acomodou na poltrona. Esta era a história dela também.

A voz de Big J, mais profunda e mais rica ao microfone do que pessoalmente, entrou no ar:

– Bem-vindos ao *Giro de notícias*. Eu tenho algo especial para vocês hoje. Vou dedicar o episódio de hoje a um novo programa, produzido por uma das estagiárias mais talentosas que já conheci, Hana Khan. Hana já deixou a emissora para perseguir coisas maiores e melhores, mas eu quero compartilhar com vocês o primeiro episódio da nova série dela. Chama-se *Um segredo de família* e é sobre diferentes famílias que viveram e amaram em diferentes cantos do mundo e os segredos que elas guardam umas das outras, às vezes por décadas. *Um segredo de família*, nova série de Hana Khan, começa logo após o intervalo.

– É sobre Kawkab Khala e a história de Billi – expliquei.

Ajustei o volume antes de me encostar em uma parede no canto da sala. Queria ter uma boa visão de todos enquanto ouviam. Isso era o que faltava em *Divagações de Ana, uma garota marrom*, pensei. Por mais libertador que fosse permanecer anônima, eu tinha desistido de algo para preservar minha privacidade. Um ano antes, insegura sobre minhas habilidades, ainda aprendendo o ofício, ainda tentando encontrar a minha voz, aquela concha protetora se fizera necessária.

Eu não precisava mais dela. Agora queria ser reconhecida pelo meu trabalho. Estava pronta para sair das sombras e deixar a luz severa das opiniões das outras pessoas me atingir. O que quer que elas pensassem, ou não pensassem, eu lidaria com isso e continuaria criando e melhorando. Eu sabia disso agora.

O silêncio concentrado na sala de estar me dizia que eu tinha a completa atenção da minha família. Desejei que minha mãe, Rashid e Fahim também estivessem ouvindo no Três Irmãs.

Fiz uma *du'a* rápida, e meu programa começou.

||۱♀۱||

Um segredo de família, *criado por Hana Khan. Episódio um: "A noiva na árvore".*

Bem-vindos a Um segredo de família, *o podcast que conta os segredos que as famílias guardam. Eu sou a sua host, Hana Khan, e para o nosso episódio inaugural vou compartilhar um segredo que soube recentemente sobre a minha própria família. Apresento a minha tia Kawkab, que vai narrar o restante deste programa:*

[Kawkab] Era 1972. Morávamos em Hyderabad, Índia. Meu pai era um nawab, um homem muito rico, de uma longa linhagem de herdeiros de propriedades. Eu era a sua única filha e ele me deixava fazer praticamente o que eu quisesse, desde que o deixasse em paz. Ammi, ocupada com seus projetos de caridade, também. Cresci andando a cavalo, frequentando os clubes ingleses, jogando pôquer com amigos e praticando equitação, dança clássica e tiro. Toda jovem decente deve saber manejar uma arma de fogo.

Tudo mudou quando fiz vinte e quatro anos. Até então, eu não tinha ideia do que queria fazer no futuro; estava muito ocupada me divertindo no presente. Um dia, meu pai pediu para falar comigo.

— Kawkab Fazeela Muzamilah Khan — disse ele, dirigindo-se a mim pelo meu nome completo —, é hora de você se casar. Você vai se casar com o rapaz que eu escolhi. Ele é rico e vem de uma boa família. Seu casamento acontecerá depois do Eid. Não precisa ficar tímida, filha. Eu sei que é isso o que você quer.

O Eid ocorreria dali a oito semanas. Em retrospectiva, suponho que não deveria ter rido de suas palavras. Ele ficou com o rosto bem vermelho. Quando recusei, chamou a artilharia pesada: minha mãe.

Ela rapidamente me alertou que meu status de solteira, na idade avançada de vinte e quatro anos, era um sinal do pensamento progressista dela, algo de que ela se gabava para seus amigos. Mas era inconcebível que sua única filha continuasse solteira para além dessa idade.

— Hameed é um bom rapaz, de boa família — informou minha mãe. — Este casamento foi arranjado há muito tempo. Hameed está prestes a partir para Oxford, e a família dele deseja que o nikah ocorra antes que ele vá para aquela terra chuvosa e, Deus me livre, se apaixone por uma mulher branca.

Hameed era filho de um dos amigos do meu pai. Não havíamos trocado mais do que cinco palavras. E agora eu devia comparecer ao meu casamento como se estivesse indo tomar vacina no Dr. Aziz? Preferiria entornar uma garrafa de açafrão.

Minha mãe ficou chateada com a minha declaração de que continuaria solteira, e descobri que as outras tias a estavam importunando. Ammi era uma mulher forte, mas no fundo também era tradicionalista. Ela compreendia e aceitava o mundo em que vivia. Suas rebeliões eram pequenas, enquanto as minhas continham multidões. Ela queria me ver resolvida, mas eu era inquieta por natureza. Ela pensava que eu mudaria de ideia eventualmente, então começou a planejar meu casamento a despeito da minha vontade. Claro que um nikah não é válido sem o consentimento da noiva, mas meus pais tinham certeza de que eu mudaria de ideia quando percebesse quanto aquilo significava para os dois.

Eu achava que levava a vida perfeita, mas naquele momento senti que não conhecia meus pais. Como se tivesse acordado de um sonho agradável para me descobrir em um pesadelo. Foi somente na cerimônia de noivado que entendi que eles me consideravam sua propriedade.

A data do casamento foi marcada e os convites logo foram despachados. Ammi garimpou sua coleção de joias e saiu para comprar meu jahaz, meu enxoval. Fiquei em casa e me recusei a comer. Parei de jogar cartas e cavalgar, e o treinador de tiro ao alvo ficou tão preocupado que foi até minha casa para se certificar de que eu estava viva.

No entanto, ninguém na família parecia se importar. Eles pensavam que eu estava bancando a noiva tímida e relutante. Como você sabe, Hana, nunca fui tímida. Na verdade, eu estava tramando algo.

Mais de mil pessoas foram convidadas para testemunhar a minha cerimônia de nikah. Havia muitos convidados de fora da cidade, incluindo uma dúzia de primas risonhas. Eu as ouvia no andar de baixo, cantando canções de casamento sobre noivas tímidas e noivos confiantes, sogras manipuladoras e noras inteligentes. Fui deixada sozinha para me preparar para a noite de núpcias e fazer as orações típicas de antes da cerimônia. Diz-se que as du'as que uma noiva faz no dia do casamento são particularmente potentes. Mas também são as orações dos oprimidos, e eu estava planejando minha fuga.

Vestia uma pesada lengha vermelha com delicados bordados de ouro. A pérola e o diamante maang tikka batiam contra a minha testa enquanto eu fazia minha manobra para fora da janela do quarto. Felizmente eu tinha escolhido duas pesadas pulseiras de ouro em vez das usuais pulseiras de vidro, que teriam feito muito barulho durante a fuga. As correntes de ouro em meus pés tinham pequenos sinos, mas todos dentro da casa estavam distraídos demais para ouvi-los. Meu fino piercing dourado de nariz oscilava com o peso das pérolas e rubis e ficava se prendendo na grande dupatta vermelha sobre minha cabeça.

Tive sorte. As únicas pessoas que me viram foram os fornecedores e as pessoas contratadas para montar a enorme tenda de casamento no quintal. Eles não estavam sendo pagos para questionar o fato de que a noiva estava descendo pela janela do primeiro andar horas antes do nikah. Ou correndo para o pomar de manga do nawab sahib. Eles supuseram que eu estava com fome, e pronto. A noiva sempre deve ter seus caprichos atendidos no dia do casamento.

Para além do pomar, no limite de nossa propriedade, existia por gerações uma grande figueira-de-bengala. Um pequeno banco tinha sido construído ao lado da árvore. Eu praticava tiro ao alvo daquele banco desde que tinha idade para segurar uma arma.

O rifle que eu agora segurava era grande. Precisei segurá-lo junto com a caixa de munição em uma mão só para conseguir levantar até os joelhos a pesada saia da lengha. *Tirei os chinelos bordados e comecei a escalar os galhos retorcidos, não parando até ter uma visão clara do espaço das festividades. Então coloquei o rifle no colo e esperei.*

Minha roupa me incomodava, e o galho era duro. Comi as pakoras e o barfi que tinha levado comigo. Precisava manter a força para a cena que estava por vir.

Finalmente, por volta das nove da noite, com o nikah *prestes a começar, meus pais perceberam que faltava a noiva. Eu notei o choque se espalhando rapidamente pela casa. Alguns parentes mais sensíveis começaram a chorar e lamentar, convencidos de que eu havia sido sequestrada. A essa altura, o* baraat *do noivo, sua comitiva, havia chegado: Hameed, enfeitado com flores, estava em um cavalo, enquanto sua família o seguia a pé, acompanhados por percussionistas contratados. Eles tinham chegado para reivindicar a noiva, mas eu não estava em lugar nenhum.*

Um dos wallahs *nas barracas deve tê-los avisado, porque não demorou para que meu pai, em seu uniforme de gala, e minha mãe, em um sári de seda azul-escuro com bordado* zari *prateado, se aproximassem da figueira, uma multidão logo atrás. Levantei a arma, mirei com cuidado e atirei no chão diante dos pés do meu pai.*

Ele ficou tão chocado que emudeceu. Eu tinha feito a pior coisa que uma criança poderia fazer: um escândalo na frente de toda a família.

— *Beti, desça agora mesmo!* — disse ammi.

Eu me neguei, claro.

Um dos meus primos fez um estardalhaço se aproximando da árvore e dizendo:

— *Não se preocupe,* mamu-ji, *eu vou derrubá-la.*

Atirei perto de seus pés também, e então sorri docemente.

— *Estou bem aqui, Ladoo.*

Ele odiava esse apelido.

Acho que meus pais não tinham se dado conta do que eu estava disposta a fazer para impedir o casamento. Então expus meus termos:

— *Ammi, Baba, eu desço se vocês cancelarem o* nikah.

— *Mas o* baraat *já está aqui!* — lamentou ammi.

Eu vi o momento em que a plena compreensão do meu gesto a atingiu como um maremoto. Seríamos a chacota do bairro. Os empregados comporiam canções zombeteiras sobre nós. Estávamos arruinados.

Mesmo assim, não hesitei. Eles tinham feito a sua escolha quando se recusaram a me ouvir, e agora eu estava fazendo a minha. Carreguei o rifle e o apontei para a multidão.

— Se vocês trouxerem aquele insuportável do Hameed aqui, eu vou atirar no pé esquerdo dele e depois no direito. E então vou atirar mais para cima — jurei.

Os homens na multidão instintivamente seguraram suas partes íntimas e trocaram olhares inquietos.

Já Hameed, com o rosto coberto por um véu de flores de jasmim, desceu do cavalo ridículo e foi até a frente da multidão. A mãe de Hameed ouvira o final da minha ameaça. Gritando, ela se jogou na frente do filho.

— Batameez! Pagal! — gritou para mim. Mal-educada, louca. — Aquela bruxa maldita nunca vai chegar perto do meu filho. O casamento está cancelado!

O pronunciamento foi seguido por muitos minutos de gritos e discussões. Aproveitei a confusão para descer da árvore. Quando dei por mim, o noivo e seu baraat já tinham desaparecido.

Minha família entrou na casa, embora um círculo de tias tenha ficado do lado de fora para me repreender por um longo tempo. Depois elas também foram embora. Já estava escuro, e observei os wallahs das barracas desmontando o local do casamento. Fiquei imaginando se eles eram pagos quando a noiva ameaçava atirar no noivo. Perguntei ao responsável, um homem mais velho e rude vestido com um simples lungi branco e camisa social. Ele me deu um tapinha no braço.

— Não se preocupe com isso, beti — falou.

Foi a primeira palavra amável que alguém me dirigiu depois de muito tempo, e comecei a chorar. Fiquei ali chorando enquanto eles removiam as barracas, as luzes, as mesas e a comida. Quando parei de chorar, entrei em casa, tirei a roupa do casamento e fui dormir.

Eu ganhei, mas também perdi. Meus pais não falaram comigo por quase um ano. Nunca recebi outro rishta de ninguém.

Meu pai morreu quando eu tinha trinta e cinco anos. Minha mãe morreu quando eu tinha quarenta e dois. Conheci Mohammad, o amor da minha vida, quando já tinha quarenta e cinco. Passamos quinze maravilhosos anos juntos até que Alá o chamasse para Jannah. Eu sei que ele está esperando por mim, mas também sei que ainda tenho muitos bons anos na Terra e quero aproveitá-los ao máximo.

CAPÍTULO QUARENTA E SEIS

— Obrigada por compartilhar a sua história, Kawkab Khala — disse a Hana do rádio. — E obrigada a todos por ouvirem o meu novo programa, *Um segredo de família*. Qual é o *seu* segredo?

A pergunta, marca registrada que eu tinha criado com Thomas e Big J, caiu como um trovão na sala. Fazee, Baba e Kawkab piscaram como se tivessem sido libertados de um feitiço.

Imaginei o rosto de Marisa naquele exato momento: da cor de seu lenço Hermès vermelho-cereja.

Olhei para minha tia, que placidamente dobrava sua *dupatta* de seda, e uma onda de admiração tomou conta de mim mais uma vez. Em uma época na qual as mulheres ao redor do mundo ainda eram rotineiramente menosprezadas e silenciadas, quando o ativismo feminista estava em sua primeira infância, minha tia se recusava corajosamente a seguir ordens. Ela era uma verdadeira radical, no melhor dos sentidos.

Eu me perguntei se Fazee e Baba estavam pensando em seus próprios casamentos. Fazee e Fahim se apaixonaram primeiro e depois se casaram, mas meus pais tiveram um casamento arranjado. Mamãe uma vez me dissera que só tinha visto uma foto de Baba antes do dia do casamento, e que tivera seu silêncio tímido interpretado como consentimento. No caso dela, tinha sido mesmo. Já no caso de Kawkab Khala, cujos pais eram muito mais ricos do que a minha família, os sonoros e repetidos protestos caíram em ouvidos surdos. "Os gatos escalam", ela havia me dito.

Na sala agora, o *chai* na frente de Baba havia esfriado, e minha irmã não erguera o celular nenhuma vez durante o programa. Até a minha tia fora envolvida pela história que ela própria tinha vivido, e uma chama de orgulho se acendeu em meu peito. Eu tinha provocado esse efeito. Eu tinha mantido minha família em transe. "Siga a história do seu coração." Era o que eu tinha feito, e os resultados estavam bem diante de mim, na bolha contemplativa que só uma boa narrativa inspira.

Baba se levantou de seu assento, beijou minha bochecha e me abraçou. Ele cheirava a linho engomado e canela, e me deixei envolver pelo perfume.

– *Mubarak ho* – falou. – Alá abençoou você com uma graça. Você será uma estrela um dia.

Fazeela me parabenizou também, e então os dois foram para seus quartos, deixando-me sozinha com minha tia.

– Por que essa história foi um segredo por tanto tempo? – perguntei a Kawkab.

Não tinha perguntado isso a ela na gravação, mas estava curiosa.

– Vergonha, suponho. Meus pais ficaram constrangidos com meu comportamento. Eles morreram carregando essa vergonha. Certamente me tornei uma anedota para prevenir sobre os perigos de criar uma garota obstinada. – Minha tia deu um sorriso torto. – O restante da família passou a ter medo de que as filhas se inspirassem na minha história e aprendessem a escalar árvores. Acho que algumas até escalaram. Veja sua mãe, você mesma, até sua irmã. Todas têm o mesmo espírito aventureiro e destemido, cada uma à sua maneira. Talvez sua mãe e sua irmã tenham perdido esse sentimento recentemente, e a única maneira de recuperá-lo é começar de novo. Assim como você está prestes a fazer, Hana *jaan*.

Havia verdade nas palavras de minha tia. Sua história havia sido um segredo aberto, em certos aspectos. A maioria das pessoas na Índia conhecia os detalhes, então não era de fato um segredo; na verdade, se tornara um mito familiar. E minha tia usara essa mitologia a seu favor. Ela escolhera o próprio destino, embora não sem consequências. Nós não nos aprofundamos nisso durante o episódio, mas seu relacionamento com os pais fora severamente afetado. No entanto, ela aceitara seu destino e agira dentro dos parâmetros de sua decisão. O casamento, mais tarde na vida, tinha sido uma escolha feita livremente. Minha tia valorizava sua independência acima de tudo.

Eu me sentia grata por ter conhecido a história familiar secreta de minha tia, ainda que não fosse tão secreta. Nossos segredos expõem aquilo que tememos ou desejamos com mais fervor. Eu havia compreendido isso. Yusuf e Lily estavam prontos para ficar juntos, apesar dos obstáculos. Fahim e Fazeela se sentiam de algum modo presos pelo restaurante, e as dificuldades financeiras lhes propiciaram a liberdade de tomar uma atitude nova e independente. Aydin e Afsana estavam sendo conduzidos um ao outro desde que foram separados. E talvez Aydin sempre tenha estado em busca de seu verdadeiro lar, que encontrou em Golden Crescent.

Aydin dissera que escolheu intencionalmente minha comunidade, meu bairro, para ser o local de seu tão sonhado restaurante. Comecei a contemplar a possibilidade de ele não ter vindo com o intuito de promover o caos e a destruição. Talvez uma parte dele soubesse que estava se aproximando de um ponto de conexão e ele estivesse buscando forças para se livrar das expectativas do pai e seguir um caminho diferente.

Se minha tia podia subir em uma árvore com um rifle em mãos, se ela podia atear fogo à própria realidade apenas para defender uma visão clara e inabalável de futuro; se minha mãe tinha coragem para recomeçar; se Aydin tinha coragem para dar uma chance ao amor e à comunidade, o que me impedia? Era hora de me livrar do meu próprio *alter ego* anônimo e abraçar a Hana que eu me tornara ao longo do último ano.

Supondo que Aydin um dia voltasse de Vancouver. Mas, mesmo que ele não voltasse, eu ficaria bem. Eu vinha de uma longa linhagem de mulheres imbatíveis.

Mandei uma mensagem para StanleyP, ansiosa para conversar com alguém que me entenderia, alguém que tinha estado comigo desde o início.

AnaBGR
Repensando essa coisa de anonimato.

StanleyP
Você sofre ghosting uma vez e de repente está questionando tudo.

AnaBGR
Talvez eu não precise mais da máscara, e ainda que o sr. Fonte Inesperada tenha feito ghosting comigo, vou ficar bem.

StanleyP
Não me diga que acabou de perceber que esteve em Oz esse tempo todo.

AnaBGR
Estou pronta para me mostrar ao público e usar o ódio ou o amor que receber como combustível e inspiração. Como meu primo disse uma vez, construa uma hidrelétrica.

Uma pausa longa. Então...

StanleyP
Seu primo disse isso?

AnaBGR
Sim, durante aquilo que aconteceu comigo há um tempo... Enfim. Penso nisso às vezes, quando a vida fica especialmente difícil. Ele é só um garoto, mas é uma das pessoas mais inteligentes que conheço. Construir uma hidrelétrica significa usar a negatividade em sua vida para alimentar o bem. Sabe?

StanleyP
Acho que agora sei tudo.

Mandei uma mensagem para Big J. "Você teve muitos problemas?" Meu celular tocou.

– Marisa com certeza estava prestes a arrombar a porta do estúdio, mas aí as ligações e mensagens começaram a chegar – disse Big J. – As pessoas queriam contar seus segredos, queriam saber o que aconteceu com a sua tia, queriam fotos para enriquecer a história. E queriam saber quando o próximo episódio sairia. Teve muito ódio também, mas, para ficarem incomodadas, as pessoas primeiro têm que escutar o programa, certo? Marisa ficou com tanta raiva que saiu da sala. Davis me ligou logo depois para perguntar se devíamos substituir o programa antigo por este novo, até porque Thomas se demitiu.

– Eu queria ter visto isso.

– Falei não para Davis, claro. Mesmo quando ele ofereceu um emprego permanente e um monte de dinheiro para você.

– Espera, o quê?!

Big J riu.

– Estou brincando. Ele disse que te recontrataria para o estágio não remunerado, e você passaria por um período de experiência de três meses, respondendo diretamente à Marisa. Eu educadamente recusei em seu nome. Espero que esteja tudo bem.

Agradeci novamente pela oportunidade que ele havia me dado, e fizemos planos para o próximo episódio. Com alguma sorte, outras oportunidades surgiriam daí.

Enquanto isso, o festival de rua seria no dia seguinte, e eu precisava saber se estávamos preparados para tudo.

Ainda sem resposta de Aydin.

CAPÍTULO QUARENTA E SETE

O dia do festival amanheceu como qualquer outro. Mamãe e Baba já estavam na cozinha bebendo seu *chai*. Eles abriram espaço para mim na mesa, e Rashid se juntou a nós alguns minutos depois.

Eu devia estar manifestando minha apreensão, porque mamãe passou um braço em volta de mim.

– Eu vou estar lá. Fahim estará lá. Rashid. Seu pai, Yusuf e o Irmão Musa estarão lá. Não vamos deixar nada acontecer com você, *beta*. – Com um aperto final, ela se levantou. – Além disso, nunca se sabe. As pessoas podem surpreendê-la.

Geralmente da pior maneira possível, acrescentei silenciosamente.

⦾

Passei o restante da manhã montando barracas para os vendedores, majoritariamente comerciantes locais e alguns outros de roupas, joias ou lanches. Rashid conseguira uma permissão para fechar o trânsito de Golden Crescent durante a tarde. Bloqueamos uma extremidade da rua com barricadas de madeira improvisadas, enfeitadas com placas e bandeiras anunciando FESTIVAL ANUAL DE VERÃO DE GOLDEN CRESCENT! FAMÍLIAS SÃO BEM-VINDAS!

A policial Lukie chegou e começou a direcionar o tráfego. Os comerciantes de Golden Crescent que concordaram em participar montaram mesas dobráveis e tendas na frente de suas lojas, quase uma dúzia de barracas no total. Rashid percebeu meu olhar hesitante para o entorno e me tranquilizou.

– Não se esqueça de que haverá comida e entretenimento, e o senhor Lewis doou um castelo inflável. Vai ficar tudo bem, Hana Apa.

Lembrei que Aydin havia prometido convidar seus amigos do grupo de dança *desi* para uma apresentação. Não sabia se isso ainda iria acontecer.

Começamos a amarrar na parte sul de Golden Crescent o enorme banner que Rashid mandara imprimir, mas ele quase deixou seu lado cair quando viu Zulfa. Ela vestia um *salwar kameez* colorido, os cabelos escuros soltos sobre os ombros. Ele correu até ela assim que o banner ficou no lugar, e o vi pegando o celular para tirar uma selfie.

Os comerciantes começaram a trazer suas mercadorias, porém a mesa reservada para o Wholistic Grill continuava vazia. Mamãe saiu do Três Irmãs carregando uma enorme panela de *biryani* de carne. Ela foi seguida por Fahim e Rashid com enormes recipientes de *haleem*, um ensopado grosso de lentilha, grãos e carne bovina, e um aromático *korma* de cordeiro. Eles desapareceram no restaurante de novo e então voltaram com uma enorme bandeja transbordando de *naan tandoori* recém-assado, além de uma grande churrasqueira. Tinham feito comida suficiente para alimentar centenas.

Mamãe habilmente acendeu o carvão da churrasqueira e fechou a tampa para deixá-la esquentar. Ela me lançou um sorriso rápido, a expressão pensativa que eu tinha visto tantas vezes antes, e fui preenchida por uma súbita gratidão por minha mãe batalhadora. Eu desejava um dia me tornar tão boa no que tinha escolhido seguir como carreira quanto ela naquele exato momento.

As outras barracas lentamente começavam a ficar ocupadas. O ar se enchia com conversas e um zumbido de agitação. Irmão Musa havia transferido sua barraca de legumes para a rua e agora montava uma centrífuga de sucos. Tia Luxmi havia preparado dois caldeirões gigantescos. Em um havia *jalebi* fresco, uma sobremesa laranja-brilhante feita de massa frita em formato de *pretzel*, depois embebida em calda doce; a outra panela continha amendoins fervendo em água salgada.

Algumas barracas vendiam lindos *salwar kameez* e *hijabs*. Outro estande era de um artista de hena, que estava dispondo seus desenhos e cones de *mehndi* com pasta de hena verde-escura. Alguns vizinhos curiosos aguardavam o início oficial do festival.

Vi Gary se instalando no estande reservado para o Wholistic Grill.

– Você veio! – falei, caminhando até ele.

– Pedido especial do chefe. Ele me disse para fechar a loja e colocar uma placa direcionando as pessoas para cá. – Gary emitiu algumas ordens rápidas a seus ajudantes. – Vai ser ótimo.

– É o que todo mundo está dizendo – falei, e pela primeira vez no dia realmente acreditei nisso.

Foi quando o primeiro manifestante apareceu.

CAPÍTULO QUARENTA E OITO

— Abaixo a Lei Sharia!

Minha atenção se desviou de Gary para um homem corpulento parado no meio da rua interditada. Sua camiseta preta exibia o já familiar punho branco, e ele segurava um cartaz com as palavras MEU CANADÁ NÃO INCLUI: MUÇULMANOS/GAYS/IMIGRANTES/VOCÊ!

Com os braços cruzados sobre o peito, Gary contemplou o homem.

— Bela caligrafia — disse secamente. — E gosto de como ele cobriu todas as possibilidades com essa última palavra.

Meus olhos travaram no rosto do homem. Seus olhos eram frios e duros, mesmo no rosto brilhante de suor. Ele fitou os participantes do festival e vendedores, que, depois de uns olhares curiosos, o ignoraram. Em resposta, ele agitou o cartaz e gritou:

— NÃO QUEREMOS VOCÊS AQUI! VOLTEM PARA A ARÁBIA, CABEÇAS DE TOALHA!

Mamãe olhou para mim da mesa do Três Irmãs, uma sobrancelha arqueada. Ela balançou a cabeça negativamente, então voltou a atenção para a grelha.

Corri para o cara de camiseta preta.

— Posso ajudar? — perguntei educadamente.

— Sim, pode. Você pode DEIXAR MEU PAÍS! NÃO QUEREMOS VOCÊ AQUI! — ele rugiu na minha cara.

Algumas pessoas voltaram a olhar, a inquietação aumentando.

Respirei fundo e canalizei minha mãe – a Angela Merkel de *hijab* preto.

– Você não dita as regras. Esta é minha rua e este é meu festival, e você não é bem-vindo aqui.

– Festival de comida *HALAL*, você quer dizer! A ISLAMIZAÇÃO DO CANADÁ será PARADA à FORÇA, se necessário! – Os olhos do homem estavam esbugalhados agora, e saliva voava de sua boca. – Você não pode me obrigar a sair! Eu tenho o DIREITO de protestar! A LIBERDADE de EXPRESSÃO não foi proibida neste país! – Ele se aproximou.

Fahim se colocou ao meu lado, flanqueado por Rashid, e a presença silenciosa deles me deu coragem.

– É verdade, mas você não pode protestar deste lado da rua – avisei, a minha voz comedida. – Nós temos um alvará.

O Camiseta Preta previsivelmente se recusou a sair, então o deixei com seu cartaz e seus gritos e fui procurar a policial Lukie. Ela estava perto do Wholistic Grill com seu parceiro, um homem branco alto com bíceps maciços e um braço tomado por tatuagens. Quando retornamos para o cara de camiseta preta, algumas pessoas haviam se juntado a ele, três homens e uma mulher, todos vestidos da mesma forma e segurando cartazes com mensagens semelhantes. Após um debate acalorado com a policial Lukie e seu parceiro, o pequeno grupo de manifestantes deslocou-se para o outro lado da rua, sem desistir das provocações. Eles continuaram gritando e incomodando os expositores e os participantes do festival, e os ânimos rapidamente se aplacaram.

Fiquei de olho na quantidade de manifestantes, que lentamente aumentou de cinco para dez, de quinze para vinte e cinco. Havia certa diversidade em suas fileiras: os homens eram maioria, mas havia algumas mulheres também; quase todos brancos, com alguns rostos marrons e verde-oliva, todos gritando, cantando e batendo os pés. A policial Lukie pediu reforços e logo havia quatro policiais, dois dos quais vigiavam de perto o grupo do outro lado da rua. Os outros dois observavam o nosso lado com a mesma atenção. *Quem a polícia está protegendo?*, me perguntei. Especialmente agora que os manifestantes superavam os participantes do festival. Olhei em volta e meu coração afundou. Sem crianças, sem adolescentes. A maioria das pessoas que permaneceram tinha relação com os comerciantes. Os manifestantes haviam cumprido seu objetivo: as pessoas de fora que haviam sido atraídas pela promessa de comida, compras e diversão em família tinham sido afugentadas pelo cara de camiseta preta e seus amigos.

— Volta pra casa, sua terrorista, ou nós vamos te expulsar! — gritou uma mulher de pele marrom enquanto fazia contato visual comigo.

Ela me encarava fixamente e murmurava palavrões. Perguntei a mim mesma o que a levava a fazer aquilo. Ela realmente me odiava, ou tinha sido tão machucada por algo ou alguém que sentia necessidade de atacar os outros?

Olhei em volta e meu olhar cruzou com o de Rashid. Zulfa, ao lado dele, me lançou um sorriso encorajador. Meu primo fez um movimento com as mãos. *Calma, Hana Apa. O dia ainda não acabou.*

No entanto, a onda de desespero que tomava conta de mim ante a multidão crescente de camisetas pretas e o grupo cada vez menor de famílias de Golden Crescent atingiu seu pico e se quebrou. Corri para encontrar um lugar confortável. Dentro do Poutine Biryani das Três Irmãs vazio, me sentei a uma mesa no canto e abaixei a cabeça. Nunca seria suficiente. Não importava quanto planejássemos, quanto desejássemos, quanto tentássemos, nunca seria suficiente para deter a maré de ódio.

Meu celular vibrou, uma mensagem de StanleyP.

StanleyP
Eu prometi uma foto.

Uma foto acompanhava a mensagem, e eu a examinei. Um Aydin solene na frente do Wholistic Grill. Ele tinha um sorriso debochado no rosto.

StanleyP
Último segredo, embora, para ser justo, eu só o tenha
desvendado ontem. Fazia tempo que tinha minhas suspeitas,
mas parecia loucura demais. Acho que você também suspeitou.
Não se sinta mal por eu ter descoberto primeiro. Tive uma ligeira
vantagem: no primeiro podcast, você disse que era uma mulher
muçulmana de vinte e poucos anos que morava em Toronto.

Meu rosto queimou, senti que ia desmaiar. Não conseguia parar de olhar a foto que ele enviara. StanleyP e Aydin Shah eram a mesma pessoa? Meu amigo e confidente, meu primeiro ouvinte e maior apoiador, o homem que me aconselhara sobre táticas de guerra, que me provocava impiedosamente e incentivava meus sonhos, era também o meu concorrente? Lembrei o que ele havia falado sobre sua "garota". Era eu? Se sim, por que tinha ido embora sem dizer nada e ignorado as minhas mensagens? Continuei a ler, a cabeça girando.

> **StanleyP**
> As coincidências foram se acumulando, e, quando você mencionou o seu primo e a construção de uma hidrelétrica, eu tive a prova. Finalmente.

Fechei os olhos e tentei respirar. Claro que meu primo estava de alguma forma por trás desse mistério. Rashid podia muito bem mudar de nome para Loki, ou talvez Shaitan. Analisei a foto mais de perto e percebi que era mais do que recente. Havia barracas e mesas montadas ao fundo, e notei as placas do festival. *Ele está aqui.*

> **StanleyP**
> Como estou com a vantagem neste momento, quero me apresentar oficialmente. Meu nome verdadeiro é Aydin Shah. Sou um muçulmano de 27 anos que morava em Vancouver e recentemente se mudou para o centro do universo, Toronna. Não tenho irmãos, minha mãe morreu quando eu tinha cinco anos e meu pai é um babaca que deu um jeito de bloquear todas as suas mensagens nos últimos dias. Além disso, recentemente abri um restaurante na mesma rua da garota mais perfeita do mundo.
> Olá, Hana.

Aydin/StanleyP tinha voltado para casa. E ele ainda não sabia sobre sua mãe. Escrevi de volta, sem saber bem o que fazer: "*Salaams*, Aydin".

Era hora de somar força lá fora.

Eu tinha ficado afastada por menos de trinta minutos, mas, quando saí do Três Irmãs, o festival tinha se transformado completamente. A rua estava movimentada com pessoas visitando as barracas e comendo lanches. O número de manifestantes também crescera, para cerca de quarenta, todos gritando, cantando e segurando mensagens de ódio.

Só que agora eles tinham companhia. Os contramanifestantes apareceram como prometido, cerca de duas dúzias. Eles agitavam seus próprios cartazes, que diziam: TODOS SÃO BEM-VINDOS! E DIZEMOS NÃO AO ÓDIO! Embora estivessem em menor número em comparação com o exército de camisetas pretas, eram barulhentos na mesma medida. Avistei Yusuf segurando um megafone no meio da multidão, Lily a seu lado. Meus amigos idealistas simplesmente não conseguiam se conter. Lily chamou minha atenção e me deu um sorriso indeciso, que retribuí.

Imame Abdul Bari estava na margem do grupo. Quando me avistou, ele sorriu beatificamente. Sua coragem silenciosa, mesmo com a devastadora perda recente, me fez estufar um pouco o peito.

Trajadas com vestidos combinantes e tênis, três meninas passaram saltitando, seguidas por seus pais. Um casal caminhava de mãos dadas, a mulher de *hijab*, o homem de jeans e camiseta. Eles eram seguidos por uma família maior, um adolescente atrás dos avós idosos, o avô em um engomado *salwar kameez* branco e um chapéu de oração de feltro marrom, a avó em um sári bem amarrado.

A barraca do Três Irmãs não estava tão movimentada quanto a do Wholistic Grill, mas um fluxo constante de clientes fazia fila para experimentar nossas especialidades. Mamãe, ao lado da barraca, tomava uma xícara de *chai*. Eu a abracei por trás, assustando-a.

— No que você está pensando? — perguntei.

— Em quanto tempo faz desde a última vez que seu pai e eu visitamos a Índia — disse ela. — Kawkab Apa me lembrou que eu não volto lá desde que sua *nani* morreu.

Rememorei esse fato — a ligação na madrugada, o choro contido de minha mãe com a notícia da morte da mãe dela, a dificuldade para encontrar uma passagem de avião a tempo de chegar para o *janazah*, o trabalho para nos organizar e dividir seus turnos entre nós durante os cinco dias em que ela esteve fora.

– Acho que vamos voltar, para passar algumas semanas dessa vez – acrescentou ela.

– E a Fazeela? – perguntei.

– Ainda tem alguns meses até o bebê nascer. E ela tem Fahim e você. – Ela olhou ao redor de novo, bebendo o *chai*. – Não queria participar do festival este ano, mas estou feliz que participamos. Tem sido… legal, apesar dos convidados indesejados – falou, apontando para os manifestantes. Fez uma pausa, e eu soube o que ela estava prestes a dizer antes que as palavras saíssem de sua boca. – Decidi vender o restaurante, *meri jaan*. Pode não ser o que você quer, mas é a minha escolha e estou em paz com ela.

Mamãe já vinha me dizendo isso, de muitas maneiras, havia semanas. Ela esperou que eu absorvesse a notícia. Respirei fundo e me recompus. Eu ficaria bem, e minha mãe merecia se priorizar pelo menos uma vez. Já tinha passado da hora de ela poder escolher.

Escolha. Era essa a graça que os meus pais haviam me dado. Não há nada mais poderoso do que a capacidade de decidir sobre algo. Nada mais inebriante do que estender a mão e dizer: "Isso. Eu escolho isso".

Do outro lado da rua, um jovem próximo ao estande do Wholistic Grill chamou a minha atenção. Ele vestia uma camiseta branca e jeans escuros, óculos de sol prateados pendurados na gola da camiseta. Quando nossos olhos se encontraram, fui tomada por outro sentimento igualmente poderoso: *Você. Eu escolho você.*

CAPÍTULO QUARENTA E NOVE

Aydin não se aproximou imediatamente. Em vez disso, gesticulou com um dedo para que eu esperasse. Eu o vi atravessar a rua em direção ao local onde manifestantes e antimanifestantes gritavam uns com os outros, à beira da violência. Não foi fácil ficar parada. A necessidade de falar com ele, de discutir nosso relacionamento como StanleyP e AnaBGR e, mais especialmente, de abrir o último segredo que restava entre nós – que sua mãe estava viva e queria conhecê-lo – era esmagadora.

O clima do outro lado da rua ficou mais tenso. Gritando e com o rosto vermelho, o primeiro cara de camiseta preta a chegar confrontava Yusuf agora. Ele então estendeu a mão e agarrou Yusuf pela camiseta e se preparou para golpeá-lo. De repente lembrei do homem que tentara ferir Aydin no centro da cidade, antes que eu o afastasse do perigo. Do outro lado da rua, Lily fez o mesmo, puxando Yusuf; os dois tropeçaram, quase uma paródia do ataque no centro. A policial Lukie tomou uma atitude assim que ameacei correr em direção aos meus amigos. Nosso festival de rua estava prestes a se transformar em uma grande briga.

– NINGUÉM QUER VOCÊ AQUI, ESCÓRIA ISLÂMICA! – gritou o cara da camiseta preta assim que Aydin se aproximou dos manifestantes racistas.

De onde estava, vi que Aydin ostentava um pequeno sorriso, o comportamento calmo. Os manifestantes em torno do cara de camiseta preta começaram a zombar e gritar com ele, mas ele não reagiu. Em vez disso, se virou e examinou a multidão, quase como se estivesse esperando algo.

Notei seu sorriso aumentar, e então escutei. Uma batida de tambor. Vinha das proximidades de Golden Crescent. Todos os participantes da odiosa cena viraram a cabeça, procurando a fonte do barulho.

A primeira batida de tambor foi acompanhada por uma segunda e depois uma terceira. Três jovens surgiram do outro lado da rua, cada um vestido com um vibrante *salwar* vermelho e calças *kameez* creme, além de acintosos turbantes dourados na cabeça. A percussão vinha dos *dhols* que os homens carregavam; os tambores em forma de barril eram sustentados por longas cordas enroladas no pescoço e no peito de cada percussionista, deixando seus braços livres. Usando baquetas curvas, os músicos martelavam uma batida que ficava cada vez mais alta à medida que marchavam em direção a Aydin, até que o barulho se tornasse ensurdecedor.

– O que está acontecendo? – gritou Rashid ao meu lado. – Isso fazia parte do plano? – Ele pegou o celular e começou a gravar um vídeo da cena que se desenrolava.

Balancei a cabeça, confusa.

– Aydin comentou que convidaria uns amigos artistas, mas eu não sabia de nenhum detalhe.

Meu primo abriu um sorriso.

– Ele está usando táticas de guerra para intimidar o inimigo. Veja como eles estão encolhidos de medo.

O exército de camisetas pretas e até os contramanifestantes pareciam mais confusos do que assustados, mas todos pararam de gritar. Na verdade, todos pararam completamente, incluindo os participantes do festival e os vendedores. Os olhos estavam fixos na cena à nossa frente, congelados pela visão e pelos sons dos músicos em suas roupas coloridas.

Os três percussionistas se colocaram em fila atrás de Aydin, as mãos voando conforme martelavam um ritmo pulsante. A batida se intensificava gradualmente em direção ao clímax. Então eles pararam e executaram um giro perfeito e sincronizado de suas baquetas, pegando-as enquanto se viravam para encarar os participantes.

– GOLDEN CRESCENT! – gritou o homem no centro. – Vocês estão prontos para a FESTA?

A fala foi saudada por apenas um punhado de aplausos e gritos, mas os percussionistas não se intimidaram. Começaram a tocar novamente, uma batida animada e dançante dessa vez. Seis dançarinos, vestidos com calças e camisetas comuns, irromperam da multidão enquanto a estridente e alegre música *bhangra* começava a soar dos alto-falantes instalados disfarçadamente nas laterais da rua. Os dançarinos começaram a executar uma coreografia elaborada e intensa, com movimentos amplos e vigorosos, pulando e aterrissando em conjunto, agitando os braços, pulando e saltando. Os participantes e vendedores do festival foram à loucura, batendo palmas e berrando e batendo os pés ao som da batida forte e pesada.

Eles estavam pensando que tudo tinha sido planejado, percebi – os protestos, os dançarinos –, como um flash mob. Percebi que Aydin estava dançando também. Ele tentava acompanhar os passos, mas obviamente era um amador, e o efeito foi hilário. Estava fora de sincronia, os movimentos desengonçados e erráticos. Quando notou que eu estava observando, piscou para mim, e então o ritmo mudou e uma música conhecida da Taylor Swift começou a tocar.

Os dançarinos se viraram de frente para a área do festival, de costas para os camisetas pretas. E então Aydin e os dançarinos começaram a rebolar desajeitadamente, balançando e sacudindo os traseiros para os rostos confusos dos manifestantes.

Desatei a rir. Ao meu redor, os participantes do festival também riam. Lágrimas escorriam pelas bochechas de Rashid, ainda filmando, e a seu lado Zulfa dava risadinhas contidas. Vimos Aydin tentar executar uma sequência de passos: um *shimmy*, seguido por mãozinhas de jazz e então um desajeitado *running man*, enquanto o restante dos dançarinos continuava a balançar os traseiros no ritmo da batida.

Atordoados e irritados com o rumo inesperado dos acontecimentos, o cara de camiseta preta e seus amigos olharam para a multidão, que ria. No meio do hino da rainha Taylor, eles começaram a se dispersar, indo embora em duplas ou sozinhos. Ao fim da música, permaneciam apenas o primeiro cara de camiseta preta e alguns de seus amigos. Seu rosto continuava vermelho, mas suspeitei que fosse mais de vergonha pelas saudações glúteas dos dançarinos do que por qualquer outra coisa. Eu o ouvi gritar algo para Aydin, um último tiro odioso e cheio de palavrões, antes de também pegar seu cartaz e partir.

Os contramanifestantes pareceram ter a mesma ideia. Alguns se juntaram à dança improvisada no meio da rua, mas a maioria compreendeu que tanto a manifestação quanto a apresentação haviam acabado. Rashid e Zulfa haviam desaparecido.

Aydin afundou em uma cadeira dobrável de plástico ao meu lado. Nossos olhos se encontraram e começamos a rir, risadinhas discretas no início, que logo se transformaram em gargalhadas. Seus ombros convulsionavam de tanto rir. Lágrimas escorriam pelo meu rosto, fiquei sem ar.

Eu compreendi que o amava. E que precisava lhe contar sobre Tia Afsana.

– Hana – ele conseguiu dizer entre gargalhadas.

– Sim? – Eu me sentia quase histérica, rindo e chorando ao mesmo tempo.

– Eu nunca quero ir embora deste lugar.

– Nem eu – falei, enxugando os olhos.

Sua mãe provavelmente estava no meio da multidão. Será que ele me odiaria se eu revelasse o terrível segredo?

– E não quero me afastar de você – continuou ele, a respiração quente e doce contra minha bochecha. – Ana… Hana… como quer que você queira ser chamada, quem quer que você queira ser, podemos, por favor, começar de novo?

Inalei seu cheiro – cedro e sândalo – e fechei os olhos.

– Vou pensar sobre isso, StanleyPark.

Quando os abri, vi Kawkab Khala perto de nós. Pela sua expressão astuta, imaginei que ela tivesse ouvido um pouco da nossa conversa. Tia Afsana se achava logo atrás, um terror contido no rosto.

Eu me levantei, e Aydin se levantou também, seguindo meu olhar. Respirei fundo, canalizando a coragem que ele havia exibido aos manifestantes enfurecidos. Eu não podia permitir que nada mais acontecesse até que ele descobrisse a verdade sobre si mesmo.

– Mas primeiro – falei, o coração batendo forte – você precisa falar com a minha tia.

CAPÍTULO CINQUENTA

Aydin me lançou um sorriso antes de se virar para Kawkab Khala e Tia Afsana. Vi minha tia colocar uma mão gentil no ombro dele e então se virar para sua amiga e acenar para ela se aproximar. Ele se afastou com as duas mulheres na direção do Wholistic Grill. Mesmo de longe, notei a hesitação nos passos de Afsana. Ela caminhava como se estivesse em um sonho. Quanto tempo ela tinha esperado por aquele momento? Como Aydin reagiria?

Um grito abafado, e então Aydin cambaleou para trás, caindo pesadamente no banco de madeira na frente do restaurante. Ele balançou a cabeça de um lado para o outro e depois a enterrou nas mãos, os ombros sacudindo. Fiquei congelada no lugar, lutando contra o desejo de correr até ele, incerta do conforto que poderia oferecer.

Juntas, Kawkab Khala e Tia Afsana o ajudaram a se levantar e os três entraram no Wholistic Grill.

Uma hora depois, meu celular vibrou com uma mensagem.

> Todos sabiam, menos eu?

Não hesitei. Não haveria mais segredos entre nós. "Sim", digitei. Minhas mãos não tremeram.

"Acho que estamos quites, então", ele escreveu em resposta.

CAPÍTULO CINQUENTA E UM

Tudo tinha sido obra de Rashid. Mamãe me contou depois do festival que meu primo havia comprado o restaurante. Quando o encurralei do lado de fora do Três Irmãs, depois de jogar três sacos de lixo na lixeira, ele disse:

– Família é como a máfia, Hana Apa. Uma vez que você entra, é para a vida toda. Além disso, meus pais estavam procurando uma oportunidade de investimento no Canadá.

– Sua família é da máfia de Nova Délhi? – soltei.

E se ele tivesse comprado o Três Irmãs para lavar dinheiro, ou para ter um ponto de encontro com seus contatos do submundo?

Rashid começou a rir.

– Já está planejando o próximo episódio de *Um segredo de família*? O restaurante estará seguro em minhas mãos. Não se preocupe, Hana; paguei um preço justo à sua mãe, com um desconto familiar bem pequeno.

Ele não tinha respondido à minha pergunta, mas decidi deixar essa preocupação para outro dia.

– Zulfa me disse que está noiva de outra pessoa – continuou Rashid, a voz triste. – Mas quem sou eu para ficar no caminho do amor verdadeiro? – Seu rosto se iluminou. – E ela me disse que tem uma irmã mais nova. Hana Apa, qual é a distância de Vancouver a Toronto?

– Muito longe, especialmente para quem acabou de comprar um restaurante – assegurei, mas, conhecendo Rashid, ele daria um jeito.

Dada a mensagem de Aydin, eu não esperava ter notícias dele tão cedo. Sua vida tinha virado de cabeça para baixo, e ele precisaria de tempo para processar a nova informação. Eu me mantive ocupada ajudando na limpeza do festival. As coisas haviam se acalmado no fim da tarde, e a maioria dos manifestantes e contramanifestantes já tinha se dispersado, deixando sua bagunça para trás.

Imame Abdul Bari estava recolhendo os copos de café descartados e as embalagens de comida para viagem. Ele fez uma pausa para receber o par de luvas descartáveis e o saco de lixo que lhe passei.

– Parabéns, Hana. O festival foi um sucesso estrondoso! – falou.

Sorri para o imame e continuei a varrer o lixo, parando na frente da loja do Irmão Musa. O lindo Yusuf estava ali, esperando por mim.

– Oi, Hana. Novidades? – perguntou ele, sorrindo tranquilamente, como se não tivesse acabado de fugir para se casar com a minha melhor amiga sem me contar.

– Vá para o inferno, Yusuf – falei calmamente.

Sua expressão desmoronou. Percebi que eu nunca havia falado com ele assim, com raiva e não com a habitual zombaria afetuosa. E não tive nenhuma vontade de fazê-lo se sentir melhor. Rashid estava certo: o belo Yusuf era um *ullu*, e era hora de todos nós crescermos.

– Seja bom com a Lily – acrescentei. – Senão, já sabe.

⫼⫼⫼

Quando voltei para casa, algumas horas depois, com os ombros e joelhos doloridos de tanto me abaixar, me inclinar e limpar, esperava encontrar minha tia no sofá, vestida com seda fina e com uma vingança calma no rosto. No entanto, ela tinha sumido. Subi e encontrei meu quarto vazio. Pior, esvaziado.

As caras malas de couro de Kawkab Khala não estavam mais embaixo da minha cama, e as roupas cuidadosamente dobradas e as joias tinham sido removidas da cômoda. Ela também fizera uma meticulosa inspeção em meu armário e minhas gavetas e empilhado em quatro sacos de lixo deixados ao pé da cama as roupas que considerava "impróprias, pouco lisonjeiras ou simplesmente feias" (de acordo com o post-it que ela deixou). E então se encarregara de reorganizar as roupas restantes. Ela também havia mudado meus móveis de lugar para que o quarto claustrofóbico parecesse maior.

Havia um longo bilhete sobre a cama, escrito em um refinado papel de carta cor de creme.

Minha querida Hana jaan,

Seu quarto não era nada confortável. Sugiro que bote fogo nesse colchão encaroçado e nos travesseiros murchos, pois provavelmente voltarei para visitá-la antes de morrer. Não se preocupe, vai ser surpresa, para que você não tenha a chance de fugir com alguma desculpa esfarrapada. Espero encontrar uma cama de casal nova e, pelo amor de Deus, livre-se do hijab *com estampa de leopardo!*

Se você vier a Délhi, vou levá-la para fazer compras e ensiná-la a escolher roupas que disfarcem essa carranca que você tem no rosto.

Virei a página, sorrindo.

Vi o que fez no festival hoje. Não sei se foi uma das coisas mais corajosas que já fez ou a mais estúpida. Sem dúvida, você quer saber como foi a minha conversa com seu admirador. Mas terá que perguntar a ele. Depois que superar o choque de descobrir que foi enganado por toda a vida, ele certamente vai perdoar você por ter participado, ainda que brevemente, da mentira.

Nunca tive a chance de dizer que gostei do seu programa de rádio. Foi a primeira vez que ouvi a minha história sendo contada para mim, e não sobre mim, e foi uma experiência interessante. Acho que você me fez parecer um pouco mais aventureira do que de fato sou. Afinal, olha o tanto que demorei para visitá-los no Canadá.

Acho também que você não é tão péssima nessa coisa que decidiu fazer da vida, Hanaan. Talvez eu conte outras histórias da próxima vez que nos encontrarmos. A história da "noiva na árvore" é a mais conhecida, mas não a mais interessante, definitivamente.

Hameed nunca se casou, sabia? Ele ficou com medo de que sua mãe arranjasse outro casamento depois da minha pequena façanha, e era muito tímido para procurar uma esposa por conta própria. Encontrei-o no Facebook. Ele ainda tem todo o cabelo na cabeça e mora sozinho em Mumbai. Eu poderia lhe fazer uma visita no meu caminho de volta para casa. Espero que ele não tenha um ataque cardíaco quando me reconhecer.

Khuda hafiz, *meu amor,*
Kawkab Khala

O quarto ainda tinha seu cheiro – uma mistura de rosas e do perfume almiscarado da Chanel que poderia dominar alguém com personalidade menos forte. Dobrei a carta e a coloquei no bolso do jeans. Então fechei a porta com cuidado para manter seu cheiro ali por mais um tempo e desci para dormir no sofá.

CAPÍTULO CINQUENTA E DOIS

Aydin bateu na porta do Três Irmãs dois dias depois, enquanto eu limpava o espaço para prepará-lo para as reformas que começariam dali a alguns dias. Quase deixei o pano cair quando o vi.

Seu cabelo não estava penteado e o rosto parecia mais tenso. Quando me viu através do vidro, seus ombros caíram e ele se encostou na porta.

– Posso? – murmurou, gesticulando.

Como se houvesse alguma dúvida.

Após entrar, ele me entregou um buquê de margaridas amarelas. Nossos olhos se entrelaçaram, seu olhar quente em meu rosto.

Respirando fundo, falei:

– Sou eu quem devia te dar flores. Sinto muito. Devia ter te contado sobre a sua mãe assim que descobri. Eu não sabia o que fazer, não achava que era o meu papel e o seu pai... – Parei de falar. Não sabia se ele tinha conhecimento de que Tio Junaid tentara comprar meu silêncio, nem mesmo se isso importava agora. – Sinto muito pela forma como as coisas terminaram entre nós no festival.

Aydin tirou o buquê das minhas mãos.

– As coisas não terminaram entre nós – disse ele. – Elas mal começaram. Por que você acha que estou aqui? – Ele sorriu, e reconheci o perdão e uma delicada ternura em seu olhar.

Isso me fez querer abraçá-lo e chorar. Ou rir. Ou ambos.

— Eu tirei sua mãe dos negócios — declarou Aydin.

Ele não tinha ficado sabendo.

— Mamãe vendeu o restaurante para Rashid. Ele está fechando para fazer algumas reformas e melhorias. Uma mão de tinta, algumas toalhas de mesa e luzes maiores e mais brilhantes para dar um novo ânimo — falei, debochando de suas sugestões de muito tempo atrás. — O Três Irmãs deve abrir novamente daqui a um mês.

Um sorriso esticou os cantos de sua boca.

— O Maquiavel será meu concorrente?

— Devo avisar que Rashid joga sujo. Ele contratou Zulfa para fazer a campanha publicitária.

Aydin jogou a cabeça para trás numa gargalhada. Meu coração se elevou. Eu queria poder pegar nas mãos aquela risada alegre. Queria poder guardar o som em uma garrafa e reproduzi-lo sempre que tivesse vontade. Queria ouvi-lo rir pelo resto da vida.

Ele se inclinou para perto.

— Eu soube que queria você desde o início. Fiquei intrigado no instante em que nos conhecemos, depois fiquei fascinado e depois me apaixonei. Só precisava descobrir algumas coisas primeiro. Hana, Ana-nônima, você está pronta para isso?

Ele estava brincando e falando sério ao mesmo tempo. Eu o conhecia bem o bastante para entender o que realmente estava me perguntando. Será que estava finalmente pronta para abandonar os joguinhos, para deixar essa coisa linda e inédita entre nós se desenrolar?

Seus olhos se turvaram quando ele me encarou, e eu corei. Sim. Sim, eu estava pronta.

— Prazer em conhecê-lo, Aydin. Meu nome é Hanaan Khan. Sou filha de Ghufran e Ijaz Khan, irmã de uma craque do futebol, sobrinha de uma rainha guerreira, prima de Maquiavel. Minha arma é o microfone e a contação de histórias. Passei uns meses difíceis, mas estou pronta para enfrentar, com você, o que quer que nos espere. E você?

— Sim — disse ele simplesmente. — Enquanto nós dois estivermos vivos, a minha resposta para essa pergunta será sempre... *sim*.

Eis as regras:

Este não é mais um podcast em que só uma pessoa fala. Isso significa que pode haver entrevistas, um coapresentador e, possivelmente, se eu estiver no clima, um pouco de comédia.

Além disso, essa coisa de anonimato não está mais funcionando para mim. Então, ouvintes, vamos lá.

Meu nome não é Ana; é Hana Khan. Tenho vinte e quatro anos e moro em Scarborough, um subúrbio no extremo leste de Toronto, Canadá. Meus pais imigraram da Índia antes de eu nascer e, até recentemente, tínhamos um pequeno restaurante halal *chamado Poutine Biryani das Três Irmãs. Minha mãe me deixou escolher o nome do lugar quando eu tinha nove anos, porque ela não se importava com pesquisa de mercado e coisas do tipo, nem se iria deixar os clientes confusos. Meu primo Rashid administra o restaurante agora, e você definitivamente deveria dar uma passada lá. A comida é ótima e definitivamente não é um negócio de fachada da máfia de Nova Délhi.*

Há outro restaurante halal *na mesma rua, o Wholistic Burgers & Grill. É de propriedade do meu marido, Aydin Shah. Nós nos conhecemos por causa deste podcast. Em algum momento, ele tentou acabar com o Três Irmãs, e eu tentei acabar com o restaurante dele. Passados alguns meses, decidimos que seria melhor nos casarmos, já que era óbvio que ele estava loucamente apaixonado por mim. Planejamos viver tão felizes quanto possível, que é o melhor que se pode esperar nesta vida, de acordo com meu primo.*

Quando comecei este podcast, há um ano, prometi que não haveria nada de substancial e nada além da verdade. Mas aqui está a minha verdade.

A Primeira Lei da Termodinâmica afirma que a energia não é criada nem destruída, mas pode ser transformada. Essa lei é inescapável, então certifique-se de que a energia que você coloca no mundo é positiva. Caso contrário, ela vai dar meia-volta e voltar para te pegar.

A Terceira Lei do Movimento de Newton afirma que toda ação gera uma reação igual e oposta. Tudo o que me aconteceu este ano, de bom e de ruim, foi uma prova disso. Felizmente, o ódio que foi dirigido a mim e o meu próprio ódio encontraram uma quantidade igual e transformadora de amor.

A Segunda Lei de Rashid para Novos Começos Animadores é construir uma barragem – e depois uma usina hidrelétrica bem do lado, para ganhar dinheiro enquanto seu mundo se transforma.

A Lei Eterna de Kawkab Khala, também conhecida como "Pare de ser ridícula, Hana jaan", é se vestir com propósito, ficar de olhos atentos aos inimigos e sempre cuidar dos amigos. Além disso, mulheres inteligentes têm visão de longo prazo.

A Lei das Palavras Finais de Aydin é aceitar que coincidências malucas realmente acontecem na vida real e que o amor segue seu próprio cronograma.

E, finalmente, a Primeira Lei da Vida de Hana afirma que tudo é melhor se for contado na forma de história, e a minha ainda está acontecendo. Espero que você sintonize novamente em breve para escutar as aventuras que estão por vir.

AGRADECIMENTOS

Bismillah. Eu me sinto nervosa e um pouco chocada por estar escrevendo os agradecimentos do meu segundo romance. Embora *Siga em frente, Hana Khan* não tenha demorado tanto para ser escrito quanto meu primeiro livro, *Ayesha at Last*, a dificuldade foi igual. Escrever é uma ocupação solitária na maioria das vezes, mas teria sido impossível sem a minha comunidade.

Muito obrigada à minha maravilhosa agente, Ann Collette. Seu conselho é extremamente preciso e seu apoio, incansável. A maneira como nos conhecemos foi fofa demais. Muito obrigada também por me afastar daquele enredo específico sobre o qual nunca falaremos novamente!

Obrigada também à minha incrível editora, Jennifer Lambert, da HarperCollins Canada. Sua sabedoria e seu discernimento sempre me surpreendem. Obrigada por acreditar em *Hana Khan* e por me encorajar a ir mais fundo, a ir ao coração desta história. Eu não teria chegado aqui sem você!

Muito obrigada à excelente equipe da HarperCollins Canada por divulgar a minha escrita nas redes sociais e por apoiar em todos os sentidos a minha divertida comédia romântica muçulmana. Estou emocionada por fazer parte da família.

Para a minha #IrmandadeDaCaneta, formada pelas talentosas escritoras Sajidah (S.K. Ali) e Ausma Zehanat Khan, obrigada por ler os rascunhos anteriores, oferecer um feedback honesto e torcer por mim. Eu não teria conseguido sem o apoio da nossa "sala de funcionários".

Obrigada às minhas primeiras leitoras, Aminah e Nina. Suas sugestões são sempre excelentes, e eu vivo para ver suas reações sem filtros.

Muito obrigada a Radiyah Chowdhury, Shireen Ahmed e Aaron Reynolds por responderem às minhas muitas perguntas sobre o mundo do rádio e dos podcasts. Obrigada também a Fasiha Khan por falar comigo sobre direito de família. Quaisquer erros são inteiramente meus.

Emojis de coração para meus amigos da #Robarts: conheço a maioria de vocês desde que eu era uma criança obcecada por livros. Obrigada por serem meu povo.

Muito obrigada aos meus pais, Mohammed e Azmat Jalaluddin, e ao restante da minha família em Toronto e ao redor do mundo. A satisfação absoluta que vocês têm demonstrado em ter uma escritora na família significa tudo para mim.

Para os meus filhos, Mustafa e Ibrahim: sua contínua indiferença à minha carreira de escritora é um grande lembrete do que realmente importa na vida. Estou muito orgulhosa das pessoas solidárias e gentis que vocês estão se tornando. Desculpem por ser uma mãe tão distraída.

Para o meu marido, Imtiaz: nada disso teria sido possível sem a sua ajuda, o seu amor, os seus conselhos e a sua torcida. Você lê cada rascunho que escrevo e me diz o que realmente pensa. Você ouve minhas reclamações, tolera minhas reflexões distraídas e apoia todos os meus sonhos. Não sei como tive tanta sorte. Obrigada.

E, finalmente, um grande salve para você, leitor. Este livro não existiria sem você! Espero que tenha gostado de *Siga em frente, Hana Khan* e, se gostou, divulgue e considere fazer uma resenha na sua plataforma preferida – isso ajuda muito.

Esta obra foi composta em Baskerville, Foco e KonTikiJF
Aloha e impressa em papel Pólen Natural 70 g/m²
pela Gráfica e Editora Rettec.